云南省传承发展中华优秀传统文化丛书

雲南文庫

大家文丛

雲南文庫

大家文丛

中共云南省委宣传部　编

朱庭珍选集

［清］朱庭珍◎著

杨开达◎校注

雲南人民出版社

图书在版编目（CIP）数据

朱庭珍选集 /（清）朱庭珍著 ; 杨开达校注. -- 昆明 : 云南人民出版社, 2023.12
（云南文库. 大家文丛）
ISBN 978-7-222-22381-3

Ⅰ. ①朱… Ⅱ. ①朱… ②杨… Ⅲ. ①诗学一研究一中国一古代 Ⅳ. ① I207.2

中国国家版本馆 CIP 数据核字（2024）第 007738 号

项目指导：殷筱钊　尚　语
统筹编辑：马维聪
责任编辑：梁　爽
责任校对：董　毅　欧　燕
责任印制：代隆参
装帧设计：陶汝昌　刘　雨

云南文库
大家文丛

朱庭珍选集
ZHU TINGZHEN XUANJI
［清］朱庭珍　著　杨开达　校注

出　版　云南人民出版社
发　行　云南人民出版社
社　址　昆明市环城西路 609 号
邮　编　650034
网　址　www.ynpph.com.cn
E-mail　ynrms@sina.com
开　本　720mm×1010mm　1/16
印　张　15.75
字　数　300 千
版　次　2023 年 12 月第 1 版
印　次　2023 年 12 月第 1 次印刷
印　刷　云南出版印刷集团有限责任公司华印分公司
书　号　ISBN 978-7-222-22381-3
定　价　78.00 元

如需购买图书、反馈意见，请与我社联系
总编室：0871-64109126　发行部：0871-64108507
审校部：0871-64164626　印制部：0871-64191534

云南人民出版社微信公众号

前　言

习近平总书记指出："文化是一个国家、一个民族的灵魂。""只有全面深入了解中华文明的历史，才能更有效地推动中华优秀传统文化创造性转化、创新性发展，更有力地推进中国特色社会主义文化建设，建设中华民族现代文明。"习近平文化思想，明体达用，体用贯通，博大精深，为我们在新的起点上继续推进文化繁荣、建设文化强国、建设中华民族现代文明指明了前进方向。

中华文明延续着我们国家和民族的精神血脉。在中华文化版图上，地方文化各具特色，丰富多彩。云南是人类最早的发祥地之一，历史悠久，文化富集。千百年来，云南人民用自己的辛劳和智慧，守护祖国边疆，建设美丽家园，创造了丰富多样的地方文化。历经社会变迁、民族融合、文化认同，云岭大地钟灵毓秀，星光灿烂，诞生了无数杰出人物，涌现了诸多名家大师，产出了大批传世经典，为云南文化发展做出了卓越贡献。

云南有优良的学术文化传统。中原文化很早就在这里传播，大量的汉文典籍源源不断传入并积淀，成为云南文化的根基与传统。而地方、民族与边疆文化的诸多特色亦在云南文献中得以彰显。就地方特色而言，编史修志从来都是文化盛业，成绩斐然。文献、专著、文集不断被创制和保存，民国时期辑刻的《云南丛书》，“初编”“二编”即达205种1631卷及不分卷的50册。其后更有数以万计的图书文献问世。从民族特色来说，云南民族众多，“三交”历史悠久，民族文化丰富多彩，傣族的贝叶文献、彝族的毕摩文献、纳西族的东巴文献、藏族文献、白族文献等，早已产生了广泛影响，是中华民族共同的文化财富。就边疆特色来看，记载或论述边地、边境、边界、边民、边防及边贸等内容丰富的边疆文献，种类多、价值高，历来都受到重视。

文化关乎国本、国运。盛世兴文，赓续文脉。习近平总书记两次考察云南，都对文化建设作出重要指示。云南省组织编辑出版一套具有文化保存与传承价值的大型学术文献丛书——《云南文库》，旨在传承中华典籍，弘扬滇云文化，砥砺三迤后人，昌明云岭学术。《云南文库》分为三个系列：一是《当代云南社会科学百人百部优秀学术著作丛书》，收录中华人民共和国成立后出生的年轻一代云南学者的优秀作品。二是《学术名家文丛》，收录辛亥革命至中华人民共和国成立前出生的云南学术名家的代表之作。三是《大家文丛》，收录辛亥革命以前出生的云南学术大家的传世著作。前面两个系列业已出版发行。

当前，在新的历史起点上，以习近平文化思想和习近平总书记关于铸牢中华民族共同体意识等重要论述为根本遵循，组织实施《传承发展中华优秀传统文化　云南文库·大家文丛》编纂出版，是站位中华现代文明、践行新时代文化使命、推进文化强省建设、深入实施“文化兴滇”行动的积极探索，对于坚定文化自信、建设中华民族现代文明，具有重大现实意义。

编纂《传承发展中华优秀传统文化　云南文库·大家文

丛》，是承传云南学术文化，保存云南记忆的基础性文化工程。从古至今，云岭大地孕育了诸多硕学鸿儒、名家大师、文化先贤，可谓星光灿烂。长久以来，红土高原产生了大批思想深邃、智慧非凡的传世经典，蔚为大观，逐渐形成了具有云南自身特点的学术特色与知识谱系。今天，我们拾起历史长河中的明珠，拂去历史典籍的蒙尘，重新整理和展示云南学术史上的高峰之作，就是为了重构云南地方知识与文化，增强传统文化区域性叙事中存在的精神感召力，传承和弘扬地方优秀民族文化，以滇云文化和云南记忆，填充中华民族共同体的文化版图。

编纂《传承发展中华优秀传统文化　云南文库·大家文丛》，是打造云南文化品牌、增强文化自信的重要举措。云南悠久的历史文化、光荣的红色文化、多彩的民族文化、独特的生态文化，是中华文化百花园的重要组成部分。以云南学术大家及其皇皇巨著为承载的云南文化，是云南社会发展的文化源泉，是云南人民的智慧结晶。编纂本丛书，是为了回归滇云文化的本源，筑牢文化自信的根基，为更多的人了解云南搭建平台，为研究云南构筑载体，为发展云南提供借鉴，在更高层次和更宽领域传扬云南文化精神，打造云南文化品牌。

编纂《传承发展中华优秀传统文化　云南文库·大家文丛》，是弘扬优秀传统文化，促进文化繁荣兴盛的根本保证。2023年6月，习近平总书记在中国国家版本馆考察调研时叮嘱大家："我最关心的就是中华民族历尽沧桑留下的最宝贵的东西。中华民族的一些典籍在岁月侵蚀中已经失去了不少，留下来的这些瑰宝一定要千方百计呵护好、珍惜好，把我们这个世界上唯一没有中断的文明继续传承下去。"这是全体中华儿女光荣而神圣的责任。我们将努力以编纂《传承发展中华优秀传统文化　云南文库·大家文丛》等文化精品为契机，继承中华优秀文化传统，发挥地域优势，突出地方特色，提高格局站位，积极推动学术创新，努力创造更多优秀学术成果和文化精品，整理出版经典文献，让典籍里的文字活起来，用优秀传统文化及滇云文化涵养各族人民，助力云南跨越式发展。

《传承发展中华优秀传统文化　云南文库·大家文丛》的编纂出版，凝聚着先哲大家的心血和智慧，离不开今贤同仁的奉献与付出。省委宣传部精心组织，省社科联、省文史馆、云南大学、省图书馆、云南人民出版社等相关单位和参与整理编校的专家学者不辞辛劳，通力协作，玉成丛书。翰墨流芳，文化永续。在此，向所有的参与者表示崇高的敬意和衷心的感谢。《传承发展中华优秀传统文化　云南文库·大家文丛》是《云南文库》的压轴之作，从构思到付梓，离不开广大读者和社会各界人士的支持，在此谨致谢忱。

文化建设没有终点。希望社会各界继续支持《传承发展中华优秀传统文化　云南文库·大家文丛》的编纂出版工作，欢迎各方有识之士积极参与到云南文化建设的伟业中来。

《传承发展中华优秀传统文化
云南文库·大家文丛》编委会
2023年12月

校注前言

朱庭珍（1842~1903），原名朱庭凯，字舜臣，一字筱园，号诗隐，云南石屏人，清光绪戊子（1888）举人。庭珍自幼得朱奕簪（字芋栗）、朱臒（字丹木）等家传。读书过目不忘，七岁能诗，幼随父宦游山东，赋《蓬莱阁诗》，出语惊长老。后游幽燕，诗益进。稍长，又博览顺治、康熙以后各家诗集，妙领神悟。性格慷慨豪爽，任侠好义。随父还滇，值滇中乱。咸、同年间曾佐诸将戎幕，保以官不受。

光绪丙戌（1886）孟夏，于昆明与山阴陈�、陈霖父子，石屏陈庚明，昆明张星柳、施有奎、李坤，剑川赵藩，保山吴式钦，晋宁宗嘉俊，临川雷凤鼎、陈宪等名士十余人结“莲湖吟社”，庭珍被推为社长。同仁诗作，后集为《莲湖吟社稿》两卷。

由于社会动乱，直到清光绪戊子（1888年），庭珍才举乡试，时年已四十七矣。后三上春官不第，乃绝意科举。正如吴世钦在《题词》中所叹惜的：朱庭珍本是“贡御廷”的人材，却因生不逢时，“全滇鼎沸走羯腥”“文场困顿鎩修翎”。然而社会的不幸，乃是诗家之幸，“惜哉文字憎命达，健羽屡鎩秋风烈。天老君才讵无意，箸（同“著”）书多在穷愁日”。（李坤《题词》）

清光绪十七年（1891），总督王文韶，巡抚谭钧培创设经正书院。地址在旧贡院南报恩寺，即今翠湖公园北。以“通经致用，崇尚实学”为主旨。许印芳为首任山长，陈荣昌为继任，朱庭珍被聘为阅卷委员。咸丰年间以来，滇中多战乱，公私典籍多遭兵燹，士子读书少，诗文多流于空滑一派，朱庭珍衡文一以典雅生活为准，以诗古文辞提倡后进，文风为之一变。滇中名士李坤、袁嘉穀、秦光玉、钱用中、李燮熙等均曾在该院就读。经正书院文风为滇省各书院之冠，这与朱庭珍的主张与努力分不开。清末论滇中诗人，多推朱庭珍，甚至认为滇中风雅赖以不堕者，实朱庭珍之力。可见，朱庭珍不仅是一位诗人，而且还是一位教育家。

朱庭珍家学渊源，加之个人禀性，成就了他成为清末一位杰出的诗人。他著有《穆清堂诗钞》《穆清堂诗钞续集》，辑有《莲湖吟社稿》等诗作。据《云南丛书》集部之七十一所收录，《穆清堂诗钞》分三卷：卷之上为《鸿泥集》；卷中为《抱膝集》，卷中下为《抱膝后集》；卷下为《昆池集》（上）与《昆池集》（下）。《穆清堂诗钞续集》分五卷：卷一为《寓巢集》，卷二为《公车集》（上），卷三为《公车集》（下），卷四、卷五皆为《莲湖集》，不分上下卷。

有人评价朱庭珍“既守家学，又取法于杜，取俊于李，取艳于玉溪，取幽于长吉，取奇于昌黎，取纵横变化于苏于陆于黄。于有元之诗，则师遗山；于有明之诗，则师青邱牧斋；于清之诗，则师独漉道谖彭城秀水，而尤心折船山。”朱庭珍诗歌的艺术成就，与其没有门户之见，善纳百川的思想是分不开的。他在《筱园诗话》中云：“善为诗者，上下古今，取长弃短，吸神髓而遗皮毛，融贯众妙，出以变化，别铸真我，以求诗之大成，无执成见为爱憎，岂不伟哉！何必步明人后尘，是丹非素，祧宋尊唐，徒聚讼耶？”这正印证了李斯那句话：“太（同“泰”）山不让土壤，故能成其大；河海不择细流，故能就其深。”

袁嘉穀在《朱孝廉小园墓碑》上云“朱庭珍七岁即刊稿于京，《穆清堂集》中‘蓬莱阁’‘摩崖碑’诸篇，皆七岁作”，真可谓神童。然而，朱庭珍与多数昙花一现的神童则迥然有别。少年时，“出语惊长老”；成年后，兼顾悟学，才气超迈，学力深厚，“而遇弥穷，诗乃弥工”“视天下功名富贵皆泊如，一缕心精，上下千古，斤斤欲以诗传不朽”。（陈灿《穆清堂诗钞续集》序）正如潭宗浚《题词》所云：“筱园雄于诗，士林知名早。奇气敛纵横，清思寄缥缈。法每兼韩苏，体时窥谢鲍。造意疑天成，遣词绝人巧。”又如李孝友先生所云：“朱庭珍的诗高在清远，雄浑沉郁，挥洒凝练。五古如《哀金陵》《龙泉观》《感通寺》《法云庵》《铁壁关》诸作，颇似汉魏陶谢；七古如《将军行》《滇池》《曲汉叹》《雪山歌》《中秋》《海月堂玩月》《九日登螺峰顶》诸作，颇似李杜韩苏；近体如《秋怀》《丽江杂诗》《滇南怀古》《文峰寺》诸作及《论诗五十首》，则追踪少陵，而参以襄阳右丞嘉州，体兼众妙，颉颃大家，晚清滇南诗人中，筱园亦皎皎（皦皦）者之一。”

朱庭珍在《穆清堂诗钞续集》自序中云：“近诗较旧作宗旨稍异，既不欲使才气肆纵横，亦不欲持法度矜细密。凡身之所经，目之所覯，或景或情，有触即成，期足达意即止。不复如少壮之苦思尽力，务锻炼以求合古矣。”欧阳霁在《穆清堂诗钞续集》序中评价道：“论者以为新城秀水之俦，余夙所服膺也”，其续集“则风格益高，意境益厚，酝酿益深，气味益澹。使才而不见才用，博而不见博，殆醇而后肆，如无缝天衣矣”。

朱庭珍不仅沉迷吟咏，诗传不朽，其文论思想更是远见卓识。他非常注重诗歌理论的探讨，其诗歌理论除散见于序、跋以外，主要体现在《论诗》五十首，以及被誉为“滇中诗论冠冕”的《筱园诗话》里。《论诗》五十首是朱庭珍年轻时的作品，他在《筱园诗话》里说过："予幼作《论诗绝句》云‘正声自古由中出，真气从来不外驰’。"《论诗》虽是"幼作"，但《筱园诗话》里的一些文艺理论思想已大体具备，或者说《论诗》五十首是《筱园诗话》的雏形。《论诗》主要评述唐以降至明清主要作家及流派。在文字表述上《论诗》锐气张扬，而《筱园诗话》则偏向雄浑沉郁。

如果说朱庭珍《论诗》五十首是小试牛刀的话，那《筱园诗话》则是"庖丁解牛"了。《筱园诗话》四卷，收入《云南丛书》集部。1983年上海古籍出版社出版的郭绍虞先生选编《清诗话续编》中选载了这部诗话。《筱园诗话》是朱庭珍十四年间三易其稿完成的。其《自序》云："郡中同人偕及门二三子，日载酒过从，争问诗法于予。愧无以付诸君厚意，乃以笔代口，述予见闻所及，为诗话四卷付之。各录一通，用塞其请。虽落语言文字之迹，然渡迷津者必假宝筏，识歧途者莫如老马，姑导先路，未始非学绣金针之度也。夫无上妙谛，贵心契于言外，拈花微笑时，悟彻三昧，讵复有法可说哉！"初稿脱于同治甲子年（1864），增修于同治戊辰年（1868），重订于光绪丁丑年（1877），十四年间三易其稿，"苦心淫思"如"膏以自煎，香以自残"，艰难困苦，玉汝于成，十四年之心血，终凝结成"渡迷津"之"宝筏"，"识歧途"之"老马"。

《筱园诗话》以论诗法为主，兼品评古今诗人诗作，二者交辉，内容十分丰富，广泛涉及古代诗学的各种问题，评述了汉魏以降直到明清的诗歌流派。虽言以论诗法为主，但开宗明义："诗也者，无定法而有定法者也。诗人一缕心精，蟠天际地，上下千年，纵横万里，笔落则风雨惊，篇成则鬼神泣，此岂有定法哉！然而重山峻岭，长江、大河之中，自有天然筋节脉络，针线波澜，若蛛丝马迹，首尾贯注，各具精神结撰，则又未始无法”。这部诗话视阈广阔，理论性强，颇类诗学基础教程。论点新颖，真知灼见纷呈。撮其大旨：言诗法则主性灵，论格律则折中于归愚、随园之间，品古诗则以神骨气韵为主。其内容简要如次：

其一，主张“以人驭法”之活法，反对“以人从法”之死法。“作诗者以我运法，而不为法用。故始则以法为法，继则以无法为法。能不守法，亦不离法，斯为得知。盖本无定以驭有定，又化有定以归无定也。无定之法，是为活法妙法。……若泥一定之法，不以人驭法，转以人从法，则死法矣。”

其二，立张“学”与“悟”二者不可偏废。认为“沧浪主妙悟，谓‘诗有别材，非关学也，诗有别趣，非关理也。然非多读书，多穷理，则不能极其至’，是言诗中天籁，仍本人力，未尝教人废学也。竹垞谓‘心储万卷于胸，始足以供驱使’，意立于学，正可与严说相参。”

其三，通变论的诗道观。“天不能历久不变，诗道亦然。”“善为诗者，上下古今，取长弃短，吸神髓而遗皮毛，融贯众妙，出以变化，别铸真我，以求集诗之大成，无执成见为爱憎，岂不伟哉！”

其四，集中国古代“气说”理论之大成。“诗人以培根柢为第一义。根柢之学，首重积理养气。积理云者，非如宋人以理语入诗也，谓读书涉世，每遇事物，无不求洞析所以然之理，以增长识力耳，勿论《九经》《廿一史》，诸子百家之集，与夫稗官杂记，莫不有理存乎其中。诗人上下古今，读破万卷，非但以博览广见闻也。”

“积理而外，养气为最要。盖诗以气为主，有气则生，无气则死，亦与人同。”朱庭珍的“气论”，集中国古代“气说”之大成，建构起从养气、练气的理论基础到具体内容、方法；

从文学创作的“真气”说到艺术鉴赏诚中形外的“文气”论等，是古代文论中较为系统，较为完整的“气说”理论。

在“气论”的溯源上，朱庭珍列举了韩愈、苏轼的观点，云：“昌黎曰‘气，水也；言，浮物也。水大而物之大小浮者毕浮，气盛则声之高下与言之长短皆宜。’东坡曰：‘气之盛也，蓬蓬勃勃，油然浩然，若水之流于平地，无难一泻千里，及其与山石曲折，随物赋形，一日数变，而不自知也。盖行所当行，止所当止耳。’是皆善于言气者。”

朱庭珍还对“气论”下了定义，并提出了“真气”与“客气”的概念与界定。他说：“气以雄放为贵，若长江、大河，涛翻云涌，滔滔莽莽，是天下之至动者也。然非有至静者宰乎其中，以为之根，则或放而易尽，或刚而不调，气虽盛，而是客气，非真气矣。故气须以至动涵至静，非养不可。”

“气”如何养？朱庭珍阐释道“养之云者，斋吾心，息吾虑，游之以道德之途，润之以诗书之泽，植之在性情之天，培之以理趣之府，优游而休息焉，蕴酿而含蓄焉，使方寸中怡然涣然，常有郁勃欲吐畅不可遏之势，此之谓养气。”

对于“真气”不仅要“养”，而且还要“练”，“养气”在平时，而“练气”则在用时。“其用之际，则又镇之以理，主之以意，行之以才，达之以笔，辅之以理趣，范之以法度，使畅流于神骨之间，潜贯于筋节之内，随诗以抑扬断续，曲折纵横，奔放充满于中，而首尾蓬勃如一。敛之欲其深且醇，纵之欲其雄而肆，扬之则高浑，抑之则厚重，变化神明，存乎一心，此之谓练气。”

其五，主张诗家以识为先。朱庭珍云：“作史者以才学识为三长，缺一不可。诗家亦然。三者并重，而识为尤先，非识则才与学恐或误用，适以成其背驰也。”“故积理养气，用笔运法，使典取神，皆仗识以领之。识为诗中先天，理法才气为诗之后天。有先天以导其前，有后天以赴于后，以先天为天功，以后天为人力，能合天人功力，并造其极，斯大成矣。”为此，朱庭珍还提出诗人要“炼识”。“炼识”之道，在于得到“真传”。因此，朱庭珍主张学诗应虚心请业于名师巨手，得到真传。他说：“方虚谷《律髓》小序云‘诗虽小道，然立志必高，读书必多，用力必勤，师传必真。四者不备，不可言诗。’河间纪文达公深赏其言，而尤嘉其以师传之真为第一义。谓‘古今诗人，皆有传授，其能卓然成家，自立于当时，不朽于后世者，皆得真传者也。不得真传，无能自立者。’噫！斯言尽之矣。”“若专从故纸堆求诗，何能得古大家不言秘旨，传诗中真消息三昧哉？不过依傍附和，寄人篱下，终身得人之得，而不能自得其得矣。”

朱庭珍《筱园诗话》内容十分丰富，远不止以上所列五条。他所持的是正统的儒家诗教观，如“温柔敦厚，诗教之本也。有温柔敦厚之性情，乃能有温柔敦厚之诗”，诗“贵温柔敦厚、深婉和平也，诗情所以重缠绵悱恻，酝酿含蓄也，诗义所以尚文外曲致，思表纤旨也。”又如他把孔子“过犹不及”、《尚书》“允执厥中”等儒家的“中庸”思想，熔铸为自己的文论思想：“是以太奇则凡，太巧则纤，太刻则拙，太新则庸，太浓则俗，太切则卑，太清则薄，太深则晦，太高则枯，太厚则滞，太雄则粗，太快则剽，太放则冗，太收则蹙，皆诗家大病也，学者不可不知。”等等。

朱庭珍《筱园诗话》除深受儒家诗教影响以外，还接受了道家思想文化的影响，如“诗家之用笔，须如庖丁之用刀，官止神行，以无厚入有间，循其天然之节，于骨肉理凑肯綮处，锐入横出，则批卻导窾，游刃恢恢有余，无不迎锋而解矣”。

卷一提到“庖丁之用刀”，而卷四最后一段话又一次提到“庖丁之用刀”“诗人用笔，要提得空，放得下，转得快，入得透，出得轻；又要能刚能柔，能大能小，能正能奇……此须如庖丁之用刀，游刃于虚，以无厚入有间，故迎刃而解，批郤导窾，官止神行，虽一日解十二牛，犹若新发于硎。精艺入神，非可尽以言传。”朱庭珍把“庖丁解牛”的精义，即技艺纯熟而神妙，就可进入高度自由的艺术创造空间，准确、深刻、匠心独具运用到其诗歌创作理论中。因为诗歌创作，更需要艺术想象空间，更需要对诗的主旨的准确把握，以及对语言的熟练驾驭。庖丁达到的境界，也是诗人追求的艺术境界，二者是相通的。

在《筱园诗话》里，朱庭珍品评了众多古今诗人，多有赞赏，少有力诋，这里就不一一列举。但，大抵不出公论。

《筱园诗话》是中国历代诗话中不可多得的瑰宝，值得我们认真地研究，并汲取其精髓。朱庭珍不愧为清末著名的古代文论家，同时也是一位著名的诗人，还是一位教育家。

杨开达

2013年8月

目　录

筱园诗话

自 序

一秋杜门养疴，惟与药炉经卷相伴，甚苦岑寂。[①]郡中同人偕及门二三子，日载酒过从，争问诗法于予。[②]愧无以副[③]诸君厚意，乃以笔代口，述予见闻所及，为诗话四卷付之。各录一通，用塞[④]其请。虽落语言文字之迹，然渡迷津者必假宝筏，识歧途者莫如老马，姑导先路，未始非学绣金针之度也。[⑤]夫无上妙谛，贵心契于言外，拈花微笑时，悟彻三昧，讵复有法可说哉？[⑥]要所能传者略尽于是，

---

① 疴（kē）：病。岑寂：寂静，寂寞。

② 同人：这里指同行人。门："门人"的略语，指学生。予（yú）：我。

③ 副：佐，辅助。这里指成全。

④ 塞："塞责"的略语，"应付"之意。

⑤ 迷津：迷失津渡。孟浩然《南还舟中寄袁太祝》诗："桃源何处是？游子正迷津。"宝筏：佛教语。比喻引渡人到达彼岸的佛法。宝，美称。筏，渡水的工具。识歧途者莫如老马：即成语"老马识途"，比喻处世办事富于经验，熟悉情况。典出《韩非子·说林上》："管仲、隰（xí）服从于桓公而伐孤竹，春往冬返，迷惑失道。管仲曰：'老马之智可用也。'乃放老马而随之，遂得道。"金针之度：传说郑侃之女郑采娘在七月初七晚祭织女时，织女给她一根金针，从此她刺绣的技能更加精巧。以后以"金针度人"比喻把高超的技艺传授给别人。

⑥ 契：相合。拈花微笑：佛教语，指领悟禅理的喜悦神态。后比喻彼此心领神会。语出自《大梵天王问佛决疑经》："尔时世尊即拈奉献金色婆罗华（花），瞬目扬眉，示诸大众。（大众）默然毋措。有迦叶破颜微笑。"拈，用手指夹取。三昧：佛教语。又作"三摩提"或"三摩帝"。意为定、正定，即排除一切杂念，使心神平静。《智度论》七："善心一处不动，是名三昧。"后称解脱束缚为三昧。又引申为奥妙、诀窍。这里指诗法的诀要或精义。讵（jù）：岂，怎。

区区之心亦略尽于是矣。甲子仲冬月朔，朱庭珍题于临安郡署。[①]

是编甫[②]脱稿，即为同人持去，转相传抄，遂失原本。戊辰客游昆华，友人争索观之，予无以应也。[③]会李韵萸大令至自开化，携有抄本，谓得诸临郡友人，以未窥全豹为恨，遍访未获。[④]今幸遇吾子，当为我补成全书，他日请任手民之役，以公天下同好也。[⑤]出以见示，乃节录本，仅及其半耳。旅居多暇，呵冻增修，历三月而告卒业，较原稿加益焉。时省围正急，壁垒密于布棋，日夜鏖战，枪炮声震天地，自官吏以迄搢绅先生，莫不惶惶有戒心怖色。[⑥]惟予与韵萸意气闲暇，谈诗自若。[⑦]予更围炉著书，几忘身在危城也。朔风宵鸣，一灯如豆，摊卷泚毫，苦心淫思，岂非膏以自煎，香以自残耶？[⑧]后世若有子云，固所愿也，否则藏名山耳。[⑨]书罢为之三叹。戊辰十二月醉司命日，又识。[⑩]

---

① 甲子：1864年。仲冬：农历十一月。朔：农历每月初一。临安：治所在今建水县。

② 甫（fǔ）：刚，才。

③ 戊辰：1868年。昆华：昆明。

④ 大令：对县官的尊称。开化：府名，治所在今文山县境。全豹：指整体。《世说新语·方正》："此郎亦管中窥豹，时见一斑。"

⑤ 子：这里意为先生。手民：以手艺为业者。古时仅指木工。后指雕版排字工人。

⑥ 省围正急：指杜文秀起义军围攻昆明。杜文秀1856年在蒙化、永平发动回民武装起义，攻入大理城，称总统兵马大元帅，建立大理政权。他与李文学配合，攻迤西州县二十余城。并于清同治六年（1867）率军20万东征，攻取滇中各州县，围攻昆明。鏖（áo）战：激烈地战斗。迄：到。搢绅：同"缙绅"，古代称有官职的或做过官的人。

⑦ 韵萸：指前面提到的李韵萸。

⑧ 泚（cǐ）：用笔蘸墨。毫：毛笔。淫思：沉思。《列子·仲尼》："子贡茫然自失，归家淫思七日，不寝不食，以至骨立。"膏：点灯的油。自煎：自己煎熬自己，比喻自己折磨自己。香：这里作"焚香"解。

⑨ 若有子云：如果能像扬雄那样得到后人重视。扬雄（前53～公元18），字子云，汉代成都人。少好学，不为章句训诂，涉览无所不见，好作深思。年四十余始至京师。因禄位容貌不能动人，故当世的人都轻视他的著作。死后四十多年，他的书始大行。藏名山：把著作收藏在著名的大山里。司马迁《报任少卿书》："仆诚以著此书，藏诸名山，传之其人，通邑大都，则仆偿前辱之责（债），虽万被戮，岂有悔哉！"

⑩ 戊辰：1868年。醉司命日：农历十二月二十四日。宋孟元老《东京梦华录十·十二月》："二十四日交年，都人至夜……以酒糟涂抹灶门，谓之'醉司命'。"

丁丑九月，予客盐井署，复取旧作诗话而重定之，删复补缺，修改字句，逾两月告竣，至是三易稿矣。[1]珍附记。

（选自《云南丛书·集部》九六）

卷　一

诗也者，无定法而有定法者也。诗人一缕心精，蟠天际地，上下千年，纵横万里，笔落则风雨惊，篇成则鬼神泣，此岂有定法哉！[2]然而重山峻岭、长江大河之中，自有天然筋节脉络，针线波澜，若蛛丝马迹，首尾贯注，各具精神结撰，则又未始无法。[3]故起伏承接，转折呼应，开阖顿挫[4]，擒纵抑扬，反正烘染，伸缩断续，此诗中有定之法也。或以错综出之，或以变化运之；或不明用而暗用之，或不正用而反用之；或以起伏承接而兼开阖纵擒，或以抑扬伸缩而为转折呼应；或不承接之承接，不呼应之呼应；或忽以纵为擒，以开为阖，忽以抑为扬，以断为续；或忽以开阖为开阖，以抑扬为抑扬，忽又以不开阖为开阖，不抑扬为抑扬；时奇时正，[5]若明若灭，随心所欲，无不入妙。此无定之法也。作诗者以我运法，而不为法用。

---

① 丁丑：1877 年。盐井署：治所在今盐津县。清雍正六年（1728）设盐井渡巡检司，隶大关厅。1919 年改置盐津县。竣（jùn）：事情完毕。

② 一缕心精：意为很细心，心神专一。一缕，一缕丝，言其细也。心精，心神专一。唐·韦应物《学仙吟》之二："读多七过月乞言，为子心精得神仙。"蟠（pán）：屈曲，环绕。鬼神泣：形容诗作极为感人，能使鬼神哭泣。金元好问《陶然集诗序》："诗之极致，可以动天地，感鬼神。"

③ 蛛丝马迹：蛛网的细丝，马蹄的痕迹。比喻隐约可寻的线索和痕迹。结撰：谓心思专注。宋玉《招魂》："结撰至思，兰芳假些。"后世称作文的组织和布局为结撰。

④ 开阖（hé）顿挫：开启关闭、停顿转折。指作诗作文宜展则展，宜收则收；宜停顿转折，则停顿转折。阖，关闭。

⑤ 时奇时正：这里借用兵法来说明作诗作文的道理。古时用兵，以对阵交锋为正，设计邀截袭击为奇。

故始则以法为法，继则以无法为法。能不守法，亦不离法，斯为得之。盖本无定以驭有定，又化有定以归无定也。无法之法，是为活法妙法。造诣至无法之法，则法不可胜用矣。所谓行乎其所当行，止乎其所不得不止，神而明之，存乎其人也。若泥[1]一定之法，不以人驭法，转以人从法，则死法矣。

沧浪主妙悟，谓“诗有别才，非关学也，诗有别趣，非关理也。[2]然非多读书，多穷理，[3]则不能极其至”。是言诗中天籁[4]，仍本人力，未尝教人废学也。竹垞谓“必储万卷于胸，始足以供驱使”。[5]意主于学，正可与严说相参。何必执片语以诋[6]古人，而不统观其文哉！近代诗家，宗严说而误者，挟枯寂之胸，求渺冥之悟，流连光景，半吐半吞，自矜高格远韵，以为超超元著矣。[7]不知其言无物，转堕肤廓空滑恶习，终无药可医也。其以学为主者，又贪多务博，淹塞灵机，饾饤书卷，如涂涂附，亦不免有类墨猪，不知学问之道，贵得其精英，弃其糟粕也。[8]少陵云“读书破万卷”，非谓学乎？“下

---

① 泥：拘泥、固执、死板。

② 沧浪：严羽（公元1200年前后在世），字仪卿，自号沧浪逋客，宋代邵武人，有《沧浪集》二卷、《沧浪诗话》一卷传于世。妙悟：严羽《沧浪诗话·诗辩》云：“大抵禅道惟在妙悟，诗道亦在妙悟。”才：严羽《沧浪诗话》作“材”。非关学也：学，《沧浪诗话》作“书”。

③ 多穷理：原刊本脱、此句，据《沧浪诗话》补。

④ 天籁：自然界的音响。后用来指文章流畅而具自然情趣。《庄子·齐物论》：“女闻人籁而未闻地籁；女闻地籁而未闻天籁夫！”女，音义同“汝”。你，你们。

⑤ 竹垞（chá）：朱彝尊（1629 ~ 1709），字锡鬯，号竹垞，浙江秀水人。“必储万卷于胸，始足以供驱使”句：引自朱彝尊《饴山文集·序》。原文为：“诗篇虽小技，其源本经史。必也万卷储，始足供驱使。别材非关学，严叟不晓事。”

⑥ 诋：毁谤，诋毁。

⑦ 渺冥：深远。超超元著：指议论高妙，不著形迹。元，同“玄”。清人避康熙帝玄烨讳，以“元”代替“玄”。《世说新语·言语》：“我与王安丰（戎）说延陵、子房，亦超超玄著。”

⑧ 饾饤（dòudìng）：食品堆叠貌，比喻堆砌辞藻。涂涂：浓厚貌。汉刘向《九叹逢纷》：“白露纷以涂涂兮，秋风浏以萧萧。”墨猪：比喻笔画丰肥而无力的书法。唐张彦远《法书要录——晋卫夫人〈笔阵图〉》：“善笔力者多骨，不善笔力者多肉。多骨微肉者，谓之筋书；多肉微骨者，谓之墨猪。”

笔如有神”，非谓悟乎？[①] 味此二句，学与悟可一贯矣。

自来诗家，源同流异，派别虽殊，旨归则一。盖不同者，肥瘦平险、浓淡清奇之外貌耳，而其所以作诗之旨及诗之理法才气，未尝不同。犹人之面目，人人各异，而所赋之性，天理人情，历百世而无异也。至家数之大小，则由于天分学力有浅深醇疵，风会时运有盛衰升降，天与人各主其半，是以成就有高下等差之不齐也。夫言为心声，诗则言之尤精者，虽曰人声，有天籁焉。[②] 天不能历久而不变，诗道亦然。其变之善与不善，恒视乎人力。力足以挽时趋，则人转移风气，其势逆以难，遂变而臻于上。力不足以挽时尚，则风气转移人，其势顺而易，遂变而趋于下。此理势之自然，亦天运之循环也。盖一代之诗，有盛必有衰，其始也由衰而返乎盛，盛极而衰即伏其中。于是能者又出奇以求其盛，而变之上者则中兴，变之下者则愈降。古人所谓“若无新变，不能代雄”[③] 是也。迨新者既旧，则旧者又复见新，新旧递更，日即于变。大抵先后乘除之间，或补其偏，或救其弊，恒视其衰而反之。此诗道所以屡变，亦有不得不然者矣。两汉厚重古淡之风，至建安而渐漓，至晋氏潘、陆辈而古气尽矣，故陶、谢诸公出而一变。[④] 渊明以古淡自然为宗，康乐以厚重独造制

---

① 少陵：杜甫（712 ~ 770），字子美，唐代诗人，晚年居杜陵，自称杜陵布衣，又称少陵野老，故后人称他为杜少陵。“读书破万卷，下笔如有神”引自杜甫诗《奉赠韦左丞丈二十二韵》。

② 言为心声：言语是表示心意的声音，即言语是思想的反映。语出汉扬雄《法言·问神》：“故言，心声也。”

③ 若无新变，不能代雄：诗歌等文学作品如果不能推陈出新，就不可能在思想上或艺术上具有崇高地位，产生深远的影响，成为一代之雄。语出自梁萧子显《南齐书·文学传论》。

④ 建安：汉献帝的年号，此处指文学的建安时期。建安至魏初这一时期的文学称为建安文学。晋氏潘、陆辈：西晋太康诗人潘岳、陆机二人文学风格相近，同是太康文学的代表作家。《宋书·谢灵运传论》：“降及元康，潘陆特秀。”钟嵘《诗品》：“陆才如海，潘才如江。”陶、谢：晋末宋初诗人陶渊明和谢灵运。两人生活时代相同，均以描写田园自然风光称著于世。

胜，明远以俊逸生动求新，而诗复盛。[①]宋、齐以后，绮丽则无风骨，雕刻则乏气韵，工选句而不解谋篇，浅薄极矣。沿至唐初，积习未革。至盛唐，而射洪、曲江力起其衰，复归于古。[②]太白、子美，同时并驾中原。[③]太白为诗中仙，子美为诗中圣，屹然两大，狎主齐盟。[④]而王、孟、高、岑、东川、左司[⑤]诸家，并极一时之选，羽翼风雅，盛矣哉！其诗之中天乎？大历以降，风调渐佳，气格渐损。故昌谷以雄奇胜，元、白以平易胜，温、李以博丽胜，郊、岛以幽峭胜，

---

① 康乐：谢灵运。18岁袭封康乐公，故称谢康乐。明远：鲍照（？～466？），字明远，江苏灌云人，出身贫寒。钟嵘在《诗品》里说"嗟其才秀人微，故取湮当代"。鲍照的成就主要是乐府诗。他的乐府诗，继承和发扬了汉乐府的优秀传统，运用华美的辞藻，却不乏骨力，与当时柔弱的诗风有显著不同。

② 射洪：陈子昂（661～702），字伯玉，梓州射洪（今四川射洪县）人，故以籍贯称射洪。唐代的诗歌，经唐初四杰的努力，已逐渐摆脱梁陈颓靡诗风的影响，给诗坛带来了生气，而陈子昂在此基础上自觉地倡导革新，从理论和实践两方面扫除了形式主义的残余，开一代诗风。曲江：张九龄（673～740），字子寿，一名博物，韶州曲江（今广东省韶关市）人，故以籍贯称曲江，唐中宗景龙年间中进士。早有文名，在荆州所写《感遇》诗12首，风格遒劲，寄托深远，和陈子昂的《感遇》诗相似，对于扭转初唐诗风也起过一定作用。清刘熙载《艺概》亦云："唐初四子沿陈、隋之旧，故虽才力迥绝，不免致人异议。陈射洪、张曲江独能超出一格，为李杜开先，人文所肇，岂天运使然耶？"

③ 太白：李白（701～762），字太白，自号青莲居士，唐代诗人。子美：杜甫（712～770），字子美，唐代诗人。《旧唐书·杜甫传》："（甫）少与李白齐名，时号李杜。"

④ 诗中仙：对唐代诗人李白的誉称。宋严羽《沧浪诗话·诗评》："人言太白仙才，长吉鬼才；不然，太白天仙之词，长吉鬼仙之词耳。"因李白诗才飘逸如仙，多道游山求仙之事，富有浪漫主义特色，故称。诗中圣：对唐代诗人杜甫的誉称。明杨慎谓杜甫"圣于诗"，清王士禛谓杜甫作"圣语"，后遂有"诗圣"之称。

⑤ 王、孟、高、岑、东川、左司诸家：王，指唐代诗人王维（701～761）。孟，指唐代诗人孟浩然（689～740）。高，指唐代诗人高适（702～765）。岑，指唐代诗人岑参（715～770）。王维和孟浩然是山水田园诗派代表作家，并称"王孟"。高适和岑参是边塞诗派代表作家，并称"高岑"。东川，指唐代诗人李颀（qí）（690～751），东川（治所在今四川三台县）人，以籍贯称东川，开元二十三年（735）进士，代表作是描写边塞和刻画人物形象的七言歌行。左司，左迁司马的省略语，指唐代诗人白居易。语出自白居易《琵琶行并序》："元和十年，予左迁九江郡司马。"左迁，贬官。

虽品格不一，皆能自成局面，亦皆力求其变者也。[①]即张、王、皮、陆[②]之属，非无意翻新变故者，特成就狭小耳。晚唐衰极，五代诗亡，几扫地尽。宋人出而矫之，杨、刘唱和，宗法玉谿，台阁从风，号西昆体，久而堆垛挦扯，贻人口实。[③]故苏子美矫以疏纵，梅宛陵矫以枯淡，然未餍人望也。[④]欧公学韩，而以夷犹神韵，变其光怪

---

① 昌谷：晚唐诗人李贺（791 ~ 817），字长吉，生于昌谷（今河南宜阳），故以籍贯称。元、白：唐代诗人元稹（779 ~ 831）、白居易（772 ~ 846）的并称。二人是好友，文学主张与诗风相近，并共同倡导了“新乐府”运动。温、李：晚唐诗人温庭筠（812？ ~ 870？）和李商隐（813 ~ 858）。两人的诗齐名，诗风近似，因而并称。金元好问《黄金行》：“笔头仙语复鬼语，只有温李无他人。”郊、岛：中唐诗人孟郊（751 ~ 814）和贾岛（779 ~ 843）。孟郊一生困顿，贫寒凄苦，其诗也常道穷愁凄凉；贾岛诗注重字句的雕琢、推敲。两人诗歌都清峭瘦硬，以苦吟著称，人称“郊寒岛瘦”。

② 张、王、皮、陆：张、王，指晚唐诗人张籍和王建。张籍（765 ~ 830？），字文昌，刻意写作古风和乐府，与王建齐名。王建（生卒年不详），字仲初。张籍在《逢王建有赠》中说他们两人“年状皆齐”。皮、陆，指晚唐诗人皮日休（834？ ~ 883？）和陆龟蒙（？ ~ 881？）。两人为好友，以诗唱和，在当时齐名。

③ 杨、刘：宋代诗人杨亿（974 ~ 1020）和刘筠（1016年前后在世）。杨亿，字大年，浦城（今福建）人，淳化进士。早慧，11岁时其词赋即为太宗赏识。真宗即位，超拜左正言。曾修《太宗实录》与《册府元龟》。官至翰林学士兼史馆修撰。是《西昆酬唱集》的主编。刘筠，字子仪，大名人。文辞善对偶，尤工诗，初为杨亿所识拔，后与杨亿齐名。玉谿：晚唐诗人李商隐（813 ~ 858），字义山，号玉谿生，怀州河内（今河南沁阳）人，在晚唐诗坛上占有重要地位。其诗辞藻繁丽，对偶精切，好用典故，偏重近体。后成为西昆体学习的榜样。台阁：即台阁体，是明初上层官僚中形成的一种诗风，流行于永乐、成化年间。诗歌形式典雅工丽，内容多为粉饰太平，颂扬统治者功德。以杨士奇、杨荣、杨溥（三杨）为代表。西昆体：北宋初期的一个文学流派。以杨亿、刘筠、钱惟演等人为代表。因为他们互相唱和，编成《西昆酬唱集》，故名。西昆体作家都是御用词臣和大官僚，作品内容大都是歌功颂德，粉饰太平；艺术上模仿李商隐，追求繁丽辞藻，讲究对偶，堆砌典故。堆垛（duò）：整齐地堆成堆。指写作中堆砌辞藻。挦（xián）扯：撕，撕下。特指写作中割裂文意，剽窃词句。贻（yí）人口实：给人留下口实。贻，遗留。口实，假托的理由，即话柄。

④ 苏子美：宋代诗人苏舜钦（1008 ~ 1048），字子美，梓州铜山（今四川中江南）人。他的诗，古风雄放劲健，近体平易可亲。与梅尧臣齐名，但二人的诗风不同。梅宛陵：宋代诗人梅尧臣（1002 ~ 1060），字圣俞，宣城（今属安徽）人。因著有《宛陵集》，故称。工诗，以深远古淡为意。餍：满足。

陆离；[1]半山学杜[2]，而以简拔短炼，变其沉郁飞动。各自成家，一时瑜、亮。[3]至东坡[4]则天仙化人，飞行绝迹，变尽唐人面目，另辟门户，敏妙超脱，巧夺天工，在宋人中独为大宗。山谷[5]力求新异，戛戛独造，能以奇奥生峭瘦劲，别开蹊径，虽非东坡匹，亦巨手也。后山高老，简斋深秀，惟江西习气过重，易使人厌。[6]二晁尚有笔力，宛丘颇见气格。[7]淮海[8]辈明丽无骨，时近于词，无足论矣。南渡后，

---

① 欧公学韩：欧公，指宋代文学家欧阳修（1007 ~ 1072）；韩，指唐代作家韩愈（768 ~ 824）。欧阳修很推崇韩愈，直接继承了唐中叶韩愈古文运动的精神和主张，并以补缀校定韩愈的文集以作标榜，倡导古文革新运动，故言欧公学韩。夷犹：从容不迫。

② 半山学杜：半山，指王安石；杜，指杜甫。王安石（1021 ~ 1086），字介甫，号半山，临川（今江西）人，北宋政治家、思想家、文学家，文学主张和欧阳修、梅尧臣大致相同。他在《上人书》里说："且所谓文者，务为有补于世而已矣。"从这种观点出发，他毫无保留地肯定的作家只有杜甫一人。故言半山学杜。

③ 一时瑜、亮：像周瑜和诸葛亮一样，一时难分高低。瑜，指三国时周瑜；亮，指诸葛亮。

④ 东坡：苏轼（1037 ~ 1101），字子瞻，号东坡，四川眉山人。唐宋"古文八大家之一"，人称诗、书、画三绝。

⑤ 山谷：宋代诗人黄庭坚（1045 ~ 1105），字鲁直，因爱潜山山谷寺石牛洞的幽胜，自号山谷道人，分宁（今江西修水）人。

⑥ 后山：宋代诗人陈师道（1053 ~ 1102），字履常，一字无己，号后山居士，彭城（今江苏铜山）人。简斋：宋代诗人陈与义（1090 ~ 1139），字去非，号简斋，洛阳（今河南）人。其诗原属江西诗派，宋室南渡时，经历了战乱生活，诗风有所转变。江西习气：指江西诗派的诗风。江西诗派，是宋代文学流派。北宋末年，吕本中作《江西诗社宗派图》，自黄庭坚以下，列陈师道等 24 人。这些人不全是江西人，因江西人黄庭坚在其中影响最大，故称江西诗派。他们论诗主张多读书，认为诗从学问中来。宗法杜甫，强调活法，要求字字有来历，脱胎换骨，点铁成金。常袭用前人诗意而略改其词，有时却走上了脱离现实的形式主义道路，造成不良影响。

⑦ 二晁：指宋代晁补之及其从弟晁咏之。晁补之（1053 ~ 1110），字无咎，号归来子，巨野（今山东）人，长于散文，比较注重"事功"，文章温润奇卓，出于天成，也工诗词，是苏门四学士之一。晁咏之（1055？ ~ 1106？），字之道。曾以诗文献给苏轼，为苏轼赏识，叹为奇才。宛丘：张耒（1052 ~ 1112），字文潜，楚州淮阴人。是苏门四学士之一，著有《宛丘集》76 卷，故称。其诗曾学白居易、张籍，故亦平淡自然。他在《贺方回乐府序》中主张文章应当"满心而发，肆口而成，不待思虑而工，不待雕琢而丽"。

⑧ 淮海：秦观（1049 ~ 1101），字少游，又字太虚，号淮海居士，高邮（今江苏）人。在苏门四学士中，秦观最受苏轼赏识。他逝世后，苏轼曾叹道："少游不幸死道路，哀哉！世岂复有斯人乎？"其诗内容单薄，筋骨差些，王安石评其诗"清新妩丽"。有《淮海集》40 卷及词 1 卷传世。

江西派盛行，推崇山谷，而槎枒晦涩，百病丛生，既入偏锋，复堕恶趣。[①]江湖一派[②]，鄙俚不堪入目。九僧、四灵，以长江、武功为法，有句无章，不惟寒俭，亦且琐僻卑狭。[③]明末钟、谭[④]，即此种之嗣音。草根虫鸣，鼠穴啾唧，殊无生气，皆魔道[⑤]也。惟放翁[⑥]老练峭洁，七古简而能厚，清而能辣；七律佳者，沉雄近杜，真巨擘[⑦]矣！第存诗太多，流连光景之作，十居七八，而世人又以平调秀句易于谐俗效之，遂减声价。然可冠南宋，石湖非其伯仲[⑧]。后来惟金代

---

① 南渡：宋王朝原建都开封，至赵构（高宗）迁都临安（今杭州），称南渡。南渡以前为北宋，以后为南宋。槎枒（cháyā）：错杂不齐貌。

② 江湖一派：南宋书商陈起曾刊行《江湖集》《江湖前集》《江湖后集》《江湖续集》《中兴江湖集》等诗歌集，收戴复古、刘过等许多作家作品，后来称所收作家为江湖派。这些作家大都是落第文士，政治上没有地位，因而浪迹江湖，靠献诗卖艺为生。他们的作品，思想和艺术风格并不相同。

③ 九僧、四灵：九僧，宋初诗僧希昼、保暹、文兆、行肇、简长、惟凤、宇昭、怀古、惠崇九人。当时西昆体盛行，此九僧互相倡和，不满西昆浮艳之习，崇奉晚唐贾岛、姚合一派，作品多写日常生活琐事。有九人合集《九僧诗》。四灵，指南宋诗人徐照、徐玑、翁卷、赵师秀。徐照（？～1211），字道晖，一字灵辉，号山民，永嘉（今浙江温州）人。徐玑（1162～1214），字文渊，一字致中，号灵渊，永嘉人。翁卷，公元1203年前后在世，字续古，一字灵舒，永嘉人。赵师秀，公元1204年前后在世，字紫芝，号灵秀，永嘉人。因四人都是永嘉人，字或号又都有一“灵”字，故称永嘉四灵，简称“四灵”。他们反对江西诗派，诗歌多为山水田园诗和酬答之作，不谈世事；艺术上专学贾岛，以精练的语言刻画寻常景物，而不大显露斧凿痕迹，但作品内容贫乏，意境狭窄，格调不高。长江、武功：长江，指贾岛，因其著有《长江集》10卷，故称。武功，指唐朝诗人姚合。姚合，公元831年前后在世，字不详，陕州峡石（今河南三门峡南）人，宪宗元和十一年（816）中进士，初授武功主簿，故称姚武功。其诗通俗、朴素，与贾岛齐名。

④ 钟、谭：指明末诗人钟惺与谭元春。因二人共选《诗归》，故并称。钟惺（1574～1625），字伯敬，号退谷，竟陵（今湖北天门）人。谭元春（1586～1637？），字友夏，竟陵人。后人对钟、谭诗的评价毁誉不一，但毁多于誉。

⑤ 魔道：这里指歧途、邪路。本佛家语，指邪鬼天魔的世界。后引申指妨害正法的邪道。

⑥ 放翁：南宋诗人陆游（1125～1210），字务观，自号放翁，山阴（今浙江绍兴）人。

⑦ 巨擘（bò）：大拇指，比喻在某一方面居于首位的人物。

⑧ 石湖非其伯仲：石湖先生不能与其相比。石湖，即南宋诗人范成大（1126～1193），字致能，自号石湖居士，平江府（今苏州）人。伯仲，指兄弟排行的次序，伯是老大，仲是第二。比喻事物不相上下。

元遗山[①]，雄豪跌荡，足与放翁相抗。遗山、剑南[②]并称，非无见也。金人染江西气习，遗山以外无杰出者。元人但逐晚唐，师飞卿、长吉[③]二家，一代成风。虞道园自负"汉廷老吏"[④]，亦时无英雄，浪得名耳。杨、范、揭三子，及金华、天水、雁门，不过夭桃浓李，绝非梅兰之友。[⑤]铁崖如倡女艳妆，渊颖如村妇盛服，均乏名贵之气。[⑥]缘忘本逐末，故降而愈靡也。明人惟青丘[⑦]雄视一代。前后七子，

---

① 元遗山：金代诗人元好问（1190 ~ 1257），字裕之，号遗山，太原秀容（今山西忻县）人。有《遗山先生全集》。

② 剑南：即南宋诗人陆游。因其著有诗集《剑南诗稿》，故称。

③ 师飞卿、长吉：学习温庭筠和李贺。师，学习，效法。飞卿，晚唐诗人温庭筠（812 ~ 870？），本名岐，字飞卿，太原祁（今山西省祁县）人。他的诗艳丽精巧。著有《温飞卿诗集》。长吉，晚唐诗人李贺（790 ~ 816），字长吉，河南府福昌县（今河南省宜阳县）人。

④ 虞道园自负"汉廷老吏"：元代诗人虞集（1272 ~ 1348），字伯生，仁寿（今四川仁寿）人，寓居崇仁（今江西崇仁县）。曾为大都路儒学教授，官至翰林学士兼国子祭酒。是当时四大家之一。诗风端严。每承顾问，必委屈尽言，随事讽谏，人比之"汉廷老吏"。著有《道园学古录》50卷、《道园遗稿》6卷。

⑤ 杨、范、揭：元代诗人杨载（1271~1322），字仲弘，浦城人。著有《杨仲宏集》。元代诗人范椁（peng）（1272~1330），字亨父，又字德机，清江人。有《范德机诗集》。元代诗人揭傒斯（1274 ~ 1344），字曼硕，龙兴富州（今江西丰城市）人。著有《文安集》14卷。其文严整简当，诗尤清婉丽密。金华、天水、雁门：金华，元代诗人胡翰（1307 ~ 1381），字仲子，一字仲申，金华人。元末，避乱于南华山，著书自适，以文章名。著有《胡仲子集》。天水，不详，待考。雁门，即元代诗人萨都剌（1272 ~？），字天锡，号直斋，蒙古族，居雁门（今山西代县）。文辞健雄，而诗则流丽清婉，最长于情。著有《雁门集》3卷。

⑥ 铁崖：杨维桢（1296 ~ 1370），字廉夫，号铁崖，别号铁笛道人，诸暨（今属浙江）人。有《铁崖古乐府》和《东维子集》。他的诗在当时很有名，称为"铁崖体"。渊颖：吴莱（1297 ~ 1340），字立夫，浦阳人。门人私谥渊颖先生，著有《渊颖集》12卷。

⑦ 青丘：高启（1336 ~ 1374），字季迪，号槎轩，又号青丘子，苏州长洲（今江苏苏州）人。著有《青丘高季迪诗文集》25卷。

高语盛唐，但摹空调，有貌无神，宜招“优孟衣冠”之诮。[①] 盖拘常而不达变，故习而成套也。公安矫以浅率，竟陵矫以晦僻，其魔尤甚，诗运衰而国祚亦尽矣[②]。此古今诗升降之大略也。大约朴厚之衰，必为平实，而矫以刻划；迨刻划流于雕琢琐碎，则又返而追朴厚。雄浑之弊，必入廓肤[③]，而矫以清真；及清真流于浅滑俚率[④]，则又返而主雄浑。典丽之降，必至饾饤，则矫以新灵；久之新灵流于空疏孤陋，则又返而趋典丽。势本相因，理无偏废。其初作者，必各有学问才力，故能自成一家之言，以传于世。其后学者，囿于门户积习，必有流弊，故能者又返之以求胜。要之，各派皆有所长，亦皆有所短。善为诗者，上下古今，取长弃短，吸神髓而遗皮毛，融贯众妙，出以变化，别铸真我，以求集诗之大成，无执成见为爱憎，

---

① 前后七子：前七子，指明代弘治、正德年间倡议复古运动的文学家李梦阳、何景明、徐祯卿、边贡、康海、王九思、王廷相。以李梦阳、何景明为首。主张“文必秦汉，诗必盛唐”，反对粉饰圣德、形式绮靡的“台阁体”，提倡读古书，增长知识学问，开阔心胸眼界，但矫枉过正，走上了盲目尊古的道路，把文学创作引进了死胡同。后七子，指明代嘉靖、万历年间复古派文学家李攀龙、王世贞、谢榛、宗臣、梁有誉、徐中行、吴国伦。以李攀龙、王世贞为首。文学主张与前七子相似。主张“文必西汉，诗必盛唐，大历以后书勿读”。拟古之行较前七子更甚。在创作上以模拟剽窃为能，有的甚至篇篇模拟，字字模拟。产生不良影响。优孟衣冠：比喻假扮别人或一味模仿古人。优孟，春秋时楚国著名宫廷艺人。《史记·滑稽列传》记载，优孟常以谈笑讽谏楚庄王。楚相国孙叔敖死后，儿子非常穷困。优孟就穿戴了孙叔敖的衣冠，往见庄王。庄王以为孙叔敖复活，想用他为相国。优孟趁机讽谏，说孙叔敖为相廉洁，死后妻儿穷困，负薪而食，楚相不足为也。庄王感悟，便把寝丘这个地方封给了孙叔敖的儿子。

② 公安：明代后期的一个文学流派。以袁宗道、袁宏道、袁中道兄弟三人为首。因“三袁”是公安县（今湖北）人，故名。他们猛烈反对前后七子的拟古主义，认为文学是随时代的变化而变化的，反对贵古贱今和模拟古人。在创作上提出的口号是“独抒性灵，不拘格套”，强调自然天真，重视妇孺的真声和赤子婴儿的自然之趣。公安派对清代文学如郑燮的散文和袁枚的诗论有一定影响。竟陵：明代后期的一个文学流派。以钟惺、谭元春为代表。因两人都是竟陵（今湖北天门）人，故名。他们反对拟古，主张抒写性灵，文学主张与公安派基本相同。但因公安派的作品有浮浅之弊，他们企图以幽深孤峭的风格矫之，以至流于艰涩，内容上也比较脱离现实。国祚亦尽：国家的命运也完结了。国祚，帝王之位，也指国家的命运。

③ 廓肤：空疏而肤浅。廓，空疏、松散。肤，肤浅。

④ 俚率：鄙俗、草率。

岂不伟哉！何必步明人后尘，是丹非素，祧宋尊唐[①]，徒聚讼耶？执一格以绳人，互相攻击，此弊始于南宋，明代诗人效尤，愈启争端。庄子曰："辩生于末学。"此之谓也。若别裁伪体，斥绝偏锋魔道，则千古既有定论，寸心亦具是非，属不得已，非好辩矣。

诗人以培根柢为第一义。根柢之学，首重积理养气。积理云者，非如宋人以理语入诗也，谓读书涉世，每遇事物，无不求洞析所以然之理，以增长识力耳。勿论"九经""廿一史"[②]、诸子百家之集，与夫稗官杂记，莫不有理存乎其中。诗人上下古今，读破万卷，非但以博览广见闻也。读经则明其义理，辨其典章名物，折中而归于一是。读史则核历朝之贤奸盛衰，制度建置，及兵形地势，无不深考，使历代数千年之成败因革，悉了然于心目之间。读诸子百家之集，一切稗官杂记，则务澈作书之旨，别白其醇疵得失真伪，使无遁于镜照，而又参观互勘，以悟其通而达其变。设身处地，以会其隐微言外之情，则心心与古人印证，有不得其精意者乎？而又随时随地，无不留心身所阅历之世故人情、物理事变，莫不洞鉴所当然之故；与所读之书义，冰释乳合，交契会晤，约万殊而豁然贯通；则耳目所及，一游一玩，皆理境也。积蓄融化，洋溢胸中，作诗之际，触类引申，滔滔涌赴，本湛深之明理，结奇异之精思，发为高论，铸成伟词，自然迥不犹人矣。此可以用力渐至，而不可猝获也。

积理而外，养气为最要。盖诗以气为主，有气则生，无气则死，

① 祧（tiāo）宋：继承宋代（诗歌传统）。祧，原指祭远祖的庙，后来指继承上代。尊唐：尊崇唐代（诗歌）。

② "九经"：九部儒家经典。不同时代所指有所不同。唐代科举"明经"科指"三礼"（《周礼》《仪礼》《礼记》）、"三传"（《左传》《公羊传》《穀梁传》）及《易》《书》《诗》，称作"九经"；宋代刻巾箱本九经白文，指《易》《书》《诗》《左传》《礼记》《周礼》《孝经》《论语》《孟子》；明代郝敬《九经解》指《易》《书》《诗》《春秋》《礼记》《仪礼》《周礼》《论语》《孟子》；清代纳兰性德《通志堂经解》指《易》《书》《诗》《春秋》《三礼》《孝经》《论语》《孟子》《四书》。"廿一史"：明嘉靖时校刻史书，于宋人所称"十七史"（《史记》《汉书》《后汉书》《三国志》《晋书》《宋书》《南齐书》《梁书》《陈书》《后魏书》《北齐书》《周书》《隋书》《南史》《北史》《新唐书》《新五代史》）外，加宋、辽、金、元四史，合称"廿一史"。

亦与人同。昌黎曰："气，水也；言，浮物也。水盛而物之大小浮者毕浮，气盛则声之高下与言之长短皆宜。"[1]东坡曰："气之盛也，蓬蓬勃勃，油然浩然，若水之流于平地，无难一泻千里，及其与山石曲折，随物赋形，一日数变，而不自知也。盖行所当行，止所当止耳。"是皆善于言气者。夫气以雄放为贵，若长江大河，涛翻云涌，滔滔莽莽，是天下之至动者也。然非有至静者宰乎其中，以为之根，则或放而易尽，或刚而不调，气虽盛，而是客气[2]，非真气矣。故气须以至动涵至静，非养不可。养之云者，斋吾心，息吾虑，游之以道德之途，润之以诗书之泽，植之在性情之天，培之以理趣之府，优游而休息焉，蕴酿而含蓄焉，使方寸[3]中怡然涣然，常有郁勃欲吐畅不可遏之势，此之谓养气。及其用之际，则又镇之以理，主之以意，行之以才，达之以笔，辅之以理趣，范之以法度，使畅流于神骨之间，潜贯于筋节之内，随诗之抑扬断续，曲折纵横，奔放充满于中，而首尾蓬勃如一。敛之欲其深且醇，纵之欲其雄而肆，扬之则高浑，抑之则厚重，变化神明，存乎一心，此之谓练气。似乎气之为气，诚中形外，不可方物[4]矣。然外虽浩然茫然，如天风海涛，有摇五岳、腾万里之势，内实渊渟岳峙，骨重神寒，有沉静致远之志。[5]

---

① 昌黎曰："气，水也……长短皆宜"：这段话引自韩愈《答李翊书》一文，文字略有出入。原文为："气，水也；言，浮物也；水大而物之浮者大小毕浮。气之与言犹是也，气盛则言之短长与声之高下者皆宜。"

② 客气：与后面的"真气"相对的一种气，即不是出自真诚的虚矫之气。气，古代文论常用术语。古代朴素唯物主义认为气是构成万物的自然物质，即世界的本原；又认为充满人体内的是气（自然物质），它是生命力量的来源；又把自然之气与人身之气的物质命题，引入精神领域，"气"便成为文学理论的术语。清代文学家方东树（1772～1851）在《昭昧詹言》卷一中说："观于人身及万物动植，皆全是气所鼓荡。气才绝，即腐败臭恶不可近。诗文亦然。"这里的客气似乎还含有"匆匆过客"之意，言行虚矫缺乏真情实感毕竟是无源之水，假象也只能蒙骗一时，故后文说："放而易尽，或刚而不调，气虽盛，而是客气。"

③ 方寸：指心，即古人认为的思维器官，实际是大脑。

④ 方物：辨别名分。

⑤ 五岳：中国五大名山的总称。即东岳泰山、南岳衡山、西岳华山、北岳恒山、中岳嵩山。渊：如渊之深静不流动。岳峙（zhì）：像高大的山那样耸立。

帅气于中，为暗枢宰，若北辰[①]之系众星，以静主动。此之谓醇而后肆，此之谓动而实静，故能层出不穷，不致一发莫收，一览易尽也。在识者谓之道气，诗家谓之真气。所云练气者，即炼此真气也；养气者，即养此真气也。彼剽而不留，或未终篇而索然先竭者，正坐不知养气与炼耳。盖养于心者，功在平日；炼于诗者，功在临时。养气为之体，练气则诗之用也。予幼作《论诗绝句》云："正声自古由中出，真气从来不外驰。"[②]略见大意，可参看矣。

近人主王、孟、韦、柳一派，以神韵为宗者，谓诗不贵用典，又以不著议论为高，此皆一偏之曲见也。名手制胜，正在使事与议论耳。严沧浪谓用典使事之妙，如镜中之花，水中之月，可以神会，不可言传。[③]又谓如著盐水中，但辨其味，不见其形。[④]所喻入妙，深得诗家三昧。大抵用典之法，在融化剪裁，运古语若己出，毫无费力之痕，斯不受古人束缚矣；正用不如反用，明用不如暗用；或借宾以定主，或托虚以衬实；死事则用之使活，熟事则用之使生。渲染则波澜叠翻，镕铸则炉锤在握。驱之以笔力，驭之以才情，行之以气韵，俾自在流出，如鬼斧神工，不可思议，而一归于天然，斯大方家手笔矣。杜陵句云："美人细意熨贴平，裁缝灭尽针线迹。"杜陵：杜甫。"杜陵布衣"的简称。"美人……线迹"两句：引自杜甫《白丝行》一诗。放翁云："天机云锦用在我，剪裁妙处非刀尺。"[⑤]皆个中精诣也，学者详之。

自宋人好以议论为诗，发泄无余，神味索然，遂招后人史论之讥，谓其以文为诗，乃有韵之文，非诗体也。此论诚然。然竟以议论为戒，

---

① 北辰：指北极星。

② "正声……外驰"二句：引自朱庭珍《论诗绝句》五十首其二。原诗为："炼笔刚柔贵得宜，诗家秘旨几人知？正声自古由中出，真气从来不外驰。"

③ "严沧浪谓用典……不可言传"一段：引自严羽《沧浪诗话》，原文是："诗者，吟咏情性也，盛唐诸人，惟在兴趣；羚羊挂角，无迹可求。故其妙处，透彻玲珑，不可凑泊。如空中之音，相中之色，水中之月，镜中之象，言有尽而意无穷。"

④ "又谓……不见其形"：《沧浪诗话》中无此论述，不知引自何处。

⑤ "天机云锦用在我"句：用，原作"制"，据陆游《九月一日夜读诗稿有感，走笔作歌》改。

欲尽捐之，则因噎废食，胶固不通矣。大篇长章，必不可少叙事议论，即短篇小诗，亦有不可无议论者。但长篇须尽而不尽，短章须不尽而尽耳。叙事即伏议论之根，议论必顾叙事之母。或叙事而含议论，议论而兼叙事。或以议论为叙事，叙事为议论。错综变幻，使奇正相生，疏密相间，开阖[①]抑扬，各极其妙，斯能事矣。人但知叙事中之叙事，议论中之议论，与夹叙夹议之妙，而抑知叙事外之叙事，议论外之议论，与夫不叙之叙，不议之议，其笔外有笔，味外有味，尤为玄之又玄，更臻微妙乎！夫不尽而尽者，情深于中，韵溢于外，言简意赅[②]，词近旨远。如画家缩本[③]，咫尺其万里之势，则不尽而已深尽之。尽而不尽者，包罗万有，众妙毕臻。如岱宗之长五岳，以大山宫小山，中包无数峰峦溪涧。[④]如武侯之列八阵[⑤]，以大阵藏小阵，中变无数门户方圆。任登峰造极，钩深致远，终不能穷其曲折义蕴，则无所不尽，而实多有余不尽也。学者知此诣，则得大家秘传矣。

严沧浪云："学诗入门须正，立志须高。若入门一误，即有下劣诗魔中之，不可救矣。"[⑥]古人谓"取法乎上，仅得其中"，亦言宗法之不可不正也。五古以神骨气味为主，愈古淡则愈高浑，火色俱纯，金丹始就，故不可染盛唐以后习径，戒其杂也。七古以才气笔力为主，愈变化则愈神明，楼阁弹指，即现虚空，故不妨兼唐宋诸家众长，示其大也。盖五古须法汉魏及阮步兵、陶渊明、谢康乐、鲍明远、李、杜诸公，而参以太冲、宣城及王、孟、韦、柳四

① 阖（hé）：关闭。

② 言简意赅（gāi）：语言简练，意思完善。

③ 缩本：指画家按比例缩小尺寸的绘画方法。

④ 岱宗：泰山。旧谓泰山为四岳所宗，泰山别称岱，故名。长（zhǎng）五岳，即五岳之长。宫：围绕，屏障。《尔雅·释山》："大山宫小山，霍。"

⑤ 武侯之列八阵：武侯，三国时诸葛亮。八阵，即八阵图。这是诸葛亮用兵的一种阵法。

⑥ "学诗入门……不可救矣"：这段话引自严羽《沧浪诗话》，原文为："学诗者以识为主，入门须正，立志须高；以汉魏晋盛唐为师，不作开元天宝以下人物。若自退屈，即有下劣诗魔入其肺腑之间，由立志之不高也。"

家，则高古清远，雄厚沉郁，均造其极，正变备于是矣。[①]七古以杜、韩、苏三公为法，而参以太白、达夫、嘉州、东川、长吉，及宋之六一、半山、山谷、剑南，金之遗山，明之青丘，皆有可采。[②]挥洒凝练，整齐变化，备于以上各家。善取兼师，集众妙以自成一家可也。五律以杜为法，参以太白、襄阳、右丞、嘉州，已备其旨。[③]七律以工部、右丞、义山为法，参以东川、嘉州、中山、牧之，须求高壮雄厚，不涉空腔，乃是方家正宗。[④]中晚风调，放翁秀句，不宜贪学，恐易于谐俗，转难近古故也。惟拗体、吴体，宗杜须兼山谷，取其生造，于高老中时出瘦劲，以助姿峭。[⑤]五排专宗老杜，参以义山，此外无可津涉。绝句则中、盛、晚唐及宋人皆可兼学，但须以情韵为归宿耳。总之，近体易于入时，不可涉平调，为靡靡之音。明七子浮声空响，西江派、南宋人槎枒枯槁，生硬粗率恶习，

---

① 阮步兵：阮籍（210 ~ 263），字嗣宗，陈留尉氏（今河南尉氏县）人，“建安七子”之一阮瑀的儿子，与嵇康等称“竹林七贤”。曾慕步兵营人善酿酒而求为步兵尉，世称“阮步兵”。谢康乐：谢灵运（385 ~ 433），祖籍陈郡阳夏（今河南太康），出生于会稽如宁（今浙江上虞），东晋名相谢玄的孙子，袭封康乐公。故名。鲍明远：鲍照（412？ ~ 466），字明远，东海（今江苏涟水北）人。太冲：左思（250？ ~ 305？），字太冲，临淄（今山东临淄北）人。曾以10年时间写成《三都赋》，一时洛阳为之纸贵。宣城：谢朓（464 ~ 499），字玄晖，陈郡阳夏（今河南太康）人，南齐代表作家。与谢灵运齐名，世称“小谢”。曾任宣城太守、尚书史部郎等职。有《谢宣城集》。王、孟、韦、柳：分别指王维（701 ~ 761）、孟浩然（689 ~ 740）、韦应物（737 ~约 790）、柳宗元（773 ~ 819）。他们都是唐代山水田园诗派的主要作家。就诗的内容和风格而言，王、孟相近，韦、柳也有近似之处。

② 杜、韩、苏：分别指唐代诗人杜甫、韩愈，以及宋代文学家苏轼。太白、达夫、嘉州、东川、长吉：分别是唐代诗人李白、高适、岑参、李颀、李贺。六一、半山、山谷、剑南：分别指宋代诗人欧阳修、王安石、黄庭坚、陆游。遗山：元好问（1190 ~ 1257），字裕之，号遗山，太原秀容人。著有《元遗山诗集》《遗山乐府》。青丘：高启（1336 ~ 1374），字季迪，自号青丘子。诗文雄健浑涵，自成一家。

③ 襄阳、右丞：分别是孟浩然和王维。

④ 工部、义山：分别是杜甫、李商隐。中山、牧之：分别是唐朝诗人刘禹锡、杜牧。

⑤ 拗体：律诗、绝诗每句平仄都有规定，平仄失误，声韵不相粘贴者为“失粘”；不依常格而加以变换者为“拗体”。吴体：吴均体的简称，是对南朝梁文学家、史学家吴均诗风、文风的称谓。《南史·吴均传》：“均文体清拔有古气，好事者或仿效之，谓为‘吴均体’。”吴均今存诗130余首，其中乐府30余首。其诗常流露出激愤不平之情，多用松树、梧桐、宝剑等形象抒写寒士的骨气和怀才不遇的感慨。

及元、白派之浅直颓唐句法，皆宜悬为厉禁，不可偶堕其藩篱。[1]一切近代廓肤语，小有风致语，及诗话中聪明语，尖媚谐谑语，并宜洗涤净尽。如此则趋向正大，造诣精进，不患不成家数矣。

作五古大篇，离不得规矩法度。所谓神明变化者，正从规矩法度中出，故能变化不离其宗。然用法须水到渠成，文成法立，自然合符，毫无痕迹，始入妙境。少陵大篇，最长于此。往往叙事未终，忽插论断，论断未尽，又接叙事。写情正迫，忽入写景，写景欲转，遥接生情。大开大阖，忽断忽连，参差错综，端倪莫测。如神龙出没云中，隐现明灭，倾刻数变，使人迷离。此运《左》《史》[2]文笔为诗法也，千古独步，勿庸他求矣。

七古起处，宜破空斗起，高唱入云，有黄河落天之势，而一篇大旨，如帷灯匣剑，光影已摄于毫端。[3]中间具纵横排荡之势，宜兼有抑扬顿挫之奇、雄放之气，镇以渊静之神，故往而能回，疾而不剽[4]也。于密处叠造警句，石破天惊；于疏处轩起层波，山曲水折。如名将临大敌，弥见整暇也。至接笔，则或挺接、反接、遥接，无平接者，故愈显嶒崚。转笔，则或疾转、逆转、突转，无顺转者，故倍形生动。其关键勒束处，无不呼吸相生，打成一片，故筋节紧贯，血脉灵通，外极雄阔，而内极细密也。结处宜层层绾合[5]，面面周到，而势则悬崖勒马，突然而止，断不使词尽意尽，一泻无余。此作七古之笔法也。若再能不以词接而以神接，不以句转而以气转，或不接之接，

---

① 明七子：指明代前七子李梦阳、何景明、徐祯卿、边贡、王廷相、康海、王九思，后七子李攀龙、王世贞、谢榛、宗臣、梁有誉、徐中行、吴国伦。西江派：西昆体与江西诗派的简称。槎枒（cháyá）：错杂不齐貌，歧出貌。

② 《左》《史》：《左传》《史记》。

③ 破空斗（dǒu）起：像山一样突起，刺破天空。斗，山名。这里借用为陡峻。帷灯匣剑：灯罩剑匣。

④ 疾而不剽：敏捷而不轻浮。

⑤ 绾（wǎn）合：联络贯通。

不转之转，尤为大家不传之秘，入无上上乘禅矣[1]。

律诗谋篇，贵一气相生，词意浑成，精光熊熊，声调响亮。用笔则贵有抑扬顿挫，开阖纵擒之奇。造语炼句，则贵生辣警拔，力厚思沉，又须无斧凿痕迹，虽炼而不伤气格，乃为上乘。司空所谓“返虚入浑，积健为雄”是也。[2]盖运实还虚，纯以神行，破空而来，参以活相，则笔欲离纸飞舞，有不高浑者乎？炼字必使字健而能举，炼句必使句健而能举，练气又使气健而能举，炼笔又使笔健而能举。积字成句，积句成章，而气与笔，则先积之于无字句之中，继积之于有字句之外，以成通章。格调意味，音节法度，风神之用者也。积健则厚，有不雄壮者乎？

自周代论诗，有四实四虚之法，后人多拘守其说，谓律诗法度，不外情景虚实。或以情对情，以景对景，虚者对虚，实者对实，法之正也。或以景对情，以情对景，虚者对实，实者对虚，法之变也。于是立种种法，为诗之式。以一虚一实相承，为中二联法。或前虚后实，或前景后情，此为定法。以应虚而实，应实而虚，应景而情，应情而景，或前实后虚，前情后景，及通首言情，通首写景，为变格、变法，不列于定式。援据唐人诗以证其说，胪列[3]甚详。予谓以此为初学说法，使知虚实情景之别，则其说甚善，若名家则断不屑拘拘[4]于是。诗中妙谛，周氏未曾梦见，故泥于迹相，仅从字句末节著力，遂以皮毛为神骨，浅且陋矣。夫律诗千态百变，诚不外情景虚实二端。然在大作手，则一以贯之，无情景虚实之可执也。写景，或情在景中，或情在言外。写情，或情中有景，或景从情生。断未有无情之景，无景之情也。又或不必言情而情更深，不必写景而景毕现，相生相融，化成一片。情即是景，景即是情，如镜花水月，空明掩映，活泼玲珑。

① 入无上上乘禅：意为进入最高的诗歌艺术修养境界。佛教原分为大小二乘，以大乘为上乘，小乘为下乘。人们以上乘比喻上等事物。禅宗兴起以后，自称超于二乘之上，另立上乘禅。

② 司空：即司空图。“返虚……为雄”两句：引自司空图《二十四诗品·雄浑》。

③ 胪（lú）列：列举。胪，陈列。

④ 拘拘：拘泥，局限。元吴澄《送人游武昌》诗：“丈夫落落志四海，俗士拘拘守一途。”

其兴象精微之妙，在人神契[①]，何可执形迹分乎？至虚实尤无一定。实者运之以神，破空飞行，则死者活，而举重若轻，笔笔超灵，自无实之非虚矣。虚者树之以骨，练气熔滓，则薄者厚，而积虚为浑，笔笔沉著，亦无虚之非实矣。又何庸固执乎？总之，诗家妙悟，不应著迹，别有最上乘功用，使情景虚实各得其真可也，使各逞其变可也，使互相为用可也，使失其本意而反从吾意所用，亦可也。此固不在某联宜实，某联宜虚，何处写景，何处言情，虚实情景，各自为对之常格恒法。亦不在当情而景，当景而情，当虚而实，当实而虚，及全不言情，全不言景，虚实情景，互相易对之新式变法。别有妙法活法，在吾方寸，不可方物。六祖语曰："人转《法华》，勿为《法华》所转。"[②]此中消息，亦如是矣。

作史者以才学识为三长，缺一不可。诗家亦然。三者并重，而识为尤先，非识则才与学恐或误用，适以成其背驰也。然炼识之道，不外乎得真传而已。传授既真，则千古名大家不言之秘，若合符契，而消息一贯，精神相通，视万法皆由心出，得力于诗之外，精进于诗之中，自不难超凡入圣矣。释家最重传法，一脉亲承，衣钵密付，然后能明心见性，得无上菩提，以成佛作祖。[③]道家内丹口诀，亦须

① 契：合，投合。

② 六祖：中国佛教禅宗第六代祖师慧能（638 ~ 713），又作惠能。慧能之禅法，在中国佛教史上有"六祖革命"之称。慧能开创的禅学南宗，一重心性，倡"即心即佛"；二重"顿悟"，主"顿悟见性"。其中"顿悟"是南、北宗区别的重要标志。《法华》：即《法华经》，全称《妙法莲华经》，是印度大乘佛教的一部重要经典。转："转法轮"的省略语。佛家谓转其所悟之真理于众生，摧破迷梦，如转车轮，故曰"转法轮"。这里引用六祖的话，在于说明诗歌创作需要一定的"法"，但不可拘泥于"法"，关键在于灵活运用。

③ 释家：泛指佛教。释，中国佛教用作释迦牟尼的简称。衣钵：佛教僧尼的袈裟和托钵（食器）。中国禅宗初祖到五祖师徒间传授道法，常付衣钵为信证，称为衣钵相传。后泛指师传的学问、技能等。

密得指授，而后能性命双修，三化朝元，五炁聚顶，以证仙班[①]。诗人欲求成名大家，千秋不朽，非得真传，契自古诗家心法，安可得哉！若夫无所师承，而能成家者，自非生知天纵之才，未之有也。虽得真传之后，仍须学养功深，方能成就。然心有主宰，其识已精，则用力确有把握，自日见进境。故积理养气，用笔运法，使典取神，皆仗识以领之。识为诗中先天，理法才气为诗之后天。有先天以导其前，有后天以赴于后，以先天为天功，以后天为人力，能合天人功力，并造其极，斯大成矣。亦如二氏之门，未得道则师度，既得道仍是自度，迨功行圆满，然后能证果飞升，其一理也。[②]个中消息，非言语所能尽，亦不敢尽笔于书，泄露造化之秘。姑述大致于此，有志者宜自求之。今人好看前哲批点诸集，及诸家选本评论，各种诗话、诗法，以求作诗路径，而不知虚心请业于名师巨手。不知自古迄今，所有选家诗家，评语绪论，并诗话中标举议论法程，皆古人糟粕而已，原非精华所在。况真伪不一，是非互见，绝无尽美尽善者。盖各大家，均自重其道，孰肯轻泄？是以不著专论诗文法之书。其著书论诗文法及作诗话者，多非专门名家，非自逞臆说，即附会古人，其佳者亦只略见大意，引而不发，无堪奉为师法者。若专从故纸堆求诗，何能得古大家不言秘旨，传诗中真消息三昧哉！不过依傍附和，寄人篱下，终身得人之得，而不能自得其得矣。嗟夫！昔方虚谷[③]《律髓·小序》云："诗虽小道，然立志必高，读书必多，

---

① 三化朝元，五炁（qì）聚顶，以证仙班：这是道家修炼成仙之术，这里借以表达文学修养达到较高境界。朝元、五炁，参见《性命圭旨》："眼不见而魂在肝，目不闻而精在肾，舌不声而神在心，鼻不香而魄在肺，四肢不动而意在脾。五行受成之炁，生克制化，朝归中土之元黄庭，名曰五炁朝元。"（按：道家以人之脑中、心中、脾中，或自然界之天中、人中、地中为黄庭。）

② 二氏之门：指道家之门。二氏，指黄帝与老子。道家以黄、老为祖。证果飞升：修炼成仙。证果，佛家用语，小乘证得佛果，缘觉果及声闻之四果，又大乘证得初地及至等觉十一地菩萨之分果，佛之满果，谓之证果。《五灯会元》曰："依吾行者，定证妙果。"飞升，道家用语，修道者得道成真，飞登天界，称飞升。

③ 方虚谷：方回（1227 ~ 1306），字万里，号虚谷，徽州歙县人。其诗专主江西，撰有《虚谷集》，已佚，今有《桐江集》8 卷，《续集》37 卷。

用力必勤，师传必真。四者不备，不可言诗。”河间纪文达[1]公深赏其言，而尤嘉其以师传之真为第一义。谓“古今诗人，皆有传授，其能卓然成家，自立于当时，不朽于后世者，皆得真传者也。不得真传，无能自立者。”噫！斯言尽之矣。

诗家之用笔，须如庖丁之用刀，官止神行，以无厚入有间，循其天然之节，于骨肉理凑肯綮处，锐入横出，则批卻导窾，游刃恢恢有余，无不迎锋而解矣。[2]人所难言，累百言而不能了者，我须一刀见血，直刺题心，以数精湛语了之，则人难我易，倍觉生色。人所易言，娓娓而道之处，彼不经意，而平铺直叙，我转难言之，惨淡经营，加以凝练。平者侧行逆出使之奇，直者波折回环使之曲，单者夹写迸层使之厚，浅者剥进翻入使之深，则人易我难，无一败笔，自臻精妙完美之诣。如正言不能警动，则反言之，或譬喻言之，或借宾以陪，而主自定。正写不见透彻，则左右侧写，或对面著笔以返照之。实写不觉玲珑，则虚处传神，或旁敲侧击，以射注挑剔之。本位无可著力，则前后、高下两边衬托，或四面烘染以逼取之。与夫断而遥连，补出妙意；连而中断，插入奇峰。种种用笔之微，不能尽形容语言。慧心人宜于李、杜、韩、苏[3]四大家，密参细求，自当知吾说矣。

诗有六义[4]，赋仅一体，比兴二义，盖为一种难题立法。固有不

① 纪文达：纪昀（1724 ~ 1805），字晓岚，一字春帆，自号石云，直隶献县人，卒谥文达，故称。昀贯澈儒籍，旁通百家。其学在辨汉、宋儒术之是非，析诗文流派之正伪。曾任《四库全书》总纂。著有遗集及《阅微草堂笔记》七种。

② “庖丁之用刀……迎锋而解矣”一段：引《庄子·养生主》的大意，并非原文。

③ 李、杜、韩、苏：指李白、杜甫、韩愈、苏轼。

④ 诗有六义：指风、雅、颂、赋、比、兴。六义之说，最初见于《周礼·春官》：“太师教六诗：曰风，曰赋，曰比，曰兴，曰雅，曰颂。”次见于《毛诗序》，把“六诗”称为“六义”。《诗序》有大小之分。《大序》把《诗经》的内容大致分为风、雅、颂三类；《小序》把《诗经》的表现形式分为赋、比、兴三种。唐孔颖达在《毛诗正义·大序》“诗有六义”的“疏”中说：“风、雅、颂者，诗篇之异体；赋、比、兴者，诗文之异辞耳。大小不同，而得并为六义者，赋、比、兴是诗之用，风、雅、颂是诗之成形，用彼三事，成此三事，是故同称为义。”

可直言，不敢显言，不便明言，不忍斥言之情之境。或借譬喻，以比拟出之；或取义于物，以连类引起之。反复回环，以致唱叹，曲折摇曳，愈耐寻求。此诗品所以贵温柔敦厚①、深婉和平也，诗情所以重缠绵悱恻、酝酿含蓄也，诗义所以尚文外曲致、思表纤旨也。一味直陈其事，何能感人？后代诗家，多赋而少比兴，宜其造诣不深，去古日远也。

孔子曰："过犹不及。"②又曰："中庸不可能也。"③《尚书》亦曰："允执厥中"④。释氏炼妙明心，归于一乘妙法；⑤道家九转功成，内结圣胎，同是一"中"字至理。⑥盖超凡入圣，自有此神

① 温柔敦厚：温和宽厚。《礼记·经解》："温柔敦厚，诗教也。"孔颖达疏："温，谓颜色温润；柔，谓性情和柔。诗依违讽谏，不指切事情，故云温柔敦厚是诗教也。"

② 过犹不及：语出自《论语·先进》，意为：过分和赶不上同样不好。

③ 中庸不可能也：语出自《四书·中庸》，"子曰：'天下国家可均也，爵禄可辞也，白刃可蹈也，中庸不可能也。"不可能，难以做到。文中列举三件常人极难做到的事，而说不难，而在于说明中庸虽是容易，却属极难。

④ 允执厥中：语出自《古文尚书·大禹谟》："人心惟危，道心惟微，惟精惟一，允执厥中。"据宋儒解释，"人心""生于形气之私"和各种物欲联系着，是很危险的；"道心""源于性命之正"，即伦理道德的准则，是很微妙的；惟"精则察夫二者之间而不杂""一则守其本心之正而不离""必使道心常为一身之主，而人心每听命焉"才能使"危者安，微者著"，合乎中庸（无过与不及）的要求。厥，代词，其。

⑤ 妙明心：佛教用语，真妙之明心，以名无漏之真智。《楞严经一》曰："发妙明心开我道眼。"无漏智，佛教用语，谓三乘之人，离烦恼无染之清净也，断惑证理，即此智之用。《法华经·方便品》曰："度脱诸众生，入佛无漏智。"一乘妙法：佛教用语。一乘，成佛唯一之教也。乘为车乘，以譬佛之教法。教法能载人运于涅槃岸，故谓之乘。妙法，第一最胜之法不可思议，曰妙法。《法华玄义·序》曰："妙者，褒美不可思议之法也。"

⑥ 九转：道家术语。如"九转金丹"等。转，依物之因缘而起曰转，以生起即其物之转变也。转之愈多，变化愈妙，故曰九转。圣胎：道家内功，以无质生质，结成圣胎。《性命圭旨》："灵丹入鼎，长养圣胎。"同是一"中"字至理：儒家提倡"中庸""中和"。"中庸之为德，其至矣乎。"（《论语·雍也》）《中庸》首章云："喜怒哀乐之未发，谓之中。发而皆中节，谓之和。中也者，天下之大本也。和也者，天下之达道也。致中和，天地位焉，万物育焉。"佛家提倡"中道"。大、小乘佛教对"中道"解释不尽相同，但都认为它是佛教最高的"真理"，有时与真如、法性、实相、佛性同义。佛家所谓的"中道"，即脱离"两边"（两个极端）的不偏不倚的道路或观点、方法。前文提到"道家九转功成，内结圣胎"，其中"内"也暗含一个"中"字。故云"同是一'中'字至理"。

化境界。诗家造诣，何独不然！人力既尽，天工合符，所作之诗，自然如“初写《黄庭》，恰到好处”[①]；从心所欲，纵笔所之，无不水到渠成，若天造地设，一定而不可易矣。此方是得心应手之技。故出人意外者，仍在人意中也。若夫不及者，固不足道，即过者，其病亦历历可指。是以太奇则凡，太巧则纤，太刻则拙，太新则庸，太浓则俗，太切则卑，太清则薄，太深则晦，太高则枯，太厚则滞，太雄则粗，太快则剽，太放则冗，太收则蹙，皆诗家大病也，学者不可不知。[②]心造到适中之境，恰好地步，始无遗憾也。

陶诗独绝千古，在“自然”二字。《十九首》《苏李》五言亦然。[③]元气浑沦，天然入妙，似非可以人力及者。后人慕之，往往有心欲求自然，欲矜神妙，误此一关，遂成流连光景之习，如禅家之顽空[④]，不惟不能真空，反添空障，有何益哉！盖自然者，自然而然，本不期然而适然得之，非有心求其必然也。此中妙谛，实费功夫。盖根底深厚，性情真挚，理愈积而愈精，气弥炼而弥粹。酝酿之熟，火色俱融；涵养之纯，痕迹迸化。天机洋溢，意趣活泼，诚中形外，有触即发，自在流出，毫不费力。故能兴象玲珑，气体

---

① 初写《黄庭》，恰到好处：《黄庭》，即《黄庭经》。魏晋时人所写《黄庭经》帖，为后世学写小楷的范本，相传有“初写黄庭，恰到好处”之语。后来“初写黄庭”变为歇后语，意即恰到好处。

② 剽：轻浮。蹙（cù）：紧迫，急促。

③ 《十九首》：即《古诗十九首》。其名最早见于梁代萧统编的《文选》。萧统把这些已经失去作者姓名的古诗选编在一起，冠以《古诗十九首》的总名，沿用至今。这组诗歌都是咏叹人生的抒情之作，主要反映的是当时中下层知识分子的生活和思想感情。《苏李》：指“苏李诗”。苏，指苏武；李，指李陵。流传的五言“苏李诗”，现存21首。据历代学者考证，这些作品并非出自苏李之手。因它与苏李当时之情事不合，其形式的成熟程度，亦非西汉时代所能达到。不少专家认为，这些五言诗大约是东汉桓、献之际的产物，可能与著名的《古诗十九首》产生年代相当（一说作于魏晋之际）。

④ 顽空：把“空”愚妄地理解成空无所有。顽，愚妄。空，佛教名词。指事物之虚幻不实，谓世界一切现象皆因缘所生，刹那生灭，没有质的规定性和独立实体，假而不实，故谓之“空”；但诸法既已缘起，即非空无所有，它都有幻象、假名，因此亦即假；对一切事物的认识，既要看到它空无自性的一面，又要看到它作为一种假象、幻影的存在。“顽空”与下文的“空障”均对佛教不利。因为如果一切皆空，那么连佛、佛法、佛国也不存在了。

超妙，高浑古淡，妙合自然，所谓绚烂之极，归于平淡是也。此可以渐臻[①]，而不可以强求。学者以为诗之进境，不得以为诗之初步，当于熔炼求之，经百炼而渐归自然，庶不致蹈空耳。若躐等效颦，袭其腔调字句，皮毛略似，神理全非，不啻双钩填廓，则病入膏肓，无药可救矣。[②]

作诗先贵相题。题有大小难易，内中自有一定之分寸境界。作者务相题之所宜，以为构思命意之标准。标准既立，仔细斟酌于措词、著色、使典、布局之间，以期分寸适合，境界宛肖，自然切当不移。个中消息，极密极微，差之毫厘，谬以千里。七子之浮声空调，正坐[③]不知相题行事，一味击鼓鸣钟，高唱“大江东去”，所以分寸不合，情景不切，是为伪诗，非真诗也。若真诗，则宜刚宜柔，或大或小，清奇浓淡，因题而施，自无不合乎分际，恰到好处者。通首并无一语空谈，一字浪下，铢两丝毫，皆经称量而出，权衡至当，安得有肤浮之患哉！魏叔子[④]曰：“小题大作，是俗士最得意之笔。”纪文达公曰：“狮子搏兔，必用全力，终是狮子之愚。”味此两言，益知诗家分寸境界，不可稍逾题限。今之粗才，动作长篇，卖弄笔锋，尤好征引涂泽，自炫博雅，费尽气力，转使人厌，亦何益哉！甚至小小赋物，一题作数十首，与夫一题而和韵叠韵，屡步不已者，曷不知分量乃尔！

诗以超妙为贵，最忌拘滞呆板。故东坡云：“赋诗必此诗，定

---

① 渐臻（zhēn）：逐渐达到。

② 躐（liè）等：越级。效颦：即东施效颦。效，模仿。颦，皱眉。指丑人模仿美人姿态，效果适得其反。语本《庄子·天运》。不啻（chì）：不异于。双钩填廓：指没有创新，只会模仿他人。原指摹帖时以透明的纸覆盖帖上，用极细的笔画描摹字帖点画的四周，然后填以浓墨，或以法书置刻石上，沿其字迹，两边用细线钩出，以便摹刻。梁陶弘景称为填廓书，宋人称之双钩书。

③ 坐：由于，因为。杜牧《山行》：“停车坐爱枫林晚，霜叶红于二月花。”

④ 魏叔子：魏禧（1624～1680），字冰叔，又字叔子，号裕斋，又号勺庭，江西宁都人，清代散文家。其文凌厉雄杰，有《古文集》22卷、《日录》3卷、《诗》8卷、《左传·经世》10卷。

非知诗人”[①]。谓诗之妙谛，在不即不离，若远若近，似乎可解不可解之间。即严沧浪所谓“镜中之花，水中之月，但可神会，难以迹求”[②]；司空表圣所谓“超以象外，得其环中”是也。[③]盖兴象玲珑，意趣活泼，寄托深远，风韵泠然，故能高踞题巅，不落蹊径，超超玄著，耿耿元精，独探真际于个中，遥流清音于弦外，空诸所有，妙合天籁。[④]放翁云：“文章本天成，妙手偶得之”[⑤]。亦即此种境诣。诗至此境，如画家神品逸品，更出能品奇品之上。凡诗皆贵此诣，不止咏物诗以此诣为最上乘。乃是神来之候，其著想立意，用笔运法，无不高妙。若藐姑仙人，迥非尘中美色可比。[⑥]非以不切题旨、别生枝节为训也。解人难索，后代诗家，未契真诠，误会秘旨，虽标神韵以为正宗，却执法相而求形似。抹月批风，浅斟低唱，流连光景，修饰词华，似是而非，半吞微吐，特作欲了不了之语，多构旁敲侧击之言，故为歇后，甘蹈虚锋。自诧王、孟嗣音，陶、韦的派，而不知马首之络，到处可移，狗尾之冠，终难续用，赝鼎饭色，

① 赋诗必此诗，定非知诗人：引自苏轼《书鄢陵王主簿所画折枝二首》其一。

② “镜中之花……难以迹求”四句：引自严羽《沧浪诗话》，原文为：“如空中之音，相中之色，水中之月，镜中之象，言有尽而意无穷。”

③ 司空表圣：司空图（837 ~ 908），字表圣，河中虞乡（今山西虞县）人。他的诗较接近王维一派，主要是写山水隐逸的闲情；诗歌理论主要见于他的几封书信和《二十四诗品》中。“超以象外，得其环中”：引自《二十四诗品·雄浑》。

④ 泠（líng）然：轻妙貌。《庄子·逍遥游》：“夫列子御风而行，泠然善也。”元精：旧称天地的精气。

⑤ 放翁：陆游（1125 ~ 1210）的号。“文章本天成，妙手偶得之”：引自陆游《文章》一诗。

⑥ 藐姑仙人：传说中的女神。《庄子·逍遥游》：“曰藐姑射之山，有神人居焉，肌肤若冰雪，绰约若处子。”后人因而称美女为藐姑仙人或藐姑仙子。迥（jiǒng）：远。

讵足混真，徒枉费心力耳。[1] 至近代咏物诗，误此一关，尤为尘劫。词意谐俗，骨甘自贬；铅华[2]媚人，色并非真。靡靡之音，陈陈之套，千手一律，万口同腔。外面似乎鲜妍风致，实则俗不可医，令人欲呕矣。不善求超脱，流弊一至于此！初学可不从切实处为下手用功地乎？

《金史·文苑传》录周德卿之言曰："文章徒工于外者，可以惊四筵，不可以适独坐，以其中无我故也。"[3] 赵秋谷深佩此论，以为名言，因谓诗中无我，即非作者；[4] 必也诗中有我在焉，始可谓之真诗，无忝[5]作家，乃足传世。其见诚卓。然近代诗人，又多误会其旨，反益流弊。夫所谓诗中有我者，不依傍前人门户，不模仿前人形似，抒写性情，绝无成见，称心而言，自鸣其天。勿论大篇短章，皆乘兴而作，意尽则止。我有我之精神结构，我有我之意境寄托，我有

---

① 自诧（chà）：自我夸耀。王、孟：唐代山水田园诗派作家王维、孟浩然的并称。嗣音：谓连续传寄音信与继承前人的声誉。陶、韦：陶渊明与韦应物的并称。狗尾之冠，终难续用：活用成语"狗尾续貂"。赝鼎饭色：以次充好，以假冒真。赝鼎，语出自《韩非子·说林下》："齐伐鲁，索谗鼎，鲁以其雁往。齐人曰：'雁也。'鲁人曰：'真也。'"雁，借为"赝"，《说文》："赝，火色也。"赝鼎，似指用火烧法造成假色斑，与真鼎相似的鼎。赝，今作"赝"。今称伪造的东西为"赝鼎"，本此。谗鼎，鼎名。饭色，疑为"饭石"之误。宋杜绾《云林石谱·饭石》："婺州东阳县双林寺傅大士道场山中产石，凡有青白紫绿色，皆莹彻，谓之饭石。质细碎，堪治为素珠，或作镇纸。"再漂亮的饭石，毕竟不是玉，所以与赝鼎对举。

② 铅华：搽脸的粉。古人烧铅为粉。

③ 周德卿：周昂（？～1211），字德卿，真定（今河北正定县）人。"文章……无我故也"一段：与原文略有出入。《金史·文苑传》原文曰："文章工于外而拙于内者，可以警四筵而不可适独坐，可以取口称而不可以得首肯。"

④ 赵秋谷：赵执信（1662～1744），字伸符，号秋谷，山东益都（今淄博市）人。清代优秀的现实主义诗人，写下了许多优秀的诗篇，有《饴山诗集》，并提出了一套比较完整的诗论。他在《谈龙录》（二十一）中写道："余读《金史·文苑传》，真定周昂德卿之言曰：'文章工于外而拙于内者，……不可以得首肯。'又云：'文以意为主，以言语为役。主强而役弱，则无令不从。今人往往骄其所役，至跋扈难制，甚者及役其主。虽极词语之工，而岂文之正哉？'余不觉俯首至地。盖自明代迄今，无限巨公，都不曾有此论到胸次。"这里所说的"深佩此论"，即指此而言。

⑤ 无忝：不辱没，无愧于。忝，辱，辱没。

我之气体面目，我有我之材力准绳，决不拾人牙慧[1]，落寻常窠臼蹊径之中。任举一篇一联，皆我之诗，非前人所已言之诗，亦非时人意中所有之诗也。是为诗中有我，即退之所谓“词必己出”，“陈言务去”也。[2]并非自占身份。不论是何题目，其诗中必写自家本身，或发牢骚，或鸣得意，或寓志愿，或矜生平，即为有我在也。果力能独造，生面别开，不肯步人后尘，寄人篱下，则无语不自出心裁，亦无诗不自有真我。后人读吾诗者，无不见我性情，知我心志。我之襟胸识力，学养才气，毕流传于诗矣。何庸[3]处处自占身份，惟恐人不知耶？今人误会诗中有我之意，乃欲以诗占身份，于是或诡激以鸣清高，或大言以夸识力，或旷论以矜风骨，或愤语以泄不平。[4]不惟数见不鲜，呶呶可厌，而任意肆志，亦乖[5]温厚含蓄之旨，品斯下矣。卒之言为心声，违心之言，矫情之词，纵自占地步，终难逃识者洞鉴[6]，何益之有！甚至一花一木，一禽一鸟之征，咏物诗中，亦必夹写自家身份境遇，以为寄托。巧者不过双关绾合，喧客夺主，嫌其卖弄，终不能融浃耳。[7]否则牵连含混，宾主不分，咏物却带咏人，说人又兼说物。抑或以物当人，以人当物，分寸意境，夹杂莫辨，作一篇似可解而实不可解之语，尤为可笑。彼方津津得意，自谓可见身份，诗中有我。迩来[8]作家名士，大都病此。嗟乎！诗中有我，

---

① 拾人牙慧：比喻袭用别人说过的话，自己并无真知灼见。牙慧，指咀嚼后吐出来的饭菜渣滓。

② 退之：唐宋八大家之首韩愈（768 ~ 824），字退之。陈言务去：语出自韩愈《答李翊书》。原文曰：“当其取于心而注于手也，惟陈言之务去，戛戛乎其难哉！”

③ 何庸：何用。

④ 诡激：偏激，背离常规。《后汉书·郑玄传》：“异端纷纭，互相诡激。”旷：此处作疏薄、不严密解。矜（jīn）：夸耀。

⑤ 乖（guāi）：违背。

⑥ 洞鉴：犹明察。透彻理会、了解。

⑦ 双关：修辞格之一。利用语言文字上同音或同义的关系，关顾着两种不同事物的修辞方式。绾（wǎn）合：系在一起，盘结在一起。喧客夺主：意同喧宾夺主。比喻次要的人或事占据了支配地位，压倒了本来的、主要的人或事。

⑧ 迩（ěr）来：近来。迩，近。

岂自占身分，豫为矜人①地步之谓乎？

老、庄告退，山水方滋。康乐②善游，精于独造，其写山水诸作，千秋绝调。归愚谓谢公能于山水闲适之中，时时惬洽理趣，故诗品高不可攀。③又谓永嘉山水奇丽，康乐诗境肖之；西蜀山川雄险，工部诗境肖之；永、柳山川幽峭，柳州文笔诗境肖之。④略一转移，失却山川真面。所以山水诗，以大谢、老杜为宗，参以柳州，可尽其变矣。⑤此论虽正，是知其当然，而未悉其所以然之妙也。夫诗贵相题，尤贵切题，人人知之。作山水诗，何独不然。相山水雄险，则诗亦出以雄险；山水奇丽，则诗亦还以奇丽；山水幽峭，则诗亦与为幽峭；山水清远，则诗亦肖其清远，凡诗家莫不能之。犹是外面工夫，非内心也。即于写山水中，由景生情立意，以求造语合符理境，又由情起一波澜，以求语有风趣，亦非难事。诗家有工候才力者，皆所优为，系由外达里，上阶工夫，尚未登堂，遑⑥问入室，迹非内心也。夫文贵有内心，诗家亦然，而于山水诗尤要。盖有内心，则不惟写山水之形胜，并传山水之性情，兼得山水之精神，探天根而入月窟，冥契真诠，立跻圣域矣。⑦夫山容水色，丘壑林泉，

---

① 豫为矜人：事先准备作为向人夸耀。豫，预备，事先准备。矜，夸耀。

② 康乐：即谢灵运。

③ 归愚：沈德潜（1673 ~ 1769），字确士，号归愚，江南长洲（今江苏苏州）人，清代前期诗人。“谢公能于山水闲适之中”句：引自沈德潜《古诗源》，原文曰：“前人评康乐诗，谓东海扬帆，风日流利。此不甚允。大约经营惨淡，钩深素隐，而一归自然，山水闲适，时遇理趣，匠心独运，少规往则。”

④ 永嘉：地名。东晋太宁元年（323）置永嘉郡，治永宁（今温州市），辖境相当今温州、永嘉、乐清等县市。西蜀：今成都市一带。工部：唐代诗人杜甫。永、柳：指永州与柳州，柳宗元曾被贬官到这两个州。永州地处湖南和广东交界地；柳州，治所在今广西柳州市。柳州：这里指柳宗元（773 ~ 819），中唐文学家。晚年被贬到柳州，又死在柳州，人称柳柳州。

⑤ 大谢：南朝宋诗人谢灵运与谢朓并称，谢灵运为“大谢”，谢朓为“小谢”。老杜：指杜甫，为与晚唐著名诗人杜牧相区别，称老杜，杜牧称小杜。

⑥ 遑（huáng）：急迫。

⑦ 冥契（míngqì）：暗合，默契。真诠：真谛，真义。立跻（jī）：立即登升。跻，登，上升。

天下山水同有之景也。琳宫梵宇[①]，月榭风亭，人工点缀，以助名胜，亦天下山水同有之景也。而或雄奇，或深险，或高厚，或平远，或浓秀，或澹雅，气象各殊，得失不一，则同之中又有异焉。况山者天地之筋骨，水者天地之血脉，而结构山水，则天地之灵心秀气，造物[②]之智慧神巧也。山水秉五行之精，合两仪之撰以成形。[③]其山情水意，天所以结构之理，与山水所得于天，以独成其奇胜者，则绝无相同重复之处。历一山水，见一山水之妙，矧[④]阴晴朝暮，春秋寒暑，变态百出。游者领悟当前，会心不远，或心旷神怡而志为之超，或心静神肃而气为之敛，或探奇选胜而神契物外，或目击道存而心与天游。是游山水之情，与心所得于山水者，又各不同矣。作山水诗者，以人所心得，与山水所得于天者互证，而潜会默悟，凝神于无朕[⑤]之宇，研虑于非想之天，以心体天地之心，以变穷造化之变。扬其异而表其奇，略其同而取其独，造其奥以泄其秘，披其根以证其理，深入显出尽其神，肖阴相阳以全其天。必使山情水性，因绘声绘色而曲得其真；务期天巧地灵，借人工天籁而毕传其妙；则以人之性情通山水之性情，以人之精神合山水之精神，并与天地之性情、精神相通相合矣。以其灵思，结为纯意，撰为名理，发为精词，自然异香缤纷，奇彩光艳。虽写景而情生于文，理溢成趣也。使读者因吾诗而如接山水之精神，恍得山水之情性，不惟胜画真形之图，直可移情卧游，若目睹焉。造诣至此，是为人与天合，技也进于道

---

① 琳宫梵（fàn）宇：雕栏玉砌的宫殿与佛寺。琳，美玉。梵，关于佛教的。宇，屋檐，引申为房屋、宫殿，寺院。

② 造物：大自然。

③ 五行（xíng）：指金、木、水、火、土五种物质。我国古代思想家常用这五种物质来说明世界万物的起源。两仪：指天地或阴阳。《易·系辞上》：“是故易有太极，是生两仪。”

④ 矧（shěn）：况，况且。

⑤ 无朕（zhèn）：谓无兆迹可寻。南朝梁沈约《释迦文佛像铭》：“道虽有门，迹无可朕。”

矣。此之谓诗有内心也。康乐、工部二公以后，《广陵散》[①]绝已久，柳州望门而未深入，不足嗣音。归愚翁所论，只能模范山水，未能为作表章，以附山水知己也。

骨有余而韵不足，格有余而神不足，气有余而情不足，则为板重之病，为晦涩之病，非平实不灵，即生硬枯瘦矣。初唐诸人、西江一派[②]是也。肉有余而骨不足，词有余而意不足，风调有余而神力不足，则为绮靡之病，为肤浮之病，非涂泽堆垛，即空调虚腔矣。西昆、晚唐派中人及明七子是也。必也有骨有肉，有笔有书，文质得中，词意恰称，始无所偏重矣。有格有韵，有才有情，有气有神，有声有色，杀活在手，奇正从心。雄浑而兼沉著，高华而实精切，深厚而能微妙，流丽而极苍坚，如此始为律诗成就之诣。盖骨肉停匀，而色声香味无不具足也。自盛唐后，代无几人。若及此诣，便是大家之诗。

沈归愚先生云："作古诗不可入律，作律诗却须得古诗意。正如作书者，写隶篆八分，不可入行草楷书法；作行草楷书，却须得篆隶八分法，同此意也。"人以为妙喻妙论，予独不以为然。夫古诗律诗，体格不同，气象亦异，各有法度，各有境界分寸。即以使事选材，用意运笔而论，有宜于古者，有宜于律者，有古律皆宜、古律皆不宜者。是所宜之中，且争毫厘，分寸略差，失等千里。作者相题行事，各还其本来，各成其当然之诣，不亦善乎！何必以五古平淡之味，施之五律，以求高瘦；以七古苍莽之气，行之七律，以破谨严，致犯枯槁颓唐之病耶！盖离则两美，合则两伤。近代名家，五律惯作带对不对流水[③]之格，七律动作拗体吴体，以求高求峭，皆此种见解议论误之也。

---

① 《广陵散》：又名《广陵止息》，琴曲，三国魏嵇康善弹此曲著称。景元三年，嵇康被杀，临刑索琴奏《广陵散》，曲终，叹曰："袁孝尼尝从吾学《广陵散》，吾每固不与，《广陵散》于今绝矣！"后称人事凋零或事成绝响为广陵散。

② 西江一派：指江西诗派。

③ 流水：即流水对，凡对偶的上下两句意思相贯串的，叫流水对。如"沧浪千万里，日夜一孤舟"，上下两句意思相贯串。

诗人构思之功，用心最苦，始则于熟中求生，继则于生中求熟，游于寥廓逍遥之区，归于虚明自在之域，工部所谓“意匠惨澹经营中”[①]也。每一题到手，先须审题所宜，宜古宜今，我作何体，布置略定，然后立意。立意宜审某意为题所应有，某意为题所应无，某意为人人所共见，某意为我所独得，某为先路正面，某为左右对面，孰重孰轻，孰宾孰主，一一审择于微，分毫不爽，于题之真际妙谛，一眼注定，不啻立竿见影。[②]然后沉思独往，选意炼词，凡人人所共有之意，及题中一切应付供给之语，不思而得者，与夫寻常蹊径所有之意境典故，摇笔即来凑手者，皆一扫而空之；专于题之真际，人所未有，我所独见处著想，追入要害。迨思路几至断绝之际，或独于人，或动于天，忽然灵思泉涌，妙绪丝抽，出而莫御，汩汩奔来，于是烹炼之，剪裁之，振笔而疾书之，自然迥不犹人矣。所谓成竹在胸，借书于手；又所谓兔起鹘落[③]，迅追所见，稍纵即逝也。今人惮于费心，非枝枝节节而为之，即以应酬了事。心思尚不能锐入，何能锐出？未曾用心至思路欲断之候，何能望有思路涌出之时，安可希得心应手之技乎？

纪文达公最精于论诗，所批评如杜诗、苏诗、李义山、陈后山、黄山谷五家诗集，及《才调集》《瀛奎律髓》诸选本，剖晰毫芒，洞鉴古人得失，精语名论，触笔纷披，大有功于诗教，尤大有益于

---

① 意匠惨澹经营中：引自杜甫诗《丹青引》其三。此指创作时苦心设计，深刻构思。意匠，构思。惨澹经营，苦心谋篇布局。

② 爽：差错。《诗经·卫风·氓》：“女也不爽，士贰其行。”不啻（chì）：如同，好像。

③ 兔起鹘（hú）落：原意是兔子一蹿起来，鹘已猛扑下去。这里用来比喻写作下笔十分迅捷准确，善于抓住感受，捕捉形象。原作“鹘起兔落”，误。鹘，打猎用的猛禽。

初学。[1]有志学诗者，案头日置一编，反复玩味，可启发聪明，消除客气，自无迷途之患。盖公论诗最细，自古大才盘盘，未有不由细入而能得力者。但须看公批点全本，观其圈点之佳作以为法；观其抹勒之不佳作以为戒，方易获益。近有刊公《镜烟堂》十种者，于各集各选，惟专取公所圈点评赏诸作，每种仅十之二三，非全书矣，何必多此一刻为哉！

纪文达公曰："王、孟[2]诗大段相近，而微不同。王清而远，体格高浑。孟清而切，体格俊逸。王能厚，而孟则未免浅俗，所以不及王也。渔洋于孟颇致不满，世人讶之，由但见选本诸作，未合观二集耳。学王不成，流为空腔；学孟不成，流为浅语。学者须从雄厚切实处入手，斯得之矣。"又曰："香山、微之[3]诗，亦微有不同处。其佳在真切近情，其病亦即在此。二人皆伤于俚直，而香山尤好敷衍，其弊为太尽太滑，太庸太率，不止轻俗颓唐也。初学效之，非浅滑即粗鄙矣。若根柢既深之后，能别白其鄙俚浅率，而独取其真朴天然之处，则亦不无取益。"又曰："李义山诗，运意深曲，感事托讽，佳处往往逼杜，非飞卿所可比肩，细阅全集自知。[4]宋代杨、刘诸公，

① 纪文达：即纪昀（1724 ~ 1805），字晓岚，卒后谥文达。故称。杜：指杜甫。苏：指苏轼。李：指李商隐，字义山。陈：指陈师道（1053 ~ 1101），号后山。黄：指黄庭坚（1045 ~ 1105），号山谷道人。《才调集》：总集名。五代后蜀韦縠选编，10 卷。每卷录诗 100 首，包括唐代各个时期，但不按年代先后顺序编排。选诗崇尚晚唐温、李一派，题材偏重别情闺怨。今有影印宋抄本、汲古阁本。另有清初冯舒、冯班评点 10 卷本，纪昀有《删正二冯评阅才调集》2 卷。《瀛奎律髓》：总集名。元方回编选，49 卷。专选唐宋律诗，故名"律髓"。分类编排，有评语、圈点。以杜甫为一祖，以黄庭坚、陈师道、陈与义为三宗，是一部体现江西派诗论的选本。纪昀曾评点此书。

② 王、孟：王维、孟浩然。

③ 香山、微之：香山，即白居易（772 ~ 846），自号香山居士，故称。微之，元稹（779 ~ 831）的字。

④ 李义山：李商隐（813 ~ 858），字义山，号玉谿生。飞卿：唐代诗人温庭筠（812？ ~ 870？），字飞卿。

但袭其面目，堆垛组织，致招优人挦扯之诮。[1]二冯[2]亦但取浮艳尖刻之词为宗，实不知其比兴深微，用意曲折，运笔生动沉著，别有安身立命之处。方虚谷谓学杜须从山谷、后山、简斋入手，是主江西派一祖三宗之说，乃门户迂僻之见，决不可从。[3]王荆公谓学杜须从义山入手，却是阅历有得之言。然学诗者，总须镕金铸史，以《骚》《选》及八代、三唐为根柢。[4]根柢既深，识力既确，然后学义山，而得其用笔运意之雄厚深曲，使事属词之精切婉丽，最为有益。即兼涉西江，而得其生峭新异之致，亦非不佳，所谓兼收博取也。若根柢不深，则从江西入手，必堕偏锋，致成粗犷之习。即学义山不善，亦有晦涩迂僻之弊，有浮靡绮缛之弊，有纤佻轻薄之弊，久之习气愈深，均不可以正理诘矣。”此论极确，见解绝高，而以根柢为重，与予意合，故畅衍其说而全录之。

沈归愚先生《说诗晬语》，赵秋谷《声调谱》《续谱》，王阮亭《古诗平仄定体》，翁覃溪《小石帆亭著录》，及洪稚存《北江诗话》，

① 杨、刘：杨亿（974 ~ 1020），字大年，福建浦城人。刘筠，字子仪，河北大名人。他们是西昆酬唱的领袖人物。优人挦扯：特指写作中割裂前人文义，剽窃词句。优人，表演杂戏、歌舞的演员。挦扯，剥取。

② 二冯：指冯舒、冯班。冯舒（1593 ~ 1645 前后），字已苍，号默庵，江苏常熟人。冯班（1614 ~ 1681），字定远，号钝吟，冯舒之弟，与兄舒齐名，故称“二冯”。

③ 方虚谷：即方回（1227 ~ 1306 前后），号虚谷，字万里，徽州歙县人。诗主江西，撰有《虚谷集》，已佚。今有《桐江集》8 卷、《续集》37 卷。简斋：陈与义（1090 ~ 1138），字去非，号简斋，洛阳人，是南北宋之交杰出诗人，也是江西诗派后期代表作家。

④ 王荆公：王安石。《骚》：屈原代表作《离骚》，后人用来指代屈原作品，并以概括屈原作品的爱国主义思想内容和艺术上的浪漫主义传统，与《诗经》并称为“诗骚”。《选》：指《昭明文选》，一般称作《文选》，是现存中国文学史上最早的一部诗文选集，编选者是梁代萧统。所选的作品大体可分为辞赋、诗歌、杂文三大类。时代上自先秦，下至梁代普通元年（520），长达七八百年，共选一百三十多位作家的七百多篇作品。《文选》历来受封建时代文人学者重视，以至作为士子必读书。八代：指汉、魏、晋、宋、齐、梁、陈、隋。三唐：旧时对唐的分期。宋严羽《沧浪诗话·诗体二》以初唐、盛唐、晚唐为三唐。元杨士宏《唐音》以盛唐、中唐、晚唐为三唐。

赵云松《云松诗话》，此本朝人诗话之佳者。[①] 古人则《姜白石诗说》《沧浪诗话》《怀麓堂诗话》以外，鲜可观者。[②] 宋、元人诗话最多，而附会穿凿，最无足取。明人王凤洲[③]《艺苑卮言》，可择取而分别观之；徐祯卿[④]《谈艺录》，亦有可取，此外无可存之书矣。又国初朱竹垞《静志居诗话》及《阮亭诗话》，并所著各种说部中诗话若干条，近有荟萃而合刻之者，亦可助词坛玉屑也。[⑤]

（选自《云南丛书·集部》九六）

卷　二

古诗音节，须从神骨片段间体会其抑扬轻重、伸缩缓急、开阖顿挫之妙，得其自然合拍。五音相间，无定而有定之音调节奏，乃能铿锵协律，可被管弦。虽穿云裂石，声高壮而清扬，然往而复回，余音绕梁，言尽而声不尽，篇终犹有远韵。以人声合天籁，故曰诗为天地元音也。此中妙旨，自非讲求平仄所可尽，第不从平仄讲求，初学何由致力，渐悟古人不传之秘哉！王阮亭《平仄定体》、赵秋谷《声调谱》，初学宜遵之。始从平仄，讲求音节，及工夫纯熟之后，

① 王阮亭：王士禛（1634 ~ 1711），字贻上，号阮亭，自号渔洋山人，山东新城人，著有《带经堂全集》。翁覃溪：翁方纲（1733 ~ 1818），字正三，号覃溪，又号苏斋，大兴（今属北京）人。王士禛再传弟子，清代诗人兼诗论家，倡“肌理”说。洪稚存：洪亮吉（1746 ~ 1809），字稚存，号北江，江苏阳湖人。赵云松《云松诗话》：赵翼（1727 ~ 1814），字云松，一字耘松，号欧北，清代学者、诗人。诗风开朗畅达，而时见雄肆。《云松诗话》可能是《欧北诗话》的别称。

② 《姜白石诗说》：宋姜夔（1155？ ~ 1235？）所著诗话，又名《白石道人诗说》。姜夔，字尧章，号白石道人。饶州鄱阳（今江西鄱阳）人。《怀麓堂诗话》：明李东阳（1447 ~ 1516）撰。李东阳，字宾之，号西涯，茶陵人。

③ 王凤洲：王世贞（1526 ~ 1590），字元美，号凤洲，太仓人。

④ 徐祯卿（1479 ~ 1511）：字昌穀，吴县人。

⑤ 朱竹垞：朱彝尊（1629 ~ 1709），字锡鬯，号竹垞，秀水（今浙江嘉兴）人。《阮亭诗话》：《渔洋诗话》的别称。阮亭是王士禛的号。

自能悟诗中天然之音之节，纵笔为之，无不协调矣。

《古诗十九首》及苏武、李陵五言诗，皆和平温厚，高浑自然，始终一气相生，化尽笔墨痕迹。此诗家元音①、五古正宗也。学者宜沉潜反复，息心静气，探讨于神味意境之间，以求换骨，不可以字句声调，袭其面目也。酝酿既深，涵养既熟，得其气息，自然高妙浑厚矣。无缝天衣，断非凡手针线。学陶诗、《选》体及古乐府者，皆当如此用力。若不求酝酿涵养，自培根本，以期遗貌取神，而但模仿其句调，夸面目之相肖，是蹈伪体，甘步前明李于鳞②辈后尘矣，何益之有！

学古诗以酝酿涵养为上乘功夫，然不但求诗于诗也。求诗于诗，必不能超凡入圣，直逼古人。积理于经，养气于史，炼识储材于诸子百家，阅历体验于人情世故，格物壮观于花鸟山水，勿论读书涉世，接物纵游，皆于诗有益。诗人触处会心，贯通融悟，蓄积深厚，酝养粹精，一于诗发之，大小浅深，引之即出，其言有物，自然胜人。释氏③所谓大地山河，无非妙谛，即诗家工候纯熟之界也。此乃化境神工，决不易到，亦决不可不到者。

本朝汉学最盛，皆经术湛深，考据淹博，宗康成而不满程、朱，诗文则非所长也。④兼能诗者，顾宁人、毛西河、朱竹垞、阮芸台诸公而已。⑤惟竹垞诗、古文，皆成一家之言，兼精填词，诗尤雄

---

① 元音：古代哲学概念，指天地万物的本原。不是语音学中的元音。

② 李于鳞：李攀龙（1514 ~ 1570），字于鳞，历城（今山东济南）人。明代后七子的中心人物。有《沧溟先生集》。

③ 释氏：佛家，佛教。

④ 康成：郑玄（127 ~ 200），字康成，北海高密（今山东）人。东汉经学家。程、朱：程颢（1032 ~ 1085）、程颐（1033 ~ 1107）兄弟俩都是北宋哲学家、教育家，是北宋理学的奠基者，世称“二程”。朱熹（1130 ~ 1200），南宋哲学家、教育家，继承、发展了“二程”关于理气关系学说，集理学之大成。世称“程朱学派”。

⑤ 顾宁人：顾炎武（1613 ~ 1681），明清之际学者。毛西河：毛奇龄（1623 ~ 1713），清代文学家。朱竹垞：朱彝尊（1629 ~ 1709），清代文学家。阮芸台：阮元（1764 ~ 1849），清代学者。

视一代，品在渔洋、荔裳、愚山之上，洵通才也。[①]西河诗文皆次乘。宁人诗甚高老，但不脱七子面目气习，其用典使事，最精确切当，以读书多,故能擅长。芸台先生诗,长于古体,近体殊弱,五古似韦、柳,七古似苏、陆，佳作颇有可传，亦清才也。[②]此外如阎百诗、惠定宇、钱竹汀、杭大宗、顾栋高、朱竹君、陈见复、戴东原,则经学考据之业,自足千秋，诗均不工矣。[③]

本朝古文家，惟竹垞精于诗，次则邵子湘、刘海峰两君，虽未足成家，然尚有才气工候。[④]潘次耕[⑤]诗，足算一家数，而文未成。汪钝翁[⑥]诗，格卑才弱，远次于文。姚姬传[⑦]诗，亦不及文远甚。侯朝宗[⑧]虽有诗集，浅滑空率，殊无足观；古文以才笔胜人，一代罕

---

① 渔洋：清代诗人王士禛。荔裳：宋琬（1614 ~ 1673），字玉叔，号荔裳，山东莱阳人。愚山：施闰章（1618 ~ 1683），字尚白，号愚山，安徽宣城人。与宋琬齐名，号称“南施北宋”。

② 韦、柳：指韦应物、柳宗元。苏、陆：指苏轼与陆游。

③ 阎百诗：阎若璩（1636 ~ 1704），字百诗，号潜丘，山西太原人，迁居江苏淮安。清经学家，长于考据。惠定宇：惠栋（1697 ~ 1758），字定宇，号松崖，江苏吴县人。清经学家，吴派经学的奠基人。钱竹汀：钱大昕（1728 ~ 1804），字晓徵，一字辛楣，号竹汀。江苏嘉定（今上海）人。清代学者。杭大宗：杭世骏（1695 ~ 1772，或作1696 ~ 1773），字大宗，号堇浦，浙江仁和（今杭州）人。清代学者。顾栋高（1679 ~ 1759）：字震沧，又字复初，江苏无锡人，清代学者。朱竹君：朱筠（1729 ~ 1781），字竹君，又字美叔，号笥河，清代文士。陈见复：陈祖范，号见复，清雍正举人。戴东原：戴震（1723 ~ 1777），字东原，安徽休宁人，清代思想家、学者。

④ 邵子湘：邵长蘅（1637 ~ 1704），一名衡，字子湘，别号青门山人，武进（今江苏）人。清代诗人。刘海峰：刘大櫆（1698 ~ 1779），字才甫，一字耕南，号海峰，安徽桐城人。清代散文家、诗人。是桐城派重要作家之一。

⑤ 潘次耕：潘耒（1646 ~ 1708），字次耕，又字稼堂，吴江（今江苏）人。清代学者。师事顾炎武，博涉经史及历算声韵之学，也能诗。

⑥ 汪钝翁：汪琬（1624 ~ 1691），字苕文，号钝庵，长洲（今江苏吴县）人。清初散文家。有《钝翁类稿》等。

⑦ 姚姬传：姚鼐（1732 ~ 1815），字姬传，室名惜抱轩，安徽桐城人。清代散文家，桐城派主要作家。

⑧ 侯朝宗：侯方域（1618 ~ 1655），字朝宗，河南商丘人。能诗文。明末与方以智、陈贞慧、冒襄齐名，称“四公子”。

俦，叔子、尧峰、青门均不如也[①]。宁都三魏[②]，诗皆拙劣。灵皋方氏[③]，则终身不能作矣。愚山[④]文非专门，亦颇清雅，此又诗人之兼工文者也。若理学诸公中，诗文可观者，则汤文正[⑤]公一人而已。

高文良公《味和堂集》，袁枚极推崇之，谓一代作手，直驾新城而上，人多疑其妄许[⑥]。予观公集中，律诗皆有唐音，能切而不浮，清而不薄，造诣颇深；五古尤高，《蓟州新城》《碧云寺》诸大篇，洋洋洒洒，真挚古厚，卓然可传。合而论之，五古则胜阮亭，七古则不及阮亭，律诗在伯仲间[⑦]，只可随阮亭肩行。谓胜宋牧仲、田山姜、汤西崖、陈其年诸家一筹，则诚然；谓胜阮亭，则阿好也。[⑧]当与阮亭、赵秋谷[⑨]、陈泽州先后并驱中原，为北方诗家四杰耳。至黄莘田[⑩]《香草斋》诗，以尖新见长，专学晚唐，乃小家伎俩，

---

① 叔子：魏禧（1624～1681），字叔子，一字冰叔，号裕斋，江西宁都人。清初散文家。尧峰：汪琬（1624～1691），字苕文，号钝庵。曾结庐居太湖尧峰山，时称尧峰先生，著有《尧峰文抄》等。青门：邵长蘅。

② 宁都三魏：指清初散文家，江西宁都人魏祥、魏禧、魏礼三兄弟。

③ 灵皋方氏：方苞（1668～1749），字灵皋，号望溪，安徽桐城人。清代散文家，桐城派主要作家。

④ 愚山：施闰章。

⑤ 汤文正：汤斌（1627～1687），字孔伯，号荆岘，清睢州人。治程朱理学，以正心诚意，切于日用为本。卒谥文正。

⑥ 高文良：原刊本误为高文和。本名高其倬，字章子，号芙沼，康熙进士，历官云、贵、闽、浙等总督。谥文良。著有《味和堂诗集》。袁枚（1716～1798）：字子才，号简斋，浙江钱塘（今杭州）人。著有《小仓山房集》《随园诗话》。新城：王士禛（1634～1711），字子真，号阮亭，又号渔洋山人，山东新城人。

⑦ 伯仲间：指兄弟的次第，伯是老大，仲是第二。比喻事物不相上下。肩行：并肩而行。比喻不分高低。

⑧ 宋牧仲：宋荦（1634～1713），字牧仲，号漫堂，又号西陂，河南商丘人。田山姜：田雯（1635～1704），字子纶，号山姜，晚号蒙斋，德州人。汤西崖：汤右曾（1656～1722），字西崖（一作西厓），浙江仁和人。著有《怀清堂集》20卷。陈其年：陈维崧（1625～1682），字其年，号迦陵，江苏宜兴人。有《湖海楼集》。

⑨ 赵秋谷：赵执信（1662～1744），字伸符，号秋谷，晚号饴山老人。山东益都（今博山）人。有《饴山堂集》。

⑩ 黄莘田：黄任（1683～1768），字莘田，福建永福人。有《香草斋集》。原作“黄辛田”。据《中国文学家大辞典》改。

在闽诗中，亦只充偏裨之列，袁枚以性近而尊之，尤乖公论。

《随园诗话》[①]持论多无稽臆说，所谓佞口也。如谓律诗如围棋，古诗如象棋；作古体，不过两日可得佳构；作律体，反十日不成一首，是视律难于古也。渠意谓古诗无平仄对偶，法度甚宽，故以律诗为难，而不知古诗有平仄，有对偶，其法倍严，特非袁、赵辈所可梦见耳。又谓诗亦如物，刀锋贵薄，刀背贵厚；古人杜陵似厚，太白似薄，玉谿似厚，飞卿似薄，并传千载，何今人论诗，贵厚贱薄耶？[②]而不知诗非物比，以厚为贵，绝无贵薄之理。不惟少陵、玉谿诗厚，太白、飞卿，其诗亦厚，自来诗家，无以薄传者。渠[③]意以色泽词藻之浓为厚，清者为薄，不知诗之厚在神骨意味，不在外面之色泽词藻也。又览《声调谱》而失笑，谓诗为天地元音，不必拘调，少陵、右丞七古，有平仄协谐如律者，韩文公有七字俱仄者，阮亭不能以四仄三平之例绳之也。[④]不知《声调谱》所论平仄，即天地元音，唐、宋大家无一不合，唐、宋诗人无一不知，非自然元音，岂能两朝之人皆暗合耶？迨[⑤]元、明诗人，始有知有不知者，其传未显。阮亭得之于钱牧斋尚书，而秋谷则闻于阮亭，又闻于海虞冯氏者也。[⑥]其中各大家名家诗俱备，无不合符，故天下遵以为式，非王、赵之私论也。凡转韵七古，不戒律句，高、岑、王、李、元、白之七古

---

① 《随园诗话》：清袁枚（号随园）撰。16卷，补遗10卷。书中提倡性灵说，在一定程度上要求摆脱儒家“诗教”的束缚，反对泥古不化。但其中所称誉的多为抒发封建士大夫闲情逸致之作。

② 杜陵、太白、玉谿、飞卿：即杜甫、李白、李商隐、温庭筠。

③ 渠：代词，表示第三人称。

④ 《声调谱》：关于诗律的论著，清赵执信撰。主要将唐人古、近体诗中的平仄声调加以稽考，意在得出规律。认为古诗中不能用律诗声调，律诗中除谐律句外，拗体律句宜平仄相救。但求之过密，故流于烦琐。右丞：王维（701～761），字摩诘，唐蒲州（今山西永济）人。曾任尚书右丞。韩文公：韩愈（768～824），字退之，南阳（今河南孟县）人。卒后谥文，故称韩文公。

⑤ 迨（dài）：至，到，等到。

⑥ 钱牧斋尚书：钱谦益（1582～1664），字受之，号牧斋。江苏常熟人。弘光时官礼部尚书，故称。海虞冯氏：指明末清初的冯班（1602～1671）与其兄冯舒（1593～1645）。时称“海虞二冯”。

协律者，转韵诗也[①]。押仄韵七古，亦不忌律句，工部七古协律者，押仄韵及转韵诗也。惟押平韵一韵到底七古，始不可搀入律句，下句以四仄三平为式，如“五岳祭秩皆三公，四方环镇嵩当中”之类是也。上句落尾仄字，须参用上去入三音，亦指平韵七古言之。至七平七仄句法，原非所忌，时可搀用，以见变化。如义山《韩碑》句：“帝得圣相相曰度”，七仄也；“封狼生貙貙生罴”[②]，七平也。谱中方援引以为例，子才[③]岂未之见，何反以之为讥耶？大抵子才心粗气浮，谱中所云，尚多不解，惟耳食“四仄三平”一言，恶其例严，不便于己，遂轻诋訾，亦不知其专为平韵七古立法也。[④]学者付之一笑，勿为所惑可矣。

古人诗法最密，有章法，有句法，有字法。而字法在句法中，句法在章法中，一章之法，又在连章之中，特浑含不露耳。至于连章则尤难，合观之，连章若一章；分观之，各章又自成章。其先后次第，自有一定不紊之条理，观工部《秋兴》《诸将》《咏怀古迹》、前后《出塞》诸作可见。以工部之才力，而生平连章七律，只《秋兴》作至八首，亦可见古人郑重矣。自宋后，才不逮古，偏好以多为贵，动作连章，呶呶不休[⑤]，殊可厌也。宋人作梅花七律，至六十首。元人叠咏和韵，亦一题至数十首。近人尤好以一题顺押上下平韵，作三十首。甚至咏物小题，亦多至数十首，且有至百首者。如王蒲衣之《无题百首》，陈其年之《梅花百咏》，邝湛若之《赤鹦鹉》三十首，黎美周之《黄白牡丹》各二十首，屈悔翁之《书中干蝴蝶》

---

① 高、岑、王、李、元、白：即高适、岑参、王维、李商隐、元稹、白居易。

② 封狼生貙貙生罴：罴，原作“貔”，据《全唐诗》改。李商隐的《韩碑》，引文所涉及的一段是：“元和天子神武姿，彼何人哉轩与羲。誓将上雪列圣耻，坐法宫中朝四夷。淮西有贼五十载，封狼生貙貙生罴。不据山河据平地，长戈利矛日可麾。帝得圣相相曰度，贼斫不死神扶持……”

③ 子才：袁枚的字。

④ 耳食：比喻不假思索，轻信所闻。犹耳食不能知味。遂轻诋訾（zǐ）：于是就随便毁谤指责别人。诋，毁谤，诬蔑。訾，诋毁，指责。

⑤ 呶呶（náo）不休：形容说话没完没了，使人讨厌。

二十首、《春草》《秋草》各三十首，鲍以文之《夕阳》二十首，侯坤之《水中梅影》三十首，以及流传《雁字》六十首、《泪诗》三十首之类，皆七律也。[①]绝无意境、气格、篇法，但点缀词藻，裁红剪翠，饾饤[②]典故，征事填书，虽字句修饰鲜妍，究无风旨，亦终不免重复敷衍，虽多亦奚以为。此雅道中魔趣，初学戒之。

张船山[③]《宝鸡题壁十八首》，叫嚣恶浊，绝无诗品，以其谐俗，故风行天下，至今熟传人口，实非雅音也。其诗为纪嘉庆初川、楚教匪之变[④]而作，盖伤时事之诗。少陵伤时感事诸篇，其时势人地，一一切合，得失分明，怀抱亦露，故有“诗史”之目，不止作扰乱愤激之词也。今船山十八诗，惟满纸兵戈争战，并痛诋当时大吏而已。究竟各省贼势如何，军情若何，布置若何，谁功谁罪，孰得孰失，一语不切，莫可考也。作者意欲如何，旨归安在，亦无可求也。是名有关系，实无关系，虽不作可也。然后来高堰、广州、桂林、长沙皆传有题壁诗，争相效尤，或仍十八首，或增至三十首，词旨浅俗，恶劣更甚，无一稍雅驯可观者，较船山作，又有天渊之隔矣。

尤西堂先生工填曲，其《明史·新乐府》百首，自成一家，足夺铁崖、西涯之席，卓然可传。[⑤]诗恃聪明，意欲以才情见长，究非

---

① 王蒲衣：王隼（公元1680年前后在世），字蒲衣，广东番禺人。清代文人。邝湛若：邝露（1604 ~ 1650），字湛若，南海人。明末诗人。黎美周：黎遂球，字美周，明代诗人。屈悔翁：屈复（公元1729年前后在世），字见心，号悔翁，陕西蒲城人。清代诗人。鲍以文：鲍廷博（1728 ~ 1814），字以文，号渌饮，安徽歙县人。清代诗人。侯坤：字磐石，号竹愚，无为（今安徽）人。清代诗人。

② 饾饤（dòudìng）：比喻文辞堆砌。

③ 张船山：张问陶（1764 ~ 1814），字仲冶，号船山，四川遂宁人。著有《船山诗草》。

④ 嘉庆初川、楚教匪之变：清嘉庆初年发生在四川、湖北等省的白莲教起义。自1796年2月（嘉庆元年正月）到1804年10月（嘉庆九年九月），历时9年的白莲教大起义。起义席卷湖北、四川、陕西、甘肃、河南五省。剥开了清王朝“繁荣”“升平”的外衣，暴露其腐朽和虚弱，沉重打击了清王朝的封建统治，是清王朝由盛而衰的转折点。

⑤ 尤西堂：尤侗（1617 ~ 1704），字同人，号西堂，江南长洲（今苏州）人。诗以才华取胜，有《西堂全集》。铁崖：杨维桢（1296 ~ 1370），字廉夫，号铁崖，会稽人。明代诗人。诗文俊逸，独擅一时，称为“铁崖体”。西涯：李东阳（1447 ~ 1516），字宾之，自号西涯，祖籍茶陵（今湖南），后定居北京。明代诗人。

专门正轨。中年后，流入浅近，颇伤俚俗，且多游戏率意之作，不足取也。陈其年以四六名世，与吴园次、章藻功称骈体三家，实非吴、章可及。[①] 词与竹垞齐名，亦可成家。其诗宗法面目，不脱七子气习，但非专门，亦不必以诗家绳之。

国初，江左三家钱、吴、龚[②] 并称于世；岭南三家屈、梁、陈[③] 亦齐名当代。然江左以牧斋为冠，梅村次之，芝麓非二家匹。岭南以元孝为冠，翁山、药亭均不及也。钱牧斋厌前后七子优孟衣冠之习，诋为伪体，奉韩、苏[④] 为标准，当时风尚，为之一变。其识诚高于前后七子，才力学问亦似过之。所为诗长于七言，以七律、七古为上，七绝次之，五言则工候甚浅。《初学集》中佳作较多。《有学集》乃晚年诗，惟七律尚有沉雄博丽之篇，七古则好以驰骋为豪，五言亦好征引涂泽，精华竭矣。生平持论，多偏而且苛，又阿好推崇程孟阳，是仍党同伐异之私[⑤]。况既臣事熙朝，复敢以诗文讪上，致干禁令，遂少嗣音。吴梅村祭酒诗，入手不过一艳才耳，迨国变后诸作，缠绵悱恻，凄丽苍凉，可泣可歌，哀感顽艳。以身际沧桑陵谷之变[⑥]，其题多纪时事，关系兴亡，成就先生千秋之业，亦不幸

① 四六：即骈文。因多以四字、六字句为对偶，故名。吴园次：吴绮（1619 ~ 1694），字园次，号听翁，亦称红豆词人。江苏江都人。清代文学家，人称“三风太守”（多风力、尚风节、饶风雅）。章藻功：公元 1711 年前后在世，字岂绩，浙江钱塘人。与陈维崧（其年）、吴绮皆以骈文有名，以新巧胜。著有《思绮堂集》。

② 钱、吴、龚：清初诗人钱谦益、吴伟业、龚鼎孳，都是江东人，故名“江左三家”。钱谦益（1582 ~ 1664），字受之，号牧斋、蒙叟，常熟（今江苏）人。为当时文坛领袖。吴伟业（1609 ~ 1672），字骏公，号梅村，太仓（今江苏）人。龚鼎孳（1615 ~ 1673），字孝升，号芝麓，合肥（今安徽）人。

③ 屈、梁、陈：指清初诗人屈大均、梁佩兰、陈恭尹。他们都是广东人，故名“岭南三家”。屈大均（1630 ~ 1696），字介子、翁山，番禺（今广州）人。梁佩兰（1629 ~ 1705），字芝五，号药亭，南海人。陈恭尹（1631 ~ 1700），字元孝，号半峰，顺德人。

④ 韩、苏：指韩愈、苏轼。

⑤ 程孟阳：程嘉燧（1565 ~ 1643），字孟阳，号松圆，休宁人，侨居嘉定，精音律，工书画，尤长于诗，世称“松圆诗老”。有《浪淘诗集》。党同伐异：跟自己同派别的就袒护，不同派别的就攻伐。党，袒护，偏袒。伐，讨伐，攻击。

⑥ 沧桑陵谷之变：比喻世事变迁很大。沧桑，大海变成桑田，桑田变为大海。陵谷，高山变成深谷，深谷变为高山。

之大幸也。七古最有名于世，大半以《琵琶》《长恨》[①]之体裁，兼温、李之词藻风韵，故述词比事，浓艳哀婉，沁入肝脾。如《永和宫词》、《圆圆曲》诸篇，虽情文兼至，姿态横生，未免肉多于骨，词胜于意，少沉郁顿挫、鱼龙变化之巨观。惟《雁门尚书行》较有笔力；《悲歌赠吴季子》一作，亦得杜陵神髓，惜不多见耳。五古如《临江参军》《南园叟》《吴门遇刘雪舫》诸作，洋洋大篇，神骨俱肖少陵，较胜七古多矣。七律佳者，神完气足，殊近玉谿。五律处处求工，如剪彩为花，终少生韵。取其长而知其短，此平心之论也。至龚芝麓宗伯[②]诗，词采有余，骨力不足。好用典，而乏剪裁烹炼之妙；好骋笔，而少酝酿深厚之功。气虽盛，然剽而不留，直而易尽；调虽高，然浮声较多，切响较少。当时幸得才子之称，后世难入名家之列。三子优劣，见于是矣。岭南三君，药亭[③]七古，虽气势雄放，而简炼未足，除《养马行》《日本刀歌》诸名作外，往往失于奔放，堕入空滑一路，如《木瓜上人打鼓歌》，则叫嚣粗率，近恶道矣。五律矜炼，犹欠高浑。五古、七律，更多平衍，又其次也。屈翁山五律，忽而高浑沉著，忽而清苍雅淡，气既流荡，笔复老成，不拘一格，时出变化，盖得少陵、右丞、襄阳、嘉州[④]四家之妙，真神技也。七律佳作，在盛、中唐之间，不失高调雅音。七绝学都官、庶子，亦颇可玩。[⑤]惟五七古，则萎靡不振，平冗拖沓，吾无取焉。独陈元孝诗，雄厚浑成，警策古淡，天分人工，两造其极，故各体兼善，不容轩轾[⑥]也。其神骨峻而坚，其格调高而壮，其才力肆而醇，其气魄沉而雄，其意思深而醒，其笔致爽而辣，其篇幅谨而严，其法度密而精，其风

---

① 《琵琶》《长恨》：即白居易的《琵琶行》《长恨歌》。

② 龚芝麓宗伯：宗伯，官名。掌邦国祭祀典礼。龚鼎孳累迁太常寺少卿，故称。

③ 药亭：梁佩兰的号。

④ 少陵、右丞、襄阳、嘉州：即杜甫、王维、孟浩然、岑参。

⑤ 都官：晚唐诗人郑谷，历都官郎中，诗名盛于唐末，人称“郑都官”。庶子：官名，掌春坊（太子宫）的官，是太子庶子李益（唐有两个李益）。作者弄错了，从文意看，本文指的应是“文章李益”（字君虞）而不是太子庶子李益。

⑥ 不容轩轾（zhì）：不分优劣。车前高后低叫轩，前低后高叫轾，比喻高低优劣。

韵清而远，真诗家全才也。五言大篇，如《王将军挽歌》，古音古节，古色古香，足为《孔雀东南飞》嗣音；短篇得力《选》体，造诣亦深。七古如《日本刀歌》《柏舟行》《木棉花歌》《崇祯御琴》诸篇，皆力开生面之作。五律如《怀翁山》《浮湘》《咏物》《园居》诸章，卓然杰构。七律名作更多，如咏古、游览诸诗，人人皆知，毋庸多赞。不惟岭南当推第一，即江左亦应退避三舍。明末国初，作家如林，几莫与抗衡，可云巨擘矣。

顺治中海内诗家称南施北宋，康熙中称南朱北王，谓南人则宣城施愚山、秀水朱竹垞，北人则新城王阮亭、莱阳宋荔裳也[①]。继又南取海宁查初白[②]，北取益都赵秋谷益之，号六大家，后人因有《六家诗选》之刻。宋荔裳诗格老成，笔亦健举。七古法高、岑、王、李[③]，整齐雅练，时有警语，篇幅局阵最为完密。五律亦是高、岑、王、李一派。七律虽不脱七子面目，往往堕入空声，至其合作固北地、信阳之俦也，所少者变化之妙耳。[④]然而宗法既正，规格复整，固是节制之师，唐贤典型，于斯未坠。晚年入蜀，诗格一变，苍老雄肆，异于平时，可为《安雅堂集》[⑤]之冠。选家多未采及，岂未见全诗耶？施愚山诗，长于五言，短于七言。五古温厚清婉，善学魏晋六朝，殊近自然。五律则盛唐格调，中唐神韵，兼而有之，造诣不在中山、文房[⑥]之下。歌行、七律多肤廓语，不足尚也。古文清雅，尤长记

---

① 南施北宋：指清初诗人施闰章、宋琬。因施闰章是南方（安徽宣城）人，宋琬是北方（山东莱阳）人，故名。施闰章（1618 ~ 1683），字尚白，号愚山。宋琬（1614 ~ 1673），字玉叔，号荔裳。南朱北王：清代诗人朱彝尊、王士禛。

② 海宁：原作“海盐”，据《中国文学家大辞典》改。查初白：查慎行（1650 ~ 1727），字悔余，号初白，浙江海宁人。

③ 高、岑、王、李：即高适、岑参、王维、李商隐。

④ 北地：指李梦阳，庆阳（古属北地郡）人。信阳：指何景明，信阳人。俦：伴侣。

⑤ 《安雅堂集》：即《安雅堂全集》，清初宋琬作。20卷。包括诗文集、《安雅堂未刻稿》《入蜀集》《二乡亭词》等。陆续刻于清顺治、乾隆间。

⑥ 中山、文房：即刘禹锡、刘长卿。刘禹锡（772 ~ 842），字梦得，洛阳人，祖籍中山（今河北定县）。唐代诗人。其诗文收在《刘宾客集》中。刘长卿（709 ~ 780？），字文房，河间（今河北）人，享名于中唐诗坛，有《刘随州集》。

序，亦可并传。所谓学人之诗，洵无愧矣！王阮亭诗，为昭代雅音，执吟坛牛耳者几五十年。[①]生平标神韵为正宗，长于用典，工于运法。如良工裁衣，不爽尺寸；老师度曲，悉协管弦。故清俊庄雅，玉润珠圆，而品复落落大方，绝无偏锋傍门之病也。然囿于奉法，未窥变化；富于取材，未知独造。能正而不能奇[②]，能因而不能创，能清丽而不能精深，能高华而不能浑厚。无纵横飞荡，沉郁顿挫之伟观，使人目动心折。自成一家数则可，未足副大家之实，为后人取法也。朱竹垞诗，书卷淹博[③]，规格浑成，才动雄富，工候湛深，造诣实过阮亭，惟时有疏于法处。其精华多在未仕以前，通籍[④]后近体每流入平易。歌行多长短句，意欲尽捐绳墨，自创一家。如《玉带生歌》，兴酣落笔，纵横跌宕，雄奇盖世，信为长篇绝调。其他往往贪多务博，散漫驰骤，无归宿处，有类游骑矣。五古得力《选》体，五律得力工部，七律在信阳、北地间，五排亦得力于杜。其使事精确处，分寸切合，具见用书本领，亦他人所罕及。与阮亭齐名，如老、韩同传，非鲁、卫也。[⑤]查初白诗宗苏、陆[⑥]，以白描为主，乞求条畅，词贵清新，工于比喻，善于形容，意婉而能曲达，笔超

---

① 昭代：清明时代。多用于称颂本朝。执吟坛牛耳：在诗坛居领导地位。吟坛，诗坛。执牛耳，古代诸侯歃血为盟，割牛耳取血，盛牛耳于珠盘，由主盟者执盘，因称主盟者为“执牛耳”。

② 正、奇：古代兵法术语。古代作战以对阵交锋为正，设计邀截、袭击为奇。

③ 淹博：渊博。

④ 通籍：记名于门籍，指做官。籍，二尺长的竹片，刻姓名于上，挂于宫门外，可以进出宫门，以备出入时查对。后称初做官为“通籍”，意谓朝中已经有了名籍。

⑤ 老、韩同传（zhuàn）：司马迁在《史记》中把老子、韩非子合在一起写《老子韩非列传》（卷六十三）。老子是春秋时期思想家，道家的创始人，而韩非（约前280～前233）是战国末期哲学家，法家的主要代表人物。两人生活年代不同，思想观点不同，合在一起写传，并没有什么联系。这里用来说明朱彝尊的诗与王士禛齐名并称，实际上两人没有什么联系。非鲁、卫：朱彝尊和王士禛不像鲁国和卫国那样相似。鲁和卫是年代相同，国情相似的两个诸侯国。鲁国是公元前11世纪周分封的诸侯国，开国君主是周公旦之子伯禽，建都曲阜，在今山东西南部。是当时大国。卫国也是公元前11世纪周公平定武庚的反叛后，把原来商都周围地区和殷民七族分封给周武王弟康叔的诸侯国，也是当时的大国。

⑥ 苏、陆：指苏轼、陆游。

而能空行，入深出浅，时见巧妙，卓然成一家言。惟气剽则嫌易尽，意露则嫌无余，词旨清倩则嫌味不厚，局阵宽展则嫌诣不深，古人所谓骨重神寒者，苦未能焉。且投赠公卿，动为连章，尤好为长篇，急于求知，冗繁皆不暇烹炼，虽多中年以前之作，究自累诗品，为白璧一瑕矣。《云松诗话》举梅村、初白以足十家，继唐、宋、元、明诸大家之后，若统绪相传，昭代只此二家，足为正宗者然，宜稚存①非之，而人多议其阿好溢美，实无当于公论也。十家②者，太白、工部、昌黎、香山、东坡、放翁及金之元遗山、明之高青丘，国初则吴、查二人也。赵秋谷诗，笔力沉挚，意主刻露，殊少含蓄酝酿之功。其意境真切处，固胜阮亭，而煅炼未纯，时有率笔，篇外亦无余味，不及阮亭处处典雅大方，得失正复相等。心余③讥其篇幅窘狭，诚中其病。以笔力之锐入快出，直击鼓心而论，亦胜于阮亭。然是证辟支佛者之力量神通，非如来正法眼藏不可思议之大自在神力也④。生平与阮亭不睦，至作《谈龙录》以诮之⑤。然集矢阮亭，而于海虞二冯服膺推崇，竟欲铸金以事⑥，癖同嗜痂，令人莫解。岂以二冯持论偏刻，巧于苛议前哲，轻于诋訾时流，天性相近，故易于契合耶！秋谷诗长于古体，律诗气薄而格不高，往往有句无篇，绝少完璧，无可观也。

---

① 稚存：洪亮吉（1746 ~ 1809），字稚存，号北江，江苏阳湖人。有《洪北江全集》。

② 十家：即李白、杜甫、韩愈、白居易、苏轼、陆游、元好问、高启、吴嘉纪、查慎行。

③ 心余：蒋士铨（1725 ~ 1785），字心余，一字苕生，号清容，江西铅山人。清代学者。

④ 辟支佛：梵语。亦称辟支、辟支迦佛，全名辟支迦佛陀。如来：释迦牟尼的十种称号之一。意为从如实之道而来，开示真理的人。正法眼藏（zàng）：佛家指至高无外的真谛妙论。禅宗以全体佛法为“正法”，朗照宇宙谓之“眼”，包含万物谓之“藏”。传说释迦牟尼在灵山法会以正法眼藏付给大弟子迦叶，为其后以心传心说法之始。后指学术之正鹄。原刊本作“正眼藏法”，误。

⑤ “生平……以诮之”两句：赵执信是王士禛（阮亭）的甥婿，又是阮亭在诗坛上的劲敌。赵执信曾问古诗声调于士禛，士禛讥之。因发唐人诸集，究得其法，写成《声调谱》一卷。又据《四库全书总目提要》记载，相传执信求士禛“作《观海集》序，士屡失其期，遂相诟厉，衅隙终身”。于是作《谈龙录》，与王士禛的《神韵说》唱反调，攻其流弊。

⑥ 竟欲铸金以事：据《清史稿·文苑传·冯班》载：“赵执信于近代文家少许可者，见班所著独折服，至具衣冠拜之。尝谒其墓，写‘私淑门人’刺焚冢前。”

前明一代诗家，以高青丘为第一，自元遗山后，无及青丘者，不止一变元风，为明诗冠冕已也。前后七子之徒，及青丘同时之杨孟载、袁景文、徐、张①诸人，视青丘岂止上下床之分耶！青丘才力、天分、工候，皆极其至，所为诗，自汉、魏、六朝及李、杜、高、岑、王、孟、元、白、温、李、张、王、昌黎、东坡，无所不学，无所不似，妙笔仙心，几于超凡入圣矣②。惜不及四十枉死③，未及融会贯通，聚众长以别铸真我，造于大成，亦可哀也。然自元至今，所有诗家，无出青丘右④者，洵可直继遗山，为一大宗矣。归愚翁于青丘时有微词，而推青田⑤冠明诗，颠倒黑白，殊乖公论。夫刘青田之诗，多皮傅盛唐，已兆七子先声，远逊青丘，稍有识者，不难立辨，岂以其身列佐命⑥，遂可阿附为一代风雅领袖乎？青丘以后，宜以陈元孝继，虽造诣迥然不同，然同为一代大名家无疑也。

有明前七子中，以何信阳⑦为最。以信阳秀骨天成，笔意俊爽，其雅洁圆健处，非李空同⑧所及。且持论力主独造，较空同议论，专宗模仿，谓临帖以相似为贵，作诗亦然者，高下相去远矣。故信

---

① 杨孟载、袁景文、徐、张：即杨基、袁凯、徐贲、张羽。杨基（1325 ~ ？），字孟载，号眉庵，祖籍嘉州（今四川乐山），生长于吴中。明初诗人。袁凯（生卒年不详），字景文，自号海叟，华亭（今上海松江县）人。明初诗人。徐贲（？ ~ 1379），字幼文，平江（今苏州）人。张羽（1333 ~ 1385），字来仪，浔阳人。曾任元代安定书院山长。与以上三人称“北郭四子”，或称“四杰”。

② 工候：工艺与火候。借铁匠锻造刀具等来说明诗人作诗。李、杜……东坡：分别是李白、杜甫、高适、岑参、王维、孟浩然、元稹、白居易、温庭筠、李商隐、张籍、王建、韩愈、苏轼。

③ 惜不及四十枉死：明洪武五年（1372）十月，魏观任苏州知府，修复府治旧基，高启撰写了《上梁文》，因旧基本为吴王张士诚宫址，便被巡按御史张度奏告，说魏观开泾复宫，心有异图。于是魏观被杀，高启遭腰斩，年仅 39 岁。

④ 右：上。

⑤ 青田：刘基（1311 ~ 1375），字伯温，青田（今浙江）人，故称。著有《诚意伯文集》等。

⑥ 佐命：辅佐帝王创立帝业。这句话针对沈德潜身居高官，由编修历官至礼部侍郎而言。

⑦ 何信阳：何景明（1483 ~ 1524），字仲默，号白坡，信阳（今河南）人，故称。

⑧ 李空同：李梦阳（1472 ~ 1529），字天赐，号空同子，庆阳（今甘肃）人。

阳可云一代清才[①]，空同则粗才也。后七子以王凤洲为第一，谢茂秦、徐祯卿次之。[②]以凤洲学问淹富[③]，才气有余，乐府佳者饶有汉魏风味，《袁江流》一篇，洋洋千言，古健朴老，足备诗史。归愚以学古有痕迹议之，与议青丘蹊径未化，皆故为高论，过事苛求，实未公允。谢山人、徐迪功[④]二人，皆精于律诗，短于古体。律诗尤工五言。谢以炼胜，殊似嘉州，徐以格胜，殊似襄阳，均自成一队者。[⑤]若李于鳞，则空调浮声，肤词陈言，触目生憎，与空同均落剽贼套袭恶道中，不止有乖雅音也。

何大复答空同书，谓诗盛于陶、杜，文盛于韩、欧，而诗之亡即自陶、杜始，文之亡即自韩、欧始[⑥]。后人执为口实，群起而攻，此论遂为诟府[⑦]。其实确有所见，意非尽妄，特放言高论过易，故招尤丛谤[⑧]，理无由伸耳。自古极衰之根，每伏于极盛之中，循环往复，不止诗文为然。陶、杜出而人争学为陶、杜，韩、欧[⑨]出而人争学为韩、欧，既未窥见本原，又未洞其得失，于是陶、杜、韩、欧独至之诣不能法也。其不至处，与无心之失，率意之病，则尽法之，遗其内之精英，袭其外之面目，高自位置，流弊百出，不可救药矣。此非陶、杜、韩、欧之过，学为陶、杜、韩、欧之过也。极衰始于极盛，理本不诬。大复任意纵笔，故作大言惊人，而词不达意，致招掊击，原属自取。

---

① 清才：卓越的才能。

② 王凤洲：王世贞（1526 ~ 1590），字元美，号凤洲、弇州山人，太仓（今江苏）人。谢茂秦：谢榛（1495 ~ 1575），字茂秦，号四溟山人，临清（今山东）人。徐祯卿（1479 ~ 1511）：一字昌谷，一字昌国，吴县（今苏州）人。

③ 淹富：渊博。

④ 谢山人、徐迪功：谢榛，号四溟山人，故称谢山人。徐祯卿著有《迪功集》，故称徐迪功。

⑤ 嘉州：唐代诗人岑参。襄阳：唐代诗人孟浩然。

⑥ “诗盛于陶、杜……文之亡即自韩、欧始”：何景明《与李空同论诗书》作：“夫文靡于隋，韩力振之，然古文之法亡于韩；诗弱于陶，谢力振之，然古诗之法亦亡于谢。”

⑦ 诟（gòu）府：被指责、攻击的集中点。诟，辱骂，指责。府，聚集之处。

⑧ 招尤丛谤：招致抱怨、指责，丛生毁谤。尤，抱怨、指责。

⑨ 陶、杜、韩、欧：陶渊明、杜甫、韩愈、欧阳修。

第不究其言之所以然，一味诋诃[①]，则又耳食之过矣。

明七子论文必秦、汉，诗必盛唐，戒读唐以后书，力争上游，论未尝不高也。然拘常而不达变，取径转狭，犹登山者一望昆仑，观水者一朝南海，即侈然[②]自足，而不知五岳、四渎、九江、五湖、三十六洞天之奇，天下尚别有无数妙境界也。则拘于方隅，必不能高涉昆仑之颠，远航大海之外，徒自崖而返，望洋兴叹已耳。若近代名流，文集，或欠雅洁，或苦薄弱；诗集，贪书卷者多乏剪裁融化之功，主神韵者绝少雄厚生辣之力，又似专法秦、汉、盛唐以后诗文，专读宋以后书者也。降而愈下，又不如取法乎上之为得矣。

七子以前，李茶陵[③]《怀麓堂集》诗，已变当时台阁风气，宗少陵，法盛唐，格调高爽，首开先派。吾滇杨文襄[④]公，著有《石淙类稿》，与茶陵同时，提唱风雅，明诗中起衰复盛之巨手也。石淙声名亚于茶陵，工候学力亦逊茶陵一筹，七古才气，律诗格调，则抗不相下。二公倡复古之说，李、何[⑤]从而继起，大振其绪，王、李再继法席，复衍宗风，本一派相传而下。乃李、何欲推倒前人，自命创霸，王元美遂独尊空同，主盟中夏，谓茶陵之于李、何，犹陈涉之启汉高，文襄则抑而不录，何党同伐异，颠倒是非，一至于此！[⑥]“物不得其平则鸣”[⑦]，是以钱牧斋又翻前案，力推茶陵为一代正宗，痛抑前后七子。平心而论，茶陵在明，自是名家，与李、何、王、李并

---

① 诋诃（dǐhē）：斥责。又作“诋呵”。

② 侈然：傲慢自大的样子。

③ 李茶陵：李东阳（1447 ~ 1516），字宾之，祖籍茶陵（今湖南）。

④ 杨文襄：杨一清（1454 ~ 1530），字应宁，云南安宁人。成化八年（1472）进士，授中书舍人，后以副使督学陕西，至世宗朝，官至华盖殿大学士。死后谥文襄。有《石淙类稿》。

⑤ 李、何：李梦阳、何景明。

⑥ 中夏：中原。陈涉之启汉高：陈胜（？ ~前 208），字涉，秦末农民起义领袖。于公元前 209 年与吴广在蕲县大泽乡（今安徽宿县东南刘村集）发动同行戍卒九百人起义。起义军迅速发展到数万人，并在陈县建立张楚政权。后来起义虽失败了，但“其所置遣侯王将相竟亡秦”，为汉高祖刘邦“平定海内，卒践帝祚”，统一中国铺平道路，立下大功。故云“陈涉之启汉高”。文襄则抑：对于杨一清则贬低。

⑦ “物不得其平则鸣”：语出自唐韩愈《送孟东野序》：“大凡物不得其平则鸣。草木之无声，风挠之鸣；水之无声，风荡之鸣。”

立无让，其乐府自成一格，非七子所及；即杨文襄公，亦足与七子把臂，无稍逊也。[①]

杨升庵[②]学问之博，著述之多，为有明一代之冠。然好英雄欺人，伪撰古书，以眩人目，议论考据，时有附会穿凿。如《杂事秘辛》《天禄阁外史》《岣嵝碑词》《石鼓全诗》，皆杜撰流传，以己手笔，托名古人。是以并所考古音古韵，后人多不全信，转自累也。升庵诗才情华丽，惟词多于意，骨少于肉，有士衡才多之患[③]。且宗法六朝、初唐，苦为所囿，五言尤甚。本非专门，实未深造，不足成家也。七律颇多佳作，然好袭用成句，终不可训。壮年戍滇，足迹遍于三迤[④]，而在迤西尤久。滇中风雅，实开于升庵，故有杨门六君子[⑤]之称。当时以媲苏门六君[⑥]，文采风流，极一时之选，亦吾滇艺林佳话也。六君子中，以永昌张含字愈光者为第一，其诗调高笔健，佳者直可媲明七子，余人莫及。吾滇诗人，有明当以杨文襄、张含为两巨擘，雄视一代矣。文襄诗，选明诗者未见全集，所录不多，皆非其出色得意之笔。愈光诗，选家更未之见，仅采录一二应酬之

---

① 李、何、王、李：指李梦阳、何景明、王世贞、李攀龙。把臂：握住对方手臂，表示亲密。引申为并肩，并立。

② 杨升庵：杨慎（1488 ~ 1559），字用修，号升庵，新都（今四川成都）人。正德六年（1511）殿试第一（状元），例授翰林院修撰。嘉靖三年（1524），因“大礼议”偕廷臣伏左顺门力谏，世宗震怒，遂被谪戍云南永昌卫（今保山）。居滇数十年，直至去世，对云南文化发展有较大贡献。

③ 士衡才多之患：陆机（261 ~ 303），字士衡，吴郡华亭人。少有异才，文章冠世。慨吴之亡，闭门读书 10 年，著《辨亡论》二篇。太康末（289），与弟云俱入洛。张华见之曰：“伐吴之役，利获二俊。”陆机所著诗、赋、杂文二百多篇，为集 14 卷。辞藻华丽，张华常谓之云：“人之为文，常恨才少，而子更患其多。”“士衡才多之患”指此而言。

④ 三迤（yǐ）：清代云南有迤西、迤东、迤南三道，合称三迤。清初设永昌道，驻永昌府城（今保山），雍正时改称分巡迤西道，驻大理府城（今大理），并添设分巡迤东道，驻寻甸州城（今寻甸）。乾隆时析临安等四府添设分巡迤南道，驻普洱府城（今普洱）。迤西：即迤西道。清雍正八年（1730）改永昌道置，驻大理府城。辖大理、永昌、楚雄、姚安、顺宁、丽江、鹤庆、蒙化、北胜、景东等府厅。

⑤ 杨门六君子：指滇中明代六位诗人杨士云、李元阳、张含、王廷表、胡廷禄、唐锜。

⑥ 苏门六君：秦观、黄庭坚、张耒、晁补之、陈师道、李廌（zhì）。

作，尤非其佳章也。嘉庆初，保山袁文揆昆季辑《滇诗略》[①]，杨、张二公采录甚多，犹以未窥全豹为恨。后于吾乡陈海楼大令处得《石淙全稿》，乃录为补遗，至满一卷，约百数十首，佳篇如林，读者意满。[②]惟愈光诗集板毁于明末之乱，散亡已久，所选或得于传抄，或得于地志，竟无可觅其全矣。惜哉！

明代诗人，如林子羽、贝清江、边华泉、高苏门、杨梦山[③]之流，虽附庸风雅，皆秀拔不俗，自有所得。谢在杭、区海目、公文介[④]之属，亦庸中之佼佼者，均有可观。若康海、梁有誉、吴国伦、胡元瑞[⑤]等辈，则庸俗可厌，不足数矣。布衣山人中，如孙太初、王百谷、

---

① 袁文揆昆季辑《滇诗略》：乾隆庚戌年（1790），曾在北京四库全书馆工作过的保山文士袁文揆（1750 ~ 1815，字时亮，号苏亭，云南保山人），深感有收集保存云南诗歌文献的必要，于是和他哥哥袁文典（1726 ~？，字仪雅，号陶村）邀集同仁，经过近10年努力，编成古歌及明诗10卷，清诗24卷，分别题为《明滇南诗略》《国朝滇南诗略》，于嘉庆四年（1799）刊行。文揆又辑《续滇南诗略》10卷，嘉庆八年（1803）刊行。咸同兵乱，书版毁于兵火。光绪二十五年（1899），楚雄罗瑞图长教五华书院，搜辑残余，重编为47卷，题名《滇南诗略》，于次年刊行。昆季：兄弟。长为昆，幼为季。

② 陈海楼：陈履和（1760 ~ 1825），字海楼，一字介存，云南石屏人。先后在山西太谷、浙江东阳做知县，皆有政绩。学术上专研经史，长于诗文。著有《海楼文集》。《石淙全稿》：明杨一清撰。

③ 林子羽：林鸿，字子羽，福清（今福建）人。明代诗人，有《鸣盛集》。贝清江：贝琼（1315 ~ 1379），字廷琚，崇德（今浙江桐乡）人。明代诗人。有《清江集》。边华泉：边贡（1476 ~ 1532），字廷实，号华泉，历城（今山东济南）人。有《华泉集》。（按，边华泉，原刊本为“边华亭”，考明代诗人中只有边华泉，可能因“泉”“亭”形近致误，故改之）高苏门：高叔嗣（1501 ~ 1539），字子业，号苏门山人。祥符（今河南开封）人。明代诗人，有《苏门集》。杨梦山：未详。可能刊刻有误。

④ 谢在杭：谢肇淛（zhè），字在杭，长乐（今福建）人。万历二十年（1592）进士。是闽派诗人中的佼佼者。有《小草斋诗集》。区海目：区大相，字用儒，号海目。万历进士，为明代岭南诗家之最。（按，区海目，原刊本为“区海若”，考明代诗人，无区海若者，故改之。）公文介：公鼐，字考舆，蒙阴人，万历辛丑进士，官至礼部右侍郎，谥文介。

⑤ 康海（1475 ~ 1540）：字德涵，号对山，武功人。明代诗人，工诗文。有《对山集》10卷。梁有誉：字公实，顺德（今广东）人。嘉靖二十九年（1550）进士。明后七子之一，有《比部集》。吴国伦（1524 ~ 1593）：字明卿，号川楼子、南岳山人，兴国（今江西）人。明后七子之一，有《甔甀洞稿》。胡元瑞：胡应麟，1590年前后在世，字元瑞，兰谿人。著有《少室山房类稿》120卷。

陈仲儒[①]辈，徒有虚名，无可取者。程孟阳[②]七律七绝，佳者饶有风调神韵，得力于中、晚唐人，特瑕多瑜少，如沙中检金，时可一遇。牧斋激赏溢美，太逾分量，竟谓李茶陵后一人，扬之以抑七子，则诞妄已甚，宜招后人之訾议也。汤若士为词曲所掩，沈石田、文衡山、李长蘅为画所掩，其诗皆有可观，颇多佳名，但非专门，故佳作止于秀逸，气格不大，力量不厚耳。[③]然犹属雅音，非如唐子畏、祝枝山辈，随笔任意，堕落野狐禅也。[④]武臣如郭定襄[⑤]诗，才力纵横，直可分诗家一席，不止为明代武将之冠。古今名将武臣能诗者，均不及定襄远甚，戚、刘[⑥]二将军，拜下风矣。公安袁中郎昆季，

---

① 孙太初：孙一元（1484 ~ 1520），字太初，号太白山人。家世很隐秘，或云安化王（朱寘鐇）宗人，王因谋反被诛，故变姓名避难。《明史》入《隐逸传》。著有《太白山人漫稿》。王百谷：王稚登（1535 ~ 1612），字百谷，长洲（今苏州）人。有《燕市》等集。陈仲儒：考明代布衣山人，无此人，可能是"陈继儒"之误。陈继儒（1558 ~ 1639），字仲醇，号眉公，又号麋公，华亭（今上海松江）人。有《眉公全集》。

② 程孟阳：程嘉燧（1565 ~ 1644），字孟阳，号松圆。晚年皈依佛教，释名海能。休宁（今安徽）人。以布衣而刻意为诗，擅绘画。

③ 汤若士：汤显祖（1550 ~ 1616），字义仍，号若士、海若，别署清远道人。临川（今江西）人。其诗属于性灵派，故与袁宏道等人很投合。他的《牡丹亭》，实为诗的戏剧化。但有些诗流于粗率。有《玉茗堂集》。沈石田：沈周（1427 ~ 1509），字启南，号石田，晚号白石翁，长洲（今江苏苏州）人。既是画家，又是诗人，有《石田先生集》。文衡山：文徵明（1470 ~ 1559），初名壁，字徵明，后以字为名，更字徵仲，号衡山，长洲（今苏州）人。学文于吴宽，学画于沈周。有《甫田集》。李长蘅：李流芳（1575 ~ 1629），字长蘅，号泡庵、檀园。嘉定（今上海）人，有《檀园集》。

④ 唐子畏：唐寅（1470 ~ 1523），字伯虎，一字子畏，号六如居士。吴县（今江苏苏州）人。有《六如居士集》。祝枝山：祝允明（1460 ~ 1526），字希哲，因生而右手枝指，自号枝山，又号枝指生，长洲（今苏州）人。有《怀星堂集》。野狐禅：佛教内部对一些非真正坐禅办道而妄称开悟者的称呼。据《传灯录》载：从前有人解错了禅语的一个字，就五百生投股为野狐，后遇百丈禅师予以纠正，才得解脱。后来"野狐禅"用为外道、异端的意思。

⑤ 郭定襄：郭登（? ~ 1472），字元登，濠州（今安徽凤阳）人。曾封定襄伯，故称郭定襄。明武臣之能诗者，无过于郭登。有《联珠集》（即将其父钰、其兄武之作联在一起）。

⑥ 戚、刘：指戚继光、刘显。戚继光（1528 ~ 1587），字元敬，号南塘，晚号孟诸，蓬莱（今山东）人。有《止止堂集》《纪效新书》等。刘显，明朝南昌人。膂力绝伦，稍通文义。家贫落魄，入蜀冒籍为武生。嘉靖中宜宾发生苗民起义，在镇压苗民起义后，官副千户。输赀为指挥佥事，后提为总兵官，镇守广东。遇到倭寇侵犯福建，带兵赴援，大破倭寇。万历初进都督同知。

竟陵钟伯敬、谭友夏，皆攻七子，变风气，自成门径，然论诗入魔，人人知之，勿庸赘论。[①]徐青藤[②]一时才人，一时狂士，画品甚高，另开生面；诗文佳者皆有英气生趣，劣者恣野特甚，实非正宗，不足列入家数，然超出沈嘉则、黄省曾[③]诸人之上，不啻倍之。末年诗人，惟陈卧子雄丽有骨，国变后诗尤哀壮，足殿一代矣。[④]

国初遗老，如湖北杜茶村[⑤]《变雅堂》诗，古体粗率颓唐，劣恶已甚，直门外汉耳；近体枯槁、粗硬、肤廓者，与前明闽诗郑继夫[⑥]同病，皆不善学杜者也。佳作则颇有气骨，时诣老境。顾黄公[⑦]与茶村，同乡齐名，所著《白茅堂集》，虽贪多芜杂，然较胜茶村，尚多雅音。山西顾宁人、傅青主二征君[⑧]，以顾为优，诗甚高老雄整，虽不脱七子气习，然使事运典，确切不移，分寸悉合，可谓精当，

---

① 公安袁中朗昆季：指袁宏道与袁中道兄弟。公安派主要作家。袁宏道（1568～1610），字中郎，公安（今湖北）人。袁中道（1570～1632），字小修。钟伯敬：钟惺（1574～1625），字伯敬，号退谷，竟陵（今湖北天门）人。有《隐秀轩集》。谭友夏：谭元春（1586～1637？），字友夏，竟陵人。有《谭友夏合集》。

② 徐青藤：徐渭（1521～1593），字文长，别号天池山人、青藤道士、田水月。山阴（今浙江绍兴）人。有《青藤书屋文集》。

③ 沈嘉则：沈明臣，字嘉则，明代鄞县（今宁波）人。黄省曾：公元1545年前后在世，学诗于李梦阳。有《五岳山人集》。

④ 陈卧子：陈子龙（1608～1647），字卧子，号轶符，晚年号大樽，松江（今上海）人。殿：最后。

⑤ 杜茶村：杜濬（1611～1687），字于皇，号茶村，湖北黄冈人。诗文豪健，有《变雅堂集》。

⑥ 郑继夫：郑善夫之误。郑善夫（1485～1523），字继之，号少谷，闽县人。工于绘画，作诗模仿杜甫，多忧时感事之作。有《郑少谷集》25卷与《经世要录》传世。

⑦ 顾黄公：顾景星（1621～1687），字黄公，一作字赤方，号黄公，湖北蕲州人。记诵渊博，诗文雄赡，著述甚富，有《白茅堂集》46卷、《读史集论》9卷、《卾池录》118卷、《顾氏列传》15卷、《南渡来耕集》73卷。

⑧ 顾宁人：顾炎武（1613～1682），初名绛，字宁人，号亭林，江苏昆山人（这里误为山西人）。治经重考据，注意经世致用，开清代汉学风气。其诗沉郁苍凉，有强烈的爱国主义精神。著有《日知录》《亭林诗文集》等。傅青主：傅山（1606～1683），初名鼎臣，字青竹，后改今名，字青主，一字仁仲，又字啬庐，山西太原人。著有《霜红龛集》。征君：旧称曾经朝廷征聘而不肯受职的隐士。顾炎武与傅山入清不仕，故称二征君。

此则过于七子。青主《霜红庵集》[①]，亦有气格，而逊顾一筹。徐州阎古古尔梅[②]，独工七律，对仗极齐整，时有生气，亦颇能造警句，惟粗率廓落处太多耳。如西泠十子中，则毛稚黄、陆丽京二人尤为矫矫，然格局殊不高大，多染宋习；其余更造诣浅矣。[③]

阮翁极赏吴天章诗，称为仙才。[④]洪昉思、汤西崖[⑤]皆及门高弟子也。然天章《莲洋集》，才力单弱；昉思篇幅尤狭。二人诗造诣浅薄，均乏生气。短章近体，时复斐然；全集索然，阅半卷即令人倦而思睡。西崖词皆雅驯，清整而欠雄厚，亦足动人者。山东德州冯大木，诗笔爽俊，阮翁以大木、秋谷诗合选，号《二妙集》。[⑥]秋谷以此成名，故后人多议其攻阮亭为过也。大木惜早逝，未及深造。时德州田山薑侍郎，河间庞工部垲，于阮亭虽不服从，亦不敢攻击，别树一帜，若附庸然。[⑦]田有才情而杂，庞有意趣而小，皆未成家。宋牧仲[⑧]才

---

① 《霜红庵集》：据《中国文学家大辞典》，傅山著的是《霜红龛集》，非《霜红庵集》。

② 阎古古尔梅：阎尔梅，字调鼎，一字国卿，号古古，又号白耷山人，清代诗人。

③ 西泠（líng）十子：清初杭州诗人陆圻（qí）、丁彭、柴绍炳、毛先舒、孙治、张丹、吴百朋、虞黄昊、沈谦、陈廷会十人之并称。西泠为西湖桥名，陆圻等人结诗社于西湖，时人以名之。柴绍炳与毛先舒曾编订《十子诗选》。毛稚黄：毛先舒。“稚黄”是其字。陆丽京：陆圻。“丽京”是其字。矫矫（jiǎo）：威武的样子。

④ 阮翁：指王士禛，因其号阮亭，故称。吴天章：吴雯（1644 ~ 1704），字天章，原籍奉天辽阳，后居山西蒲州，以诗见知于王士禛。著有《莲洋集》20卷。“仙才”句：意出自王士禛《渔洋诗话》十九：“蒲阪吴雯天章，初至京师，未知名；余亟赏其诗，谓为仙才。”

⑤ 洪昉思：洪升（？ ~ 1704），字思，号稗畦，浙江钱塘人，清代戏剧家，有诗文集《稗村集》，以杂剧《长生殿》闻名于世。汤西崖：汤右曾（1656 ~ 1722），字西厓，一作西崖，浙江仁和人。诗才大则而能恢张，与朱彝尊并为浙派领袖。著有《怀清堂集》20卷。

⑥ 冯大木：冯廷櫆（1649 ~ 1700），字大木，山东德州人。康熙进士。著有《冯舍人遗诗》六卷。阮翁：即王士禛。秋谷：赵执信（1662 ~ 1744），字伸符，号秋谷，晚号饴山老人，山东益都（今博山）人，有《饴山堂集》。

⑦ 田山薑：田雯（1635 ~ 1704），字子纶（一作紫纶），一字纶霞，号山薑，晚号蒙斋，德州人。著有《古欢堂集》26卷、《长河志籍考》10卷等。庞工部垲：庞垲（公元1675年前后在世），字霁公，号雪崖，直隶任丘（今河北任丘）人，著有《丛碧山房集》《翰苑稿》《舍人稿》《工部稿》等。

⑧ 宋牧仲：宋荦（1634 ~ 1713），字牧仲，号漫堂，又号西陂，河南商丘人。精于鉴藏，善画，淹通典籍，著有《沧浪小志》《怪石赞》《漫堂墨品》《漫堂说诗》等。

力亦弱，当时名望，与阮翁并称，因其宏奖人才，故争相推崇，实非阮翁敌手，亦附庸之小国耳。王西樵[①]为阮亭长兄，故阮翁尊之，然去阮翁甚远，不过清雅而已。徐东痴、张历友皆尔日山左诗家，然徐诗故求峭削，转入鼠穴，不如历友笔气俊逸，较有才力也。[②]然后来高密李氏宗《主客图》，其派颇行于齐鲁间，卑隘浅弱，视诸人又古民之三疾矣。[③]

沈归愚先生持论极正，持法极严，便于初学。所为诗，平正而乏精警，有规格法度而少真气，袭盛唐之面目，绝无出奇生新，略加变化处，殊无谓也。朱竹君、翁覃溪北方之雄，记问淹博。[④]朱讲经学，不长诗文。翁以考据为诗，饾饤书卷，死气满纸，了无性情，最为可厌。差强人意者，能宏奖风流耳。边随园[⑤]亦北方诗人，诗尚清稳，无超诣也。归愚所定吴门七子，惟曹来殷、王兰泉二人，

① 王西樵：王士禄（1626 ~ 1673），字子底，号西樵，山东新城人。工诗，于唐诗人中独爱孟浩然，与弟士祜、士禛齐名，称为“三王”。著有《读史蒙拾》《然脂集》《表余堂诗存》等。

② 徐东痴：徐夜（1611 ~ 1683），字东痴，更字嵇庵，初名元善，字长公，山东新城人。张历友：张笃庆（公元 1692 年前后在世），字历友，号厚斋，山东淄川人。著有《昆仑山房集》《八代诗选》等。尔曰：当天，当时。山左：旧称山东省为山左，因在太行山之左，故云。鼠穴：老鼠洞穴。形容诗境狭小。

③ 高密李氏：指李宪噩（公元 1785 年前后在世）、李宪暠（公元 1786 年前后在世）、李宪乔（公元 1788 年前后在世）三兄弟，山东高密人，以学业相师友，以诗名，时称“三李”。宪噩，字怀民，号十桐。工诗，尝与宪乔依据《主客图》例，搜集元和以后诸家五律，辨其体格，奉张籍、贾岛为主，名《重订中晚唐主客图》，著有《十桐草堂集》。宪暠，字叔白，工诗，著有《定性斋集》。宪乔，字子乔，号少鹤，著有《少鹤诗文集》。宗《主客图》：效法《主客图》。《主客图》是《诗人主客图》的简称，唐朝张为撰，一卷，书中所谓主者，以白居易为广大教化主，孟云卿为高古奥逸主，李益为清奇雅正主，孟郊为清奇僻苦主，鲍溶为博解宏拔主，武元衡为瑰奇美丽主。主下为客，分升堂、入室及门，所著录近百人，于唐代诗人不及十之三四，所引诗亦多非集中警拔之作，为后来宋人诗派之说所本。齐鲁：指河北、山东一带，即周朝时齐国和鲁国所在地。古民之三疾：指气质上的三种疾患，即狂（狂妄）、矜（自尊自大）、愚（愚笨）。语出自《论语·阳货》。

④ 朱竹君：即朱筠（1729 ~ 1781），字美叔，号竹君，又号笥河，顺天大兴人。乾隆十九年（1754）进士，授编修。著有《笥河集》36 卷。翁覃溪：即翁方纲。

⑤ 边随园：边连宝（公元 1729 年前后在世），号随园，直隶任邱人。为诗直达胸臆，才力纵恣，著有《随园集》《文古病余草》及《续草》等。

后有进境。[1]赵损之[2]笔颇健，惜早死。余俱平平无奇矣。

大雅不作，诗道沦芜。归愚自命起衰复古，未免力小任重，举鼎折脰[3]。然宗旨、规格、法律，一出于正，未可深贬，特才气短，不能副其志耳。姚姬传[4]谓其以帖括之余，攀附风雅，过矣。迹其生平，门户依傍渔洋，而于有明前后七子之徒及卧子、竹垞诸公遗言绪论，亦多摭拾。[5]故《说诗晬语》所论，虽未入三昧悟，精深微妙之诣，得未曾有，然古今诗家源流正变之别，及各体句调章法规格，则言之娓娓，大旨略具，亦初学发轫之一助。[6]从其言，可望入正路，不致误于歧途，引人入门，此叟功也。所选诸集，今并盛行，惟《古诗源》一集，矜慎平允，可云公当。[7]盖生平得力所自，用心良苦。他如唐、明诗及国朝诗之选，徒夸别裁之鉴，未脱门户之私。罔象

---

① 吴门七子：指清代曹仁虎（1731 ~ 1787）、王鸣盛（1722 ~ 1797）、王昶（1725 ~ 1807）、赵文哲（1725 ~ 1773）、吴泰来（？ ~ 1788）、钱大昕（1728 ~ 1804）、黄文莲七位相互唱和的诗人。曹来殷：即曹仁虎，字来殷，号习庵，江苏嘉定人，著有《宛委山房》《瑶华唱和》《秦中杂稿》等。王兰泉：即王昶，号兰泉，字德甫，江苏青浦人。著有《春龙堂诗文集》《明词综》《清词综》等。

② 赵损之：赵文哲（1725 ~ 1773），字升之，一作损之，号璞庵。上海人。论诗以王士禛为主，瑰玮绝特。其从军滇、蜀所见殊方绝徼可惊可愕状，一发于诗。著有《媕雅堂》《娵隅》等集。

③ 举鼎折脰（dòu）：因举鼎而折断脖子。比喻力小而任重，不胜任。脰，脖子，颈。

④ 姚姬传：姚鼐（1731 ~ 1815），字姬传，一字梦谷，安徽桐城人。恬淡不慕荣利，论学主集义理、考证、词章之长，不拘汉、宋门户。桐城自方苞、刘大櫆倡为古文，而姚鼐继之，编《古文辞类纂》以明义法，被世人称为“桐城派”。著有《惜抱轩文集》16 卷、《文后集》12 卷、《诗集》10 卷。

⑤ 渔洋：王士禛的号。卧子：明代诗人陈子龙（1608 ~ 1647），字卧子，号轶符。晚年号大樽，松江（今上海）人。著有《陈子龙诗集》。竹垞（chá）：朱彝尊的号。

⑥ 《说诗晬（zuì）语》：诗话。清沈德潜撰，二卷。论诗上自先秦，下迄明代，对于诗的流变以及作家作品，俱有述评。其诗论主旨，在提倡格调说，强调温柔敦厚。三昧：原为佛教语，梵文音译。又作“三摩提”或“三摩帝”。意为“定”“正定”等，心定于一处而不动也，即排除一切杂念，使心神平静。后称解脱一切束缚为三昧。这里引申为事物诀要或精义。悟：觉醒，理解。发轫（rèn）：比喻开始。轫，刹车的支轮木。发轫即撤去支轮木，使车开动，即发车。

⑦ 《古诗源》：诗歌总集。清沈德潜编选。选收自上古至隋代的古诗和歌谣，并有评释。矜（jīn）慎平允（yǔn）：既夸耀又慎重而且公平适当。矜，夸耀。慎，慎重。平，公正。允，公平、适当。

失珠，滥收鱼目[①]；荆山遗玉，浪采碔砆[②]。按图索骏，执相求禅，昧密味之中边，眩宝器之饭色，岂非未得为得，未证为证，有以言白黑，无以知白黑乎？[③]盖滞于有迹，未能空诸所有，悟无声无臭之最上乘[④]，故不知诗家神功圣诣，自别具大而化之妙谛也。夫操选政者，以识为要，识不精，则执格律如奉法吏矣。[⑤]以貌取诗，所得几何！

常州四子，黄仲则才力恣肆，笔锋锐不可当，如骁将舞梨花枪陷阵，万人辟易，所向无前，自是神勇；[⑥]又如西域婆罗门[⑦]，吐火吞刀，变幻莫测，具大神通。仲则七古佳篇，造诣颇似如是。如《余忠宣祠》《焦节妇行》《黄山松歌》《前后观潮行》等作，其才气横绝一时。可谓诗坛飞将[⑧]，有大神通矣。故当时推其似太白也。

---

① 罔象失珠，滥收鱼目：罔象遗失了珍珠，以鱼目来替代。比喻舍弃精华，取其糟粕。罔象，传说中的水怪。《国语·鲁语下》：“水之怪曰龙、罔象。”

② 荆山遗玉，浪采碔砆（wǔfū）：荆山，位于湖北南漳县西。传说卞和得璞玉于楚荆山，即此山。碔砆，似玉的石头。这两句比喻遗失了真的，用假的代替，取舍不当。

③ 按图索骏：同“按图索骥”。骏，好马。索，寻求。按照图上所画的样子去寻求骏马。后多比喻遵循成规，拘泥不变。执相求禅：凭表象看内心。执，握，持。这里活用为凭，依据。相，事物之相状。禅，梵语“禅那”的简称。意译“思维修”。静思之意。昧：昏暗。密味：佛教用语。指神秘的教义、义理。中边：表里、里外。眩（xuàn）宝器之饭色：炫耀玉器中的瑕疵。眩，同“炫”，炫耀。宝器，本指贵重的宝物，这里当指玉器。饭色，饭石的色彩。饭石，石名。《云林石谱》：“婺州东阳县双林寺傅大夫士道场山中产石，凡有青、白、紫、绿色皆莹彻，谓之饭石。”

④ 悟无声无臭之最上乘：达到佛家思想的最高境界。悟，悟入。佛教用语，指参悟入道。无声无臭，指佛家无觉无观三昧境界。上乘，大乘之异名。

⑤ 操选政者：被选拔从政的人。操，担任、从事。选，量才授官。《明史·职官志一》：“凡选，每岁有大选，有急选，有远方选，有岁贡就教选。”奉法吏：只会死搬硬套法律条文的官吏。

⑥ 常州四子：指清代乾嘉之际江苏常州黄景仁、洪亮吉、孙星衍、杨芳灿四位诗人。黄仲则：黄景仁（1749 ~ 1783），字汉镛，一字仲则，晚号鹿菲子，江苏武进（今常州）人。性高迈伉爽，有狂名，工诗，以奇肆新警见长。著有《两当轩诗文集》《竹眠词》。梨花枪：古枪法之一种。以梨花一筒系于长枪之首，临敌时用之，一发可远去数丈，人着其药即死，火尽枪仍可以刺敌。

⑦ 婆罗门：古国名，指古印度。意为“婆罗门众之国”。《西域记二》曰：“印度种姓，族类群分，而婆罗门殊为清贵。从其雅称传以成俗，无云经界之别，总为婆罗门国。”

⑧ 飞将（jiàng）：即“飞将军”。语出自《史记·李将军列传》：“广（李广）居右北平，匈奴闻之，号曰汉之飞将军。”后称矫健敏捷的将领为“飞将”。

然自非大将本领气度，能不动声色，立摧强敌，而弥见整暇，如武侯以纶巾羽扇，指挥百万兵，进退分合，从容自得；①又如郤縠敦《诗》说《礼》，祭遵雅歌投壶，虽为将，不失名士风流也。②佛家贵正眼法藏，不尚神通③。拈花微笑时，万法俱化，不屑以神通见，而自在神通，充满法身，不可思议，何必演幻法乎④！诗家亦然。真正大作者，才力无敌，而不逞才力之悍；神通具足，而不显神通之奇。敛才气于理法之中，出神奇于正大之域，始是真正才力，自在神通也。仲则七古，尚未望见此境，然足以自豪，卓有可传矣。五古殊欠古厚，律诗则不免靡靡⑤之音。盖天赋奇才，中年早死，故养未纯粹，诣未精深耳。杨蓉裳、荔裳昆季，学初唐四子及温李、西昆者也，华多实少，有腴词未剪，终累神骨之病。⑥蓉裳颇工四六，诗则品

① 弥见整暇：看上去显得非常悠闲。弥，遍布，满。暇，悠闲。纶（guān）巾羽扇：也作“羽扇纶巾”。纶巾，古时用丝带做的一种头巾。《三国演义》第一〇四回：“车上端坐孔明，纶巾羽扇，鹤氅皂绦（tāo）。”后来用以形容谋士镇定自若的潇洒风度。

② 郤縠（xìhú）敦《诗》说《礼》：郤縠，春秋时期晋国人，文公从被庐（地名），找到他做三军谋元帅。赵衰曰：“縠说礼乐而敦诗书，必知御兵之道。”公乃使郤将中军，使郤溱佐之（见《史记》三十九《尚友录》二十二）。敦，治理。这里指研究。说，解释，阐述。《诗》，《诗经》。《礼》，《礼记》。祭遵：东汉颍阳人，字弟孙。从光武帝平定河北，拜征虏将军，封颍阳侯。性恭静廉约，雅好儒术，虽在军中，不忘俎豆（祭祀）。卒谥成。投壶：古代宴会时的一种游戏。以矢投壶中，投中多者为胜。

③ 不推崇（尊重）神通。神通，古印度各宗教认为修行有成就的人，能具备各种神妙的能力，叫作神通。

④ 拈花微笑：佛经典故。相传释迦牟尼在灵山会上，拈花示众，众皆默然，惟迦叶破颜微笑。佛曰：“吾有正法眼藏，涅槃妙心，实相无相，微妙法门，不立文字，教外别传，付嘱摩诃迦叶。”说明禅宗是以心传心。后用拈花微笑比喻心心相印。

⑤ 靡靡（mǐ）：柔弱，委靡。

⑥ 杨蓉裳、荔裳昆季：杨蓉裳、杨荔裳兄弟。杨芳灿（1753～1815），字才叔，号蓉裳，江苏金匮人。曾主讲衢杭、关中、锦江三书院，又入蜀修四川通志。芳灿好为诗，著有《真率斋稿》12卷，《芙蓉山馆诗词稿》14卷等。杨芳灿之弟杨揆（1760～1804），字同叔，号荔裳，少与兄齐名。所作骈体文沉博绝丽，下笔千言。著有《藤花吟馆诗文集》等。初唐四子：又称初唐四杰。即唐初崛起，扭转齐梁颓势，初唐后期陆续有新诗人出现，首先是初唐的四位青年诗人：王勃（649～676）、杨炯（650～693）、卢照邻（637？～689？）、骆宾王（640～684）。温李：指晚唐诗人温庭筠（812？～870？）和李商隐（813～858）。两人在当时齐名，诗风也有近似之处，故并称。西昆：西昆派。北宋初期出现的一个文学流派。代表作家为杨亿、刘筠、钱惟演等。他们互相唱和的诗编成《西昆酬唱集》，故名。

格不高。洪稚存以经学考据专长，诗学《选》体，亦有笔力，时工煅炼，往往能造奇句。[①]惜中年以后，既入词馆，与张船山唱和甚密，颓然降格相从，放手为之，遂染叫嚣粗率恶习。自以为如此，乃是真我，不囿绳墨，独具天趣也，而不知已入魔矣。损友移人，岂学人亦难免哉！孙渊如[②]早年诗笔颇悍，造语亦多峭拔，惜中年改攻经学考据家业，不作诗矣。如顾屿沙、翁朗夫、刘芙初[③]等，皆浅近狭小，不足言家数。赵云松翼[④]则与钱塘袁枚时称袁、赵。袁既以淫女狡童之性灵为宗，专法香山、诚斋之病，误以鄙俚浅滑为自然，尖酸佻巧为聪明，谐谑游戏为风趣，粗恶颓放为雄豪，轻薄卑靡为天真，淫秽浪荡为艳情，倡魔道妖言，以溃诗教之防。[⑤]一盲作俑，万瞽从风，纷纷逐臭之夫，如云继起。[⑥]因其诗不讲格律，不贵学问，空疏易于效颦。其诗话又强词夺理，小有语趣，无稽臆说，便于借口。眼前琐事，口角戏言，拈来即是诗句。稍有聪慧之人，挟彼一编，奉为导师，旬月之间，便成诗人；钝根人多用两月工夫，亦无不可。

---

① 四六：即四六文，又称骈文。起源于汉魏，形成于南北朝。全篇以俪句、偶句为主，对声律以及用典、比喻等均有明确要求。后来字数渐趋骈四俪六，故称“四六文”。洪稚存：即洪亮吉。《选》：即《文选》，又称《昭明文选》。是我国现存最早的诗文总集，南朝梁昭明太子萧统召集文人共同编选，选录自先秦至梁的诗文辞赋，已初步注意到文学与其他类型著作的区别。后称《文选》中所选的诗歌和模仿这种风格的诗为“选体”。《文选》中所选多为五言古诗，所以又有人认为“选体”就是五言古诗。

② 孙渊如：孙星衍（1753～1818），字伯渊，号渊如，江苏阳湖人。著作宏富。有《诗文集》25卷、《尚书·古文注疏》39卷、《孔子集语》17卷、《续古文苑》20卷。

③ 顾屿沙：不详，待考。翁朗夫：翁照（1677～1755），名玉行，字朗夫，江苏江阴人。受学于毛奇龄、朱彝尊。工诗。著有《赐书堂诗文集》。刘芙初：刘嗣绾（1762～1820），字醇甫，号芙初，江苏阳湖人。著有《尚䌹堂集》。

④ 赵云松翼：赵翼，字云松。

⑤ 淫女狡童：指违反封建礼教的规定，自行谈情说爱的青年男女。性灵：指清代袁枚的论诗主张——性灵说。袁主张作诗应抒写胸臆，辞贵自然，强调独创，反对以程朱理学来束缚诗歌创作，对所谓温柔敦厚的“诗教”不满。但由于受其思想、生活的限制，他所讲的性灵，多属封建士大夫的闲情逸致，故受到批评。法香山、诚斋：效法白居易和杨万里。香山，白居易。诚斋，杨万里。

⑥ 一盲作俑，万瞽（gǔ）从风：形容一个人首开恶例，其他人则纷纷盲从。盲、瞽，这里指眼瞎的人。作俑，原指制作殉葬用的俑像，后指首开恶例。

于彼教自雄，诚为捷径矣。不比正宗专门，须有根柢学力，又须讲求理法才气，屡年难深造成功，用力之久且勤也。是以谬种蔓延不已，流毒天下，至今为梗。赵翼诗比子才虽典较多，七律时工对偶，但诙谐戏谑，俚俗鄙恶，尤无所不至。[①]街谈巷议，土音方言，以及稗官小说，传奇演剧，童谣俗谚，秧歌苗曲之类，无不入诗，公然作典故成句用，此亦诗中蟊贼[②]，无丑不备矣。袁、赵二家之为诗魔，较前明钟、谭，南宋江湖、九僧、四灵、江西诸派，末流之弊，更增十百，实风雅之蠹，六义之罪魁也。[③]至西川之张船山问陶，其恶俗叫嚣之魔，亦与袁、赵相等。若李雨村调元，则专拾袁枚唾余以为能，并附和云松，其俗鄙尤甚，是直犬吠驴鸣，不足以诗论矣。[④]学者于此等下劣诗魔，必须视如砒毒，力拒痛绝，不可稍近，恐一沾余习，即无药可医，终身难湔洗振拔[⑤]也。予固知今人多中彼法之毒，其徒如林，此论未免有犯众忌，将为招尤之鹄[⑥]。然为诗学计，欲扶大雅，不能不大声疾呼，痛斥邪魔左道，以警聋瞶而挽颓波，实有苦心，原非好辩。其词亦系对症药石，并未过苛过激，当代诗坛同志君子，自能谅之信之。

浙派自西泠十子倡始，先开其端，至厉太鸿[⑦]而自成一派，后来多宗之。其清俊生新，圆润秀媚之篇，佳处自不可没。然病亦坐此，往往求妍丽姿态，遂失于神骨不俊，气格不高，力量不厚，无雄浑

① 子才：袁枚的字。典：典故。

② 蟊（máo）贼：本指危害社会的坏人，这里指败坏诗风的做法。

③ 钟、谭：指钟惺与谭元春。南宋江湖、九僧、四灵、江西诸派：江湖派。这里列举诗派大多出在北宋，冠之“南宋”不妥。十百：十倍百倍。蠹：蛀虫。

④ 李雨村调元：李调元（公元1778年前后在世），字羹堂，号雨村（一作字雨村），四川绵州人。与从弟鼎元、骥元并著诗名，时称“绵州三李”。著有《童山诗集》42卷，《文集》20卷。云松：赵翼的字。是直：此只，此只是。

⑤ 湔（jiān）洗振拔：湔洗，洗干净。振拔，整治剪除。

⑥ 招尤之鹄：成为众人指责攻击的目标。招，箭靶。尤，抱怨，指责。鹄，箭靶的中心。

⑦ 厉太鸿：厉鹗（1692～1752），字太鸿，号樊榭，浙江钱塘（今杭州）人。于书无所不窥，所得皆用之于诗，故常多异闻轶事。著有《樊榭山房集》20卷。

阔大之局阵篇幅，谐时则易，去古则远也。《樊榭集》[①]中，工于短章，拙于长篇，工于五言，拙于七言，七古尤劣。其宗派囿于宋人，唐风败尽。好用说部丛书中琐屑生僻典故，尤好使宋以后事。不惟采冷峭字面及掇拾小有风趣谐语入诗，即一切别名、小名、替代字、方音、土谚之类，无不倚为词料。意谓另开蹊径，色泽新异别致，生趣姿态，并不犹人也。殊不知大方家数，非不能用此种故实字样，大方手笔，非不能为此种姿态风趣，乃不屑用，并不屑为，不肯自贬气格，自抑骨力，遁入此种冷径别调耳。是小家卖弄狡狯伎俩，非名家之品也。吴谷人[②]等，皆系此一派门径。故洪稚存谓如画家学元人著色山水，虽施青绿，渲染韶秀，而气韵未能苍老，境界未能深厚，诚中其病。近人吴仲云[③]尚书《花宜馆》诗，亦是浙派，但无其替代琐屑诸弊，圆秀冷峭，门径弥小，幸神韵犹较深远，亦近代一小名家也。如童二树、刘豹君[④]之属，均未成家。惟山阴胡天游稚威[⑤]，幽峭拗折，笔锐而奇，虽法郊、岛、山谷，取径僻狭，有生涩、晦僻、枯硬诸病，然笔力较为沉著深刻，亦足以成一家，又非樊榭、谷人、仲云辈所及矣。

江西诗家，以蒋心余为第一。其诗才力沉雄生辣，意境亦厚，是学昌黎、山谷而上摩工部之垒，故能自开生面，卓然成家[⑥]。七

---

① 《樊榭集》：《樊榭山房集》的简称。厉鹗著。

② 吴谷人：吴锡麒（1746 ~ 1818），字圣征，号谷人，浙江钱塘（今杭州）人。著有《正味斋集》73 卷。

③ 吴仲云：吴振棫，字仲云，号毅甫，晚号再翁，清代诗人、学者。

④ 童二树：童珏（1721 ~ 1782），字璞岩，又字二如，号二树，浙江山阴（今绍兴市）人。是“越中七子”之一，尤擅长画梅，画成则题一诗，有“万树梅花万首诗”句，时称“二绝”，有诗集 12 卷。刘豹君：刘文蔚，字伊重，一字豹君，号柟亭，清代浙江山阴（今绍兴市）人，著有《石帆山人集》。

⑤ 胡天游稚威：胡天游（1696 ~ 1758），一名骙，字稚威，号云持，浙江山阴（今绍兴）人。工骈文，能诗。有《石笥山房集》。

⑥ 昌黎：韩愈（768 ~ 824），字退之，河内南阳人（今河南孟县附近）。因《旧唐书》说他是昌黎人，故称韩昌黎。是中唐古文运动的主要倡导者。以文为诗，务求新奇，诗歌自成一派。散文成就尤为突出，名列“唐宋八大家”之首。有《韩昌黎集》。山谷：黄庭坚，号山谷道人。上摩工部之垒：上面接近杜甫诗歌之造诣。摩，接近，贴近。垒，营垒。

古佳作最多，新乐府亦非近人所及。又善叙事，每遇节妇烈女，忠臣孝子，则行以古文传记之法，不惟叙述其事，并将姓氏、年月、地名之类，或顺或逆，或前或后，一一点出。其叙事既勃勃有生气，而点其世族、名字、居址、时地，又错综参差，具见手法，真大手笔也。惜存诗过多，不免贪多好奇。且全集所叙忠孝节烈，均只一幅笔墨，亦觉数见不鲜。其失手之作，颇犯槎枒頮放粗硬之病。然自树赤帜，必传无疑矣。吴兰雪《香苏山馆》诗，笔力雄宕清峭，得力苏、陆二家。[①]七古五古胜于近体，尤长于写山水名胜。全集以《庐山纪游》一册为冠，卓然可传，无忝名家。惟集中应酬诗太多，满卷公卿，投赠感激之什，十居其七，致后人以为口实。又律诗好贪秀句，不免媚时，自贬品格，神完气足之篇绝少。以此自累，殊可惜也。然在近人，亦铁中铮铮，庸中佼佼者矣。同时岭南之黎二樵，江左之王惕甫，楚南之邓湘皋、欧阳涧东，西川之张雨山，丹徒之严丽生，松江之姚春木，皆一时才士，各有所长，海内知名，至今人多称之，先后有集刊行。[②]然造诣均不如兰雪，可与兰雪敌手者，惟闽中张亨甫际亮[③]而已。又皖江有鲁通甫，徽州有齐梅麓，皆负

---

① 吴兰雪：吴嵩梁（1766 ~ 1834），字子山，号兰雪，江西东乡人。其诗体沿六朝而规格似唐之温、李，其清婉处又与长庆为近，下匹吴伟业。著有《香苏山馆诗抄》。苏、陆：苏轼、陆游。

② 黎二樵：黎简（1748 ~ 1799），字简民，号二樵，广东顺德人。其诗与宋湘同为乾隆年间广东名家。著有《五百四峰草堂诗抄》。王惕甫：王芑孙（1755 ~ 1817），字念丰，号惕甫，江苏长洲（今苏州）人。工五言古体，尤以书法有名。著有《渊雅堂集》等。邓湘皋：邓显鹤（1777 ~ 1851），字子立，一字湘皋，湖南新化人。工诗古文辞，著有《南村草堂诗抄》24卷、《文抄》20卷、《易述》8卷、《毛诗表》2卷。欧阳涧东：欧阳辂（1767 ~ 1841），初名绍络，字念祖，一字涧东，（一作硐东）湖南新化（一作善化）人。工于诗，著有《硐东诗抄》10卷。张雨山：张毓瑞，字芝山，号雨亭，清代江陵人。查清代诗人名、字、号、籍贯，没有张雨山，疑作者把张毓瑞的字、号搅混在一起致误。严丽生：严学淦，字丽生，清嘉庆举人，官知县。姚春木：姚椿（1777 ~ 1853），字春木，一字子寿，江苏娄县人。好学不倦，工于诗。著有《通艺阁诗灵》8卷、《和陶诗》3卷、《晚学斋文录》12卷。

③ 张亨甫际亮：张继亮，字亨甫，清道光举人。

才名，亦不及兰雪也。[①] 以上所列，皆嘉、道[②] 中天下诗家，然兰雪、亨甫为优，此平心之论，非阿好语。试取各人专集细看，则知予论不诬矣。

大家如海，波浪接天，汪洋万状，鱼龙百变，风雨分飞；又如昆仑之山，黄金布地，玉楼插空，洞天仙都，弹指[③] 即现。其中无美不备，无妙不臻[④]，任拈一花一草，都非下界所有。盖才学识俱造至极，故能变化莫测，无所不有，孟子所谓“大而化，圣而神”之境诣也。大名家如五岳五湖[⑤]，虽不及大家之千门万户，变化从心，而天分学力，两到至高之诣，气象力量，能俯视一代，涵盖诸家，是已造大家之界，特稍逊其神化耳。名家如长江、大河、匡庐、雁宕[⑥]，各有独至之诣，其规格壁垒，迥不犹人，成坚不可拔之基，故自擅一家之美，特不能包罗万长，兼有众妙，故又次之。小家则如一丘一壑之胜地，其山水风景，未始不佳，亦足怡情悦目，特气象规模，不过十里五里之局，非能有千百里之大观，及重岭叠嶂，千崖万壑，令人游不尽而探不穷也。然其结撰之奇，林泉之丽，尽可擅一方名胜，故亦能自立，成就家数也。若专学古人一家，肖其面目，而自己并无本色，以及杂仿前贤各家，孰学孰似，不能稍加变化者，虽有才笔，皆不得谓之成就，只可概谓诗人而已，则又小家之不若矣。

---

① 鲁通甫：鲁一同（1804 ~ 1865），字通甫，江苏清河人。清道光举人。古文家，诗人。其反映鸦片战争之诗尤工。有《通父诗录》。齐梅麓：齐彦槐（1774 ~ 1841），字梦树，号梅麓，又号荫三，安徽婺源人。诗出于韩、苏，尤长骈体律赋，兼擅书法。著有《梅麓诗文集》26 卷。

② 嘉、道：嘉庆、道光。清代年号。

③ 弹（tán）指：比喻时间暂短。

④ 臻（zhēn）：至，到。

⑤ 五岳五湖：五岳，中国五大名山总称。即东岳泰山、西岳华山、南岳衡山、北岳恒山、中岳嵩山。五湖，中国五大湖的总称，有多种说法。近代一般以洞庭、鄱阳、太湖、巢湖、洪泽为五湖。

⑥ 匡庐、雁宕：匡庐，江西省庐山的异名。雁宕，即雁荡山。雁荡山分南、北雁荡。南雁荡在浙江平阳县西南，北雁荡在乐清县东。

宋人承唐人之后，而能不袭唐贤衣冠面目，另辟门户，独树壁垒，其才力学术，自非后世所及。如苏、黄二公[①]，可谓一朝大家，前无古人，后无来者也。半山、欧公、放翁，亦皆一代作手，自有面目，不傍前贤篱下，虽逊东坡、山谷两家一格，亦卓然在名大家之列。[②]阮亭选《古诗选》，谓半山微妙不及六一翁，亦故为轩轾，其实鲁、卫之政，伯仲间耳。[③]元人一代，无卓卓[④]成家者。大约元诗皆学飞卿、长吉[⑤]，靡靡成风。虞道园不过骨力稍苍老，风格较简净耳，然篇幅窄狭，才力薄而不厚，未能深造。吴渊颖歌行，真意真气皆若不足，惟繁称博引，堆垛典故，擘积藻采，以炫外貌，又乏剪裁之妙、融化之功，如涂涂附，非作者也。[⑥]渔洋知薄杨廉夫之靡怪妖艳，屏而不录，而不知道园之造诣浅薄，渊颖之鸿文无范，竟录道园以继遗山，采渊颖以殿全集，谓道园老成，渊颖奇丽，是为古人瞒过，未云具眼。[⑦]岂知道园之才气远不如高青丘，渊颖之笔力亦不及杨铁崖耶！

古今大家，至曹子建[⑧]始。汉代去古未远，尚无以诗名家之学。

---

① 苏、黄二公：指苏轼、黄庭坚。

② 半山、欧公、放翁：即王安石（号半山）、欧阳修、陆游（自号放翁）。东坡、山谷：苏轼（自号东坡居士）、黄庭坚（自号山谷道人）。

③ 阮亭选《古诗选》：阮亭，清代诗人王士禛字。《古诗选》，原误作《古诗抄》，今改正。六一翁：欧阳修（又号“六一居士”）。轩轾（zhì）：比喻高低、优劣。语出《诗经·小雅·六月》：“戎车既安，如轾如轩。”车前高后低叫轩，前低后高叫轾。鲁、卫之政：鲁、卫都是春秋时代的诸侯国，分别是周武王的弟弟周公旦、康叔的封地。两国政权性质相差不大，故后文说伯仲间耳。古代以伯、仲、叔、季排行。伯，排行第一；仲，排行第二。

④ 卓卓：高超出群的样子。

⑤ 飞卿、长吉：指唐代诗人温庭筠（字飞卿）及李贺（字长吉）。

⑥ 吴渊颖：吴莱。详见本文卷一注［47］。擘（bò）积藻采：大量堆砌词藻文采。擘，原指大拇指。这里用为大量。如涂涂附：如同用泥巴糊墙。第一个“涂”是名词，作泥、泥巴解。第二个“涂”是动词，即涂抹，涂饰。

⑦ 渔洋知薄杨廉夫：王士禛了解并看不起杨维桢。渔洋，王士禛别号渔洋山人。廉夫，元代诗人杨维桢的字。薄，轻视，看不起。遗山：金代诗人元好问的号。殿：军队行进时处在最后，叫殿后。

⑧ 曹子建：曹植（192～232），字子建，曹操第三子。善属文，性简易，不治威仪。至终篇籍不离于手，前后所著赋、颂、诗、铭、杂论百余篇，才华高旷，今有《曹子建集》10卷传世。

如《十九首》[①]，不著作者姓氏；苏、李诗，乃情不容已，各抒心所蕴结之意，非欲以立言见长，自炫文彩。其独绝千古处，正在称情而言，略无雕琢粉饰，自然浑成浑厚耳。两汉之诗，不可以家数论也。自建安作者，始有以诗传世之志，观子桓兄弟之文可见。[②]嗣后历代诗家，莫不欲以诗鸣，为不朽计矣。古今合计，惟陈思王、阮步兵、陶渊明、谢康乐、李太白、杜工部、韩昌黎、苏东坡[③]，可为今古大家，不止冠一代一时。若左太冲、郭景纯、鲍明远、谢宣城、王右丞、韦苏州、李义山、岑嘉州、黄山谷、欧阳文忠、王半山、陆放翁、元遗山[④]，则次于大家，可谓名大家。如王

---

① 《十九首》：即《古诗十九首》。

② 建安作者：建安文学的作家，即曹操、曹丕、曹植和建安七子。建安，汉献帝年号（196 ~ 220）。这一时期的文学称为建安文学。子桓：曹丕（187 ~ 226），字子桓，曹操之子。好文学，以著述为事，著有《典论》及诗、赋百余篇。《典论论文》一篇，被推为中国文学批评之始。

③ 陈思王：曹植的别称。曹丕即位后，欲加害于植，封植于陈。曹植每欲求见，幸冀试用，终不能得。怅然绝望，悒郁而卒。死后谥思王，故称陈思王。阮步兵：阮籍。陶渊明（365 ~ 427），字元亮，一说名潜字渊明，浔阳柴桑（今江西九江西南）人。晋代诗人。他的诗歌表现了对当时士族社会的憎恶，和对美好生活的追求，并提出了乌托邦式的“桃花源”理想社会。今有《陶渊明集》传世。谢康乐：谢灵运。李太白：李白（字太白）。杜工部：杜甫。韩昌黎：韩愈。苏东坡：苏轼（号东坡）。

④ 左太冲：左思，字太冲。郭景纯：郭璞（276 ~ 324），字景纯，河南闻喜（今山西闻喜）人。博学多才，精于卜筮。今存诗 22 首，其中《游仙诗》14 首，流露出对现实的不满，但也多消极避世的思想。此外还有《尔雅·注》《山海经注》等学术著作。鲍明远：鲍照，字明远。谢宣城：谢朓。曾任宣城太守，故名。王右丞：王维（791 ~ 761），字摩诘，太原祁（今山西祁县）人。唐代诗人。在绘画、音乐、书法等方面都有很深的造诣。诗歌则古、律、绝众体兼长。古诗往往从大处落墨，近体诗也不求辞藻华丽，淡淡数笔，就能形象生动而意味深长。苏轼称赞他“诗中有画”。著有《王右丞集》28 卷。韦苏州：韦应物（739 ~ 789），长安（今西安）人。唐代诗人。历任滁州、江州、苏州刺史，世称“韦苏州”。他和顾况、刘长卿等人友善，常有唱和。诗以描写景物和隐逸生活著称，风格恬淡高远。有《韦苏州集》。李义山：李商隐，字义山。岑嘉州：岑参（715 ~ 770），南阳（今河南南阳）人，曾做过嘉州刺史等官，故称。他的诗以边塞诗著称，以粗犷的笔触描绘西北战场的奇异景色及军中将士的生活，充满了不畏艰苦的英雄气概。有《岑嘉州诗集》。黄山谷：黄庭坚。欧阳文忠：欧阳修（1007 ~ 1072），字永叔，号六一居士，今江西吉安人。卒谥文忠，故又称欧阳文忠。对北宋诗文革新运动有重大贡献，是当时文坛领袖。有《欧阳文忠公文集》。王半山：王安石，号半山。陆放翁：陆游。元遗山：元好问。

仲宣、张景阳、陆士衡、颜延之、沈隐侯、江文通、庾子山、陈伯玉、张曲江、孟襄阳、高达夫、李东川、常盱眙、储太祝、王龙标、柳柳州、刘中山、白香山、杜牧之、刘文房、李长吉、温飞卿、陈后山、张宛丘、晁冲之、陈简斋[①]等，虽成就家数各异，然皆名家

① 王仲宣：王粲（177 ~ 217），字仲宣，山阳高平（今山东邹县）人。“建安七子”之一，擅长诗赋。由于遭遇乱世，长期作客，诗赋里充溢着怀乡的情绪，情调比较悲凉。今存诗二十多首。张景阳：张协（？ ~ 307），字景阳，安平（今河北安平）人。与兄张载及张华并称“三张”。今存其诗13首，《杂诗》10首是代表作，风格清新流宕，富于形象。有辑本《张景阳集》。陆士衡：原误作“陆士云”，今改。陆机（261 ~ 303），字士衡，吴郡华亭（今上海松江）人。西晋作家中，陆机的诗歌留存最多，共104首，最能代表太康时期缺少政治内容、偏重于艺术形式的诗风。有《陆士衡集》。颜延之（384 ~ 456）：字延年，琅琊临沂（今山东）人。博览群籍，善于文辞。作品有雕琢藻饰和喜用古事的弊病。与谢灵运齐名，“颜谢”并称。著有文集30卷。沈隐侯：沈约（441 ~ 513），字休文，吴兴武康（今浙江武康）人，齐梁文坛领袖。好学能文。历仕宋、齐、梁三朝。卒谥隐侯，故称。和谢朓等开创了“永明体”，是讲求声韵格律的主要人物，进一步促使诗歌由古体向近体发展。著有《四声谱》，提出“八病”之说，加深了诗坛形式主义的倾向。今存辑本《沈隐侯集》。江文通：江淹（444 ~ 505），字文通，济阳考城（今河南兰考）人。出身孤寒，沉静好学，历仕宋、齐、梁三朝。诗歌风格幽深奇丽，长于拟古。又长于抒情小赋，尤以《恨赋》《别赋》最为著名。有《江文通集》。庾子山：庾信（513 ~ 581），字子山，南阳新野（今河南新野）人。早年出入于梁朝宫廷，善作宫体诗，风格华艳。梁亡后诗风变得苍劲沉郁。作品时有用典堆砌和隐晦的缺点，但艺术上集六朝之大成，对唐代诗赋产生较大影响，杜甫有“庾信文章老更成”的评语。著有《庾子山集》。陈伯玉：陈子昂，字伯玉。张曲江：张九龄。孟襄阳：孟浩然（689 ~ 740），襄阳（今湖北襄阳）人。其诗意境清远，多自然超妙之趣。与王维并称。其诗艺术上有较高的造诣，但多写隐居闲适和羁旅愁思，内容比较狭隘。著有《孟浩然集》四卷。高达夫：高适（702 ~ 765），字达夫，渤海蓨（tiáo）（今河北景县）人。诗歌成就最高的是边塞诗，能从政治的角度提出问题，思想感情深沉雄厚。著有《高常侍集》。李东川：李颀（690 ~ 751），东川（约在今四川雅安一带）人。作品大都是古诗，尤为擅长七古。风格豪放洒脱，线条鲜明。全唐诗录存其诗三卷。常盱眙（xūyí）：常建（公元749年前后在世），长安人。因晚年授盱眙尉，故称。工诗，开元十五年（727）与王昌龄同榜登进士，仕途不得意，遂放浪琴酒，往来于太白、紫阁诸峰。著有诗集一卷。储太祝：储光羲（公元742年前后在世），兖州人。工诗，格调高逸。著有文集70卷。王龙标：王昌龄（698 ~ 756？），字少伯，京兆（今西安）人。开元十五年（727）进士及第，37岁中宏词超绝群类科，调汜水县尉。42岁贬官岭南，以后又贬为江宁县丞、龙标县尉，故称王龙标或王江宁。“安史之乱”中被濠州刺史闾丘晓杀害。《全唐诗》录存他的诗180余首。柳柳州：柳宗元（773 ~ 819），字子厚，河东（今山西永济）人。贞元进士，和刘禹锡等同属革新政治的王叔文集团。王叔文失败，他被贬为永州司马。后迁柳州刺史，卒于柳州，世称“柳柳州”。有《柳河东集》。刘中山：刘禹锡（772 ~ 842），字梦得，洛阳人，祖籍中山（今河北定县）。唐代诗人。由于在贬谪生活中比较接近人民，喜爱民间歌谣，从中吸收了营养，写出了许多有独特风格的优秀诗篇。有《刘宾客集》。白香山：白居易（772 ~ 846），字乐天，下邽（今陕西渭南）人。贞元中进士，授秘书省校书郎。元和时曾任翰林学士、左拾遗及左赞善大夫。后被贬为江州司马，移忠州刺史等职。官至刑部尚书。晚年好佛，号香山居士。有《白氏长庆集》。杜牧之：杜牧（803 ~ 853），字牧之，京兆万年（今陕西长安）人。26岁中进士，做过几任刺史，官终中书舍人。其诗风格豪爽清丽，独树一帜；也擅长赋与古文。有《樊川文集》。刘文房：刘长卿。李长吉：李贺。温飞卿：温庭筠。陈后山：陈师道。张宛丘：张耒。晁冲之：宋代诗人，字叔用，初字用道，巨野（今山东）人。生活在南北宋之际，曾从陈师道为师。陈简斋：陈与义。

也惟名家之中，又有正副，合分为二等论次之耳。如郊、岛、张、王[1]，则郊犹可附列名家，岛则小家，张、王亦是小家。又如刘桢、张华、潘岳[2]等，虽魏、晋时人，亦是小家。即初唐四子及沈、宋二家，并中晚之郎士元、钱起、元微之、李庶之、郑都官、罗江东、马戴，及宋之秦淮海、梅圣俞、苏子美、范石湖等，皆小家

① 郊、岛、张、王：郊、岛，指中唐诗人孟郊（751 ~ 814）和贾岛（779 ~ 843）。张、王，指唐代诗人张籍和王建，二人是好友，又都以写新乐府著称，世称“张王乐府”。

② 刘桢（？ ~ 217；桢，原刊本误作“祯”）：字公干，东平（今山东东平）人。“建安七子”之一。他的五言诗风格遒劲，语言质朴，当时负有盛名。现存诗 15 首，有辑本《刘公干集》。张华（232 ~ 300）：字茂先，范阳方城（今河北霸县）人。博闻强识，有政治才能，晋统一后，声望很高，曾任中书监令，并因伐吴有功封侯。后因拒绝参与赵王伦和孙秀的篡权阴谋，被害。今存诗歌三十多首，思想内容一般，情调舒缓，工于写情状物。有辑本《张司空集》。潘岳（247 ~ 300）：字安仁，荥阳中牟（今河南中牟）人。天资聪明，很早就负才名，但仕途不得意。为人趋附势利，是当时权贵贾谧周围著名的“二十四友”之首。善写哀伤诗文，笔触较细腻。有《潘黄门集》。

也[①]。而小家亦有上中下之分焉。其余旁支别流，不一而足，不可以家数论，只可统名曰诗人而已。元、明诗家，前曾论列，兹不多赘。自遗山后，青丘最为名家，可遥继遗山[②]之绪。盖在明代，为一朝大家，合古今统论，则为名家。南渡以来，惟遗山高于名家，可列古今名大家中；其余最高者可参名家，如明之青丘、元孝[③]是也。余人皆在小家之列。盖上下千古，不比一时一地、一朝一代之较易雄长也，成家岂易言哉！今之人动以大家自命，亦可笑矣。

① 初唐四子：即唐高宗武后时期的王勃、杨炯、卢照邻、骆宾王四位诗人。沈、宋：指初唐诗人沈佺期与宋之问。二人齐名，并称“沈宋”。他们的作品大都是点缀升平，但也有少数较有生活实感的诗歌。他们的主要成就是总结了六朝以来声律方面的创作经验，发展成比较成熟的律诗形式。郎士元（公元 766 年前后在世）：字君胄，中山人（一作定州人）。天宝末（756）登进士第。工诗，与钱起齐名。时朝廷自丞相以下出牧奉使，无两人诗文祖饯，视为羞事，时为语云：“前有沈、宋，后有钱、郎。”可见一时声价。著有诗集一卷。钱起（722 ~ 780）：字仲文，吴兴（浙江）人。天宝十载（751）进士及第。跟郎士元一样也是应酬官场的诗人。历任校书郎、翰林学士等职。著有《钱仲文集》。元微之：元稹（779 ~ 831），字微之。与同时代的大诗人白居易是好朋友，都是新乐府运动的倡导者，对当时和后代的诗歌都有过影响，世人并称“元白”。著有《元氏长庆集》60 卷。李庶之：查中、晚唐诗人中没有此人。疑作者把当时同名同姓的两个李益搅混在一起了。当时除了诗人李益（字君虞）外，还有一位太子庶子亦名李益，时人恐莫辨，称诗人李益（君虞）为“文章李益”，以示区别。太子李益字庶子而非庶之。作者可能将李庶之当作诗人李益。李益（749？ ~ 827？），字君虞，长于诗。有诗集一卷。郑都官：郑谷（？ ~ 896？），字守愚，袁州宜春（今江西）人。唐僖宗光启三年（887）进士，曾做过右拾遗、都官郎中等官，故称郑都官。以《鹧鸪》一诗出名，被时人称为“郑鹧鸪”。著有《宜阳集》。罗江东：罗隐（833 ~ 909），本名横，字昭谏，自号江东生，余杭（今浙江省）人。一说是新登（桐庐）人。少年时就负诗名，因议论时政，讥刺公卿，十考进士不中，遂改名为隐。因久受压抑，对唐末政治极端腐败的现实不满，故诗中每多讽语。《全唐诗》编录他的诗 11 卷。马戴（公元 853 年前后在世）：字虞臣，华州人。家贫，工诗，常与贾岛、许棠唱和。著有诗集一卷。秦淮海：秦观。梅圣俞：梅尧臣。原文误作梅圣愈，今改之。苏子美：苏舜钦。范石湖：范成大。

② 遗山：指元好问。

③ 元孝：当指清代诗人陈恭尹，非明代进士冯忠（字元孝）。这里把陈恭尹与高启同列入明代诗人不妥。陈恭尹虽生于明思宗崇祯四年（1631），但清于 1616 年建国，1636 年始改国号为清，因此，陈恭尹应是清代诗人。高启死后 257 年陈恭尹才出生。陈恭尹（1630 ~ 1700），字元孝，号半峰，又号独漉山人，广东顺德人。有《独漉堂集》。

本朝满洲诗人，如梦文子麟、法梧门式善，皆清矫不凡。[①]又辽东三老，今惟《李铁君集》[②]传于世，其诗笔峭拔，骨力高瘦，亦近代诗人之杰者。又如吴汉槎[③]之《秋笳集》，高者近高、岑及初唐四子，次亦七子派中之不空滑者，亦一小作家也。若徐芝仙[④]塞外诸诗，境奇语奇，才力横绝，在昭代诗人中，另出一头地。其边塞诗，可谓独擅之技，实未易才。稚存、兰泉、荔裳[⑤]诸君，出塞篇什，并多佳章，然均不能及芝仙之奇横矣。

吴中布衣黄子云，泰州布衣吴嘉纪，昆山布衣徐兰，长洲布衣张锡祚，四人均负诗名，其诗卓然可传，各成家数，可谓我朝四大布衣。[⑥]黄著有《野鸿诗稿》。吴号野人，著有《陋轩诗》[⑦]。徐字芬若，一字芝仙，工画，著有《出塞集》。今并有刊本行世，予曾见之。独张之诗集，世无传者，想未刊木，所以失传，仅于各选本中，

---

① 梦文子麟：梦麟，清代蒙古正白旗人，字瑞占，一字文子，号谢山。法梧门式善：法式善（1752～1813），清代文学家。尔济氏，字开文，号时帆，蒙古正黄旗人。乾隆进士。论诗信奉王士禛“神韵说”。作诗学王维、孟浩然。有《存素堂诗集》等。

② 《李铁君集》：诗集名。李锴（1686～1755），字铁君，一字眉山，汉军正黄旗（亦作奉天铁岭）人。性友爱，淡于荣利。诗古奥峭削，自辟门径。著有《睫巢诗集》《睫巢文集》各10卷。

③ 吴汉槎：吴兆骞（1631～1684），字汉槎，江苏吴江人。清顺治十四年丁酉（1657）举于乡科。以科场案流放宁古塔二十余年。其诗才华富丽，风格端庄，近于吴伟业一派。有《秋笳集》。

④ 徐芝仙：徐兰，字芬若，一字芸香，号芝仙，清代江苏常熟人。其《出塞诗》颇有奇气。

⑤ 稚存：洪亮吉。兰泉：王昶（1725～1807），字德甫，号兰泉，江苏清浦人。有诗名。与王鸣盛、吴泰来、钱大昕、赵文哲、曹仁虎、黄文莲称“吴中七子”。著有《春龙堂诗文集》等。荔裳：宋琬（1614～1673），字玉叔，号荔裳，别署二乡亭主人，山东莱阳人。顺治四年（1647）进士。诗多感时伤事之作，含凄凉激宕之音。王士禛以施闰章相况，称“南施北宋”。著有《安雅堂集》30卷。

⑥ 布衣：借指平民。黄子云：字士龙，号野鸿，昆山（一作吴县）人。清代诗人。著有《野鸿》集。吴嘉纪（1618～1684）：字宾贤，一字野人，江南泰州（今江苏）人。隐居家乡，生活贫困。沈德潜称其诗“以性情胜，不须典实而胸无渣滓，故语语真朴，而越见空灵。”著有《陋轩诗集》。徐兰：清代诗人。张锡祚：字永夫，清代吴县人，诗人。家数：古代学术注重师法传授，凡一脉相袭，信守家法的，称为家数。

⑦ 《陋轩诗》：原文为《何陋轩诗》，衍“何”字，今删去。

略见一斑而已。张字永夫，吴门高士，亦畸人也。寒饿终身，遗集竟泯，惜哉！又浙中诗人沈方舟者，名用济，上舍生，客游四海，终老幕府。[①]诗最沉雄有格，专攻近体，其佳者直凌前后七子而追攀工部，卓卓可传。沈归愚尚书与方舟为同社诗友，为方舟作诗集序，极推崇之。选其诗入《别裁集》，评语亦深扬诩，谓其律诗出梁药亭[②]上，又谓其《登岱》及《华山》七律高于明七子，倾倒之者至矣。尚书以主持风雅自命，方舟、永夫皆故人也，何不为方舟、永夫刊刻遗集传世，听其泯没，又不多录入选本，以表彰幽潜，岂非负亡友乎！

闽中近代诗人张亨甫[③]，一代奇才，久负盛名。其集刊于近年，约数千首，七古七律最多杰作，卓然成家。生平目空四海，于前人亦多不满，如黄仲则、蒋心余、翁覃溪均有訾议。[④]自谓造诣胜于诸人，视同时吴兰雪、梅伯言、邓湘皋[⑤]诸君子，亦似皆不己若。独极口佩服山左高密单明经诗，深恨见其集晚，不及一晤其人，推为我朝诗第一。因手抄其集，分类评选，到处示人，欲为刊行。并欲重刊其集，以传后人。称其七古七律为二绝，堪奉为己师法，而叹世人无能知之者，其倾倒不啻五体投地。夫以亨甫才力，横绝当时，而推服单君如此，想单君之诗必工，其才力必有大过人者。然竟未得显于词坛，重于后世，是可惜也。予偶忘单之名，其诗亦未曾见，见亨甫集中题诗及所作序跋而已。据亨甫言，单是乾隆末某科副车，曾官

---

① 沈方舟：沈用济，字方舟，清代诗人。上舍生：即监生。

② 梁药亭：梁佩兰。

③ 张亨甫：张际亮（1799 ~ 1843），字亨甫，号华胥大夫，福建建宁人。负经济才，磊落有奇气。所为诗天才奇逸，感时记事，沉郁雄宕，著有《松寥山人诗集》及《娄光堂稿》。

④ 黄仲则：黄景仁。蒋心余：蒋士铨。翁覃溪：翁方纲。訾（zǐ）议：诋毁的议论。

⑤ 吴兰雪：吴嵩梁。梅伯言：梅曾亮（1786 ~ 1856），字伯言，一字柏岘，江苏上元人。曾亮少喜骈俪文，继游姚鼐门，乃一变为古文辞。著有《柏岘山房文集》16 卷、诗 12 卷。邓湘皋：邓显鹤。

文登训导，没于道光初年。[1]诗集十卷，已刊于济南，未知今尚存否。心殊向往，行将遍访求之。

（选自《云南丛书·集部》九六）

卷　三

宋人七律句中好用虚字，每流滑弱，南渡后尤甚。赵松雪[2]力矫其失，谓七律须有健句压纸，为通篇警策处，以树诗骨。此言极是。又谓七律中二联，以用实字为妙，则矫枉过正，未免偏矣。诗之工拙，句之软健，在笔力气势，不在用字虚实也。用虚字者，能庄重精当，使虚字如实字，则运虚为实，句自老成。用实字者，能生动空灵，使实字如虚字，则化实入虚，句自峭拔。是在平日体贴之功，临文运用之妙耳。用笔果超妙，运气果雄浑，则勿论用虚用实，皆可成妙句也，何必定忌虚字耶？

纯用实字，杰句最少，不可多得。古今句可法者，如少陵“五更鼓角声悲壮，三峡星河影动摇”“锦江春色来天地，玉垒浮云变古今”“西山白云三城戍，南浦清江万里桥”“路经滟滪双蓬鬓，天入沧浪一钓舟”数联，皆雄浑高壮，气势凌跨一切，又复确切老当，景中有情，诗中有我，既非空声，亦无用力痕迹，真大手笔也“五更”两句：出自杜甫的《阁夜》。“锦江”两句：出自杜甫诗《登楼》。“西山”两句：出自杜甫诗《野望》。“路经”两句：出自杜甫诗《将赴荆南寄别李剑州》。“天入”句：沧浪，原作“沧溟”，据杜甫

---

① 副车：清代称乡试的副榜贡生为副车。《称谓录》卷二十四：“今以举人为公车，其以副车称副榜，固其所也。”训导：官名。明、清时代，各府、州、县学皆设训导，地位略次于教谕。

② 赵松雪：赵孟頫（fǔ）（1254～1322），字子昂，自号松雪道人，湖州人。以书法称雄一世，画入神品，为诗清邃奇逸，读之使人有飘飘出尘之想。有《松雪斋诗集》七卷。书画传世甚多。

诗改。。王右丞“九天阊阖开宫殿，万国衣冠拜冕旒”[①]，气象阔大，而稍欠精切；“云里帝城双凤阙，雨中春树万人家”[②]，秀健而欠雄厚，又逊一格矣。刘中山“万乘旌旗分一半，八方风雨会中央”，李义山“永忆江湖归白发，欲回天地入扁舟”，高唱入云，气魄雄厚，亦名句之堪嗣响工部者。[③] 宋人杰句，如东坡之“令严钟鼓三更月，野宿貔貅万灶烟”，放翁之“四海一家天历数，两河百郡宋山川”“楼船夜雪瓜州渡，铁马秋风大散关”，陈简斋之“晚木声酣洞庭野，晴天影抱岳阳楼”，杨诚斋之“千古英雄鸿去外，六朝形胜雪晴中”。[④] 金元遗山之“劫前宝地三千界，梦里琼枝十二楼”[⑤]。元人杨仲孚之“大地山河微有影，九天风露寂无声”。[⑥] 明人宋仲敏之“禾黍秋风周洛邑，山河残照汉咸阳”“翠华去国三千里，玉玺传家九十年”，高青丘之“四塞河山归版籍，百年父老见衣冠”，李空同之“金缯社稷和戎日，花石君臣弃国秋”，王凤洲之“夜月旌旗五马渡，秋风草木八公开”，陈卧子之“九龙移帐春无草，万马窥边夜有霜”“金陵文武牙签尽，建业风流玉树残”“三市铜驼愁夜月，五陵石马泣秋风”。[⑦] 国初钱牧斋之“桃叶春流亡国泪，槐花秋冷故宫烟”“神

---

① “九天”两句：出自王维诗《和贾至舍人早朝大明宫之作》。

② “云里”两句：出自王维诗《奉和圣制从蓬莱向兴庆阁道中留春雨中春望之作应制》。

③ “万乘”两句：出自刘禹锡诗《郡内书情献裴侍中留守》。万乘，原作“天子”。中央，原作“中州”，据《全唐诗》改。“永忆”两句：出自李商隐诗《安定城楼》。

④ 貔貅（píxiū）：传说中的猛兽，后用来比喻勇猛的将士。“四海”两句：出自陆游诗《感愤》。“楼船”两句：出自陆游诗《书愤》。“晚木”两句：出自陈与义诗《巴丘书事》。“千古”两句：出自杨万里诗《过扬子江》。

⑤ “劫前”两句：出自元好问诗《卫州感事二首》其一。

⑥ 杨仲孚：元代无此诗人，是作者把诗人杨允孚的名和杨载的字搅混在一起了。杨允孚，字和吉；杨载，字仲宏。文中的杨仲孚，当指杨载。杨载（1271 ~ 1323），元代浦城人，后徙杭州。少孤，博涉群书。赋诗有法，为文自成一家。著有《仲宏集》八卷。“大地”两句：出自杨载诗《宗阳宫望月分韵得声字》。

⑦ “禾黍”两句：出自宋讷诗《壬子秋过故宫》其三。“四塞”两句：出自高启诗《中丞出》。“金缯”两句：出自李梦阳诗《艮岳篇》。王凤洲：王世贞，号凤洲。“九龙”两句：出自陈子龙诗《酬李司马萍槎先生》。

愁玉玺归新室，天泣铜人别汉家”[①]。以上各联，或沉雄，或悲壮，或凄丽，或新警，虽逊老杜，亦卓然可传，皆当参看，亦可取益也。

陈元孝名句极多，如《咸阳怀古》之“龙虎片云终王汉，诗书余火竟烧秦”，《黄河》之“三万里从星海出，一千年为圣人清”，《隋堤》之“十年士女河边骨，一笑君王镜里头”，《衡寺》之“灯前鬼芋穿沙出，霁后僧门凿雪开”，《虎丘》之“半楼月影千家笛，万里天涯一夜砧”，“南国干戈征士泪，西风刀剪美人心”，《镇海楼》之“五岭北来山到地，九州南尽水连天”，皆生警雄伟，声出金石，即少陵亦当激赏，洵可传可法也。[②]

朱竹垞之“阴洞蛟龙晴有气，虚堂神鬼昼无声”，宋荔裳之“山色古今含王气，江流天地变秋声”，王阮亭之“鱼龙昼偃三巴路，蛇鸟秋悬八阵图”,亦用实字杰句之铮铮有声者。[③]至于用虚字[④]佳句，古今尤多，录之不胜录矣。

七律贵有奇句，然须奇而不诡于正，若奇而无理，殊伤雅音，所谓“奇过则凡”也。[⑤]如赵秋谷之“客舍三千两鸡狗，岛人五百一头颅”，不惟显露槎枒，绝无余味，亦嫌求奇太过，无理取闹矣。此外如诗话所传“金欲两千酬漂母，鞭须六百报平王”“羲画破天烦妹补，羿弓饶月待妻奔”，皆故为过火语，实无取义，不可为训。石破天惊之句，出人意外者，其意仍须在人意中也。

---

① 国初：即清朝初年。钱牧斋：钱谦益。“天泣”句：李贺《金铜仙人辞汉歌序》云：“魏明帝青龙元年八月，诏宫官牵车，西取汉孝武捧露盘仙人，欲立置前殿。宫官既拆盘，仙人临载，乃潸然泪下。”

② 陈元孝：陈恭尹。少陵：即杜甫。洵（xún）：确实，诚然。

③ 朱竹垞：朱彝尊。宋荔裳：宋琬。王阮亭：王士禛。实字：即实词，与“虚字”相对。有词汇意义的词。

④ 虚字：虚词。对实词而言，只有语法功能而没有词汇意义的词。

⑤ 奇句：特异、新颖、出人意外的句子。奇，本是明清时盛行的戏曲创作原则，作者借用来论述诗歌创作。清代戏曲理论家李渔在《香草亭传奇序》中提出“情事不奇不传”，并在《闲情偶寄》中专设《脱窠臼》一节深入阐发了“非奇不传”的理论。可见“奇”的核心是“新”。奇而不诡于正：奇而不违背常理，不违背生活。诡，违背，违反。殊伤雅音：致命地伤害规范的正音。奇过则凡：过于离奇，反而显得平庸。

凡怀古诗，须上下千古，包罗浑含，出新奇以正大之域，融议论于神韵[①]之中，则气韵雄壮，情文相生，有我有人，意不竭而识自见，始非史论一派。唐、宋名篇，选本林立，今略摘近代数首为法。明人高青丘《岳王墓》云："大树无枝向北风，千年遗恨泣英雄。[②]班师诏已来三殿，射虏书犹说两宫。每忆上方谁请剑，空嗟高庙自藏弓。栖霞岭上今回首，不见诸陵白露中。"杨升庵《武侯祠》云："剑江春水绿沄沄，五丈原头日又曛。[③]旧业未能归后主，大星先已落前军。南阳祠宇空秋草，西蜀关山隔暮云。正统不惭传万古，莫将成败论三分。"边华亭《文丞相祠》云："丞相英灵迥未消，绛帷灯火飒寒飙[④]。黄冠天地牵羊礼，碧血山河饮马谣[⑤]。花外子规燕市月，水边精卫浙江潮[⑥]。祠堂亦有西湖树，不遣南枝向北朝[⑦]。"国朝吕履恒[⑧]《金川门》云："金川北望日黄昏，闻道燕师入此门。

① 神韵：诗文书画的风格韵味。

② 高青丘：高启。岳王墓：即岳飞墓。千年遗恨泣英雄：原文为"十年遗恨泣英雄"，据《明诗选》改。

③ 杨升庵：杨慎。沄沄（yún）：水流汹涌的样子。曛（xūn）：落日的余光。引申为黄昏，日暮。

④ 边华亭：边贡。亭，应为"泉"。《文丞相祠》：又作《谒文山祠》。丞相，宋端宗即位于福州后，以文天祥为右丞相，封信国公。绛帷：指神像前的红色帐帷。飒（sà）：风声。飙（biāo）：狂风。

⑤ 牵羊礼：古时战败者肉袒牵羊至对方军门，表示降服。《左传·宣公十二年》："楚子围郑……郑伯肉袒牵羊以逆。"注："肉袒牵羊，示服为臣仆。""黄冠"两句：又作"乾坤浩荡身难寄，道路间关梦且遥。"

⑥ 花外子规燕市月：文天祥被囚于燕京四年，最后在柴市就义。子规，即杜鹃鸟，其声哀。文天祥被俘北去，途中曾作《金陵驿》诗，末句云："从今别却江南路，化作啼鹃带血归。"水边：一作"柳边"。精卫：传说炎帝之少女，名女娃，游于东海而溺死，化为精卫鸟，常衔西山之木石，以填于东海。见《山海经·北山经》。古人诗文中常以精卫填海比喻以坚强意志去做难以成功之事。浙江潮：即钱塘潮。钱塘江旧称浙江，入海口呈喇叭形，海水倒灌，形成著名的自然景观钱塘潮，又称浙江潮。这里借指南宋都城杭州。

⑦ "祠堂"两句：相传岳飞墓上，树枝皆向南，意思是树木都为岳飞的忠义之诚所感动。岳飞、文天祥都是南宋的尽节忠臣，后人常相类比。

⑧ 国朝：本朝。吕履恒：字元素，号坦庵，河南新安人，康熙三十三年（1694）进士。官至户部侍郎。工诗，著有《梦月岩诗集》20卷，末附诗余24首。

不见古公传季历，只知太甲是汤孙[1]。风雷岂为鸱鸮[2]变，江汉难招杜宇魂。南渡降旗何面目，西山省恨旧乾坤。”宋聚业《南阳怀古》云：“真人白水生文叔，名士青山卧武侯。[3]水自奔腾趋汉口，山犹层叠枕城头。时来一夕收铜马，事去经年运木牛。叹息兴亡千载上，荒村野庙两悠悠。”黄子云《太白酒楼》曰：“文章睥睨世无敌，湖海飘零气转遒。六代骚坛余此席，一江春色独登楼。为君天特开青嶂，题壁人今亦白头。犹有浣花草堂在，怀铅直欲锦城游。”严遂成《三垂冈》云：“英雄立马起沙陀，奈此朱梁跋扈何[4]！赤手[5]难扶唐社稷，连城犹拥晋山河。风云帐下奇儿在，鼓角灯前老泪多。萧瑟三垂冈畔路，至今人唱百年歌[6]。”蒋士铨《题南史》[7]云：“半壁销沉霸业荒，髑髅腥带粉脂香。皇天好杀非无故，乱世多才定不祥。

---

① 太甲：商王名。成汤孙。即位后，纵欲过度，伊尹放之于桐宫。三年后悔过自新，复位于亳（bó）。

② 鸱鸮（chīxiāo）：恶鸟名。

③ 宋聚业：字嘉升，江南长洲人。康熙三十六年（1697）进士。官吏部文选司郎中。工诗，著有《南园诗稿》。南阳：郡名。《三国志·诸葛亮传》：“亮躬耕陇亩。”注引《汉晋春秋》：“亮家于南阳之邓县，在襄阳城西二十里，号曰隆中。”武侯：诸葛亮曾被封为武乡侯。

④ 严遂成（1694 ~？）：字崧瞻，一作松占，又字海珊，浙江乌程（今吴兴）人。雍正二年甲辰（1724）进士，官嵩明州知州，乾隆元年丙辰（1736）举荐博学鸿词。后人将他与厉鹗、钱载、王又曾、袁枚、吴锡麟并称为“浙西六家”。遂成能诗，著有《海珊诗抄》。三垂冈：地名，在山西省屯留县东南，后唐李存勖曾于此设伏兵破后梁，解潞州之围。沙陀：古代部落名。诗中指沙陀人晋王李克用。唐宪宗时，沙陀族酋长朱邪执宜内附，处盐州。子赤心以功赐姓名李国昌，其子李克用以镇压黄巢起义有功，唐封为晋王。“奈何”句：谓李克用对飞扬跋扈的后梁朱全忠也无可奈何。

⑤ “赤手”二句：谓李克用对后梁的废唐皇自立无能为力，只能保全自己的晋王地位。赤手，又作“只手”。

⑥ “风云”四句：《新五代史·唐纪》载，“存勖，克用长子也。初，克用破孟方立于邢州，还军上党，置酒三垂冈，伶人奏《百年歌》，至于衰老之际，声辞甚悲，座上皆凄怆。时存勖在侧，方五岁，克用慨然捋须，指而笑曰：‘吾行老矣，此奇儿也。后二十年，其能代我战于此乎？’”

⑦ 南史：南朝历史。

六代文章藏虎豹[①]，百年花月化鸳鸯。南朝几片风流地，酒色乾坤战马场。”袁枚《睢阳庙》云：“刀上蛾眉唤奈何，将军邻境尚笙歌。残兵独障全淮水，壮士同挥落日戈。六射须眉浑不动，一城人肉已无多。而今鸟鼠空啼窜，暮雨灵旗冷薜萝。”家叔方伯公丹木先生[②]《甲马营》云：“天心厌乱真人出，甲马营同石纽村。五季腥风污日月，一儿香气荡乾坤。黄袍开国君臣义，金匮传家母子恩。南渡文孙承大统，可怜引领望中原。”家兄次民[③]观察《紫柏山留侯祠》云：“少时任侠老求仙，龙虎风云壮盛年。天眷汉家成帝业，人从秦季得师传。五湖臣节开先路，三顾君恩让后贤。岂有赤松[④]游世外，空余紫柏满祠前。”以上诸作，或高浑沉雄，或生辣苍凉，或清丽超妙，均属盖代名篇，怀古诗中卓然可传之笔，学者所当熟玩而以为法者也。

咏古七绝尤难，以词意既须新警，而篇终复须深情远韵，令人玩味不穷，方为上乘。若言尽意尽，索然无余味可寻，则薄且直矣。陈元孝《题秦纪》云：“谤声易弭怨难除，秦法虽严亦甚疏。[⑤]夜半桥边呼孺子，人间犹有未烧书。”较元人陈刚中《咏博浪椎》之“如

---

① 虎豹：这里指文采。语出自《论语·颜渊》：“文犹质也，质犹文也。虎豹之鞟犹犬羊之鞟。”意为：本质和文采是同等重要的，如果去掉有文采的兽毛，那么虎豹的皮革就与犬羊的皮革一样了。

② 丹木先生：朱䨼（huò）（1794～1852），字丹木。云南石屏人。嘉庆癸酉（1813）科举人，道光己丑（1829）科取三甲第五十三名进士。曾任贵州兴义府知府，陕西按察使、布政使等职。学问渊博，工诗古文词，著有《积风阁初集》《味无味斋诗集》《经诗考误》等。

③ 次民：即朱在勤，字幼木，石屏人，朱䨼之子。咸丰辛亥（1851）举人，由恩荫知县，加捐知府。幼承家学，多才艺，工诗文。著有《次民诗抄》。

④ 赤松：即赤松子，传说中的仙人。

⑤ 《题秦纪》：又作《读秦纪》，关于司马迁《史记·秦始皇本纪》的读后感，诗中针对秦始皇焚书一事来抒发感想。谤声易弭（mǐ）：诽谤（舆论）的声音容易平息。谤，诽谤。弭，止，息，消除。语出自《国语·周语》，周厉王镇压民众舆论，“国人莫敢言，道路以目”，而不几年就被国人推翻。

何十二金人外，尚有民间铁未销”，更觉生色。[1] 邓孝威《咏息夫人》[2] 云：“楚宫慵扫黛眉新，只自无言对暮春。千古艰难惟一死，伤心岂独息夫人！”包罗广远，意在言外。较唐人小杜之“至竟息亡缘底事？可怜金谷坠楼人”，更觉含蓄有味。[3] 所谓微词胜于直斥，不著议论，转深于议论也。钱牧斋[4]《读汉书》诗云：“汉家争道孝文明，左右临朝问亦轻。绛灌但知谗贾谊，可思流汗愧陈平！”[5] 颇有玉谿生[6] 笔意，则又著议论之佳者。诗固不可执一格论也。

国初阎古古咏《汉高帝》诗句云：“能通灞上风云气，不讳山东酒色名。[7] 嫚骂原分何等客，腐儒从古使人轻。”又云：“英雄本

---

① 陈刚中，字彦柔。宋代诗人（文中说他是元人，误）。建炎进士。十二金人：指秦始皇统一天下后，“收天下兵，聚之咸阳，销以为钟鐻，金人十二”之事（见《史记·秦始皇本纪》）。

② 邓孝威：邓汉仪，字孝威，江苏泰州人。康熙十八年（1679）召试“博学鸿词”科，因年老授内阁中书。颇工于诗，称骚雅领袖。著述甚富，有《淮阴集》《官梅集》《过岭集》等。息夫人：息妫。春秋时息侯的夫人。楚文王灭息，以息妫归，生堵敖及成王。传说息夫人以国亡夫死之痛，与文王不通言语（见《左传·庄公十四年》）。刘向《列女传》谓楚王灭息，俘虏了息君夫妇，两人皆自杀。与《左传》说法不同。

③ 小杜：指晚唐诗人杜牧，与老杜（杜甫）相区别。“至竟”两句：出自杜牧诗《题桃花夫人庙》：“细腰宫里露桃新，脉脉无言度几春。至竟息亡缘底事？可怜金谷坠楼人。”细腰宫，指楚宫。因楚灵王好细腰，故名。金谷坠楼人，指晋代石崇的爱妓绿珠于金谷园青凉台坠楼自杀事，见《晋书·石崇传》。

④ 钱牧斋：钱谦益。

⑤ 绛灌：指汉代绛侯周勃与颍阴侯灌婴。两人皆佐汉高祖刘邦，累立军功，为一时名将。贾谊（前 201 ~前 169）：河南洛阳人。20 岁被汉文帝召为博士。一年中超迁至大中大夫。后来文帝要想授他公卿之位，受到周勃、灌婴等人中伤，遂出为长沙王太傅。著有政论集《新书》10 卷、赋 7 篇，今仅存《吊屈原赋》《鹏鸟赋》《惜誓》《旱云赋》4 篇。陈平（？ ~前 178）：汉代阳武人。少时家贫，好读书。秦末农民起义，初从项羽，后归刘邦。有谋略，积功任护军中尉，封曲逆侯。惠帝时为左丞相，吕后徙为右丞相。后与太尉周勃合力，尽诛诸吕，迎立文帝，卒安汉朝。

⑥ 玉谿生：李商隐。

⑦ 阎古古：阎尔梅。灞上：一作霸上。古地名。在灞水以西的白鹿原，在今陕西省西安市东，为古代咸阳、长安（今西安）附近军事要地。“汉元年十月，沛公（刘邦）兵遂先诸侯至霸上”，遂灭秦国（见《史记·高祖本纪》）。山东：古地区名。战国、秦汉时称崤山或华山以东为山东。这里泛指战国时秦以外的六国领土。酒色名：《史记·高祖本纪》里有“高祖为人，……好酒及色……”等句。

不羞贫贱，歌舞何曾损帝王。”造语警快。其他警句，如“杀汝安知非赏鉴，因人决不是英雄”“天哀孝妇三年旱，山畏愚公一夕移”“门罗将相文中子，例变《春秋》太史公”，皆有生气。[①]献吴三桂[②]诗曰：“力穷楚覆求秦救，心冷韩亡受汉封。”籍家[③]得诗，逮下狱。圣主爱其才，谓使事雅切，且曰：“少陵亦曾有上哥舒翰[④]诗，一时慕势，安能逆料其后之猖獗？朕终不以诗文罪人。”时相亦为之解，遂蒙恩宥[⑤]。赦后《谢冯益都、魏柏乡两相国》诗云：“君相殊恩能造命，湖山归隐好藏身。”立言清婉，尤可味也。

元遗山诗云：“神仙不到秋风客，富贵空悲春梦婆。”[⑥]哀婉凄丽，情文双到，故天下后世传为名句，非仅以“秋风客”对“春梦婆”为工致也。玉谿生“此日六军同驻马，当时七夕笑牵牛”，飞卿“回日楼台非甲帐，去时冠剑是丁年”，此二联皆用逆挽句法，倍觉生动，

---

① 天哀孝妇三年旱：语出自关汉卿的《窦娥冤》，窦娥含冤被杀，感动了上天，结果“飞雪六月，亢旱三年”。山畏愚公一夕移：说的是《列子·汤问》里愚公移山之事，“北山愚公者，年且九十，面山而居。惩山北之塞，出入之迂也”，于是率领妻子儿女，挖山不止，感动上帝，“命夸蛾氏二子”一夕间搬迁了“太形（háng）、王屋二山”。文中子：隋朝人，王通的私谥。王通的语录称《中说》，由其子福郊、福畤（zhì）记述，共10卷。文体模拟《论语》。提出了儒、佛、道“三教于是乎可一矣”的主张，企图从理论上调和“三教”。此书不为诸儒称道，故不显。《春秋》：这里指东周时鲁国的一部编年史，相传为孔子据鲁史修订而成。太史公：司马迁。

② 吴三桂（1612 ~ 1678）：明清之际高邮人，辽东（今辽宁辽阳）籍，字长白。武举出身，以父荫袭军官。明末任辽东总兵，封平西伯，驻防山海关。李自成克北京，招他归降。三桂勾引清兵入关，以镇压农民起义和杀明永历帝，封平西王，驻守云南。康熙十二年（1673）议撤藩，三桂又起兵反清，自称周王。后在衡州（今湖南衡阳）称帝，不久病死。其孙世璠为清所灭。

③ 籍家：没收家产入官。与抄家意思相近。

④ 哥舒翰（？ ~ 756）：唐突骑施酋长哥舒部之后裔，世居安西。初为王忠嗣衙将。因战功封西平郡王。后因疾废归京师。安禄山起兵，唐起用为元帅，守潼关，出战不利，遂降禄山，不久被杀。杜甫写了《投赠哥舒开府翰二十韵》一诗，称赞哥舒翰：“今代麒麟阁，何人第一功？君王自神武，驾驭必英雄。开府当朝杰，论兵迈古风。先锋百胜在，略地两隅空。青海无传箭，天山早挂弓……”

⑤ 恩宥（yòu）：施恩，宽恕。

⑥ 元遗山：元好问。“神仙”两句：出自元好问诗《出都二首》其一。

故为名句。[①]所谓逆挽者，倒扑本题，先入正位，叙现在事，写当下景，而后转溯从前，追述已往，以反衬相形，因不用平笔顺拖，而用逆笔倒挽，故名。且施于五六一联，此系律诗筋节关键处。中晚[②]以后之诗，此联多随笔敷衍，平平顺下。二诗能于此一联，提笔振起，逆而不顺，遂倍精彩有力，通篇为之添色。是以传诵人口，亦非以"马""牛""丁""甲"[③]见长，故求工对仗也。然使二联出工部手，则必更神化无迹，并不屑以"此日""当时""回日""去时"字面明点，必更出以浑成，使人言外得之。盖工部以我运法，其用法入化；温、李就法用法，其驭法有痕，此大家所由出名家上也。后人学其句，而不得所以然之妙，仅以字句对仗求工。如宋人"人间化鹤三千岁，海上看羊十九年"，徒凑两典，切姓以为工对，穷之与其人身份，毫不相合，何所取义乎？[④]元人"秋千院落春将半，夏五园林月正中。杨柳昏黄水西月，梨花明白夜东风"，徒掇拾华泽[⑤]字面，串凑成句，不惟景尽句中，了无意味，而格卑气靡，弄巧反拙矣。若明人之"春风颠似唐张旭，天气和如鲁展禽""白

① "此日"两句：出自李商隐诗《马嵬》其二。飞卿：温庭筠的字。回曰：原作"来日"，据《全唐诗》温庭筠诗《苏武庙》改。

② 中晚：中唐、晚唐。

③ "马""牛""丁""甲"：均出自前面所引李商隐、温庭筠诗。

④ 化鹤：旧题晋代陶潜《搜神后记》载：辽东人丁令威在灵虚山学道成仙，千年后，化鹤归辽，落在城门华表柱上。有少年欲射之，鹤乃飞鸣作人言："有鸟有鸟丁令威，去家千里今始归，城郭如故人民非，何不学仙冢累累。"海上看羊十九年：汉武帝派遣苏武等持节出使匈奴，单于胁迫他们投降，苏武不屈服。单于先把苏武投入大窖中，不给他喝的和吃的，苏武吃雪和毛织物，数日不死；又把他迁移到北海（今西伯利亚的贝加尔湖）没人烟的地方放牧公羊，要等公羊生了小羊才允许回国。苏武"杖汉节牧羊"，共留匈奴十九年，到汉昭帝时才得以回国。

⑤ 华泽：光彩，光泽。

鹭下田千点雪，黄莺上树一枝花”，则卑靡纤佻，已近魔道。[1]近人之“月影分明三太白，水光荡漾百东坡”“酒瓶在手六国印，花露上身一品衣”“事无可奈仍归赵，人恐相沿又发棠”“白蛱蝶飞芳草外，红蜻蜓立藕花中”“柳条软似千行线，荷叶圆于五两钱”，或工整而乏意趣，或雕凿而入尖巧，或写景琐屑，小而易尽，或取譬浅佻，俚而伤雅。[2]既无高格，又失远神，皆下下乘诗也，不可为训。学者勿为所惑，从而效颦[3]。

使事运典，最宜细心。第一须有取义，或反或正，用来贵与题旨相浃洽，则文生于情，非强为比附，味同嚼蜡也。次则贵有剪裁融化，使旧者翻新，平者出奇，板重化为空灵，陈闷裁为巧妙。如是则笔势玲珑，兴象活泼，用典征书，悉具天工，有神无迹，如镜花水月[4]矣。所以多多逾善，虽用书卷，而不觉为才情役使故也。不善用者，则以词累意，其病百出。非好学深思之士，心细如发者，断不能树极清之诗骨，提极灵之诗笔，驱役典籍，从心所欲，无不

---

① 张旭：唐朝书法家。字伯高，吴（今苏州）人。精通楷法，草书最为知名，逸势奇状，连绵回绕。张旭草书与李白诗歌、裴旻剑舞，时称“三绝”。相传张旭往往大醉后呼喊狂走，然后落笔，故称“张颠”。展禽：春秋鲁大夫，展氏，名获，字季。封于柳下，谥惠，故称柳下惠。鲁僖公二十六年（前634），齐攻鲁，他派人到齐劝说退兵。以善于讲究贵族礼节著称。退兵与讲究礼节均包含一个“和”字。卑靡纤佻：形容诗的格调低下。佻，轻佻。魔道：佛家语。指邪鬼天魔的世界。后引申指妨害正法的邪道。也泛指歧途、邪路。

② 六国印：战国时苏秦（？～前317），初说秦惠王吞并天下，不用。后游说燕、赵、韩、魏、齐、楚六国合纵抗秦，佩六国相印，为纵约之长。显赫一时。花露：酒名。王楙《野客丛书》卷十七“银瓮酒库”：“真州郡斋，旧有酒名花露。”归赵：用完璧归赵的典故。战国时蔺相如持和氏璧出使秦国换城，发现秦王有诈，便用计将和氏璧完好地送回赵国。发棠：《孟子·尽心下》：“齐饥。陈臻曰：国人皆以夫子将复为发棠，殆不可复。”注：“棠，齐邑。孟子尝劝齐王发棠邑之仓以振贫穷。”后因称告请赈济为发棠之请。

③ 效颦：用东施效颦的典故。效，模仿。颦，皱眉。比喻不根据具体条件，盲目模仿别人，效果适得其反。典出《庄子·天运》。

④ 镜花水月：语本严羽《沧浪诗话》：“故其妙处透彻玲珑，不可凑泊，如空中之音，相中之色，水中之月，镜中之象，言有尽而意无穷。”

入妙也。吴梅村诗云："苏小宅边桃叶渡，昭君村畔木兰舟。"① 王阮亭诗云："景阳宫外文君井，明圣湖边道韫家。"② 二联同一病痛。夫"桃叶渡"不在"苏小宅边"，而"昭君村"亦无"木兰舟"故实；"文君井""道韫家"与"景阳宫""明圣湖"天各一方，风马牛不相及也，上下全无交涉。本各自一事，今乃强以两典扭合，凑成一句，毫不相生，徒取字面鲜妍好看，但修饰外面而已，实无意义融贯于中，前后竟判然两截。如此涂泽支离，真用典苦事矣。梅村、阮亭两大诗家，犹犯此病，皆心不细之失。若顾宁人、朱竹垞③，读书多而心思细，则斟酌分寸，决无此累矣。又阮亭《三国小乐府》中一首云："长揖横刀出，将军一世雄。头颅行万里，失计杀田丰④。"此首咏袁本初事，其病全在三句。夫长揖横刀而出及杀田丰，皆言袁绍⑤事，而第三句忽用公孙康语。史载，绍子尚及熙败奔辽东，见公孙康，天寒，求坐席，康曰："汝头颅将行万里，何席之有？"是"头颅行万里"，乃绍子熙、尚，非绍身也。今用此语，紧承"将军一世雄"句，下文又接"失计"，则似袁绍之"头颅"真"行万里"，因"失计杀田丰"而贻误丧身者然。文义相左，与事不符。若谓此句指绍子，则前后均言绍事，前既无根，后又无接，何以凭空插入？未免突兀少绪，上下竟不相贯。若言绍，则绍未断头也。三国事何致误记？岂非因心思不细，以致诗骨不清，诗笔不灵，故意反为词所累，

---

① 吴梅村：吴伟业（1609 ~ 1671），字骏公，号梅村。明崇祯四年（1631）进士，任翰林编修、南京国子监司业诸职。明亡，为国子监祭酒，未久辞归。工诗。诗取法盛唐诸大家及元白。诗以七言著称，风格清丽流畅，沉郁苍凉。著有《梅村家藏稿》。苏小：苏小小。南齐钱塘名歌伎。

② 文君：卓文君。汉代临邛大富商卓王孙女。道韫：谢道韫，晋代谢安侄女，王凝之妻。聪识有才辩。《晋书·列女传》载其事迹。

③ 顾宁人：顾炎武。朱竹垞：朱彝尊。

④ 田丰：字元皓，后汉人，为袁绍别驾，谋士。

⑤ 袁绍（？ ~ 202）：东汉末汝南汝阳（今河南商水西南）人。字本初。出身于四世三公的大官僚家庭。初为司隶校尉。何进召董卓诛宦官，卓未至而事泄，进被杀，他尽杀宦官。卓至京师专朝政，他逃奔冀州，号召起兵攻卓。后在与各地势力混战中，据有冀、青、幽、并四州，成为当时地广兵多的割据势力。建安五年（200）在官渡为曹操大败，不久病死。

弗克畅达耶！予为酌改曰："儿头行万里，遗恨杀田丰。"只换三字，迥然[1]改观，词意显豁，上下贯串矣。不过用心于一两字间，斟酌而出，即判若天渊。个中分寸所事，毫厘千里[2]。故心细则词意清，使事切，法自完密。古人重下字工夫，有以也夫！

陈星斋[3]通政以时文名满宇内，诗笔颇秀。《题画》句云："秋似美人无碍瘦，山如良友不嫌多。"《西湖晚归》云："山气昏黄天骤瞑，湖光明白月徐来。"皆楚楚有致。翁朗夫征君[4]照句云："友如作画须求淡，山似论文不喜平。"与星斋诗约略同调。昔竹垞翁曾讥放翁七律贪秀句而调多重复，词意往往合掌，略无变换；谓比兴乃诗家六义之一，可偶见而不可屡用，若数见不鲜，转落窠臼。[5]摘其以如对似之句，多至八十余联，以为诗病。其论甚细，学者不可不知。今星斋、朗夫二联，亦未免放翁故辙。此种句法，秀媚工巧，易招人爱，初学往往效之，作手宜以为戒，如朱竹垞所议，今人不可再犯矣。朗夫又有《五日泛舟丁卯桥》句云："小桥疏柳唐人宅，落日寒潮楚客魂。"一时传为名句。又咏《帆影》云："残月半痕巫峡晓，夕阳一片洞庭秋。"《蓑衣》云："烟波双棹晚，风雨一身秋。"《柳枝词》云："千里因依惟夜月，一生消受是春风。""迎来桃叶如相识，错认杨枝是小名。"皆佳句也。"桃叶""杨枝"二句，颇嫌尖佻[6]，幸施于《柳枝词》，如作小题文，无妨稍巧耳。

① 迥然：形容差得很远。

② 毫厘千里：即"差之毫厘，谬以千里"的紧缩语。形容极细微的差错，会造成严重后果。

③ 陈星斋：陈兆崙（1700 ~ 1771），字星斋，号句山，浙江钱塘（今杭州）人。雍正八年（1730）进士。诗文醇古淡泊，清远简放，士大夫奉为"文章宗匠"。尝自云："我书第一，文章次之。"精六书之学，尤长经义。于《易》《书》《礼》均有论述。著有《紫竹山房文集》20 卷，《诗集》12 卷。

④ 翁朗夫：翁照。征君：征士的尊称。征士为不接受朝廷征聘做官的人。

⑤ 合掌：指诗文中对偶词句的意义相同或相类。诗家六义：《诗·大序》说，"故诗有六义焉：一曰风，二曰赋，三曰比，四曰兴，五曰雅，六曰颂。"窠臼（kējiù）：陈旧的格式，老一套。

⑥ 尖佻：语言尖锐而轻佻。

闻朗夫馆稽相国文敏公家最久，相国非朗夫唱和，从不作诗，京师呼为诗媒，亦文苑中佳话，可想见升平[①]名臣风雅矣。

五言长篇，始于乐府《孔雀东南飞》一章，而蔡文姬《悲愤诗》继之。[②]唐代则工部之《北征》《奉先述怀》二篇，玉谿《行次西郊》一篇，足以抗衡。[③]退之[④]《南山》稍次一格，然古香古色，并峙词坛，皆文章家冠冕也。香山《悟真寺》[⑤]诗，多至百三十韵，在集中亦是巨制。然雅秀清圆而乏浑厚高古之诣，用笔用法又鲜变化，所以不能与杜、韩、李[⑥]诸诗并立。宋人五古，薄于有唐，古格古意，浸以沦丧，又好以文为诗，品逾趋下。终宋之世，短章五古，各大家尚有可与唐贤抗衡者，而长篇则无一出色大文可配前哲矣。元人好作长篇，而才力薄弱，词旨敷衍浅率，竟难求一完璧。其品格较宋尤劣，不堪为古人役，况敢望肩随耶！前明如邓远游《哀武定》，杨文襄公《闻人道汉中事》诸作，篇幅虽长，而不免牵强，且率句稚句笨句时见败笔，皆未完善，亦不足道。[⑦]惟王元美《袁江流》

① 升平：太平。

② 《孔雀东南飞》：产生于汉末建安时期的乐府民歌，原题为《古诗为焦仲卿妻作》，最早见于陈朝人徐陵编的《玉台新咏》，由长期流传到最后写定，虽然杂有文人修饰的痕迹，但民歌特色仍然完美地保留着。长诗描写焦仲卿和刘兰芝在封建家庭专制下的婚姻悲剧。蔡文姬《悲愤诗》：蔡琰（公元162～239年间在世），字文姬，陈留人，蔡邕之女。博学有才辩，妙于音律。初嫁河东卫仲道，仲道早死，无子。兴平中，天下大乱，琰没入南匈奴，为左贤王妾。王甚怜爱，相处十二年，生二子。曹操与蔡邕素友好，痛念邕无后嗣，遣人以金璧赎她回来。归汉后再嫁为屯田都尉董祀妻，夫妇也很和好。她的著作，现存《悲愤诗》二章与《胡笳十八拍》。《悲愤诗》一为五言古诗，一为七言古诗，都是她归汉后感伤离乱之作。五言写一般离乱的惨象，七言写她自己的遭遇，尤其是与儿子的别离。

③ 工部：指杜甫。《奉先述怀》：即《自京赴奉先县咏怀五百字》。玉谿：李商隐，号玉谿。《行次西郊》：《全唐诗》作《行次西郊作一百韵》。

④ 退之：唐代韩愈的字。

⑤ 香山：白居易。晚年好佛，号香山居士，故名。《悟真诗》：即《游悟真寺诗》。

⑥ 杜、韩、李：指杜甫、韩愈、李商隐。

⑦ 邓远游：邓渼，字远游，号萧曲山人。明代万历年间任云南巡按，写了《山茶花诗一百韵》，把云南山茶介绍到内地。杨文襄：杨一清。

一篇，篇幅大而才力沛然，差足为一代巨擘。[①]而归愚[②]议其仿古痕迹未化，有心苛求，论殊过当。《将军行》亦有古致，均为传作。若本朝，则吴梅村之《临江参军》《吴门遇刘雪舫》《南园叟》三篇，陈元孝之《王将军挽歌》一篇，胡稚威之《烈女李三行》一篇，皆淋漓沉郁，神骨、色泽、气味、意旨皆逼古人。[③]而《王将军歌》，神骨尤古健绝伦，足为《孔雀东南飞》及《北征》《西郊》嗣音，较王元美《袁江流》，有过之无不及也。古今大篇，佳者举列于此。各诗皆长，不能录入诗话，学者当于选本及各专集中细心玩之。

唐人七古，高、岑、王、李[④]诸公规格最正，笔最雅炼。散行中时作对偶警拔之句，以为上下关键，非惟于散漫中求整齐，平正中求警策，而一篇之骨，即树于此。兼以词不欲尽，故意境宽然有余；气不欲放，故笔力锐而时敛，最为词坛节制之师。至李、杜而纵横动荡，绝迹空行，如风雨交飞，鱼龙变化，几于鬼斧神工，莫可思议矣。然文成法立，规矩森严，个中自有细针密缕，丝毫不乱，特运用无痕耳。所谓神而明之，大而化之也。歌行至此，已臻绝诣，后人莫能出其范围。韩退之特从奇伟处，力造光怪陆离之境，欲自辟生面，力树赤帜，实则仍系得杜一体，不过扩充恢张，略变面目耳，非能外李、杜而另创壁垒，以期凌跨也。长吉[⑤]奇而篇幅局势不宽；退之奇而堂庑[⑥]意境甚阔。长吉奇伟，专工炼句；退之奇伟，兼能造意入理。长吉求奇，时露用力之痕；退之造奇，颇有自得之致。长吉专于奇之一格，退之则奇正各半，不止一体。此退之才力大于长吉，学养深于长吉处，所以能与李、杜鼎足而立[⑦]，为古今大家也。

① 王元美：王世贞。差足：略微差但足以为。差，比较，略微。足，足够。
② 归愚：沈归愚，即沈德潜。
③ 陈元孝：陈恭尹。胡稚威：胡天游。
④ 高、岑、王、李：指高适、岑参、王昌龄、李颀。
⑤ 长吉：李贺的字。
⑥ 堂庑：堂及四周的廊屋。这里比喻诗歌的意境。
⑦ 鼎足而立：鼎一般是三足，故以之比喻三者并立。

若卢仝辈，则无理求奇，而怪诞过甚，大乖雅音。[①]任华[②]辈尤放恣粗野，均自堕恶道矣。盖“奇过则凡”，必也奇而不诡于正，肆而不悖于醇，方不失风雅本意，诗之为道，理如是也。玉川子《月蚀》一诗，退之喜之，修饰删润，收入集中。及《和陆浑山火》诗，效皇甫湜[③]体，又联句诸篇，皆一时乘兴之作，等于戏笔，非韩公极诣。学韩者须法其专长，勿步此种后尘，致沉沦于迷津中，不能登道岸也。宋、元人误蹈覆辙者，多为后人口实，当以为戒。如前明刘青田《二鬼》诗，郭定襄《山王庙》诗、《咏枭》诗，钱牧斋《效月蚀》诗，皆学卢仝、任华辈，而恣肆太甚，时近粗恶。[④]朱竹垞赏之，未为卓见。沈归愚谓非正声，力斥其伤雅道，一概摈而不取，自是正论特识。学七古者，才力学力俱强，则当以李、杜、韩、苏[⑤]为宗，否则宗法高、岑、王、李，不失正格。勿误于歧途，窜入荆榛，致为大雅所弃也。

阮亭先生长于七绝，短于七律。以七绝神韵有余，最饶深味；七律才力不足，多涉空腔也。然七律亦间有出色之篇，可传可法；七绝亦每有落套之作，取厌取讥。总当平心别裁，录长去短，不必一味推尊，一概攻击，随声附和，自堕门户之见。如《题赵承旨画羊》七律云：“三百群中见两头，依然秃笔扫骅骝[⑥]。竭来清远吴兴地，

---

① 卢仝（？～835）：自号玉川子，范阳（一作济源）人。家贫，惟图书满架。隐居少室山，仅破屋数间。终日苦吟，赖邻僧施米。元和间，赋《月蚀》诗以刺当时奸党，由是得罪党人。甘露之变，仝偶与诸客会食宰相王涯馆中，晚留宿，为吏卒掩捕。仝急辩曰：“我庐山人也，于众无怨，何罪之有？”吏曰：“既云山人，来宰相宅，容非罪乎？”仝老无发，捕者于脑后加钉系之，遂遇祸。著有《玉川子诗集》一卷。乖：违背。

② 任华：唐代与李、杜同时人。初为桂州刺史参佐。其《与庾中丞书》云：“华本野人。常思渔钩，寻当杖策，归乎旧山，非有机心，致斯扣击。”《全唐诗》收录其诗三首。

③ 皇甫湜：公元813年前后在世。唐文学家。字持正，睦州新安（今浙江淳安）人。元和进士，官工部郎中。其诗传世者仅三首。原有集，已散佚，宋人编有《皇甫持正文集》。尝从韩愈学古文。文章奇僻，流于险奥，皇甫湜体指此而言。

④ 刘青田：刘基。郭定襄：郭登。

⑤ 李、杜、韩、苏：李白、杜甫、韩愈、苏轼。

⑥ 骅骝（huáliú）：赤色骏马。

忽忆苍茫敕勒秋。[①]南渡铜驼[②]犹恋洛，西归玉马已朝周。牧羝落尽苏卿节[③]，五字河梁万古愁。”此作不惟气格雄浑，神韵高迈，如出盛唐人手，而运法用意，亦自细密深婉。首句点题，清出所画之羊。次句即以画马为陪，推开一笔，暗摄下意，谓子昂画羊，仍以画马之法行之也。三四以“吴兴”“敕勒”对照见意，已隐寓抑扬，微讽见于言下。五六忽用提空一联，高唱入云，振拓后半局势，而以“铜驼恋洛”“玉马朝周”，两面烘托，两层夹衬，笔则凌空神行，意则风霜严厉矣。更以子卿牧羝守节作结，再进一层，气倍酣厚，意逾充足，而王孙失节之愆，不必道破，自从反面明白照出。通篇层层洗伐，一气相生，无意不搜，无笔不婉，真此题绝唱。《渔洋集》中七律，罕见其匹。盖一时兴会所至，精心全力，结构而成，几如“初写《黄庭》，恰到好处”。故归愚叟推为“诗有春秋”，并非溢美，不得以渔洋他作一例视也。七绝阮亭最为擅长，时推绝技，集中名作如林，较各体独多佳制。然失手之作，则袭取风调，意味索然。如《吊杨妃墓》诗云：“香魂不及黄幡绰[④]，犹占骊山土半丘。”非套袭盛唐王少伯“玉颜不及寒鸦色，犹带昭阳日影来”句调乎？[⑤]夫王诗所以妙者，在“玉颜”“寒鸦”，一人一物，初无交涉，乃借鸦之得入昭阳，虽寒犹带日光而飞，以反形人，则色未衰，已禁长信深宫，不复得见昭阳天日之苦。日者，君象；“日影”比天颜，宫人不得见君，故自伤不如寒鸦，犹得望君颜色也。用意全在言外，对面寓人不如物之感，而措词微婉，浑然不露，又出以摇曳之笔，

① 曷（jiē）来：从那时以来。敕勒：即敕勒川。地名。语出自《敕勒歌》：“敕勒川，阴山下。天似穹庐，笼盖四野。天苍苍，野茫茫，风吹草低见牛羊。”

② 铜驼：铜铸的骆驼。《晋书·索靖传》：“靖有先识远量，知天下将乱，指洛阳宫门铜驼，叹曰：‘会见汝在荆棘中耳！’”

③ 牧羝落尽苏卿节：即苏武（字子卿）出使匈奴被扣留，流放到北海放牧公羊。

④ 黄幡绰：原作“黄翻绰”，据王士禛原诗改。

⑤ 王少伯：王昌龄（698～756？），字少伯，京兆（今西安）人。开元十五年（727）进士。官秘书省校书郎。37岁中宏词超绝群类科，调汜水县尉。后被贬为江宁县丞、龙标县尉，故又称“王江宁”或“王龙标”。在“安史之乱”中被亳州刺史闾丘晓杀害。擅长七绝，《全唐诗》录存他的诗180余首。“玉颜”两句：出自王昌龄诗《长信秋词五首》其三。

神味不随词意俱尽，十四字中兼有赋比兴三义，所以入妙，非但以风调见长也。阮翁[①]生吞活剥，但套句调，而意则浅直，词则笨拙，如嚼渣滓，了无余味，是“画虎不成反类犬”矣，又岂可违心誉之！凡人各有得力处，即各有不足处。自古及今，勿论名家大家，或诗或文，凡有专集行世者，其人必有擅长处，故能成名，自立当时，留传后世，亦必有见短处，可以指摘。后人但当平心静气，公道持论，取其长以为法，弃其短而勿犯，则观古人得失，皆于我有裨益，何庸一概毁誉，固执成见耶！[②]其随众毁誉者，如矮人观场，随声附和，无足责矣。吾独不解近代之诗文家及操选政者，非无过人之才力学识，而好恶徇一己之私。其所好者，极力推尊，并为曲护其短；其所恶者，深文巧诋，直欲并没其长。近已者则好之，不近已者则恶之，绝不知有公道，入主出奴[③]，纷争不已，是诚何心哉！

七古以长短句为最难，其伸缩长短，参差[④]错综，本无一定之法。及其成篇，一归自然，不啻天造地设，又若有定法焉。非天才神力，不能入妙。太白最长于此。后人学太白者，专务驰骋豪放，而不得其天然合拍之音节，与其豪放中别有清苍俊逸之神气，故貌似而实非也。凡作长短句，先须气足意足，笔到兴到，以全力举之，而行所无事，为第一义，不待言矣。至长短相间处，音节既贵自然，又贵清脆铿锵，可歌可诵。个中自有真诀，须相通篇之机神气势出之。凡三言、四言、五六言皆短句也，九言、十言、十余言皆长句也。短以取劲，如短兵相接；径欲其险，势欲其紧。故用敛笔、抑笔、擒笔、纠笔，以收束筋骨，拍合节奏。[⑤]而后局势急，魄力遒，寓小阵于大阵中，气弥精厉，法弥谨严也。长以取妍，局欲其宽，势欲

---

① 阮翁：指王士禛。

② 何庸：何用。毁誉：这里指诋毁或赞扬。

③ 入主出奴：指学术上的宗派主义偏见。入主，以自己所崇信的某学派为主。出奴，以自己所排斥的学派为奴。

④ 参差（cēncī）：长短、高低不齐的样子。

⑤ 敛笔、抑笔、擒笔、纠（dǒu）笔：借用书法中运笔的方法来阐述诗的创作。敛，收束、约束。抑，按、压。擒，捉。纠，同“陡”，坡度大。

其壮。故用提笔、扬笔、纵笔及飞舞灵变之笔，以舒展筋络，振荡局势，作姿态而鼓气机，掀波澜以生变化。而后音节气势，如风驰雨骤，急管繁弦，涌洪涛叠浪于长江，出五花八门于方阵，神力以放而见奇肆，气味由雄而入生辣，龙腾虎跃，莫可端倪也。① 一篇前后，奇正相生，长短相间，呼吸相应，继续相联。法极奇极变，而逾形完密；局极壮极阔，而倍觉精整。气则炼之又炼，务使浑沦沉潜，随笔势之抑扬高下，参伍错综，无不曲折奔赴，洋溢蓬勃，如意所指。而大气飞动之中，常伏有渊然寂然深静淡定之道气，隐为之根，以镇慑于神骨之间，驾驭于理法之内，俾之层出不竭。故往而能回，雄而能清，厚而能灵，高而能浑，急而不促，畅而不剽②，所谓刚柔相调也，所谓醇而后肆也。盖以人声合天地元音，几于化工矣。此七古长短句之极则神功，李、杜二大家后，鲜有造诣及者。遗山时一问津，而未能纯入此境，嗣后竟绝响矣。作七古者，未具绝人之才力学识，勿轻作长短句大篇也。

作乐府须音节古，词意古，神味气骨无一不古，方许问鼎③。使才力不得，逞书卷不得，斗笔锋，矜④巧思，一并不得。太袭古人，是沧溟辈之优孟衣冠；⑤ 太离古人，是禅家辟支外道矣。⑥ 必也能如

① 急管繁弦：形容热烈紧促，节奏感很强的音乐。五花八门：五花，即五行阵。八门：八门阵。原指古代战术变化很多的两种阵势。后比喻花样繁多或变化多端。

② 剽：这里作“轻浮”解。

③ 问鼎：《左传·宣公三年》：“楚子伐陆浑之戎，遂至于雒，观兵于周疆。定王使王孙满劳楚子，楚子问鼎之大小轻重焉。”三代均以九鼎为传国宝，楚子向王孙满问鼎，有取而代之之意。后因以“问鼎”比喻图谋夺权。这里指能写好乐府诗。

④ 矜：夸耀。

⑤ 沧溟：指李攀龙。优孟衣冠：比喻一味模仿他人。

⑥ 禅家：佛家。辟支：梵语。亦称辟支佛、辟支迦佛。《大乘义章》十四：“辟支胡语，此方翻译因缘觉，借现事缘而得觉悟，不假他教，名因缘觉。”

哪吒[①]之拆肉还母，拆骨还父，另由莲花化身，始是真正法身，非色身也。如此则上契佛心，立跻圣域，其庶几[②]乎？

学老杜诗有八字诀，曰学其开阖顿挫[③]，沉郁动荡。此工部独至之诣，他人莫及。顾开阖顿挫之奇，妙在用笔；沉郁动荡之奇，妙在气味。求用笔，须悟会于字句之先；求气味，须体验于字句之外。执杜以求杜，执诗以求诗，终莫能得其神髓。惟融杜法于心，浃以神明，契诸方寸，不泥其迹，不肖其形，斯不必执杜法杜而无往不与杜合，不屑就诗求诗，自然妙与诗印，则即心即杜，我与古人俱化矣。相遇以天，岂斤斤[④]步古人后哉！

吴梅村诗，善于叙事，尤善言闺房儿女之情；熟于运典，尤熟于汉、晋、南北史诸书。身际鼎革[⑤]，所见闻者，大半关系兴衰之故，遂挟全力，择有关存亡、可资观感之事，制题数十，赖以不朽。此诗人取巧处也。其诗虽缠绵悱恻，可泣可歌，然不过《琵琶》《长恨》一格，多加藻采耳，数见不鲜。[⑥]惜其仅此一支笔，未能变化；又惜其雕金镂玉[⑦]，纵尽态极妍，殊少古意，亦欠自然。倘不身际

---

① 哪吒（Nézhā）：佛教护法神，传说毗沙门天王之子。《西游记》《封神演义》中有此名称本于此。《西游记》说他是玉帝部下托塔李天王李靖的第三个儿子，形似少年而神通广大。《封神演义》则说他出生不久，就打死龙王太子敖丙，四海龙王奏准玉帝，来拿他父母，他为了不牵连父母，就毅然剖腹、剜肠、剔骨肉，还于双亲而死。死后，其魂魄借莲花为躯体而得以复活。

② 庶几：或许，可能，差不多。表示可能。

③ 开阖（hé）顿挫：指诗歌情感、音节上起伏变化。开，开启、打开。阖，关闭、闭合。顿挫，抑扬。指音调或情感上起伏变化。

④ 斤斤：拘谨的样子。

⑤ 鼎革：取义于鼎、革二卦名。《周易·杂卦》：“革，去故也；鼎，取新也。”后用“革故鼎新”指改朝换代等重大政治变革，也指事物的重大变革。

⑥ 缠绵悱恻（fěicè）：形容悲苦的情感在心中萦绕郁结而无法解脱。缠绵，情感萦绕而不能解脱的样子。悱恻，悲苦。《琵琶》《长恨》一格：像白居易的《琵琶行》《长恨歌》那样的风格。格，风格。

⑦ 雕金镂（lòu）玉：形容着意修饰文辞。镂，雕刻。

沧桑，不过冬郎香奁之嗣音，曷能独步一时？[①]赵云崧题其集云："国家不幸诗家幸，赋到沧桑句便工。"[②]亦实语也。

钱牧斋诗，以七律为最胜，沉雄博丽，佳句最多，梅村较之，不逮远矣。[③]如"圣代自应无弃物，孤臣犹有未招魂""长吟颇惜齐三士[④]，相对谁知鲁二生""吾道非欤何至此，臣今老矣不如人""明日孔融应便去，当年王式悔轻来"[⑤]"亲憎言禄催偕隐，友贱求名劝著书""制麻未是廷臣意，枚卜空烦圣主心""歧途有客迁崖郡，

① 沧桑："沧海桑田"的省称。语出自葛洪《神仙传·王远》："麻姑自说云：'接侍以来，已见东海三为桑田。'"后以"沧桑"比喻世事变迁很大。冬郎：即以香奁体诗著称的唐代诗人韩偓（wò）（844～约914以后），字至尧（一作致尧），小字冬郎，自号玉山樵人，京兆万年（今陕西西安东南）人。龙纪进士，官翰林学士、中书舍人。其诗多写艳情，词藻华丽，有香奁体之称。原有集，已散佚，后人辑有《韩内翰别集》。

② "国家"二句：出自赵翼（云崧）诗《题元遗山集》。赋到，原作"一到"，据赵翼诗改。

③ 钱牧斋：钱谦益。逮：及，达到。

④ 齐三士：齐国三位勇士。《晏子春秋·谏下》记载，勇士公孙接、田开疆、古冶子三人，勇暴无礼，晏子为齐景公设计除掉三人："馈之二桃，曰：'三子何不计功而食桃？'"公孙接、田开疆两人摆了自己的功，"援桃而起"，古冶子争功争桃，也"抽剑而起"，公孙、田二人觉得功不如古，感到羞愧，都自杀，古冶子认为自己不能独生，也自杀。这就是"二桃杀三士"的故事。鲁二生：汉初，叔孙通欲为刘邦定朝仪，征鲁诸生三十余人，有两生不肯行。曰："今天下初定，死者未葬，伤者未起，又欲起礼乐。礼乐所由起，积德百年而后可兴也。吾不忍为公所为。公所为不合古，吾不行。公往矣，无汙我！"（见《史记·叔孙通列传》）

⑤ 孔融（153～208），字文举，鲁国人，孔丘20世孙。"建安七子"之一。为人好学，秉性刚直，是汉末的名士。历任北海相、少府、大中大夫等职。后因屡次触怒曹操而被杀害。他的散文语言劲健，议论尖锐，表现出鲜明的个性。诗歌流传下来的不多，也表现出慷慨激昂的情志。有《孔北海集》。王式：汉代人，字翁思，曾征为博士。

廷辩何人是魏其[①]”“出山我自惭安石，作相人终忌子瞻”[②]“共和二载仍周室，章武三年亦汉家”“周室旧闻迁宝鼎，汉宫今见泣铜盘”“劝进虚传河北表，中兴争望鄗南坛”“先祖岂知王氏腊，穹庐不解汉家春”“白马清流伤往事，南箕北斗愧虚名”“三吴天日悲青盖，五国风沙梦翠华”“飘零王气沉金虎，寂寞空山泣玉鱼”“梦华休续《东京录》，劫火犹存《北会编》”[③]“狱中黄霸传经去，门下朱游和药来”[④]“唐寝春风嘶石马，晋宫夜雨泣铜驼”，皆曲切高华之作。一代巨手，以人累诗，惜哉！

牧斋《过易水》诗云：“老大不堪论剑术，要离[⑤]冢畔有青山。”既以要离反形荆卿剑术之疏，又寓功名无成之感，所谓诗中有我也。

---

① 魏其：“魏其侯”的省略语，指窦婴。窦婴（？~前131），西汉大臣。字王孙，观津（今河北衡水东）人。窦太后侄。吴楚七国之乱时，被景帝任为大将军，守荥阳，监齐赵兵。七国破，封魏其侯。武帝初，任丞相，推崇儒术，反对黄老学说，为窦太后贬斥。后因罪被杀。

② 安石：谢安（320 ~ 385），字安石。阳夏（今河南太康）人，东晋政治家。年四十方有仕宦意，桓温请为司马。简文帝死，桓温欲篡晋，以势劫安，安不为所动，温谋终不成。后为尚书仆射，领吏部，加后将军，一心辅晋，威怀外著，时人比之王道。太元八年（383）前秦攻晋，加安征讨大都督。安遣侄玄等大破苻坚于淝水，以统总功，拜太保。子瞻：苏轼的字。苏轼有诗、书、画三绝之称，但政治思想比较保守。宋神宗朝，王安石当政，行新法，他极力反对，多次被贬官。

③ 《东京录》：即《东京梦华录》，10卷，宋孟元老撰，乃南渡之后追记汴京之盛况。自都城坊市节序风俗及当时典礼仪卫都有记载。《北会编》：书名，《北盟会编》的简称。宋人所编，汇编宋朝与北方少数民族会盟的盟约。

④ 黄霸：汉阳夏人，字次公，谥定。少学律令，武帝未受侍郎谒者，历任河南太守丞。宣帝时，授廷尉正。坐夏侯胜事系狱，寻拔擢为颍川太守。更至丞相，封建成侯。为政外宽内明。汉代言治民之吏，以霸为首。后世把他与龚遂作为封建“循吏”的代表，并称“龚黄”。朱游：朱云，字游，汉代鲁人。初以任侠闻，嗣从师受业，通《易》及《论语》。成帝时为槐里令，上书言：“臣愿赐尚方斩马剑，断佞臣一人以厉其余。”上问谁也。对曰：“安昌侯张禹。”上大怒曰：“小臣居下讪上，廷辱师傅，罪死不赦。”御史将云下，云攀殿槛，槛折。云呼曰：“臣得下从龙逢、比干游于地下，足矣。”以辛庆忌为其说情，才得免除死罪。后当治槛，帝命勿易，因而辑之，以旌直臣。（见《汉书·朱云传》）

⑤ 要离：春秋时吴人。吴公子光既弑吴王僚，忧僚公子庆忌在外，遣要离往刺之。他请公子光断其右手，杀其妻子，假装得罪出走。见庆忌于卫，言请与俱渡江，夺光之国。既至中江，拔剑刺庆忌，中其要害。庆忌死后，他也自杀身亡。

牧斋吴人，故用要离冢之典，非泛填故实，所以深婉有味。王阮亭《题尤展成黑白卫传奇》诗曰：“千金匕首土花班，儿女恩仇事等闲。他日与君论剑术，要离冢畔买青山。”袭牧斋语，失之远矣。

宋人谓杜少陵为“诗史”，以其多用韵语纪时事也。杨升庵驳之曰：“鄙哉宋人之见，不足以论诗也。夫诗以道性情，《春秋》以道名分，其体裁意旨，判然不同。《三百篇》皆约情合性，而归诸道德者也。然其言则琴瑟钟鼓，荇菜芣苢，乔木桃李，鹊巢鼠牙，何尝有一修齐道德字面。至变风变雅，尤多含蓄，使人言外自得。如刺淫乱，则曰‘雍雍鸣雁，旭日始旦’，不必曰‘慎莫近前丞相嗔’也。悯流民，则曰‘鸿雁于飞，哀鸣嗷嗷’，不必曰‘千家今有百家存’也。伤暴敛，则曰‘维南有箕，载翕其舌’，不必曰‘哀哀寡妇诛求尽’也。叙饥荒，则曰‘牂羊羵首，三星在罶’，不必曰‘但有牙齿存，可堪皮骨干’也。杜诗之含蓄蕴借者多矣，宋人不能学之，乃取其直陈时事，类于讪讦之作，群相赞叹，又撰‘诗史’名目，以误后人，而不知诗贵温柔，断不容兼史体也。”[1] 升庵此言甚辨，其识亦卓，

① “鄙哉宋人之见……断不容兼史体也”一段：引《升庵诗话》卷十一。引文与原文有一些出入，丁福保《历代诗话续编·升庵诗话》原文如下：“鄙哉宋人之见，不足以论诗也。夫六经各有体，《易》以道阴阳，《书》以道政事，《诗》以道性情，《春秋》以道名分。后世之所谓史者，左记言，右记事，古之《尚书》《春秋》也。若诗者，其体其旨，与《易》《书》《春秋》判然矣。《三百篇》皆约情合性而归之道德也，然未尝有道德字也，未尝有道德性情句也。二南者，修身齐家其旨也，然其言琴瑟钟鼓，荇菜芣苢，夭桃秾李，雀角鼠牙，何尝有修身齐家字耶？皆意在言外，使人自悟。至于变风变雅，尤其含蓄，言之者无罪，闻之者足以戒。如刺淫乱，则曰‘雍雍鸣雁，旭日始旦’，不必曰‘慎莫近前丞相嗔’也；悯流民，则曰‘鸿雁于飞，哀鸣嗷嗷’，不必曰‘千家今有百家存’也；伤暴敛，则曰‘维南有箕，载翕其舌’，不必曰‘哀哀寡妇诛求尽’也；叙饥荒，则曰‘牂羊羵首，三星在罶’，不必曰‘但有牙齿存，不堪皮骨干’也。杜诗之含蓄蕴借者，盖亦多矣，宋人不能学之。至于直陈时事，类于讪讦，乃其下乘末脚，而宋人拾以为己宝，又撰出‘诗史’二字以误后人。如诗可兼史，则《尚书》《春秋》可以并省。又如今俗卦气歌、纳甲歌，兼阴阳而道之，谓之《诗》《易》可乎？”这段引文中，“千家今有百家存”，原作“千家今有几家存”，据杜甫《白帝》改；“但有牙齿存，可堪皮骨干”两句诗，这里所引以及杨慎《升庵诗话》原文皆有误，据杜甫诗《垂老别》，这两句应作“幸有牙齿存，所悲骨髓干”。

然未免一偏之见也。诗道大而体裁各别，古人谓诗有六义，比兴与赋，各自一体。升庵所引《毛诗》[①]，皆微婉含蕴，义近于风，诗中之比兴体也。所引杜句，则直陈其事之赋体也。体格不同，言各有当，岂得以彼例此，以古非今，意为轩轻哉！宋人诗多为赋体，绝少比兴，古意浸失，升庵以此论议宋人则可。老杜无所不有，众体兼备，使仅摘此数语，轻议其后，则不可。如《三百篇》中“人而无礼，胡不遄死”[②]“投畀豺虎，豺虎不食。投畀有北，有北不受”“文王曰咨，咨女殷商。女炰烋于中国，敛怨以为德”。[③]皆直言不讳，怨而且怒，了无余地矣，又岂能以无含蓄而废之？夫言岂一端而已，何升庵所见之不广也！学者放开眼孔，上下千古，折中于六义之旨，兼收其长，勿执一格，勿囿[④]一偏，以期造广大精深之域。何必是丹非素，执方废圆，为通人所不取乎！[⑤]

温柔敦厚，诗教之本也。[⑥]有温柔敦厚之性情，乃能有温柔敦厚之诗。本原既立，其言始可以传后世，轻薄之词，岂能传哉！夫言为心声，诚中形外，自然流露，人品学问心术，皆可于言决

---

① 《毛诗》：《诗》古文学派。相传为西汉初毛亨和毛苌所传。据称其学出于孔子弟子子夏。《汉书·艺文志》著录《毛诗》29卷、《毛诗故训传》30卷。《毛诗》在西汉时未立于学官。东汉时郑众、贾逵、马融、郑玄等都治《毛诗》。魏晋以后，今文三家诗散亡或无传者，《毛诗》独盛。

② “人而”两句：出自《诗经·风·相鼠》。胡：为什么。遄（chuán）：速，快。“投畀（bì）……有北不受”四句：出自《诗经·小雅·巷伯》。畀：给予。有北：指北方寒冷不毛之地。有，名词词头，无实义。

③ “文王曰……以为德”四句：出自《诗经·大雅·荡》。咨：嗟叹声。女（rǔ）：同“汝”。炰烋（páoxiāo）：咆哮，怒吼。敛：聚集。

④ 囿：原指古代帝王畜养禽兽的园林。后引申为局限、拘泥。

⑤ 是丹非素：比喻仅凭自己主观爱好，而不顾客观实际来评判是非或作出取舍。丹，红色。素，本色或白色。执方废圆：比喻以自己的偏见来判断是非，决定取舍。方、圆皆指物体的形状。

⑥ “温柔”两句：语出《礼记·经解》：“孔子曰：……其为人也，温柔敦厚，《诗》教也。……其为人，温柔敦厚而不愚，则深于诗者也。”这反映了孔子及其弟子的思想，是孔子的中庸之道在文艺上的具体反映。据孔颖达《礼记正义》解释：《诗经》虽对王室政治有所讽刺，但并不作直接、尖锐的揭露，故教人以温柔敦厚。这种说法与《诗经》实际内容并不完全相符。

之，矫强粉饰，决不能欺识者。盖违心之言，一见可知，不比由衷者之自在流出也。古今以来，岂有刻薄小人，倖成诗家，忝[①]入文苑之理！如阴参军已为宋臣矣，而陶渊明送之，但曰“才华不隐世，江湖多贱贫”，何等忠厚，何等微婉！[②]若出后人手，不知如何浅露矣。少陵哭房琯，送严公，梦李白，寄王维，别郑虔，其诗无一不深厚沉挚，情见乎词，友朋风义，何其笃也！[③]昌黎于柳州、东野，一往情深。[④]有陶、杜、韩三公之性情，自宜有陶、杜、韩[⑤]三公之诗文也。自宋以降，世风日下，文人相轻，渐成恶习。刘祁[⑥]作《归潜志》，力诋遗山，自护己短。

---

① 忝（tiǎn）：辱，辱没。又作谦词，有愧，有愧于。

② 阴参军：殷参军之误。殷参军，殷铁（390 ~ 440），字景仁，陈郡长平人。少有大成之量，司徒王谧妻以女。初为刘毅后参军，复为刘裕太尉行参军，历黄门侍郎。文帝初，迁侍中。著有文集九卷。“才华”两句：出自陶渊明诗《与殷晋安别》。诗的小序说：“殷先作晋安南府长史掾，因居浔阳，后作太尉参军，移家东下，作此以赠。”晋安，郡名，属江州（今江西）。太尉，指刘裕。

③ 房琯（697 ~ 763）：字次律，河南人。少好学，风度沉整，隐于陆浑伊阳山中，凡十余年。开元中，张说奇其文，荐授校书郎。后授虢州卢氏令，政多惠爱。天宝初，擢给事中。安禄山乱，玄宗在蜀，拜琯为文部尚书，同中书门下平章事。终刑部尚书。严公：严武（726 ~ 765），字季鹰，华州华阴人。性豪爽。不顾父禁喜习武，读书不甚究其义。以父荫调太原府参军，累迁殿中侍御史。玄宗入蜀，擢谏议大夫。至德后，历剑南节度使，再为成都尹。以破吐蕃功，进检校吏部尚书，封郑国公。与杜甫最友善，镇剑南时，杜甫因避乱往依之。武虽武夫，也能诗，《全唐诗》录存其诗六首。郑虔（？ ~ 761？）：字弱齐，郑州荥阳人。天宝初，为协律郎。尝以当世事著书八十余篇，有人告以私撰国史罪，仓惶焚之，为此谪官 10 年。玄宗爱其才，特置广文馆，授为博士。与李白、杜甫友善，称为郑广文。

④ 昌黎：韩愈。柳州：柳宗元。东野：孟郊（751 ~ 814），字东野，湖州永康（今浙江）人，早年隐居河南嵩山，后在湖州和僧皎然组织诗会。中年三次赴考，才中了进士，50 岁始任溧阳县尉。他终日吟诗，不务吏事，县令分其半俸另委他人代行职务，他便辞官回家。一生穷愁潦倒，对劳动人民疾苦有所体会。存诗四百余首，有《孟东野集》。

⑤ 陶、杜、韩：陶渊明、杜甫、韩愈。

⑥ 刘祁（1203 ~ 1250）：字京叔，浑源人。为太学生，有文名。举金进士，殿试失意归。元太宗时诏试儒人，祁就试，魁西京。选充山西东路考试官。在金末丧乱之际，隐于乡，作《归潜志》以记金事。诗文有《神川遁士集》。

李空同与何大复书札相争，往复攻击。[①] 李于鳞因谢茂秦成名，反削其名于吟社，以书绝交。[②] 赵秋谷因不借《声调谱》之故，集矢阮亭，至作《谈龙录》以贬之。[③] 袁枚与赵翼互相标榜，亦互相刺讥，赵作四六文以控袁，虽云游戏，而笔端刻毒，与市棍揭帖、讼师刀笔无异。[④] 此等皆小人之尤，适以自献其丑，于人终无所损。君子之交，断不出此，才人当以为大戒也。

（选自《云南丛书·集部》九六）

---

① “李空同”句：李梦阳（号空同子）与何景明（号大复）是明代前七子的领袖人物。《明史·文苑传序》记载：“李梦阳、何景明倡言复古，文自西京，诗自中唐而下，一切吐弃，操觚谈艺之士，翕然宗之。”李、何二人倡论鼓吹，在当日文坛产生很大影响，故“天下语诗文，必并称何、李”。成名后，两人又互相诋毁，但反复辩驳的，只是一些枝节问题，其主旨和精神，并没有多大分歧。《明史·文苑传》说：“梦阳主摹仿，景明主创造。”其实也不尽然。

② “李于鳞”句：李攀龙（字于鳞）与谢榛（字茂秦），都是明代后七子成员。后七子发挥了前七子的主张，结社宣传，互相鼓吹，彼此标榜。“榛为长，攀龙次之。及攀龙名大炽，榛与论生平，颇相镌责，攀龙遂贻书绝交”（见《谢榛传》）。可见成名后，互相排挤确是事实。

③ “赵秋谷”数句：赵执信（号秋谷）是王士禛（号阮亭）的甥婿，又是王在诗坛上的劲敌。赵执信的现实主义诗论，是针对王士禛倡导的“神韵说”所产生的流弊而提出的。赵比王小 28 岁，不论政治地位、社会声望、姻亲行辈，均比王低。按常理，他不大可能反对王。但他对王的诗歌理论和创作却持不同见解。对赵执信反对王士禛一事，长期流传着一种说法：赵尝问古诗声调于士禛，士禛讥之。赵因发唐人诸集，究得其法，为《声调谱》一卷。又尝求士禛作《观海集序》，屡为失约，因渐相诟厉。赵所著《谈龙录》，力排士禛，人论足救专主神韵之弊（见《四库全书总目提要》）。

④ “袁枚与赵翼”一段：以袁枚为首的“性灵派”，是清代中叶诗坛一个重要的诗歌流派。以论诗力主“性灵说”而得名，以反对拟古、重个性、求创新为旨归。赵翼一方面是袁枚性灵说的积极拥护者，论诗同样主性灵，反对“荣古虐今”，强调“争新”与“独创”，另一方面又对袁枚放荡风流、与旧礼教不相容等不满，并以游戏笔墨出之，多少带些幽默风味而已。四六文：骈文。市棍：市井中之无恶不作者。揭帖：张贴出来揭露、攻击他人的文字。讼师：协助诉讼者。刀笔：这里指罗织罪名，攻击诬陷人的文书。

卷　四

沈归愚曰："王右军作字，不肯露骨，不屑取姿，独运中锋，暗藏于腕力神韵之间，谓之藏锋，是以为书家正宗。[①]诗人亦须解此诀，造诣始入精深之域。"又曰："诗家变化之功，决不可少。右军书结体用笔，绝不雷同，《黄庭经》《乐毅论》《东方画像赞》，无一相肖处，笔有化工也。[②]杜诗亦然，千四百余篇中，求其词意反复者，了不可得[③]，所以为'诗圣'也。"

朱竹垞曰："王凤洲博综六代，广取兼收，自以为无所不有，方成大家。[④]究之千首一律，安在其为无所不有也！"愚谓高青丘[⑤]诗，自汉、晋、六朝以及三唐、两宋，无所不学，亦无所不似，妙者真欲逼真，可云一代天才，孰学孰似矣。其意亦欲包罗古今，取众长以成大宗，然中无真我，未能独造，终非大家之诣。可知诗家工夫，

---

① 沈归愚：沈德潜。王右军：王羲之（321 ~ 379），字逸少，会稽人，晋代书法家。临池学书，池水尽黑。草、隶为古今冠，所书以《乐毅论》《兰亭序》《黄庭经》为最。性爱鹅，尝为山阴道士写《道德经》毕，笼鹅以归。庾亮任命他为参军。后迁右军将军、会稽内史。世因称为王右军。中锋：书法用语。指运笔时，笔力集中，以别于偏锋。藏锋：书法用语。指书法笔锋隐而不露。正宗：佛教禅宗称初祖达摩所传的嫡系宗派为正宗。后来泛指学业技术的嫡传正派。

② 《黄庭经》：法帖名。相传晋王羲之书《黄庭经》。宋黄伯思谓羲之卒于晋穆帝升平五年（361），至哀帝兴宁二年（364）《黄庭经》始出，故断为兴宁以后南朝宋齐人所书。《乐毅论》：法帖名。魏夏侯玄作，晋王羲之书。唐褚遂良谓"笔势精妙，备尽楷则"，被称为王羲之正书第一。全文 44 行，600 字。有五代梁摹本，收入《余清斋帖》。《东方画像赞》：即《东方朔画像赞》（脱"朔"字），碑帖名。晋夏侯湛撰文。唐褚遂良列入《晋右军王羲之书目》，是著名的小楷法帖，宋黄庭坚评为"笔圆而劲，肥瘦得中"。肖（xiào）：相似，像。化工：天工。自然创造或生长万物的功能。

③ 了不可得：终究不可得到。了，毕竟，终于。

④ 朱竹垞：朱彝尊。王凤洲：王世贞。六代：三国的吴、东晋，南朝的宋、齐、梁、陈，都以建康（吴名建业，今江苏南京）为首都，历史上合称六代，又称六朝，是三世纪初到六世纪末前后三百余年的历史时期的泛称。

⑤ 高青丘：高启。

始贵有我，以成一家精神气味。迨成一家言后，又须无我，上下古今，神而明亡，众美兼备，变化自如，始无忝大家之目。[①]盖不执我，而自然无处不有真我在矣。所谓变化者，变化于用意树骨[②]、使笔运法之间，非以面目句调求新，遁入别径狐穴也。

咏雪诗最难出色，古人非不刻划，而超脱大雅，绝不粘滞，后人著力求之，转失妙谛。如渊明句云："倾耳无希[③]声，在目皓已洁。"寥寥十字，写尽雪之声色，后人千言万语，莫能出其右矣。右丞[④]"洒空深巷静，积素广庭闲"，工部"烛斜初近见，舟重竟无闻"，一写城市晓雪，一写江湖夜雪，亦工传神。龙标[⑤]"空山多雨雪，独立君始悟"，意境虽佳，非专咏雪也。祖咏"终南阴岭秀"一绝，阮亭最所心赏，然不免气味凡近。[⑥]柳子厚"千山鸟飞绝"[⑦]一绝，笔意生峭，远胜祖咏之平，而阮翁反有微词，谓未免近俗，迨以人口熟诵，而生厌心，非公论也。此外无可取者。郑谷之"乱飘僧舍""密洒歌楼"，韩退之之"对镜鸾窥沼，行天马度桥"及"缟带"之句，格意卑俗，皆入诗魔。[⑧]东坡尖叉韵诗，实非佳作，以韵险而语意凡猥，

---

① 迨（dài）：等到，达到。忝（tiǎn）：辱，辱没。

② 树骨：树立诗的风骨。

③ 无希：原作"希无"，据《陶渊明集》中《癸卯岁十二月中作与从弟敬远》一诗改。

④ 右丞：王维。

⑤ 龙标：王昌龄。

⑥ 祖咏：唐代诗人。公元741年前后在世。少与王维为侣，有文名。开元十二年（724）举进士第。有诗集一卷。"终南"句：出自祖咏《终南望余雪》诗。阮亭：王士禛。

⑦ "千山"句：出自柳宗元的《江雪》诗。

⑧ 郑谷（？～896）：唐代诗人。字守愚，袁州宜春人。幼颖悟，七岁能诗。光启三年（887）举进士第，授京兆鄠县尉。迁右拾遗补阙。乾宁四年（897）为都官郎中，诗家因称郑都官。又尝赋《鹧鸪诗》，流传人口，因号郑鹧鸪。谷诗清婉明白，不俚而切。著有《云台编》三卷、《宜阳集》三卷、《国风正诀》一卷。"乱飘""密洒"两句见于郑谷七绝《雪中偶题》。韩退之：韩愈。诗魔：指诗的格调流于怪僻。"缟带"之句（"带"当为"素"）见于韩愈《咏雪赠张籍》："随车翻缟素，逐马散银杯。"

易于谐俗，故得盛名。[①]介甫[②]和作，尤堕恶道。后代逐臭之夫，纷纷效颦，步韵用韵，不一而足，殊可喷饭[③]。惟《聚星堂禁体》七古，诚为高唱。然自古名作，一经效仿，便成窠臼[④]，亦不必袭迹矣。山谷“疏疏密密”“整整斜斜”之句，亦是笨伯劣语。[⑤]东坡阿好[⑥]，强为之解，不足信也。后山[⑦]《雪中寄魏衍》诗曰：“薄薄初经眼，辉辉已映空。融泥还结冻，落木更沾丛。意在千年表，情生一念中。遥知吟榻上，不道絮因风。”纪文达[⑧]甚赏之，批云：“前四纯用禁体，工于写照。五六确是雪天独坐神理，其故可思。结到寄魏，仍不脱雪，用法亦密。”予则谓前四句直是小儿学语，浅而且拙，粘滞[⑨]已甚。五六又太廓落[⑩]，何以见是雪天，未免空而不切。一结尤凡俚，通首了无可观。虽幸见赏于河间[⑪]，不敢附和，亦后山失手之作耳。总之，雪诗古今鲜有佳什，自宋以后，尤不足论矣。

咏梅诗，自唐以来，多连章累牍[⑫]以求胜。宋人有作七律六十首者，有为五律四十首者。近代且有多至百首者。其作五七律，四首八首十首者，不可胜数。可谓穷形尽相[⑬]，千力万气以写此花矣。然佳章逾少，百不获一者，何哉？夫作梅花诗，宜以清远冲淡，传其高

---

① 尖叉韵：指代作诗的险韵。宋苏轼《东坡集》六有《雪后书北台壁》与《谢人见和前篇》诗，都用“尖”“叉”字为韵，是用险韵的著例，故以“尖叉”为险韵之代称。凡猥：凡，世俗。猥，卑下。谐俗：迎合世俗。

② 介甫：王安石。

③ 喷饭：吃饭时遇到可笑之事，笑得喷出饭来而不能自禁。宋代惠洪《冷斋夜话》卷二：“一座大笑，喷饭满案。”后人用“喷饭”形容可笑的事物。

④ 窠（kē）臼：陈旧的格式，老一套。

⑤ 山谷：黄庭坚。笨伯：体胖不灵巧的人。《晋书·羊曼传》：“豫章太守史畴以大肥为笨伯。”又指愚蠢的人。

⑥ 阿（ē）好：迎合讨好。

⑦ 后山：陈师道。

⑧ 纪文达：纪昀（yún）。

⑨ 粘（nián）滞：胶附，不通畅。

⑩ 廓落：空旷、松散。

⑪ 河间：即纪昀。纪昀，清河间（今河北献县）人，这里以籍贯称。

⑫ 连章累牍：意同连篇累牍。形容文辞累赘或篇幅冗长。

⑬ 穷形尽相：形容描写得极其逼真传神。形象完全被刻画出来了。穷，尽，极。

格逸韵，否则另出新意，以生峭之笔，为活色疏香写照，不宜矫激。[①]后人一味矫激鸣高，借寓身份，不知其俗已甚，于此花转无相涉，徒自堕尘劫[②]恶习而已。庾子山之“树冻悬冰落，枝高出手寒”，唐人钱起之“晚溪寒水照，晴日数峰来”，李商隐之“素娥惟与月，青女不饶霜。赠远虚盈手，伤离适断肠”，崔道融之“香中别有韵，清极不知寒”，僧齐己“前村深雪里，昨夜一枝开”，皆相传佳句也。[③]中惟玉谿“素娥”“青女”一联，谓月爱之而无益，霜忌之而有损，用意稍深，著色稍丽。然下联即放缓一步，以淡语空际写情。其余各联，均出以雅淡之笔，不肯著力形容，可见梅诗所贵在淡静有神矣。宋人林处士之“疏影横斜水清浅，暗香浮动月黄昏”“雪后园林才半树，水边篱落忽横枝”，千古名句，惜全篇俚率不称。[④]“雪后”“水边”一联更高，山谷之赏识诚允。此后寂然绝响。东坡《松风亭梅花》长句及《和秦太虚梅花》作，高唱入云；放翁[⑤]《蜀院梅花》，亦是奇作，然皆七古，非律诗也。律诗则苏、陆[⑥]二巨公梅花诸作，

---

① 冲淡：平和淡泊。生峭：充满活力的、美妙的。生，活的。峭，俊俏美好。疏香：清香。这里指散发清香的梅花。矫激：故作激昂之态。

② 尘劫：佛教称一世为一劫，无量无边劫为尘劫。

③ 庾子山：庾信。素娥：原作“素蛾”，据《唐诗鉴赏辞典·李商隐〈十一月中旬至扶风界见梅花〉》改。崔道融：公元879年前后在世，字不详，自号东欧散人，荆人。工绝句，与司空图为诗友。著有《申唐诗》10卷（《新唐书·志》作三卷）。“香中”两句：出自崔道融《梅花》一诗。齐己：唐代诗僧。公元881年前后在世。本姓胡氏，名得生，潭州益阳（今湖南）人。父母早丧，少年聪明，据说七岁为寺院放牛时，即取竹枝画牛背为小诗。后为僧，诗名日著，自号衡岳沙门。著有《白莲集》10卷、《玄机分别要览》1卷、《诗格》1卷。“前村”两句：出自齐己《早梅》一诗。

④ 林处士：林逋（967 ~ 1028），字君复，钱塘（今浙江杭州）人。卒后谥和靖先生。少孤力学，恬淡好古，虽衣食不足，毫无介意。结庐西湖的孤山，20年不至城市。不娶，无子，所居植梅畜鹤，因有“梅妻鹤子”之称。善行书，喜为诗。其诗出入晚唐而别具平淡清隽的风格，在西昆体与革新派之间自成一格，内容皆写山林隐居生活，但小巧有余而凝厚不足。著有诗集3卷、《西湖纪逸》1卷。旧称有德才而隐居不愿做官的人为“处士”，故称其林处士。“疏影”两句：出自林逋诗《山园小梅》。

⑤ 放翁：陆游。

⑥ 苏、陆：苏轼、陆游。

皆不出色，况他人乎！明高青丘《梅花》七律，皆其少[①]作，无一佳章。所云“雪满山中高士卧，月明林下美人来”，则俗而近恶趣矣。近人严海珊作前后《梅花》共八首，当时虽有盛名，实无超诣，未敢附和。[②]总之，此花有如藐姑仙人，遗世独立，作者当相赏于色声香味之外，无烟水汽，有冰雪思，乃足为名花写生。[③]后代不以神遇而以貌求，宜其目远也。

自来得名之句，有卓然可传者，有不佳而幸成名者。名篇亦然。盖非谐俗，不能风行一时，人人传诵，所以不足为据。若夫卓然可传之作，当日得名，必其时风雅极盛，能诗者在朝在野，皆多有之；又值有真知诗而名位俱隆[④]者，激赏奖许所致。不然，杰作未易流传，而所流布于时者，多无可取。古人所谓身后知己易，生前知己难，又谓作者难，知者不易，是也。如太白以《蜀道难》诸篇，受知于贺监，谓为谪仙。[⑤]孟襄阳以“八月湖水平”[⑥]一诗得名。而刘中山《西塞山怀古》一律，白太傅心折不已，谓独探骊珠，余皆搁笔。[⑦]

---

① 少（shào）：年纪轻。

② 严海珊：严遂成。超诣（yì）：高超的造诣。

③ 藐姑：即藐姑射（yè），古代传说中的山名。仙人：仙女。《庄子·逍遥游》：“藐姑射之山有神人居焉，肌肤若冰雪，绰约若处子。”一说：藐，远；姑射，山名。遗世独立：离开现实世界而独立。遗世，弃绝世事。烟水气：比喻世俗思想。冰雪思：比喻清新高洁的思想。

④ 隆：盛，显赫。

⑤ 贺监：贺知章（659 ~ 744），字季真，自号“四明狂客”，会稽永兴（今浙江萧山）人。武则天证圣年间进士，授太常博士。开元中累擢礼部侍郎兼集贤院学士，迁太子宾客，授秘书监。嗜饮，工文辞，善草隶，性旷夷，善谈说。晚节尤诞放，除自号“四明狂客”外，又称“秘书外监”，遨游里巷，每醉后属词，动成卷轴。与张旭、李白等八人友善，时称“醉中八仙”。唐玄宗天宝初还乡为道士。《全唐诗》录其诗一卷。李白于天宝元年奉诏入京（长安）后，曾与八十余高龄的贺知章相见。知章一见李白，“奇白风骨，呼为谪仙子”（魏颢《李翰林集序》）。《本事诗》云：知章“既奇其姿，复请所为文。出《蜀道难》以示之。读未竟，称叹者数四，号为谪仙……”

⑥ “八月”句：出自孟浩然《临洞庭》（一作《望洞庭湖赠张丞相》诗）。

⑦ 刘中山：刘禹锡。白太傅：白居易所任是太子少傅。相传有一次，元稹、刘禹锡、韦楚客同在白居易家里相聚。他们谈到南朝的兴亡，打算各作一首金陵怀古诗。刘禹锡喝完一杯酒，就作成了这首《西塞山怀古》。白居易看后说：“四人探龙，你已先得到骊珠，还要龙的鳞爪作何用呢？”于是三人皆搁笔。

王之涣“黄河远上”、王昌龄“奉帚平明”、王右丞“渭城朝雨”三绝句，俱盛传一时，熟于歌伎之口。[1]此皆卓然可传之篇，不愧享大名于古今者也。至香山《长恨》《琵琶》二篇，亦一时风行，名满天下，至妓人能诵《长恨歌》，即增身价，到今脍炙人口[2]。元微之[3]《连昌宫词》，流传宫禁，呼为元才子，与《长恨歌》齐名。此虽不能如太白诸人之卓绝千古，然得名亦尚无忝[4]，乃名作之稍次一筹者也。嗣后名句，如温飞卿之“鸡声茅店月，人迹板桥霜”，严维之“柳塘春水漫，花坞夕阳迟”，宋人如陈后山之“发短愁催白，颜衰酒借红”，戴石屏之“春水渡旁渡，夕阳山外山”。[5]七言，唐人如崔司勋《黄鹤楼》，杜工部《登楼》《阁夜》，李义山《筹笔驿》《重有感》诸篇，此千古杰作，实至名归，勿庸多赞。[6]名句如韦苏州之“寒树依微远天外，夕阳明灭乱流中”，赵嘏之“残星几点雁横塞，长笛一声人倚楼”，宋人梅圣俞之“野凫眠岸有闲意，老树著花无丑枝”，陈简斋之“客子光阴诗卷里，杏花消息雨声中”，明人高青丘之“白下有山皆绕郭，清明无客不思家”，杨

① “黄河远上”句：出自王之涣《凉州词》。“奉帚平明”句：出自王昌龄诗《长信秋词五首》其三。“渭城朝雨”句：出自王维《送元二使安西》诗头两句：“渭城朝雨浥轻尘，客舍青青柳色新。”

② 脍炙人口：原指美味人人爱吃，比喻好的诗文，人人称赞传诵。

③ 元微之：元稹。

④ 无忝（tiǎn）：不辱没。

⑤ “鸡声”两句：出自温庭筠《商山早行》。严维：字正文，越州山阴人，唐代诗人。至德二载（757）进士，擢辞藻华丽科，调诸暨尉，辟河南幕府，终秘书省校书郎。与刘长卿友善。《全唐诗》录其诗一卷。“柳唐”两句：出自严维诗《酬刘员外见寄》。陈后山：陈师道。戴石屏：戴复古（1167～1250？），字式之，自号石屏，黄岩（今浙江）人。与林景思、陆游等交往，以布衣终。是江湖诗派中的名家。诗学唐人，自拟于贾岛、杜甫，对时政国事时有指摘。其诗风格，前人或评为清健轻快，或评为俊爽率直。著有《石屏诗集》。

⑥ 崔司勋：崔颢（704？～754），汴州（今河南开封）人。开元十一年（723）进士。天宝中任尚书司勋员外郎。早年的诗多写闺情，流于浮艳，后来边塞生活使他的诗风大振，忽变常体，风骨凛然。《全唐诗》录存其诗一卷。《重有感》：原作《后有感》，根据李商隐原诗改。

孟载《春草》诗之“六朝旧恨斜阳里，南浦新愁细雨中”。[1] 孟载名基，以此二句得名，时人呼为杨春草。以上五七律诸联，皆昔日传诵之句，各有佳处，以云名句，犹不愧也。若晚唐崔鸳鸯、郑鹧鸪、雍白鹭、罗牡丹之流，及宋人大小宋《落花》之什，元人谢宗可《蝴蝶》之吟，皆幸得名，而诗则卑靡浅俗，意格凡近，了无风骨，品斯劣矣。[2] 又明人如袁海叟《白燕》，黎美周《黄牡丹》，邝湛若《赤鹦鹉》，及本朝王阮亭《秋柳》，亦皆负一时盛名，以为绝作；其实不过字

---

① 韦苏州：韦应物。赵嘏（810？～856？）：字承祐，山阳人。工于诗，杜牧尝爱其“长笛一声人倚楼”句，呼为赵倚楼。初到长安，“一日名动京师，三日传满天下”。著有《渭南集》三卷。梅圣俞：梅尧臣。陈简斋：陈与义。杨孟载：杨基。

② 崔鸳鸯：崔珏（jué），公元859年前后在世。字梦之。工诗。著诗一卷。因其《鸳鸯》一诗出名，当时被人称为崔鸳鸯。《鸳鸯》诗云：“寂寂春塘烟晚时，两心如影共依依。溪头日暖眠沙稳，渡口风寒浴浪稀。翡翠莫夸饶彩饰，鸊鹈须羡好毛衣。兰深藏密无人见，相逐相呼何处归？”郑鹧鸪：郑谷。其《鹧鸪》诗云：“暖戏烟芜锦翼齐，品流应得近山鸡。雨昏青草湖边过，花落黄陵庙里啼。游子乍闻征袖湿，佳人才唱翠眉低。相呼相应湘江阔，苦竹丛深日向西。”雍白鹭：雍陶，字国钧，成都人。公元846年前后在世。工词赋。太和八年（834）登进士第，一时为名辈所推重。然恃才傲物，薄待亲党。大中六年（852），授国子《毛诗》博士，与贾岛、无可、徐凝等友善。著有诗集10卷。因其《咏双白鹭》（一作《崔少府池鹭》）一诗称著，当时人称其雍白鹭。其诗云：“双鹭应怜水满池，风飘不动顶丝垂。立当青草人先见，行傍白莲鱼未知。一足独拳寒雨里，数声相叫早秋时。林塘得尔须增价，况与（一作是）诗家（一作人）物色宜。”罗牡丹：罗邺，余杭人，公元877年前后在世。长于律诗。时宗人罗隐、罗虬俱以声格称著，遂齐名，号“三罗”。著有诗集一卷。因以《牡丹》一诗称著，当时人称其罗牡丹。其《牡丹》诗云：“落尽春红始著（一作见）花，花时比屋事豪奢。买栽池馆恐无地，看到子孙能几家。门倚长衢攒绣毂（一作轭），幄笼轻日护香霞。歌钟满座（一作对此）争欢赏，肯信流年鬓有华。”宋人大小宋：指宋代的宋庠与宋祁兄弟。宋庠（996～1066），初名郊，字公序，安州安陆（今湖北）人，后迁雍丘（今河南杞县）。生性俭约，不好声色，读书至老不倦，与弟祁同以文学擅名天下，人称“二宋”：庠曰大宋，祁曰小宋。宋庠天圣初（1023）举进士。著有文集40卷、《国语补音》3卷、《纪年通谱》12卷。宋祁（998～1061），字子京。与兄庠同举进士。初为复州军事推官，累迁龙图阁学士、史馆修撰，与欧阳修同修《唐书》。著有文集100卷、《大乐图》2卷。谢宗可：字不详，金陵人。生平不详，公元1330年前后在世。能诗，有咏物诗一卷。卑靡：（风格、品格）低下。

句修饰妍华，风调好听而已。[1] 神骨不峻，格意不高，皆非集中出色之作，不可奉以为式。又晚唐名句，如“水面风回聚落花”“缘杨花扑一溪烟”“芰荷[2]翻雨泼鸳鸯”等语，虽秀句而写景狭小，意尽句中，了无格韵。剑南、石湖[3]平调小诗，最多此种句法，似乎好看，殊易谐俗，初学往往爱之，亦不难于效仿。岂知此种绝不可学，学则囿[4]于局中，终身不能近古，无力振拔矣。最俗者，莫过晚唐张祜《金山》五律，鄙恶不可入目，而彼时亦复有名。[5] 又如明人苏子伯衡[6]《咏绣鞋》诗句云：“南陌踏青春有迹，西厢立月夜无声。”尖佻偎邪，风雅扫地，然当日亦呼为苏绣鞋。古来似此类者甚多，不能悉数。凡一切诗话丛书杂记中，所夸名篇名句，大都类此，何足轻信耶？

凡五七律诗，最争起处。凡起处最宜经营，贵用峭峭之笔，洒

---

① 袁海叟：袁凯，字景文，自号海叟，松江华亭人。公元1367年前后在世。博学有辩才。洪武三年（1370），荐授御史。帝一日录囚毕，命凯送太子复省，多所矜减。凯还复命，帝问：“朕与东宫（太子）孰是？”凯对道：“陛下法之正，东宫心之慈。”帝颇恶之。凯惧，佯狂免。告归久之，以寿终。凯工诗，有盛名，性诙谐。著有《海叟集》四卷、集外诗一卷。《白燕》：原文误作《白雁》，据袁凯原诗改。《白燕》诗云：“故国飘零事已非，旧时王谢见应稀。月明汉水初无影，雪满梁园尚未归。柳絮池塘香入梦，梨花庭院冷侵衣。赵家姊妹多相忌，莫向昭阳殿里飞。”这首诗得到杨维桢击节叹赏，成为袁凯享名之作，一时呼为“袁白燕”。黎美周：黎遂球，字美周，明代诗人。邝湛若：邝露。

② 芰荷：原作“丛荷”，据《全唐诗》改。

③ 剑南、石湖：即陆游、范成大。陆游曾应四川制置使范成大之邀而入蜀，任参议官，成为范成大的文字交，又爱蜀中俗厚才众，因名其集为《剑南诗稿》，故称其剑南。范成大晚年居石湖（今江苏苏州西南），随地势高下，面湖筑亭榭，孝宗（赵）书“石湖”二字以赐，因自号“石湖居士”。故称。

④ 囿（yòu）：局限，被限制。

⑤ 张祜（？～853？）：字承吉，南阳人（《全唐诗》作清河人）。初寓姑苏，称处士。工诗。元和、长庆间，深为令孤楚所器，楚镇天平，自草表荐，并以诗三百首献于朝。上因召元稹问之，为稹所抑，遂失意而归。客淮南，与度支使杜牧善。牧赠以诗，有“何人得似张公子，千首诗轻万户侯”之句。《金山》：《全唐诗》作《登金山寺》，其诗云：“古今斯岛绝，南北大江分。水阔吞沧海，亭高宿断云。返潮千涧落，啼鸟半空闻。皆是登临处，归航酒半醺。”

⑥ 苏子伯衡：苏伯衡，公元1360年前后在世，字平仲，元末明初金华人。博洽群集，为古文有声。元末贡于乡。明太祖辟礼贤馆，伯衡被延致，擢为翰林编修。著有《苏平仲集》16卷。苏子伯衡，原刊本为“苏子平衡”，误。

然而来，突然涌出，若天外奇峰，壁立千仞，则入手势便紧健，气自雄壮，格自高，意自奇，不但取调之响也。起笔得势，入手即不同人，以下迎刃而解矣。如陈思王之“惊风飘白日，忽然归西山”；① 谢康乐之“昏旦变气候，山水含清晖”；② 谢宣城之“大江流日夜，客心悲未央”；③ 有唐杜审言之“独有宦游人，偏惊物候新”；④ 王右丞之“太乙近天都，连山到海隅”“万壑树参天，千山响杜鹃”；⑤ 孟山人之“八月湖水平，涵虚混太清”“山暝听猿愁，沧江急夜流”；⑥ 杜工部之“细草微风岸，危樯独夜舟”⑦“带甲满天地，胡为君远行”“四更山吐月，残夜水明楼”“莽莽万重山，孤城山谷间”；岑嘉州⑧之“送客飞鸟外，城头楼最高”；皇甫冉之“暝色赴春愁，归人南渡头”；⑨ 温飞卿之“荒戍落黄叶，浩然离故关”；⑩ 韦端己之“清瑟泛遥夜，绕弦风雨哀”；⑪ 李玉谿之“高阁客竟去，小园

---

① 陈思王：曹植。“惊风”两句：出自曹植诗《赠徐干》。

② 谢康乐：谢灵运。东晋名将谢玄之孙，袭封康乐公，故称谢康乐。“昏旦”两句：出自谢灵运诗《石壁精舍还湖中作》。

③ 谢宣城：谢朓。曾任宣城太守，故称。“大江”两句：出自谢朓诗《暂使下都夜发新林至京邑赠西府同僚》一诗。

④ 杜审言：字必简，襄阳（今湖北襄阳）人。唐高宗咸亨元年（670）进士。与苏味道、李峤、崔融合称“文章四友”，其诗五律成就最突出，是唐代近体诗的奠基人之一。《全唐诗》录存其诗一卷。这里所引两句诗出自他的五律《和晋陵陆丞早春游望》。

⑤ 王右丞：王维。肃宗乾元二年任尚书右丞，故称。“太乙”两句：出自王维《终南山》一诗。“万壑”两句：出自王维《送梓州李使君》一诗。

⑥ 孟山人：孟浩然。“八月”两句：出自孟浩然《临洞庭》一诗。“山暝”两句：出自孟浩然《宿桐庐江寄广陵旧游》一诗。

⑦ “细草”两句：出自杜甫《旅夜书怀》一诗。

⑧ 岑嘉州：岑参。因其曾做过嘉州刺史，故称。

⑨ 皇甫冉（714 ~ 767）：字茂政，其先为安定人，后避地居丹阳。10 岁能属文，张九龄一见叹为清才。天宝十五载（756）举进士。著有诗集三卷，《全唐诗》编为二卷。“暝色”两句：出自皇甫冉《归渡洛水》一诗。

⑩ 温飞卿：温庭筠。荒戍：原刊本误为“古戍”，据《全唐诗》改。

⑪ 韦端己：韦庄，字端己，京兆杜陵人。公元 900 年前后在世。少孤，家贫力学。工诗，尤擅长短句。乾宁元年（894），登进士第。诗以《秦妇吟》为著名，全诗 1666 字，为中国古代第二长诗。著有《浣花集》六卷等。“清瑟”两句：出自韦庄《章台夜思》一诗。

花乱飞”；[1]马戴之“孤云与归鸟，千里片时间”；[2]宋人王半山之“春风取花去，酬我以清阴”“客思似杨柳，春风千万条”；陈后山之“水净偏明眼，城荒可当山”“晨起公私迫，昏归鸟雀催”“留滞常思动，艰虞却悔来”；[3]陈简斋[4]之“白菊生新紫，黄芜失旧青”“暖日薰杨柳，浓春醉海棠”；葛无怀[5]之“月趁潮头上，山随舵尾行”。以上诸联，或雄厚，或紧遒，或生峭，或恣逸，或高老，或沉著，或飘脱，或秀拔，佳处不一，皆高格响调，起句之极有力最得势者，可为后学法式。[6]作诗宜效此种起笔，自不患平矣。

作律诗虽争起笔，尤贵以气格胜。须要成竹在胸，操纵随手，自起至结，首尾元气[7]贯注，相生相顾，镕成一片。精力弥满，浑沦无迹，自然高厚沉雄，官止神行，所谓中声也[8]。此诣惟工部、右丞擅长，他人鲜及，乃近体最上大乘法门[9]。然代不数人，人不数篇，非火候纯足，意兴兼到，时一得之，难以强求。次者，起笔既得势，首联峭拔警策，则三四宜展宽一步，稍放和平，以舒其气而养其度，

---

① 李玉谿：李商隐。“高阁”两句：出自李商隐《落花》一诗。

② 马戴：字虞臣，华州人。公元853年前后在世。家贫，工诗，常与贾岛、许棠唱和。会昌四年（844）举进士。著有诗集一卷。“孤云”两句：出自马戴《落日怅望》一诗。

③ 王半山：王安石。“客思”两句：出自王安石《半山春晚即事》一诗。陈后山：陈师道。

④ 陈简斋：陈与义。

⑤ 葛无怀：葛天民，字无怀，山阴（今浙江绍兴）人。生卒年未详，与杨万里、姜夔同时代人。初为僧，名义铦，字朴翁。后还俗，居西湖上。其诗多为近体，以白描见胜，很少用典。

⑥ 紧遒：刚健严谨。恣逸：肆意而超脱。高老：超迈不凡而又老成。飘脱：超凡脱俗。

⑦ 元气：这里指人的精神。

⑧ 浑沦：浑然一片。官止神行：语出自《庄子·养生主》“庖丁解牛”故事中，“官知止而神欲行”。官知，器官的知觉，如视、听、触觉。神，指思维活动。官止神行，意即器官的知觉活动已停止了，但思维活动仍在进行。中声：和谐的音乐。《荀子·劝学》：“诗者，中声之所止也。”

⑨ 工部、右丞：杜甫、王维。鲜：少。最上大乘法门：佛教术语。《宝积经》二十八：“诸佛如来正真正觉所行之道。彼乘名为大乘，名为上乘，名为妙……无上上乘……”法门，佛教俗语。佛所说，为世之则者，谓之法，此法为众圣入道之通处，故云门。这里比喻最好的样式。

所谓急脉缓受也。不然，恐太促太紧矣。三四和平，则五六宜振拓，切忌平拖，顺流放过去[1]。一平顺，后半即率弱不称，须用提笔振起，方为得手。要著力凝练，必使成杰句警语，镇得住，撑得起，拓得开，勒得转，以为上下关键，乃一篇树骨之要害处也。五六既好，结句则相机取神，切无忽略草率，就势行之。或推开一步，或追入一层，或反掉以顾首，或纡徐以取姿，或从旁点而正意不露，或翻余波而远韵悠然，总要全副精神赴之，如是则章法完密，无懈可击矣。若起势非峭健，系属平起，则三四不得不著力凝练，以求警策。而以五六为筋节血脉，放缓一步，舒上下之气，通前后之息。结句又用提笔振作，以为归宿可也。古人律诗法度，大致多此二式，略拈出以为初学下手用笔之助。然诗家贵参活法，忌泥[2]死法，千变万化，不可执一律拘。是又在人能神而明之，有定实无定也。

阮亭先生所讲声调音节，最为入细，作七古不可不知。所谓"以音节为抑扬，以笔力为操纵"二语，真七古妙谛也。凡字以轻清为阳，以重浊为阴。用阳字为扬，用阴字为抑。平声为扬，仄声为抑。而阳中之阴，阴中之阳，与夫字虽阳而音哑，字虽阴而声圆者，个中又各有区别，用时必须逐字推敲，难以言尽。作平韵一韵到底，七古不惟上句落脚之字，宜上去入三声间杂用之，不可反复，即下句四仄三平，亦须酌其音而用之。总须铿锵金石，一片宫商，无哑字、哑韵、雌声、重声梗滞其间，自然协调。[3]至押仄韵，七古上句落脚平字，须调于上下平轻重之间；落脚仄字，须避下句押韵本声。如押入韵，则用上去二声，不可再用入声字，以犯下句韵脚之声。押去、上韵亦然。掺杂互用，音节乃妙。至转韵，七古或六句一转，或四句一转，八句一转，不可多寡过于悬殊，致畸轻畸重[4]，总须匀称。

---

① 振拓：奋起，拓展。

② 忌泥：忌讳拘泥。

③ 宫商：我国古代五声音阶宫、商、角（jué）、徵（zhǐ）、羽中的两个音。雌声：柔弱的声音。梗滞：阻碍。

④ 畸（jī）轻畸重：有时偏于轻，有时偏于重。

所押之韵，亦要平仄相间。至中间忽夹一段句句押韵者，须一滚而出，如涛翻云涌；又须急其节拍，为繁音变调，若风驰雨骤之交至，即古骚赋中乱词之遗也。斟酌平仄阴阳响哑，而选择用之，参差错杂，相间成音，此即五声迭奏之意，人籁上合天籁矣。① 若夫用笔之道，贵操纵自然，不可恃才驰骋。当笔阵纵横，一扫千军之际，而力为驾驭，莫令一往不返。使纵中有擒，伸中有缩，以开阖顿挫为收放抑扬。此七古用笔之妙诀，先生其先得我心乎？

律诗炼句，以情景交融为上，情景相对次之，一联皆情、一联皆景又次之。然一联皆写情，则两句须有变幻，不可一律，致犯合掌②之病。一联皆写景亦然，或上句写远，下句写近，或上句写所闻，下句写所见。总写一句自有一句之意境，两句迥然不同，却又呼吸相应，此为至要。情景交融者，景中有情，情中有景，打成一片，不可分拆。如工部“感时花溅泪，恨别鸟惊心”“卷帘残月影，高枕远江声”“村春雨外急，邻火夜深明”“风月自清夜，江山非故园”“露从今夜白，月是故乡明”“山鬼吹灯灭，厨人语夜阑”“落日心犹壮，秋风病欲苏”；③ 右丞“白云回望合，青霭入看无”“松风吹解带，山月照弹琴”“行到水穷处，坐看云起时”“时倚檐前树，远看原上村”“大壑随阶转，群峰入户登”；④ 常建“山光悦鸟性，潭影空人心”⑤；嘉州“白发悲花落，青云羡鸟飞”等句，皆是句中有人，

① 五声：我国古代五声音阶宫、商、角、徵、羽。人籁（lài）：人的声音。天籁：自然界的声响，如风声、鸟声、流水声等。

② 合掌：指诗文中对偶词句的意义相同或相类。

③ 工部：杜甫。“感时”两句：出自杜甫《春望》一诗。“风月”两句：出自杜甫《日暮》一诗。“露从”两句：出自杜甫《月夜忆舍弟》一诗。“落日”两句：出自杜甫《江汉》一诗。

④ 右丞：王维。“白云”两句：出自王维《终南山》一诗。回望：原文误作“迴望”，根据《全唐诗》改。“松风”两句：出自王维《酬张少府》一诗。“行到”两句：出自王维《终南别业》一诗。“大壑”两句：出自王维《韦给事山居》一诗。

⑤ “山光”两句：出自常建《题破山寺后禅院》一诗。

情景兼到者也[①]。情景相对者，如工部“白首多年病，秋天一味凉”“几年逢熟食，万里逼清明”；宋之问[②]“老至居人下，春归在客先”；顾况[③]“一家千里外，百舌五更头”等句，一句情对一句景是也。至一联皆情、一联皆景佳句，诗家更多，不可胜数。其两句写成一例，意境合掌，不可为训者，如“蝉噪林愈静，鸟鸣山更幽”一联。[④]王介甫[⑤]以写景略无变幻，两句一律少之，上句改为“风定花犹落”，而以“鸟鸣山更幽”作对，谓如此则上句静中有动，下句动中有静，不致合掌，便成写景名句。所论入微，初学详之。

律诗中二联，不宜一味写景。有景无情，固非好手所为；景多于情，亦非佳处。盖诗要文质协中，情景交化，始可深造入微。若南宋、晚唐之诗，竟有八句皆景者，是最下乘禅[⑥]，当以为戒。剑南、石湖[⑦]平调诗，尤多误犯此病。不止一律中只炼一联佳句，而首尾多未完善，令后人疑先得句而后足成篇，故多率笔，群为口实也。近代诗家，工五律者，莫如屈翁山、施愚山[⑧]二君；工七律者，自剑南、遗山后，明则青丘、牧斋，我朝则陈元孝为第一，时人则闽中张亨甫际亮亦工此体，二君皆一代天才也。[⑨]

---

① 嘉州：岑参。曾做过嘉州刺史，故名。“白发”两句：出自岑参《寄左省杜拾遗》一诗。

② 宋之问（656？～712）：字延清，一字少连，汾州（今山西汾阳）人，一说虢（guó）州（今河南灵宝）人，上元二年（675）进士。文学上与沈佺期齐名，并称“沈宋”。《全唐诗》录其诗三卷。

③ 顾况（725？～814？）：字逋翁，苏州人，唐肃宗至德年间进士，自号华阳真逸。性情诙谐，与韦应物有交往，重视文学的社会作用。著有《华阳集》。

④ “蝉噪”两句：出自南朝梁王籍《入若耶溪》一诗。

⑤ 王介甫：王安石，字介甫。

⑥ 下乘禅：佛教分大小二乘，以大乘为上乘，小乘为下乘。自禅宗兴起，自谓超乎二乘之上，别立上乘禅；低于二乘之下，则称下乘禅。

⑦ 剑南、石湖：指陆游、范成大。

⑧ 屈翁山：屈大均。施愚山：施闰章（1618～1683），字尚白，号愚山，安徽宣城人。顺治六年（1649）进士。有《施愚山先生学余诗集》《别集》《遗集》等。施闰章与宋琬齐名，号“南施北宋”。二人又与王士禛、朱彝尊、赵执信、查慎行被后人称为“清初六家”。

⑨ 剑南：陆游。遗山：元好问字。青丘、牧斋：高启、钱谦益。陈元孝：陈恭尹。张亨甫际亮：张继亮。

短章贵酝酿精深，渊涵广博，色声香味俱净，始造微妙之诣。大篇则当如天马腾空，神龙行雨，纵横跌宕，变化神明，莫可端倪，始见才力之奇。[①] 故五七古各有界限，而长篇短幅，造诣取境，又各不同。相题行事，各还其真，则两得其胜。苟拘彼以例此，一有所偏，易位而施，则两美俱失矣。孟山人、王右丞均工于短章五古，擅美一时，而王阮翁选《三昧集》，竟标为正宗，扬以立教。[②] 其选不取李、杜。又所选五七古诗抄，李仅取其《古风》，杜仍不录。视杜为五古变体，惟叙述时事，当效法杜耳。此外凡作五古，皆宜宗王、孟、韦、柳[③]一派，以为复古而神韵无穷也。固哉王叟之论诗，废晋、楚而尊鲁、卫[④]，竟欲举一格以绳古今天下，岂通论耶！宜其诗洮洮易尽，自以为味淡声稀，已造高古之诣，而不知反启平庸之弊，如禅家误守顽空，并非真空彻悟也。[⑤] 后人才力弱者、腹笥孤陋者，群借口以文过饰非，自相神圣，不复可以正理诘矣。[⑥] 始作俑[⑦]者，非阮翁乎？

南宋四大家，当时称尤、萧、范、陆，谓尤延之、萧东夫、范石湖、陆放翁也。[⑧] 然三人皆非放翁匹，而延之尤卑。后萧之诗失传，

---

① 天马腾空：天马奔腾于太空。比喻才情奔放，气势豪迈，任意驰骋。天马，汉朝时得自西域大宛的良马，意即“神马”。端倪：推测原委。

② 孟山人、王右丞：孟浩然、王维。王阮翁：王士禛。

③ 王、孟、韦、柳：王维、孟浩然、韦应物、柳宗元。他们都是唐代山水田园诗派的主要作家。

④ 废晋、楚而尊鲁、卫：意即本末倒置，主次不分。晋，春秋诸侯国名，公元前403年分为韩、赵、魏三国。楚，诸侯国名，战国七雄之一。晋、楚疆域都比较大，而鲁、卫疆域就小多了。鲁，周朝诸侯国名，在今山东曲阜一带。卫，周朝国名，在今河北南部和河南北部一带。

⑤ 洮（táo）：通“淘”，淘汰。顽空：把佛教的“空”，愚妄地理解成一切皆空，空无所有。

⑥ 腹笥（sì）孤陋者：指缺少文化知识，孤陋寡闻的人。笥，盛东西的方形竹器。诘：责问。

⑦ 始作俑：首开恶例。

⑧ 尤延之：尤袤（1127 ~ 1194），字延之，常州无锡人。少颖异，人称为奇童，入太学，以词赋冠。绍兴十八年（1148）擢进士第。著有《遂初小稿》60卷。萧东夫：萧德藻，字东夫，三山（一作闽清）人。宋高宗绍兴中（1147）前后在世。绍兴进士。自号千岩老人。为姜夔之师，工诗。著有《千岩择稿》七卷等。范石湖：范成大。

乃以杨诚斋代之，改为尤、杨、范、陆，而萧之姓氏与诗，几泯灭无闻。身后名之显晦，亦有幸有不幸焉。然诚斋诗浅俗鄙滑，颓唐粗硬，纯堕恶趣，真江西派中魔魁[①]，竟负虚名，浪传至今，殊不可解。东夫诗虽亦染江西派习气，而风骨棱棱[②]，较诚斋为雅音矣。仅传其咏梅花句云："百千年藓著枯树[③]，一两点花供老枝。"又云："湘妃危立冻蛟背，海月冷挂珊瑚枝。"又云："悬崖雪堕警孤鹤，压屋云凉眠定僧。"笔意崎峭，力求生造，在拗体中，亦斩新耳目之句。[④]归愚先生乃贬其意象孤孑，入于涩体，未免是丹非素之习，所见不广。[⑤]夫言岂一端，体各有当，拗律、吴体，皆以生峭奇逸为工，本避熟求新，乃作此体，何得以常法绳[⑥]之！

孔陵、孟庙，皆最难著笔，以题目太大，至圣亚圣德业，形容莫罄，有非赞颂所能举似者；况韵语拘于格律，限于体裁，尤难以片言居要，故自古罕出色之笔。[⑦]唐明皇"夫子何为者，栖栖一代中"一篇，只淡淡著笔，纯以咏叹出之，可谓得神，亦诗家另行一路，避熟求新之法也。[⑧]此外诗话所称"阳虎可能同面目，祖龙空自烬诗书"，

---

① 魔魁：原意为魔鬼首领，这里作头目解。魁，首领。

② 棱棱：威严的样子。

③ 枯树：原作"枯干"，据萧德藻《古梅二首》之二改。

④ 崎峭（qíqiào）：山势又高又陡貌。郭绍虞《清诗话续编·筱园诗话》作"崎崟"（qíyín），高峭的样子。拗（ào）体：律诗、绝诗每句平仄都有规定，邻近两句平仄不调者谓之"失粘"。不依常格而加以变换者为"拗体"。

⑤ 归愚：沈德潜。孤孑（jié）：孤单，孤立。是丹非素：崇尚红的，贬低白色的或本色的。这里比喻按自己的好恶（wù）取舍。素，本色，白色。

⑥ 绳：准绳，标准。

⑦ 陵：坟墓。罄（qìng）：器皿中空。引申为尽、用尽。

⑧ 唐明皇：李隆基（685 ~ 762），陇西成纪人。唐朝皇帝，公元712至756年在位。开元之际，励精政事，海内殷盛，旁求宏硕，讲道艺文。天宝后，宠贵妃杨玉环，用李林甫、杨国忠，致安禄山之乱，避难奔蜀，太子即位灵武，尊为上皇天帝。庙号玄宗，谥曰明，故称唐玄宗或唐明皇。《全唐诗》存录其诗一卷。"夫子"两句：出自李隆基《经邹鲁祭孔子而叹之》一诗。

亦只工对，未为高唱。[1]近人大兴舒铁云孝廉名位，著有《瓶水斋诗集》，嘉庆中颇负盛名，一时才士也。[2]其集有《谒曲阜孔陵》七律，警句云："劫火红烧秦《月令》，史才青削鲁《春秋》。[3]出家仙佛开生面，入彀[4]英雄到白头。"可谓戛戛独造矣[5]。又《题尊经阁》句云："壁中丝竹红羊劫，殿上文章《白虎通》。"[6]亦炼得有声有色。孟庙诗作者较多，尤少杰构。朱竹垞[7]《过邹谒庙》二律，亦无奇处，所云"爵颁公一位，邻择里三迁"，好句不过如此。惟黄野鸿子云一律最佳，诗云："歇马余残照，循墙谒閟宫。衣冠王者并，俎豆圣人同。[8]战国风趋下，斯文[9]日再中。低徊抚松柏，惆怅仰龟蒙[10]。"通首气格苍浑。归愚谓一字不粘著《孟子》七篇及《荀孟世家》中语，自然精切不易。五六"战国""斯文"一联，天下传为名句，

---

① 阳虎：一作阳货，春秋后期季孙氏的家臣。挟持季桓子，据有阳关（今山东泰安南），掌握国政，权势很大。鲁定公八年（前502），他要废除三桓势力，被击败，出奔阳关。次年出奔到齐。后又经宋奔晋，为赵鞅家臣。祖龙：指秦始皇。语本《史记·秦始皇本纪》："三十六年……秋，使者从关东夜过华阴平舒道，有人持璧遮使者曰：'为吾遗池君。'因言曰：'今年祖龙死。'"裴骃集解引苏林曰："祖，始也；龙，人君象；谓始皇也。"

② 大兴舒铁云孝廉名位：舒位（1765～1815），字立人，号铁云，小字犀禅，直隶大兴人。聪慧好学，年十四随父翼官粤之永福，读书署后之铁云山。乾隆五十三年（1788）中举人。著有《瓶水斋诗》17卷。孝廉，明清时举人的俗称。嘉庆：清仁宗（爱新觉罗·颙琰）年号（1796～1820）。

③ 《月令》：《礼记》篇名。传为周公所作，实为秦汉间人抄合《吕氏春秋·十二月纪》的首章，收入《礼记》，题曰《月令》。可供研究战国、秦汉时农业生产和有关时令参考。《春秋》：东周时代鲁国的一部编年史，相传孔子据鲁史修订而成。

④ 入彀（gòu）：比喻进入圈套。彀，拉满弓，张弓。王定保《唐摭言》卷一："（唐太宗）尝私幸端门，见新进士缀行而出，喜曰：'天下英雄入吾彀中矣！'"

⑤ 戛戛（jiá）独造：指文辞别出心裁，有独创性。戛戛，形容独创。

⑥ 红羊劫：指国难。古人迷信，认为丙午、丁未是国家发生灾祸的年份，而丙、丁均属火，色赤，未属羊，故称。《白虎通》：《白虎通义》的省称。汉班固撰，4卷44篇。记录汉章帝建初四年（79）在白虎观议五经同异的结果。当时成篇者有《白虎议奏》《白虎通德论》，由班固撰集成书，名《白虎通义》。自晋以来省称《白虎通》。

⑦ 朱竹垞：朱彝尊。

⑧ 黄野鸿子云：即黄子云。俎（zǔ）豆：两种祭祀宴饮用的礼器。这里指祭祀。

⑨ 斯文：古代的礼乐教化、典章制度。

⑩ 惆怅仰龟蒙：失意而伤感时仰仗（依靠）龟、蒙二山。龟蒙，山名。《诗经·鲁颂·閟宫》："奄有龟蒙，遂荒大东。"即今山东龟山和蒙山。皆属蒙山山系。

《楹联丛话》《随园诗话》皆载。[①] 田进士颖实[②] 过邹，梦入孟庙，见柱间独悬金字大书一联云："战国风趋下，斯文日再中。"晤而记之。明旦谒庙，遍觅楹柱，并无此联，问人亦无知者，不解何故。后十年游吴中，偶得《野鸿》[③] 集阅之，乃集中谒孟庙诗五六两句也。岂孟子在天之灵爱此二语而书为楹联，悬以自娱耶？亦一奇事。然此二句，正自不愧，他人千百言不能出其范围矣。予幼年谒庙，亦有二律，中有句云："致君尧舜业，济世孔颜心。"又云："三迁慈母训，百里圣人居。"初颇惬意，及见黄诗，不觉自失。

咏物诗最难见长，处处描写物色，便是晚唐小家门径，纵刻划极工，形容极肖，终非上乘，以其不能超脱也。处处用意，又入论宗，仍是南宋人习气，非微妙境界。则宛转相关，寄托无迹，不粘滞于景物，不著力于论断，遗形取神，超相入理，固别有道在矣。少陵《画鹰》《宛马》[④] 之篇，《孤雁》《萤火》之什，《蕃剑》《捣衣》之作，皆小题咏物诗也。而不废议论，不废体贴，形容仍超超玄著，刻划亦落落大方，神理俱足，情韵遥深，视晚唐、南宋诗人体物，迨如草根虫吟耳。[⑤] 是以知巨大手笔，并小诗亦妙绝时人，学者可知所取法矣。

诗所以言志，又道性情之具也。性寂于中，有触则动，有感遂迁，而情生矣。情生则意立，意者志之所寄，而情流行其中，因托于声以见于词，声与词意相经纬以成诗，故可以章志贞教，怡性达情也。[⑥] 是以诗贵真意。真意者，本于志以树骨，本于情以生文，乃诗家之源，

① 《楹联丛话》：清梁章钜撰，12 卷，续话 4 卷，三话 2 卷。分故事、胜迹、格言、佳话等 10 门，对楹联的起源及各门类作品的特色，都有所论述。《随园诗话》：清袁枚（号随园）撰，16 卷，补遗 10 卷。作者提倡性灵说，在一定程度上要求摆脱儒家"诗教"的束缚，反对泥古不化。本书也表现了这一倾向，采录和肯定了一些不满封建礼教与程朱理学的诗篇。但所称誉的，以抒发封建士大夫闲情逸致的作品居多。

② 田进士颖实：田颖实，清代人，进士。生平未详。

③ 《野鸿》：清代黄子云诗集名。

④ 《宛马》：应作《胡马》，杜甫著有《房兵曹胡马》诗。

⑤ 超超玄著：超超，卓越的样子。玄著，疑为"玄烛"之误 。玄烛，明察。迨（dài）：通殆，近，接近。

⑥ 章志贞教：彰显志向，正教化。贞，正。怡性达情：使性情得到安适快乐。

即诗家之先天。至修词工夫，如选声配色之类，皆后起粉饰之事，特其末焉耳。诗人首重炼意以此。惨淡经营于方寸之中[①]，以思引意，以才辅意，以气行意，以笔宣意，使意发为词，词足达意。而意中意外，志隐跃其欲现，情悱恻其莫穷，斯言之有物，衷怀几若揭焉。故可以感动后人，以意逆志[②]，虽地隔千里，时阅百代，而心心相印，如见其人，所谓言为心声，人各有真是也。后人不肯称情而言，意与心违，匿情激志，以形于言，不惟喜怒哀乐，均失其真，即言与人，亦迥不相符。“言伪而辨”，亦安用之！此古人所以多真君子，而后人所以多伪君子也。岂非速朽之道，安望传哉！

学诗须由上而下，自源及流，从古至今。入手尤须力争上游，先熟《三百篇》《骚》《选》古诗，以次并及唐、宋。[③]若宋以后诗，博览之以广见闻，参证得失，不必奉为师法。如是则势顺，虽为其难，终能深造自立。若由今而古，自后代而溯前人，则逐末忘本，其势逆，虽为其易，终无所得，决不能自立，成就一家之言也。

体物之功，铸局之法，断不可少。[④]此须沉心入理，于经史诸子，推求研究；又于古大家集，尽力用一番设身处地反复体认工夫；又于物理人情，细心静验，始能消除客气[⑤]，不执成见，以造精深微妙之诣，得渐近于自然。从古大才人，未有不由细入悟，而能深造自得者。近代名流，多自用聪明，客气主事，不能深究古人隐微，少细心会悟工夫，宜其造诣浅近，去古日远，正坡公所谓“狂花客慧”

---

① 惨淡经营于方寸之中：在心中先用浅淡的颜色勾勒轮廓，苦心构思，精心布局。方寸，心。

② 以意逆志：从整体上去揣摩作品的思想内容。这是孟子在提出“知人论世”的同时，又提出的一个重要的文艺批评观点。他说：“故说诗者，不以文害辞，不以辞害志；以意逆志，是为得之。”（《孟子·万章上》）文即文采，辞即言辞，志是作品内容，意是“说诗者”的主观体会。读一个诗作，不要只从词句上、文采上看，应该通过自己对全诗的分析和体会，去把握作者用意，这样就可得出正确的结论。当然，如果离开“知人论世”，而去“以意逆志”，往往就会出现主观臆测，牵强附会，这是应该注意的。

③ 《三百篇》：指《诗经》。《骚》：《离骚》。泛指楚辞。《选》：《文选》。

④ 体物：表现事物。体，表现，体现。铸局：构思作品。

⑤ 客气：指一时的意气，偏激的情绪。

者也[①]。譬之无根之水虽暴，其涸可立而待，何足恃乎！

诗家以不登应酬作为妙，此是正论。而袁枚非之，谓“李、杜、苏、韩[②]集中，强半应酬诗也。万里之外，情文相生，又可废乎？今若可删，昔可无赠。谁谓应酬诗不能工耶？”噫！此借以文己过，强词夺理之言也。[③]夫朋友列五伦之一，“同心之言，其臭如兰”，《周易》亦有取焉。[④]勿论赠答唱和之作，但有深意，有至情，即是真诗，自应存以传世，不得谓之应酬。即投赠名公巨卿，或感其知，或颂其德，或纪其功，或述其义，但使言由衷发，无溢美逾分之词，则我系称情而施，彼亦实足当之，有情有文，仍是真诗。即其人无功德可传，而实能略分忘位，爱士怜才，于我果有深交厚谊，则知己之感，自有不容已于言者。意既真挚，情自缠绵，本非违心之词，亦是真诗，均不得以应酬论。所谓应酬者，或上高位，或投泛交，既无功德可颂，又无交情可言，徒以慕势希荣，逐利求知，屈意颂扬，违心谀媚，有文无情，多词少意，心浮而伪，志躁以卑。[⑤]以及祝寿贺喜，述德感恩，谢馈赠，叙寒暄，征逐酒食，流连宴游，题图赞像，和韵叠章。诸如此类，岂非词坛干进之媒，雅道趋炎之径！[⑥]清夜扪心，良知如动，应自忸怩[⑦]，不待非议及矣。是皆误于“应酬”二字者也。则不登应酬之作，所以严诗教之防；不滥作应酬之篇，所以立诗人之品，何可少也！考袁枚一生，最工献谀时贵[⑧]，其集具可覆按，直借诗以渔利耳，乃故作昧心之语，以饰己过，亦可丑也。后生勿受其愚。

---

① 狂花客慧：喝醉的人借着酒性喧闹虚矫才智。狂花，指酒醉而喧闹者。客，虚矫，假冒。慧，有才智。

② 李、杜、苏、韩：指李白、杜甫、苏轼、韩愈。

③ 文：掩饰。过：错误。

④ 五伦：也称“五常”。封建宗法社会以君臣、父子、夫妇、兄弟、朋友为五伦。“同心之言，其臭（xiù）如兰”：语出自《周易·系辞上》。臭，气味。兰，指兰花的幽香。

⑤ 慕势希荣：羡慕权势，向往荣耀。谀媚：谄媚，用甜言蜜语奉承。

⑥ 干进：谋求仕进。雅道趋炎：以文雅的途径趋炎附势。

⑦ 忸怩（niǔní）：羞愧的样子。

⑧ 时贵：当时的达官贵人。

洪稚存[①]经术湛深，工于考据。其诗初宗法《选》体，时能造句，本负过人才力。中年以后，身入词林，与西川张船山[②]同馆交好，唱和甚密，降格相从，颓然放笔，纵恣叫嚣，前后判然如二手矣。夫以稚存学问才力，俯视一时，一为船山所累，遂染其习气，纵笔自恣，诗格[③]扫地。况不如稚存者，择友取益，讵[④]可不慎！何苦舍己素守，徇人嗜好，致失故步，有损无益耶！[⑤]圣人戒损友，而禁友不如己者，有以也夫。

诗不可入词曲尖巧轻倩语，不可入经书板重古奥语，不可入子史僻涩语，不可入稗官鄙俚语，不可入道学理语，不可入游戏趣语，并一切禅语丹经修炼语，一切杀风景语，及烂熟典故与寻常应付公家言，皆在所忌，须扫而空之，所谓陈言务去也。[⑥]自宋以来，如邵尧夫、二程子、陈白沙、庄定山诸公，则以讲学为诗，直是押韵

---

① 洪稚存：洪亮吉。

② 张船山：张问陶。

③ 诗格：这里指诗的风格。

④ 讵（jù）：岂，难道。

⑤ 舍己素守：舍弃自己平素的操守。徇（xùn）人嗜好：顺从他人爱好。徇，顺从，遵从。致失故步：以致忘记了自己原来的步伐。语本《庄子·秋水》："且子独不闻夫寿陵余子之学行于邯郸与？未得国能，又失其故行矣，直匍匐而归矣。"

⑥ 经书：即经部书，一般指儒家经典。如《易》《书》《礼》《乐》《春秋》《论语》《孟子》《孝经》《尔雅》等。子史：指子部和史部书。子部书是以先秦各派学说思想体系为主，分为儒家、墨家、道家、名家、法家、阴阳家、纵横家、农家、杂家等九个学术思想流派。此外，还有小说家，合称"九流十家"。古代的史部书与今天说的历史书籍不尽相同。它除了史书外，还包括叙述典章制度和地理方面的书。稗官：野史小说的代称。道学理语：宋代理学家阐释义理的言辞。道学，宋儒的哲学思想。以继承孔孟"道统"，宣扬"性命义理"之学为主。亦称理学。禅语：佛教用语。丹经修炼语：道教方士炼丹练功秘术用语。陈言务去：语出自唐韩愈《答李翊书》："当其取于心而注于手也，惟陈言之务去，戛戛乎其难哉！"陈言，别人用过的词，说过的话。

语录。[①]其好二氏书者，又以禅机丹诀为诗，直是偈语道情矣。[②]此外讲考据者，以考据为诗；工词曲者，以词曲为诗；好新颖者，以冷典僻字、别名琐语入诗；好游戏者，以稗官小说、方言俚谚入诗。凌夷至今，风雅扫地。有志之士，急需别裁伪体，扫除群魔，力扶大雅，上追元音，勿为左道所惑，误入迷津。[③]若夫已入歧途者，宜及早回头，捐除故技，更求正道，如康昆仑之于段师，虽失之东隅，犹可救之桑榆也。[④]

南宋遗民诗，以谢皋羽《晞发集》为最，笔力生峭，远非汪水云、

---

① 邵尧夫：邵雍（1011 ~ 1077），其先范阳人，后居河南。读书苏门山百源上。李之才摄共城令，闻他好学，曾至其家，授以图书先天象数之学。妙语神会，多为自得。富弼、司马光等退居洛中，很敬重他，常相从游，为其买园宅。他自己耕种以供衣食，名其居曰安乐窝，自号安乐先生。卒后十余年，赐谥康节。著有《击壤集》20卷、《皇极经世》、《渔樵问对》等。二程子：宋代理学家程颢、程颐兄弟。陈白沙：陈献章（1428 ~ 1500），字公甫，新会人。正统十二年（1447）举人，再上礼部不第。居白沙里，门人称“白沙先生”。卒后追谥文恭。著有《白沙集》九卷及《白沙诗教解》。庄定山：庄昶（1436 ~ 1498），字孔旸，江浦人。成化二年（1466）进士。历翰林检讨。学者称定山先生。弘治间为南京吏部郎中。罢归卒，追谥文节。诗仿邵雍《击壤集》之体。撰有《庄定山集》10卷。

② 禅机：佛教名词。禅宗认为悟了道的人教授学徒，往往在一言一行中都含有“机要秘诀”，给人以启示，令其触机生解，故名。比如有人问禅师“如何是祖师西来意？”禅师不作正面回答，而说：“庭前柏子树”，或曰：“干屎橛”。参禅人要从话语之外，去领悟禅师言外之意。丹诀：道家炼丹练功秘诀。偈（jì）语：佛经中唱词的用语。偈，偈陀（梵文）的简称，义译为“颂”，就是佛经中唱词。

③ 元音：原本的声音。元通“原”。左道：邪道。《礼记·王制》：“执左道以乱政，杀。”郑玄注：“左道，若巫蛊及俗禁。”迷津：这里不是指迷失津渡，而是佛教名词，谓“迷妄”的境界。

④ 康昆仑之于段师：康昆仑，人名，唐代琵琶演奏家，西域康国人，德宗贞元时有“长安第一手”之称。后又从段师（善本和尚）深造，技艺大为长进。康昆仑与段师是师徒关系，所以说“康昆仑之于段师，虽失之东隅，犹可救之桑榆也”，比喻开始有损失或失败，后来终于得到胜利或成功。东隅，指日出处，也指早晨。桑榆，意为落日余光照在桑树、榆树的尖端，指日暮。

郑所南辈比矣。[1]《谷音》二卷，所辑皆逸老诗，中多佳句，亦复可传。元遗山所辑《中州集》[2]，意在备一代掌故，若诗则佳章寥寥，多无足观。国初若王阮亭所选之《感旧集》，陈其年之《箧衍集》，皆同时人诗，虽去取未尽精当，而评骘平允，体例颇严，足成一家之书，可供采择也。[3]

南宋诗人，如杨诚斋、尤延之、戴石屏、刘后村、曾茶山、周益公辈，皆浪得虚名，粗鄙浅率，自堕恶道，披沙拣金，百不获一，尚不若九僧、四灵辈，虽规模狭小，力量浅薄，而秀削不俗，犹多佳句也。[4]诗道至此，诚为大厄。姜白石在宋末元初，独为翘楚，

① 谢皋羽：谢翱（áo）（1249～1295），字皋羽，自号晞发子，长溪人，后徙浦城。倜傥有大节。咸淳中，试进士不第。著述颇多，有诗六卷，杂文五卷，《唐补传》《南史赞》《楚辞·芳草图谱》等各一卷。汪水云：汪元量，字大有，自号水云子，宋末前后在世。他的籍贯，一般都作钱塘。度宗时，以善琴供奉掖庭，宋亡，随三宫入燕。他只是一个供奉琴士，既无功名，亦未曾参与朝政，他的诗却包含着南宋亡国前后的许多历史事实，而且在官方文书里不易见到，故后人称为“宋亡之诗史”。著有《湖山类稿》13卷，《水云词》3卷。郑所南：原名不详，宋亡后改名思肖（寓思赵之意），字所南，一字忆翁，福州连江人。生卒年不详，宋亡后10年还在世，年78岁。著有诗集《心史》七卷，明崇祯十一年（1639），苏州承天寺狼山中房浚井，得一铁函，发之，得此书，始传于世。

② 《中州集》：诗总集名。金末元好问编。收录金代249人的作品，分10卷，附录《中州乐府》1卷。每人附小传，兼评诗。

③ 陈其年：陈维崧（1625～1682），字其年，号迦陵，江苏宜兴人。天资颖异，10岁代祖作《杨忠烈像赞》。后与王士禄、王士禛、宋实颖、计东等唱和，名益大噪，时有“江左三凤凰”之目。年过五十荐应“博学鸿儒”科，试列一等，授翰林院检讨，参与修《明史》。著有《湖海楼诗》8卷，《迦陵文集》16卷，词30卷。评骘（zhì）：品评，评定。

④ 杨诚斋：杨万里。尤延之：尤袤。戴石屏：戴复古。刘后村：刘克庄（1187～1269），字潜夫，号后村，福建莆田人。以祖荫补将仕郎，后特赐同进士出身。他是江湖派的领袖人物，曾受过“四灵”的影响。著有《后村集》50卷，《后村诗话》前、后集各二卷等。刘后村，原作“刘后山”，误。曾茶山：曾几（1084～1166），字志甫，一作吉甫，自号茶山居士，其先赣州人，后徙河南洛阳。以兄弼死于公事，特恩补将仕郎。后铨试优等，赐上舍出身。高宗时任广西运判等官，因触怒秦桧去官，侨寓上饶茶山七年。秦桧死，又出仕，授秘书少监。为文纯正雅健，尤工诗，著有《茶山集》30卷、《经说》20卷。周益公：生平不详。

其诗甚有格韵，雅洁可传。[①]方虚谷[②]诗与人品，并皆下劣，无可节取，较白石天渊矣。

浙江吴牧驺[③]仰贤，以癸丑翰林，散馆改官吾滇，知罗次、昆明两县，迁牧武定州，擢守广南，权迤东兵备道，所至皆有惠泽及民。以忤[④]上官，引疾归。生平爱才如命。其诗宗法昌黎、香山、玉谿、东坡，绰有笔力，近日一作手也。[⑤]录其《题吴和甫学使纪游图》七古云："使君文采今欧苏[⑥]，华裙葱辔翔天衢。读书中秘探经郛，李峤才子天子呼。[⑦]星轺[⑧]远莅穷九隅，燕秦晋卫齐楚吴。竹王杜宇[⑨]闻见殊，足迹但未逾苍梧。碧鸡金马仙之区，两衔使命万里趋。[⑩]五华驻节双轮扶，扢扬风雅开榛芜，峒花犵鸟皆沾濡。[⑪]岁在执徐寇张弧，赤丸白梃纷塞途。诸生戎服短后襦，蛮触相争胡为乎！使君蒿目[⑫]意不愉，遣兴忽写卧游图。雪泥鸿爪无处无，一一俱倩丹

① 姜白石：姜夔。姜夔的卒年，有的认为是宋宁宗嘉定十四年（1221），而《中国文学家大辞典》说他卒于理宗端平中（1235年前后）。元朝于1279年灭南宋，此时姜白石早已去世，故文中说"姜白石在宋末元初"不准确。翘楚：语出自《诗经·周南·汉广》："翘翘错薪，言刈其楚。"本指高出杂树丛的荆树，后用以比喻杰出人材。

② 方虚谷：方回。

③ 吴牧驺（zōu）：吴仰贤，字牧驺，清代咸丰进士，官云南迤东道。

④ 忤（wǔ）：违逆，抵触。

⑤ 昌黎、香山、玉谿、东坡：即韩愈、白居易、李商隐、苏轼。

⑥ 欧苏：欧阳修、苏轼。

⑦ 郛（fú）：外城。李峤（644～713）：唐赵州赞皇人，字巨山。麟德元年进士，历高宗、武后、中宗、玄宗四朝，官至中书令。善诗文，与同乡苏味道齐名，合称"苏李"。又与苏味道、崔融、杜审言合称"文章四友"。有《李峤集》。

⑧ 轺（yáo）：轻车。

⑨ 杜宇：传说中的古代蜀国国王。周代末年，在蜀始称帝，号曰望帝；后归隐，让位于其相开明。

⑩ 碧鸡金马：指昆明市区西郊的碧鸡山及东郊的金马山。两衔使命万里趋：《汉书·郊祀志下》："或言益州有金马、碧鸡之神，可醮祭而致。于是遣谏大夫王褒使持节而求之。"

⑪ 扢（gǔ）扬：发扬光大。扢，奋发。榛芜：荒芜。峒：旧时对贵州、广西少数民族聚居地的泛称。犵：即"仡僚"，西南地区少数民族名（带侮辱性），这里以族名代地域。沾濡：恩德普施。

⑫ 蒿目：举目远望。

青摹。[①]云山咫尺方蓬壶，软舆快马兼飞舻。[②]左携吟囊右茗盂，从游又有诗僧癯（谓岩栖上人）。今年秩满当还都，春水方长思莼鲈。[③]故乡云有桑田腴[④]，男耕女织亦可娱。遂初誓将狎菰芦，凤书[⑤]飞下云彩铺。汝为学士帝曰俞，林泉未许归樵渔。送公朝天歌《骊驹》，愿公少留宏远谟。他时校士游西湖，六桥烟柳应未枯。”《昆明怀古》诗云：“白皙通侯旧建牙，包胥痛哭到天涯。入关壮士追秦鹿，出塞单车载帝羓。[⑥]故妓分香犹有梦，奸雄跋扈已无家。凄凉新府沧桑换，兴废谁怜井底蛙。”此诗咏吴逆三桂[⑦]故事，乃《怀古》四章之一。次句指其求援师于我朝，三句指破走闯贼。四句指以兵执桂王于缅，五句指陈圆圆，六句言其叛亡，结则吊其莱海故宫。[⑧]通首使事雅切，音节清苍，亦合作也。

赵秋谷与阮亭不睦[⑨]，久遂成仇，至作《谈龙录》以诋刺之。独心折二冯[⑩]，几欲铸金崇奉，其好恶殊不可解。查秋谷之服膺冯氏，

---

① 雪泥鸿爪：鸿雁在雪泥上留下的爪印。比喻陈迹。丹青：丹砂和青雘，两种可作颜料的矿物。这里指绘画用的颜色。

② 蓬壶：古代传说中的海上仙山。舆：本意是车厢。泛指车。飞舻：快船。

③ 秩满：官吏任期届满。莼鲈（chúnlú）：莼羹鲈脍的简称。《晋书·张翰传》：“齐王冏（jiǒng）辟为大司马东曹掾……因见秋风起，乃思吴中菰菜、莼羹、鲈鱼脍，曰：‘人生贵得适志，何能羁宦数千里以要名爵乎！’遂命驾而归。”后以“莼羹鲈脍”指辞官归乡。

④ 腴：肥沃。

⑤ 凤书：皇帝颁发的文书。

⑥ 秦鹿：比喻政权。语出自《史记·淮阴侯列传》：“秦失其鹿，天下共逐之，于是高材疾足者先得焉。”疾足，跑得快。帝羓（bā）：五代后晋开运末，契丹主耶律德光自汴归国，途中在栾城死去，契丹人剖其腹，挖去肠胃，以盐充之，载尸北去。人称为帝羓。羓，干肉、腊肉。

⑦ 吴逆三桂：吴三桂。先叛明，后又叛清，故在姓名中加“逆”。

⑧ 桂王：南明桂王朱由榔，即永历帝。陈圆圆：明末苏州名妓，本姓邢，名沅，字畹芬。明末辽东总兵吴三桂纳为妾。后三桂出镇山海关，李自成攻占北京，圆圆被俘。三桂大怒，乞降于清，引兵攻陷北京，圆圆仍归三桂。后随三桂入云南。晚年出家为女道士。

⑨ 赵秋谷与阮亭不睦：赵执信（号秋谷）是王士禛（号阮亭）的甥婿，又是王在诗坛上的劲敌。

⑩ 二冯：冯舒、冯班。

阿好溢美，其说本于常熟吴修龄[①]。曾三过吴门，访求修龄所著《围炉诗话》而不得，大以为恨。予观二冯所著《钝吟老人集》《默庵小刻》，并所评《才调集》及吴氏诗话诸书，不觉大笑，乃知秋谷之笃嗜，真如嗜痂，不可以正理诘矣。[②]修龄集矢牧斋，至为《正钱录》以讥牧斋诗文，深文巧诋，指摘不遗余力，与秋谷掊击新城，作《谈龙录》，后先一揆。[③]所著诗话，于有明前后七子及明末陈卧子、曹能始、钱牧斋、吴梅村、周栎园诸家，无不吹毛索疵，诃诟万端。[④]而独推崇冯氏诗为六百年所无，奉为一代宗匠。其持论与秋谷同符，故秋谷隐宗明祖，欲援吴以振其军。盖性情溪刻，笔锋犀利，伸臆说以乱公论，阿私好以排异己，二人同病，所以投契如是。其实吴氏议论乖谬，有似市井无赖，痛毁贤士大夫，而推尊村塾学究；又似浮荡子弟，妄议庄姜、明妃不美，而以所私娼女为天人。[⑤]盲道黑白，大抵此类，岂足当识者一哂[⑥]耶！二冯宗法晚唐，崇尚西昆，其诗卑靡无格，惟以心思尖巧见长，不过冬郎、武功、端己嗣音。[⑦]

---

① 吴修龄：吴殳，又名吴乔，字修龄，江苏昆山人。公元 1661 年前后在世。王士禛称他善学西昆。工诗。又尝论诗，以为“诗之中，须有人在”，赵执信服为知言。著有《围炉诗话》七卷。

② 笃嗜：深厚的喜好。嗜痂：特别喜好疮疤。比喻不正常的嗜好。

③ 牧斋：钱谦益，号牧斋。新城：指王士禛。因他是山东新城人。后先一揆（kuí）：先后不同，道理一样。揆，准则，道理。

④ 有明：明代。有，助词，放在名词前，无实义。陈卧子：陈子龙。曹能始：曹学佺（1574 ~ 1647），字能使，侯官人。万历二十三年（1595）进士，授户部主事。所著诗文甚富，总名《石仓集》100 卷。吴梅村：吴伟业。周栎（lì）园：周亮工（1612 ~ 1672），字元亮，一字缄斋，号栎园，河南祥符人。明崇祯十三年（1640）进士，官御史。工古文词，喜为诗。著有《赖古堂诗抄》《因树屋书影》等。诃诟（hegòu）万端：百般呵斥辱骂。诃，大声呵斥。诟，辱骂。

⑤ 庄姜：卫庄公夫人。长得很美。卫人为她写了一首赞美诗，这就是《诗经·卫风·硕人》：“硕人其颀，……手如柔荑，肤如凝脂。领如蝤蛴，齿如瓠犀。螓首蛾眉，巧笑倩兮，美目盼兮……”明妃：汉元帝宫人王昭君，晋人避司马昭（文帝）讳，改称明君，后人称明妃。她长得很美，王安石的《明妃曲》写道：“明妃初出汉宫时，泪湿春风鬓脚垂。低回顾影无颜色，尚得君王不自持。归来却怪丹青手，入眼平生几曾有。”天人：天生丽质之人。

⑥ 哂（shěn）：微笑。

⑦ 冬郎：韩偓。武功：姚合。端己：韦庄。

其佳者略窥飞卿、水部门径而止，去玉谿且千百里之遥，况李、杜、王、孟乎？[①] 秋谷好恶拂[②]人之性，其议诚不足辨矣。

前明画家，以文、沈、唐、仇[③]为最。仇十洲[④]工北宗人物、山水楼阁，而不能诗，直一画师耳。唐子畏则负才名，与文衡山、沈石田皆有诗集矣。[⑤]然子畏诗纵笔率意，俚俗颓唐，与解大绅辈同堕野狐禅魔道中，不足言诗也。[⑥]衡山诗有佳句，惜多剑南、石湖平调，语秀而格不高；古诗徒肖《选》体形貌，绝少生气，亦非诗家当行。[⑦]惟石田秀拔不群，时饶格韵，洵[⑧]画家之能诗者矣。"山雨乍来茅溜湿，溪云欲堕竹梢低"，此一联善写微雨之景，当时称之，

---

① 飞卿：温庭筠。水部：张籍（765 ~ 830？），字文昌。唐代诗人。原籍吴郡（今苏州），长于和州乌江（今安徽省和县乌江镇）。贞元十五年（799）进士，做了几任小官，靠韩愈的帮助，升调国子博士。后又改任水部员外郎、国子司业等，故人称张司业或张水部。著有《张水部集》（或称《张司业集》）。玉谿：李商隐。李、杜、王、孟：指李白、杜甫、王维、孟浩然。

② 拂（fú）：违逆。

③ 文、沈、唐、仇：文徵明、沈周、唐寅、仇英。

④ 仇十洲：仇英（1502？ ~ 1552），字实父，号十洲。江苏太仓人，久居苏州，原为漆工，后从周臣学画，取法于南宋赵伯驹、刘松年，擅画山水人物，作品工整而不呆板，妍丽而不媚俗，青山绿水富丽而温雅，人物衣纹精细而流畅。与沈周、文徵明、唐寅被称为"吴门四家"。

⑤ 唐子畏：唐寅（1470 ~ 1523），字伯虎，又字子畏，自号六如居士。长洲（今江苏苏州）人。弘治戊午中应天府（今南京）第一名解元。会试时，因无辜牵涉科场舞弊案被革黜，后靠卖书画为生。凡山水、人物、花卉等无一不能，无一不精。在精研和吸收历代绘画优长的同时，主要继承了南宋院体画法，并多有创造，尤具"文人画"特质，独成秀润、缜密、流利的艺术风格。有《六如居士全集》。文衡山：文徵明。沈石田：沈周（1427 ~ 1509），字启南，号石田，长洲相城（今江苏吴县）人，出身于吴门书画世家，一生读书不仕，在家庭和师友的教育熏陶下，培养了多方面的才艺。书学黄山谷，挺拔苍劲；画山水、花卉和人物，无一不工。中年画法谨细，晚岁笔墨粗简，并能融汇宋元各家，自成一体，为明代吴门画派的领袖人物，文徵明、唐寅都曾出入他的门下。

⑥ 解大绅：解缙（1369 ~ 1415），字大绅，吉水人。洪武二十一年（1388）进士，授庶吉士。有《文毅集》16卷。野狐禅魔道：佛家称外道异端为野狐禅。言仅能欺世惑人，不足证道，故称魔道。

⑦ 剑南、石湖：陆游、范成大。

⑧ 洵（xún）：确实，诚然。

都南濠[①]录入诗话，又赏其落花诗。孙退谷[②]《庚子消夏记》亦赏其《爱日歌》《七十生日作》两长篇，叹为奇绝。

升庵[③]壮年戍滇，老而未返，于三迤足迹迨遍，滇中山水景物，多入题咏，足备后人采择，足资地志考据。滇中风雅，实倡于此。惜其论诗专主六朝、初唐，以齐、梁绮丽为宗，词胜于格，肉多于骨，有春华[④]而欠秋实，终非上乘禅耳。况其学不专于诗，往往疏于法律[⑤]，又多空调浮响，究难与专门名家争胜负于千古。特其读书既多，著述最富，不惟论说考证，多具卓识，即以诗言，其佳章好句，亦多可取。略摘一二于此：五言如“凉风天末树，明月海边楼”，“海光浮树杪，山翠滴床头”“叶响非关雨，林香不待花”“平沙盘马路，残雪射雕天”；七言如“岭上闻猿孤枕泪，壁间见揭故乡情”“摧颓杜甫歌《朱凤》，憔悴王褒望碧鸡”“江山平远难为画，云物高寒易得秋”“渴虹下饮玉池水，蜺日平分苍岭霞”，皆可玩也（玉池、苍岭皆在大理）。[⑥]升庵《郊行》云：“山田叠楼梯，水田界棋局。白鹭时飞来，点破秧针绿。”又“山城昨夜黄梅雨，开遍金钗石斛花”，皆善写风土，恰是滇西之景。

---

① 都南濠：都穆，字玄敬，明代人，弘治进士。

② 孙退谷：孙承泽（1592 ~ 1676），字耳伯，号北海，又号退谷，顺天大兴（一作益都）人。明崇祯四年（1631）进士，官至刑科都给事中。富收藏，好著述，著有《己亥存稿》《五经翼》《春明梦余录》《庚子销夏记》《藤荫劄记》《益智录》《四朝人物略》等。

③ 升庵：杨慎。

④ 春华：春天开花。

⑤ 法律：这里指诗法与格律。

⑥ “岭上”两句：郭绍虞《清诗话续编·筱园诗话》作“湖势欲浮双塔去，山形如拥五华来”。不论《丛书》本，还是《续编》本引诗后皆有“双塔，寺名；五华，山名”的自注。据张国庆先生考证：“湖势”二句并非杨慎的诗句。杨氏《升庵诗话》卷一一“滇中诗人”条说得很清楚：“滇中诗人，永乐间称平、居、陈、郭。郭名文，号舟屋。其诗有唐风，三子远不及也。如……《登碧鸡山太华寺》一联云：‘湖势欲浮双塔去，山形如拥五华来’，一时阁笔。”那么，为什么会出现上述《丛书》本与《续编》本的歧义乃至淆乱呢？可能是由于《筱园诗话》曾三易其稿，多次修订的缘故。朱氏前稿，或当引“湖势”二句以为升庵诗，并自作注。后发现有误，乃改引“岭上”二句。然一时疏忽，未及并删原注，遂留下这一淆乱（见张国庆《云南古代诗文论著辑要》第327页）。王褒：原文误作“王裦（xiù）”，形近致误，据《汉书·郊祀志》改。蜺（ní）：通“霓”。副虹。

王阮亭题画云："芦荻无花秋水长，淡云微雨似潇湘。雁声摇落孤舟远，何处青山是岳阳？"《露筋祠》云："翠羽明珰尚俨然，湖云祠树碧于烟。行人系缆月初堕，门外野风开白莲。"《杨妃墓》云："巴山夜雨却归秦，金粟堆边草不春。一种倾城好颜色，茂陵终傍李夫人。"[①]《蜈矶灵泽夫人祠》云："霸气江东久寂寥，永安宫殿莽萧萧。都将家国无穷恨，分付浔阳上下潮。"此四绝皆以神韵制胜，意味深远，含蓄不露，《阮亭集》中最上乘也。

蒋心余《响屧廊》云："不重雄封重艳情，遗踪犹自慕倾城；怜伊几緉平生屐，踏碎山河是此声。"[②]《题画》云："孤亭危坐意萧然，千尺松涛响乱泉。可惜隆中卧龙子[③]，肯将丞相换神仙？""不写晴山写雨山，似呵明镜照烟鬟。人间万象模糊好，风马云车便往还。"用意沉著，又七绝中之飞将也。

《花宜馆诗》，钱塘王仲云[④]尚书所著。其《题招子庸明府画竹》《题宫庶侯明府画山水》及《藤花歌》七古三大篇，皆笔力俊逸峭拔，卓卓可传。近体亦多佳什，好句甚多。如"水似妙文千百折，鸥如熟客再三来""出奇花有骄人色，向晚云无出岫心""秋士性情蛩独语，故山消息鹤长饥""小溪得雨换新绿，乱树初芽生暖烟"，皆有剑南、石湖平调七律语意，亦复可观。

李玉洲[⑤]先生《五丁峡》诗云："双崖翠影侵天合，万窍云根入

---

① 茂陵：汉武帝陵墓。在今陕西兴平县东北。李贺《金铜仙人辞汉歌》有"茂陵刘郎秋风客，夜闻马嘶晓无迹"句。傍：靠近，临近。李夫人：孝武李夫人，李延年的妹妹，经李延年荐举，得到汉武帝宠幸。据《汉书·孝武李夫人传》载："初，夫人兄延年性知音，善歌舞，武帝爱之。每为新声变曲，闻者莫不感动。延年侍上起舞，歌曰：'北方有佳人，绝世而独立，一顾倾人城，再顾倾人国。宁不知倾城与倾国，佳人难再得！"后来武帝召见这位美人，确实是"妙丽善舞"。

② 响屧（xiè）廊：原作"响堞廊"，据蒋士铨诗改。屧，古代鞋中的木底。緉（liǎng）：古代计算鞋的量词，即"双"。

③ 隆中卧龙子：诸葛亮，人称"卧龙"，隐居隆中。

④ 王仲云：应为"吴仲云"。吴振棫（又作"域"），清代学者，字仲云，号毅甫，晚号再翁，室名"花宜馆"，著有《花宜馆诗抄》16卷。

⑤ 李玉洲：李重华，字实君，号玉洲，雍正进士，官编修。工诗，性好游，有《玉洲诗集》。

地宽。”归愚宗伯赏之，谓能状奇景，抵人千百。然下句更胜出句，二语未能恰称也。归愚又赏明人赵鹤[①]《登岱》句云：“山压星辰从下看，海浮天地自东回”，谓胸中不知吞几云梦。对句果写得阔大雄伟，出句颇嫌空泛，“从下看”三字凑而稚率，微有伧气，亦未称也。大抵名句须上下相称，不得已而对胜于出，终非作家手段；若出胜于对，直是村夫子伎俩矣。古来大手名句，无不二语皆工，精力相敌，字字经称量熔铸而成，安有此病！朱竹垞赏王凤洲《金山寺》句云：“淮海东来三百里，大江中涌一孤峰。”[②]王阮亭赏程孟阳[③]句云：“瓜步江空微有树，秣陵天远不宜秋。”此二联便一律匀称，不忝杰句矣。

近来古文，天下盛宗桐城一派[④]。其持法最严，工于修饰字句，以清雅简净为主。大旨不外乎神韵之说，亦如王阮翁论诗，专主神韵，宗王、孟、韦、柳[⑤]之意也。而自相神圣，谓古文正宗，自秦汉以后，唐宋八家[⑥]继之；八家以后，明归太仆有光[⑦]继之；太仆以后，则桐

---

① 赵鹤：字叔鸣，明代江都人。弘治进士，累官金华知府。以忤刘瑾谪官，终山东提学佥事。生平嗜学不倦，晚年注诸经，考历代史，正其谬误。著有《书经会注》《其区文集》《金华正学编》《金华文统》诸书。

② 朱竹垞：朱彝尊。王凤洲：王世贞。

③ 程孟阳：程嘉燧。

④ 桐城一派：清代散文流派。康熙时方苞开创，其后刘大櫆、姚鼐进一步发展。因他们都是安徽桐城人，故名。他们主张学习《史记》《左传》和唐宋八大家的古文。方苞继承“唐宋派”古文传统，提出“义法”的主张。姚鼐主张义理、考据、词章三者并重，内容上讲求“神、理、气、味”，形式上讲求“格、律、声、色”，对方、刘的理论作补充和发展。

⑤ 王、孟、韦、柳：王维、孟浩然、韦应物、柳宗元。

⑥ 唐宋八家：指唐宋散文八大家，即唐代韩愈、柳宗元和宋代的欧阳修、苏洵、苏轼、苏辙、王安石、曾巩。

⑦ 归太仆有光：归有光（1506 ~ 1571），字熙甫，吴郡人。九岁能属文，弱冠尽通五经三史。明嘉靖四十四年（1565）举进士，授长兴令。隆庆中，为南京太仆寺丞。擅古文，原本经术，又好太史公书，为明代一大家。著有《震川文集》30 卷，别集 10 卷等。

城三家方侍郎灵皋、刘广文海峰、姚郎中姬传继之。[①] 此外文人，皆不得与文章之统。如国初三家侯朝宗、魏叔子、汪尧峰诸人，概斥为伪体，所见殊谬。[②] 夫文章公器，虽有宗派，无所谓统也。[③] 其入理纯粹，叙事精严，措词雅洁，运气深厚，法度完密，而意味高古者，即系文章正宗，初不以人地时代限也。必欲秘为绝诣，据作一家私传，不惟诞妄，抑且孤陋矣[④]。此不过拾宋儒唾余，仿道统之说[⑤]，以自撑持门户耳。习气相沿，未免可笑，殊不足与深辨。予《论诗绝句》中一首云："乾嘉文笔重桐城，方氏刘姚[⑥]各有名。我向蓬莱看东海，一盂不爱鉴湖清。"[⑦] 深于文者，当与吾言契合也。

东坡一代天才，其文得力庄子，其诗得力太白，虽面目迥不相同，而笔力之空灵超脱，神肖庄、李。如鲁男子之学柳下，九方皋之相马，

---

① 方侍郎灵皋：方苞（1668 ~ 1749），字凤九，号灵皋，晚号望溪，安徽桐城人。康熙四十五年（1706）会试中式。累擢礼部侍郎。著有《望溪文集》18 卷、《集外文》10 卷等。刘广文海峰：刘大櫆，号海峰。曾任教谕，故称广文（明清以来泛称儒学教官为广文）。姚郎中姬传：姚鼐。曾任刑部郎中，故名。

② 侯朝宗：侯方域（1618 ~ 1654），字朝宗，号雪苑，河南商丘人，明末清初作家。性豪迈。明末随父恂居京师，与方以智、冒襄、陈贞慧并称"四公子"。顺治八年（1651），中式副榜。初放意声伎，与名伎李香君相恋，演成了有名的"桃花扇"悲剧。已而发愤为诗古文，取法韩欧，尝游吴下。与魏禧、汪琬并以古文擅名。著有《壮悔堂文集》及《四忆堂诗集》。魏叔子：魏禧（1624 ~ 1680），字冰叔，又字叔子，号裕斋，又号勺庭，江西宁都人。康熙十七年（1678）诏举"博学鸿儒"。喜读史，尤好《左传》及苏洵文。为文凌厉雄杰。著有古文集 22 卷，日录 3 卷，诗 8 卷。汪尧峰：汪琬，晚号尧峰。殊谬：特别荒谬。

③ 公器：公众的器具。宗派：学术、政治、宗教等方面的派别。这里指文学流派。统：统一，统一全境。

④ 不惟诞妄，抑且孤陋矣：不仅荒诞，或许还孤陋寡闻呢。

⑤ 道统之说：儒家传道系统的学说。《论语·尧曰》历叙尧舜传授之言，为此说之所本；孟子自命继承孔子正统。唐韩愈作《原道》以排斥佛、老（道教），却依照佛教诸宗的祖统，正式提出所谓"尧、舜、禹、汤、文、武、周公、孔、孟"关于道的传授系统说，以继承孟子自居，开启宋代道学的先声。这里指的是宋儒朱熹所建立的道统，以周（敦颐）程（颢、颐）上承孟子，丢开韩愈，自己又上接周、程。

⑥ 方氏刘姚：方苞、刘大櫆、姚鼐。

⑦ 蓬莱：传说中海上仙山名。鉴湖：亦称镜湖、长湖、庆湖。在浙江省绍兴市西南二公里。古时湖面宽广，以湖水清冽而闻名。

其性情契合，在笔墨形色之外，盖以神契，以天合也。[1]故能自开生面，为一朝大作手。后人效法前人，当师坡公[2]，方免效颦袭迹之病。如西昆杨、刘诸公之学李玉谿，明前后七子之文学秦汉，诗学少陵、东川，肖形象声，模仿字句音调，直是双钩填廓而已。[3]呜呼愚哉！

诗人用笔，要提得空，放得下，转得快，入得透，出得轻；又要能刚能柔，能大能小，能正能奇，能使死者生，能使断者续，能使笨者灵，方尽用笔之妙。盖以一笔作数笔用，又以数笔作一笔用也。此须如庖丁之用刀，游刃于虚，以无厚入有间，故迎刃而解，批卻导窾，官止神行，虽一日解十二牛，犹若新发于硎。[4]精艺入神，非可尽以言传。学者目击道存，悟彻三昧[5]，得用笔之妙于天，忘用笔之法于手。心之所至，笔亦至焉；心所不至，笔先至焉。笔中有笔，笔外亦有笔，即无笔处无非笔，而有笔处反若无笔。如是则笔等神龙[6]，足补造化，天不能限，人何能测乎！

（选自《云南丛书·集部》九六）

① 鲁男子之学柳下：鲁国有一男子独处于室，邻居一寡妇也独处。夜里起了暴风雨，房子坏了，妇人到男子家寄宿，男子闭户而不纳。这男子是学柳下惠坐怀不乱。柳下惠，即春秋时鲁大夫展禽。因食邑在柳下，谥惠，故称柳下惠。陶宗仪《南村辍耕录》载："柳下惠夜宿郭门，有女子来同宿，恐其冻死，坐之于怀，至晓不为乱。"鲁男子虽没有给那位寡妇以帮助，但也不乘人之危，有不好色的思想基础，所以可以向柳下惠学习。九方皋之相马：九方皋是春秋时善相马的人，为伯乐所称道（伯乐，春秋秦穆公时人，以善相马著称）。

② 坡公：指苏轼。

③ 杨、刘：指杨亿、刘筠。李玉谿：李商隐。少陵、东川：杜甫、李颀。

④ 庖丁之用刀：用庖丁解牛典故。语出自《庄子·养生主》。批卻（xì）导窾（kuǎn）：批，砍。卻，同"隙"，裂缝。这里指牛体内筋骨间隙处。导，循着。窾，空隙。指牛体内骨节空隙处。新发于硎（xíng）：（刀）刚刚磨过。硎，磨刀石。

⑤ 三昧：这里指事物的诀窍。

⑥ 神龙：古以龙为神物，称龙为神龙。这里形容用笔千变万化，挥洒自如。

《论诗》[1]五十首

朱庭珍

自古论诗聚讼同，尊唐祧宋互争雄。[2]
依人门户终何益[3]，毕竟千秋有至公。

炼笔刚柔贵得宜，诗家秘旨[4]几人知？

① 《论诗》，选自朱庭珍《穆清堂诗钞》中，共50首。是朱庭珍年轻时候的作品，他在《筱园诗话》卷一中云：“予幼作《论诗绝句》云‘正声自古由中出，真气从来不外驰’。”《论诗》50首，虽是“幼作”，但从《筱园诗话》里的一些文论思想在《论诗》里已大体具备；换言之，《论诗》诗50首已具有《筱园诗话》的文论思想雏形。《论诗》，即以诗论诗，每首谈一个问题，多联缀成诗组，用之完成其艺术见解。在文论史上，有杜甫的《戏为六绝句》，元好问《论诗三十首》，清代袁枚《仿元遗山论诗》38首，云南赵藩《仿元遗山论诗绝句论滇诗六十首》等。然而，像朱庭珍这样既著诗话，又著论诗诗，用来阐述古代诗学的各种问题，阐明自己的艺术见解的作家，在文论史上并不多见。《论诗》主要评述唐以降至明清主要作家及流派。

② 聚讼（sòng）：众说纷争，是非难定。尊唐祧宋：清代诗人，喜言宗派，康乾期间，此风尤盛。作者大都各立门户，以尊唐祧宋相互标榜。尊，尊崇。祧（tiāo），原指祭远祖的庙，后来指继承上代。尊唐祧宋，意即尊唐宗宋。大抵尊唐者言神韵，言法度，言格调，言肌理；祧宋者，反流俗，尚奇崛，喜发议论，铺排典故。

③ 依人门户终何益：朱庭珍论诗主张自抒性灵，不拘一格，认为尊唐祧宋皆失之偏颇。可参见《筱园诗话》所云：“善为诗者，上下古今，取长弃短，吸神髓而遗皮毛，融贯众妙，出以变化，别铸真我，以求集诗之大成，无执成见为爱憎，岂不伟哉！……是丹非素，祧宗尊唐，徒聚讼耶！”（卷一）至公：最公正的论断。

④ 秘旨：隐秘的意旨。

正声自古由中出，真气从来不外驰。①

弹指莲花五色开，虚空粉碎现楼台。②
一心运用同兵法，变化都从妙悟来。③

飞龙出没望难穷，全体森然云气中。④
精艺入神非小道，半由人事半天功。⑤
才笔纵横气万千，绛⑥云舒卷妙天然。

---

① 正声：和平中正的诗篇。李白《古风》其一，有“正声何微茫，哀怨起骚人”。由中出：发自内心。中，指内心。此句意即“正声”是发自内心，是诗人心中真情实感的自然流露，绝非违心之意，矫情之辞。真气不外驰：这是朱庭珍“气论”里一个重要命题，他在《筱园诗话》（卷一）里是这样说的“似乎气之为气，诚中形外，不可方物矣。然外虽浩然茫然，如天风海涛，有摇五岳，腾万里之势，内实渊渟岳峙，骨重神寒，有沉静致远之志，帅气于中，为暗枢宰，若北辰之系众星，以静主动。此之谓醇而后肆，此之谓动而实静，功能层出不穷，不致一发莫收，一览易尽也。在识者谓之道气，诗家谓之真气。”在朱庭珍看来，“真气！”是静者，它“以静主动”是动之“根”，根不可外露。因此，“真气”只可“养”，只能“炼”，不能外驰。反映在作品上的气，是“真气”的升华，是个体精神之体现。故云“真气从来不外驰”。

② 弹（tán）指：比喻时间短暂。莲花：佛教的象征。在佛教典籍中，经常出现莲花，《妙法莲华经》即以莲花为喻，象征教义的纯洁高雅。佛陀成道后，转法轮（布道）时的座位叫“莲花座”，相应的坐势叫“莲花坐势”。因此，这里的莲花是作为佛教的代名词。五色：五种颜色。青、黄、赤、白、黑。虚空：即空。空，佛教用语。佛教认为一切事物、现象，都没有实在自体，万事万物都是虚空的，并以“四大皆空”（指地、水、风、火）作为教义，认为一切皆空，才是事吻的真谛。现楼台：代指现实世界。

③ 一心运用同兵法：指诗法与兵法一样，贵在灵活运用。故朱庭珍在其《筱园诗话》卷一开篇就云：“诗也者，无定法而有定法者也……若泥一定之法，不以人驭法，转以人从法，则死法矣。”妙悟：敏慧善悟。宋严羽《沧浪诗话·诗辩》。“大抵禅道惟在妙悟，诗道亦在妙悟。”妙悟对于诗文之所以重要，是因为“诗无达诂”，常常通过有限的字句给人以无尽的遐想，言有尽而意无穷。

④ “飞龙出没”两句：比喻诗歌就像神龙在云气中飞腾一样，见首不见尾，时隐时现，变化多端，神秘难测。又据《易·乾》：“九五，飞龙在天，利见大人。”故，飞龙又借指帝王，九五之尊的帝王与见首不见尾的飞龙在神秘难测这点上是相似的。故用来比喻诗歌；追求的是“韵外之致”“味外之旨”“含不尽之意于言外。”

⑤ 小道：儒家对宣扬礼教以外的学说、技艺的贬称。唐孙过庭《书谱》：“扬雄谓诗赋小道，壮夫不为。”人事：人力所能及之事。天功：天的功劳。这里引申为人的自然禀赋。

⑥ 绛（jiàng）：深红色。

精思脆节无人会，竞骋豪情效谪仙。①

画家逸品擅千秋，弦外音从指下求。②
各向渊明分一体，柳州原不亚苏州。③

右丞④高格冠当时，古厚清微绝妙姿。
未许襄阳称伯仲，诗中有画画中诗。⑤

建章门户杳难穷，妙在神明变化中。⑥

---

① 精思：精妙的构思。脆节：音响清越的节拍。谪（zhé）仙：谪居世间的仙人。古人往往称誉才行高满的人为谪仙。谓世间少有。李白初到长安时，贺知章一见叹为“谪仙人”。谪，贬官降职或流放。从句中“竞骋豪情”看，句中的“滴仙”指的是李白。

② 逸品：高雅超俗的艺术作品或文学作品。擅（shàn）：独揽。弦外音：指诗歌的言外之意。

③ 渊明：陶渊明（365~427），一名潜，字元亮，浔阳柴桑（今江西九江西南）人。是中国文学史上著名的田园诗人。柳州：柳宗元（773~819），字子厚，河东（今山西永济县）人，是中唐著名诗人，唐宋散文八大家之一。曾为柳州刺史，并死于柳州，故称柳柳州，简称柳州。苏州：韦应物（737~790？），长安人。中唐著名的山水田园诗人。贞元初任苏州制史，故称韦苏州，简称苏州。

④ 右丞：王维（701~761），字摩洁，太原祁（今山西祁县）人。盛唐著名的山水田园诗人，且精通书画音乐，最后官升至尚书右丞，史称王右丞，简称右丞。王维的诗在艺术上有很高的成就，尤其是山水诗，既能概括地写雄奇壮阔的景物，又能细致入微地刻画自然事物的动态。

⑤ 襄阳：孟浩然（689~740），与王维并称，皆盛唐“田园诗派”代表人物。孟浩然，襄阳人，故称孟襄阳，简称襄阳。王、孟虽并驾齐驱，各标风韵，但孟诗还是不如王诗那样清新典雅，故朱庭珍云“未许襄阳称伯仲”。伯仲：古代兄弟间用伯、仲、叔、季排行。又“伯仲之间”，兄弟之间。比喻不相上下。在朱庭珍看来，王维、孟浩然二人虽并称，但其成就不是不相上下，还是有所区别的。王维不但是作诗的高手，而且兼工绘画。因而，浓郁的诗情画意便成其诗的主要特色。苏轼在《东坡志林》中说：“味摩诘之诗，诗中有画；观摩诘之画，画中有诗”。

⑥ 建章：汉宫名。汉武常太初元年建，位于未央宫西。故址在今陕西长安区西。这里的宫名代指汉代。门户：指诗家派别，派系。杳（yǎo）：遥远。难穷：难于追根究源。神明变化：随社会的发展变化而变化。神明：天地间神的总称。《周易·系辞下》：“以通神明之德。”孔颖达疏：“万物变化，或生或成，是神明之德。”

千古问谁知杜法，昌黎以后有涪翁。①

温李虽同究不同，玉溪饶有少陵风。②
可怜耳食争依傍，前误杨刘后二冯。③

老杜门庭孰问津？后山高迈简斋新。④
效颦一例东施拙，得力还当让二陈。⑤

妙笔奇才孰比肩？东坡人巧合天然。⑥

---

① 杜法：杜甫（712~770）的诗歌创作方法。昌黎：韩愈（768~824）字退之，河内南阳人。（《旧唐书》作昌黎人。）著有《昌黎先生文集》四十卷。故称韩昌黎或称昌黎。涪翁：黄庭坚（1045~1105），字鲁直，号涪翁，又号山谷道人，江西分宁（江西修水）人。其诗在形式上效仿杜甫，提倡“无一字无来处”“点铁成金”。

② 温李。分别指晚唐诗人温庭筠和李商隐。文学史家把二人当作同一流派作者而并称。“笔头仙鬼复鬼语，只有温李无他人。”（金元好问《黄金行》）“温李虽同”指的是两人诗风的表面现象和内容大致相同罢了。“究不同”说的是温李二人无论在艺术风格上，还是思想内容上都有很大差异。李商隐的诗，音韵婉转，对仗工整，善于用华美的词藻构成优美的形象，透露出真情实感；而温庭筠的诗却喜欢堆砌词藻，来掩饰空洞的内容与贫乏的感情。玉溪：李商隐（813~858），字义山，号玉溪生。少陵：杜甫。杜甫59岁居杜陵，自称“杜陵布衣”，又称“少陵野老”。故人称“杜少陵”或“少陵”。

③ 耳食：比喻不假思索，轻信所闻。杨刘：杨亿、刘筠。杨亿（964~1020），字大年，建州浦城（今福建浦城）人。编《西昆酬唱集》。刘筠（1016年前后在世），字子仪，大名人。杨、刘都是北守初期西昆派代表人物。二冯：冯舒、冯班。冯舒（1593~1645），字已苍，号默庵，江苏常熟人。冯班（1614~1681），字定远，号钝吟，江苏常熟人，冯舒之弟。

④ 老杜：杜甫。后山：陈师道（1053~1101），字履常，号后山，彭城人。“苏门六君子”之一。高迈：超迈不凡。简斋：陈与义（1090~1138），字去非，号简斋，洛阳人。是南北宋之交的杰出诗人。

⑤ 效颦一例东施拙：东施效颦。效，模仿。颦（pín），也作“矉”，皱眉。指丑人模仿美人姿态。比喻不根据具体条件，盲目模仿别人，效果适得其反。语本《庄子·天运》：“西施病心而矉其里，其里之丑人见而美之，归亦捧心而矉其里。其里之富人见之，坚闭门而不出；贫人见之，挈妻子而去之走。彼知矉美，而不知矉之所以美。”西施，春秋时越国的美女。病心，心痛病。丑人，指东施。二陈：指陈师道与陈与义。

⑥ 东坡：苏轼（1037~1101），字子瞻，号东坡居士，四川眉山人。唐宋散文八大家之一。创宋词豪放一派，除文外，诗词方面同样取得重大成就。故朱庭珍称其“妙笔奇才”。

诗文两造华严界，远配蒙庄近谪仙。①

半山师杜力坚凝，六一宗韩合并称。②
底事新城妄轩轾，独将微妙许庐陵。③

宛陵枯槁律尤疏，子美粗豪俗未除。④
孤负欧阳盛宏奖，韩门郊岛恐难如。⑤

晁氏长歌负异才，宛丘新俊笔花开。⑥
填词可惜秦淮海，未许苏门把臂来。⑦

---

① 华严界：指佛教界。中国佛教有华严宗，又名法界宗。此宗以《华严经》为法典。苏轼的思想比较复杂，除儒家思想外，他还信佛教与老庄思想。然而儒、佛、道在他世界观里往往既矛盾又统一。蒙庄：庄子（约前 369~ 前 286），因庄子为蒙人，故称。

② 半山：王安石（1021~1086）字介甫，号半山，江西临川人。宋代政治家，文学家。师杜：学习杜甫的创作精神。六一：欧阳修（1007~1072），字永叔，号醉翁、六一居士，庐陵（今江西吉安）人，宋代文豪。韩：指韩愈（768~824），字退之，河阳（今河南孟县）人。唐宋散文八大家之首。欧阳修诗文革新理论与韩愈是一脉相承的。

③ 底事：何事，为什么。新城：王士祯（1634~1711），字贻上，号阮亭，自号渔洋山人，山东新城人。士祯诗为一代宗匠，与朱彝尊并称“朱王”。庐陵：指欧阳修。

④ 宛陵：梅尧臣（1002~1060），字圣俞，宣州宣城人。工诗，以深远古淡为意。因著有《宛陵集》四十卷，世称“宛陵先生”。子美：苏舜钦（1008~1048），字子美，梓州铜城人。他的诗粗犷豪迈，以诗和梅尧臣齐名，时称“苏梅”。

⑤ 欧阳：指欧阳修。欧阳修曾称赞梅尧臣的诗“其初喜为清丽，闲肆平淡，久则涵演深远，间亦琢刻以出怪巧。”（《梅圣俞墓志铭》）宏奖：大的褒奖。韩门：指韩愈门下。郊岛：即中唐诗人孟郊（751~814），字东野，湖州武康人。以及贾岛（779~843），字阆仙，范阳人。郊岛同以“苦吟”著名。

⑥ 晁氏：晁补之（1053~1110），字无咎，济州巨野人，少聪敏强记，善辱文。17 岁，从父官杭州，集中描写钱塘山川风物之丽，著《七述》，以拜见通判苏轼。轼先欲有所赋，读之叹曰：“吾可以搁笔矣！”由此知名。所著长歌指此而言。负：享有。宛丘：张耒（1052~1112），字文潜，楚州淮阴人。幼颖异，年 13 能为文。17 岁《函关赋》，已传人口。弱冠第进士。今存所著《宛丘集》76 卷。

⑦ 秦淮海。秦观（1049~1100），字少游，扬州高邮人。宋词婉约派的代表作品。著有《淮海集》40 卷，《词》一卷。可惜：可以珍视，可以看重。苏门：苏轼门下的诗人。把臂：握住对方手臂，表示亲热。这里活用为比肩、并排。

骚坛旗鼓自堂堂[①]，老笔精严气莫当。
才力不殊生造少，放翁何敢望苏黄[②]。

几辈江湖浪得名，豫章流派病丛生。[③]
九僧倡始四灵继[④]，鼠穴愁闻蟋蟀声。

笔卷云涛气雨风，遗山具体杜陵翁[⑤]。

① 骚坛：诗坛、诗界。堂堂：盛大。

② 放翁：陆游（1125~1210），字务观，号放翁，越州山阴（今浙江绍兴）人。苏黄：宋代文学家苏轼、黄庭坚的并称。黄庭坚（1045~1105），字鲁直，号山谷道人，江西分宁（今江西修水）人。以诗为苏轼所赏，和秦观、张耒、晁补之齐名，后人并称为“苏门四学士”。

③ 几辈江湖：指南宋江湖诗人。南宗书商陈起曾刊行《江湖集》《江湖前集》《江湖后集》《江湖续集》等诗歌集。收戴复古、刘过等诗人作品，称其中所收作家为江湖派。江湖派作家多是政治上没有什么地位的落第文士，由于功名上不得志，只得流落江湖。其作品思想、风格并不相同。但可粗分两类：一类是生活接触面比较窄，对政治不大关心，只希望在文艺上有所专精，以赢得时人赏识；另一类是生活接触面较广，对时政比较关注，喜高谈阔论以博时名，近于所谓“狂者”。豫章流派：即江西流派，也即江西诗派。豫章，江西省的别称。派，《穆清堂诗钞》中原文为“泒”，据《康熙字典》，“泒”同“沠”。而“沠”是古文“流”字。江西诗派是宋代文学流派。北宋末年，吕本中作《江西诗社宗派图》，自黄庭坚以下，列陈师道、潘大临、谢逸、洪刍、饶节等二十五人，以为法嗣。这一派诗人并非都是江西人，只因江西人黄庭坚在这派诗人中影响特别大，故称。江西派诗人论诗，多强调做法，倡导“脱胎换骨，点铁成金”崇尚瘦硬风格，要求字字有来历，不满足寻常典故运用，而务争新出奇。虽称取法杜甫，但得其皮毛，失其精真，未能很好地继承杜甫等诗家的现实主义精神。

④ 九僧：宋九位诗僧：淮南惠崇、剑南希昼，金华保暹、南越文兆、天台行肇、汝州简长、青城维凤、江东宇昭、峨眉怀古。四灵：指南宋诗人徐照、徐玑、翁卷，赵师秀。

⑤ 遗山：元好问（1190~1257），字裕之，号遗山，太原秀容（今山西忻县）人。是我国文学史上一位杰出的诗人。具体：四肢具备的身体。比喻学到某人的全部长处或得其学说的精髓。杜陵翁：杜甫曾居杜陵（今陕西西安市东南），故自称“杜陵布衣”“少陵野老”。遗山具体杜陵翁，意即元好问的诗歌继承了杜甫忧国忧民的现实主义精神。

力排东野西江体①，似此论诗恐未公。

金代吟坛②少作家，中州一集半浮夸。
北人喜拾西江唾，未信遗山借齿牙。③

篇不能宽气未横，修词琢句少神明④。
汉廷老吏殊孤负，此境安能许伯生。⑤

① 力排：竭力排斥。东野：孟郊（751~814），字东野，湖州武康（今浙江武康县）人。元好问不满孟郊的穷愁苦吟，在其《论诗三十首》里写道："东野穷愁死不休，高天厚地一诗囚。江山万古潮阳笔，合在元龙百尺楼。"西江体：西昆体与江西诗派。西昆体是北宋初期出现的一种文风。主要表现在诗歌方面。其特点是专从形式上模拟李商隐，追求词藻，堆砌典故。其代表人物杨亿、刘筠等。元好问在其《论诗三十首》里写道："古雅难将子美亲，精纯全失义山真。论诗宁下涪翁拜，未作江西社里人。"子美，杜甫；义山，李商隐；涪翁，黄庭坚。

② 吟坛：诗坛。中州一集：中州集。诗总集名。金末元好问编。集录金代249人的作品，分十卷，附《中州乐府》一卷。每人附小传，兼评其诗。

③ 北人：金人。金在北方故称。西江唾：比喻西昆体与江西诗派的陈词滥调。借齿牙：借用他人口头随意褒美之辞。

④ 神明：指人的精神。《楚辞·远游》："保神明之清澄兮，精气入而粗秽除。"

⑤ 汉廷老吏：指虞集。虞集（1272~1348），元四川仁寿人。寓居临川崇人。字伯生，号道园，人称"邵庵先生"。曾为大都路儒学教授，官至翰林学士兼国子祭酒。每承顾问，必委屈尽言，随事讽谏，人比之"汉廷老吏"。殊孤负：特别辜负。"孤负"同"辜负"。伯生：虞集字伯生。

金华诸子格非高，天水王孙气未豪。[①]
竞斗新妆逞姿媚，二分春色醉夭桃。[②]

子虚新异雁门华，杨范当时自一家。[③]
漫以女郎轻曼硕[④]，几人神韵似梅花？

歌行[⑤]涂饰即凡才，村妇浓妆亦可哀。

---

① 金华诸子：指胡翰、苏伯衡、童翼等人。胡翰（1307~1381），字仲子，一字仲申，金华人，从吴师道受经，与吴莱学古文。元末，避于南华山，著书自适。1368年起为衢州府教授，聘修《元史》。苏伯衡，字平仲，金华人。生卒年不详。约元惠宗至正二十年前后在世。曾为翰林编修，处州教授，著有《苏平仲集》16卷。童冀，字中州，金华人，生卒年均不详，约元惠宗至正二十一年前后在世。他们都是元代金华一批诗人。天水王孙：天水，郡名，县名，地址皆在甘肃省。王孙：王者之孙或后代。考查元代王孙在诗词创作上有建树的作家，有耶律楚材、耶律铸等人。耶律楚材（1190~1244），字晋卿，辽东丹王突欲八世孙，金尚书右丞履之子。博览群书，善诗文。著有《湛然居士集》14卷。《元史》有传。耶律铸（1221~1285），字成仲，辽东丹王突欲九世孙。善原文。著有《双溪小稿》，为少年时所作诗，《四库全书》中收录他的《双溪醉隐集》8卷。这些少数民族作家，有深厚的汉族文化修养，精通汉语，在诗词创作中有卓越成就。天水王孙：或许指耶律氏有王孙身份的这批少数民族作家，但是否居住在天水不得而知。存疑。

② 姿媚，女子姣美的容貌。这里用来形容这批少数民族作家的诗工丽精深。夭桃：喻少女年轻美丽。也是用来喻诗。《诗经·周南》："桃之夭夭，灼灼其华。"

③ 子虚：汉司马相如假托子虚、乌有先生、亡是公三人为辞，作《子虚赋》。雁门：指元代萨都剌所著的《雁门集》。萨都剌（1308~？），字天锡，号直斋，蒙古族，居雁门。都剌文辞健雄，而诗则流丽清婉，最长于情，用字清园，曲折婉转，表达极为深细。著有《雁门集》。杨范：指元代诗人杨载、范梈（péng）。杨载（1271~1323），字仲弘，浦城（今福建）人，后徙杭州。延祐二年进士，官至宁国路总管府推官，著有《杨仲宏集》。范梈（1272~1330），字亨父，一字德机，清江（今湖北恩施）人，家贫早孤，刻苦自学，善为诗。受知于董士选，以荐任翰林院编修。著有《范德机诗集》。

④ 曼硕：揭傒斯（1274~1344），字曼硕，龙兴富州（今江西丰城）人。早有文名，大德间荐于朝，官至翰林侍讲学士。其文严整简当，诗尤清婉丽密。著有《揭文安公全集》

⑤ 歌行：歌行体，是古代诗体的一种。明人徐师曾作了归纳："放情长言，杂而无方者曰'歌'；步骤驰骋，疏而不滞者曰'行'；兼之者曰'歌行'。"（《文体明辨》）其特点是篇幅较长，内容充实生动，音节、格律比较自由灵活，平仄不拘，可以换韵，句式灵活，以七言为主，也有杂以三、五、九言。

始信渔洋昏老眼，误将奇丽许吴莱。①

蛇神牛鬼宗长吉，秾句纤词效八叉。②
笑杀铁崖兼玉笥，不弹琴瑟弄琵琶。③

忽宗李杜忽苏韩，妙笔仙才两擅难。④
可惜青丘遭毁折，未能生面辟骚坛。⑤

---

① 渔洋：王士祯号渔洋山人。吴莱（1297~1340），字立夫，浦阳人。七岁能属文，延祐中，以《春秋》贡于乡，试礼部不第，退居深袅（niǎo）山中，益力研究，专心著述。门人私谥渊颖先生。著有《渊颖集》十二卷，附录一卷。

② 长吉：李贺（790~816），字长吉，河南昌谷（今宜阳）人。唐宗室后。七岁能辞章，甚有奇才。其诗涉想奇绝，瑰丽凄恻，人称“诗鬼”。八叉：温庭筠（812？~870？），本名歧，字飞卿，太原祁（今山西祁县）人。少敏悟，有天才，能走笔成万言，亦善鼓琴吹笛。尤工律诗，每一韵一吟而已，场中号曰温八吟。或谓八叉手成八韵，故名温八叉。《旧唐书·本传》说他“能逐弦吹之音，为侧艳之词”，是花间词派的鼻祖。

③ 铁崖：杨维桢（1296~1370），字廉夫，号铁崖，后号铁笛。会稽人。父宏，筑楼铁崖山，植梅百株，聚书数万卷，去梯，使读书五年。因此自号铁崖。元泰定进士，暑天台尹。狷直忤物，十年不调。会修辽、金、宋三史，他作《正统辨》千言，总裁官欧阳玄读之叹曰：“百年后公论定于此矣！”其诗文俊逸，独擅一时，称为“铁崖体”。著作有《东维子集》30卷、附录一卷，《铁崖古乐府》10卷，《复古诗集》6卷等等行于世。玉笥：张国维，字九一，号玉笥，明代人，天启进士。琴瑟：琴和瑟。两种乐器名。《诗经·小雅·鹿鸣》：“我有嘉宾，鼓瑟鼓琴。”琵琶：乐器名。白居易《琵琶行》：“千呼万唤始出来，犹抱琵琶半遮面。”古人认为琴瑟比较高雅，而琵琶则较低俗。故曰“不弹琴瑟弄琵琶”。

④ 李杜：盛唐大诗人李白与杜甫的并称。韩愈在《调张籍》诗中说：“李杜文章在，光焰万丈长。”苏韩：指唐代中期文学家韩愈和北宋文学家苏轼。擅：独揽，占有。

⑤ 青丘：高启（1336~1374），字季迪，吴县（今苏州）人。少年时期，他没有投从过名师，全靠自己力学。18岁时，和吴淞江畔的青丘巨室周仲达之女结婚，自号青丘子。明洪武二年（1369），高启被征赴京修《元史》，先后任翰林院国史编修官、户部右侍郎，并与魏观相识。洪武五年（1372）十月，魏观任苏州知府，修复府治旧基，高启撰写了《上梁文》，因旧基本为吴王张士诚宫址，便被巡按御史张度奏告给猜忌多疑的明太祖，说魏观开泾复宫，心有异图。于是这位贤太守魏观被杀，高启被腰斩。生面：新的面貌，新的境界。骚坛：诗坛，诗界。

江西狱解即争雄，岂独平生负武功。①
形似何如神肖好，果然大复胜空同。②

珮玉鸣珂体自尊，爱才忧国意长存。③
一编乐府留天地，谁识西涯胜铁门？④

---

① 江西：即江西诗派。江西诗派是宋代文学流派。北宋末年，吕本中作《江西诗社宗派图》，自黄庭坚以下列“陈师道、潘大临、谢逸、洪刍……合二十五人，以为法嗣。”其论诗，多强调做法，崇尚瘦硬风格，要求字字有来历。倡导“脱胎换骨，点铁成金”。虽称“取法杜甫”，但得其皮毛，失其精真。狱：争讼。武功：康海（1475~1540），字德涵，号对山，武功（今陕西）人。明弘治十五年（1502）举进士第一，授修撰。刘瑾专政，招致之，不往。会李梦阳下狱，请他营救，海乃谒瑾说（shuì）之，次日即释。后瑾败，因而被打入刘瑾同党而落职。著有《对山集》10卷及《武功县志》等并行于世。负：愧对，辜负。

② 神肖：神似。肖，相像，类似。大复：何景明（1483~1524），字仲默，号白坡，又号大复山人，信阳（今河南）人。15岁举乡试，20岁中进士，授中书舍人。正德初刘瑾专权，谢病归里，后被罢官。李梦阳下狱，他上书吏部尚书杨一清救之，语甚愤激。他和李梦阳皆是前七子的两位领袖，景明志操耿介，与李梦阳并有国士风。两人均善诗文。初相得甚欢，成名后，互相诋讥（jī）。在对文学的具体主张上有分歧。著有《大复集》38卷，与《雍大记》《大复论》等。空同：李梦阳（1472 ~ 1529），字天赐，号空同子，庆阳（今甘肃）人。弘治七年（1494）进士，授户部主事，迁郎中。在政治上屡经风波，五次入狱。文学上倡导复古，作品便多模拟的痕迹。钱谦益在《列朝诗集》中说地“牵率模拟剽贼于声句字之间，如婴儿之学语”。

③ 珮玉：古代贵族以珮玉为饰，以玉比德。鸣珂：贵者之马以珂为饰，行则作响，谓之鸣珂。珂，一种似玉的美石，作为马笼头上的装饰品。“爱才忧国”句说的是李东阳，详见下注。

④ 西涯：李东阳（1447 ~ 1526），字宾之，号西涯，茶陵人。4岁能作径尺书。1464年第进士，选庶吉士，授编修，孝宗时官至文渊阁大学士，预机务，多有匡正。受顾命，辅翼武宗，立朝50年，清节不渝。刘瑾用事时，东阳潜移默御，保全善类。有《怀麓堂集》一百卷等。朱庭珍在其《筱园诗话》卷二云“茶陵在明，自是名家，与李、何、王、李并立无让，其乐府自成一格，非七子所及。”故诗中云“一编乐府留天地”。铁门：杨维桢（1296 ~ 1370），字廉夫，号铁崖，会稽人。

迪功高格似襄阳，身佩仙人九节菖。①
能以偏师成鼎足，当时两大杠争强。②

优孟衣冠白雪楼，茂秦五字似嘉州。③
弇山别擅便便腹④，晚造犹能胜一筹。

① 迪功：徐祯卿（1479~1511），一字昌谷，一字昌国，吴县（今苏州）人。弘治十八年（1505）进士，授大理左寺副。因失囚，贬国子博士。是前七子之一，与唐寅、祝允明、文徵明号称“吴中四才子”。其才情气格，却在三人之上，《明史》称他为“吴中诗人之冠”。其著作除诗文集《迪功集》六卷外，又著有《谈艺录》，篇幅虽不长，却是明人诗话中有影响的一部。王士祯论诗绝句有“天马行空脱羁靮，更怜《谈艺》是我师”语。襄阳：孟浩然（689~740），字浩然，襄州襄阳人。唐代著名诗人。九节菖：即一寸有九节的菖蒲。菖蒲，草名。生于水边。有香气，根入药。南朝梁宗懔《荆楚岁时记》：“端午节以菖蒲一寸九节者，泛酒以辟瘟气。”古人喜欢佩带兰、蕙、菖蒲之类香草。

② 偏师：主力军之外的部分军队。鼎足：鼎一般是三足，故以之比喻三者并立。当时两大杠争强：一般认为前七子的代表人物是李梦阳、何景明，而其他五人在诗文上略为逊色。在朱庭珍看来，李梦阳、何景明，徐祯卿是三足鼎立。

③ 优孟衣冠：比喻假装古人或模仿他人。优孟，春秋楚国艺人。相传楚相孙叔敖死后，他的儿子贫困无依，优孟就穿孙叔敖的衣冠，在楚庄王面前扮成孙叔敖的样子，抵掌谈语。庄王很感动，叔敖子遂得封。白雪楼：指李攀龙（1514 ~ 1570），字于鳞，号沧溟，历城（今山东济南）人。嘉靖二十三年（1544）进士。初授刑部主事，后迁顺德知府。三年后又擢为陕西提学副使。不久谢病返乡，建白雪楼以自娱。著有《沧溟集》。他的拟古乐府，生吞活剥，只将古人的原作改换数字，典型的例子是《陌上桑》，其中“来归相怨怒，且复坐须臾”，就是袭原作的“来归相怨怒，但坐观罗敷”，原作“坐”，作“因为”用，他的“坐”却当做动词“坐”来用。所以朱庭趁说他是“优孟衣冠”。茂秦：谢榛（1495~1575）字茂秦，号四溟山人，临清（今山东）人。布衣终身。他的诗，以近体为工，尤长于五律，句响而字稳，法度严谨。他的《四溟诗话》也享有名气。五字：五言，指五言诗。嘉州：岑参（716~770 年），南阳（今河南南阳）人。天宝三载（744）中进士。岑参在我国西北地区生活过较长时间，是唐代著名的“边塞诗”人。著有《岑嘉州集》。

④ 弇山：王世贞（1526~1590），字元美，号凤州，又号弇（yǎn）州山人，太仓（今江苏）人。嘉靖二十六年（1547）进士，授刑部主事，是后七子代表人物。他在七子中才最高，地望最显。朱彝尊《静志居诗话》卷十三云：“当日名虽七手，实则一雄。”他的著作宏富，《四库全书总目提要》说：“考自古文集之富，未有过于世贞者。”别擅：特别擅长。便便腹：犹言满腹学问。便便，形容善于辞令。《论语·乡党》“其在宗庙朝廷，便便言，唯谨尔。”

云间才笔首黄门，砥柱横流道更尊。①
我欲临江歌楚些，一杯清酒赋招魂。②

失节虞山已暮年，绛云楼火岂非天？③
白头江令心花尽，坐拥蘼芜手一编。④

---

① 云间：江苏松江县之古称。黄门：陈子龙（1608~1647），字卧子，号轶符，晚年号大樽，松江（今上海市）人。崇祯十年（1637）进士，选绍兴推官。南明弘光时任兵科给事中，因汉代曾设黄门官，给事于黄门内，故亦称他陈黄门。曾上防守要策，并痛陈小朝廷荒淫苟安的腐败政治，不被采纳而辞职返乡。清军破南京后，念祖母年迈不忍生离，乃遁为僧。顺治三年（1646），祖母卒。次年，结太湖兵抗清。事泄，在苏州被捕，拘于舟中，将解南京，乘隙投水而死。他是明末诗坛上代表作家。有人评他才大健思不为过。后人看重陈子龙的诗，固然因诗本身的成就，同时也"因其求仁沧波，志行激越"之故，所以朱庭珍赞他"砥柱横流道更尊"。

② 楚些：《楚辞·招魂》句尾皆有"些"（suò）字，为楚人习用的语气词。后因以泛指楚地的乐调或楚辞。招魂：屈原《九章》里有《招魂》篇，内有"魂兮归来"句。

③ 虞山：钱谦益（1582~1664），字受之，号牧斋，又自称牧翁、绛云老人等，江苏常熟人。明万历三十八年（1610）进士。崇祯初官礼部右侍郎，为温体仁所陷，革职。弘光时官礼部尚书。清兵南下时迎降，任礼部右侍郎管秘书院事，充修明史副总裁。仅任职六个月，即告病归里，秘密从事抗清活动。但这也难洗"失节"污点。家有藏书楼曰"绛云"，中多宋刻孤本，未几，尽毁于大火。著有《初学集》《有学集》《投笔集》等。

④ 白头江令：指梁朝江总（519~594），字总持，济阳考城人。幼聪颖有至性，及长笃家有辞采。18 岁起家梁宣惠武陵王府法曹参军，累迁太子中舍人。侯景之乱，流寓岭南。入陈，为太子詹事。后主即位，擢仆射尚书令，不持政务，日与后主宴游后庭，与诸文士共为艳诗。君臣昏乱，以至灭亡。入隋，复拜上开府，卒于江都，世称江令。钱谦益与江总也有相似之处，钱为妓女柳如是所恋，晚年与柳如是唱和校勘为乐。《蘼蕪》：《玉台新泳》中的古诗名。内有"上山采蘼蕪，下山逢故夫。长跪问故夫：'新人复何如'？……将缣来比素，新人不如故。"朱庭珍借《蘼蕪》来讽刺钱谦益"失节"后日子并不好过。据载钱谦益虽降清，然颇为清帝所轻，不仅其诗文板被禁毁，甚至凡有谦益序文或列名校勘之书，亦被禁止。

悱恻缠绵见至情，谁将芝麓许齐名？①
西昆词藻香山体，窃恐梅村误后生。②

尽敛才华归气骨，笔端径寸挽千钧。③
岭南巨擘数元孝④，三百年中无此人。

昭代吟坛负盛名，正宗人竞说新城。⑤

---

① 悱恻缠绵：形容悲苦的情感在心中萦绕郁结而无法解脱。悱恻（fěicè）：悲苦。缠绵，感情萦绕而不能解脱的样子。至情：最深的感情。芝麓（lù）：龚鼎孳（1615~1673），安徽合肥人。明崇祯七年（1634）进士，授兵科给事中。李自成陷京师，受直指使职。入清，授吏科给事中，累迁太常寺少卿。恋名妓顾媚，多为奇珍异宝以悦其心。鼎孳为人放旷，颇为时所讥，而博学多闻，诗古文具工。著有《定山堂集》等。与钱谦益、吴伟业并称“江左三大诗人”。

② 西昆词藻：指西昆体追求华丽的词藻，堆砌典故。香山体：白居易晚年好释老之学，与僧如满结香火社，往来香山之间，自称“香山居士”。一个成熟的作家，其作品往往有几种风格。故所谓的“香山体”，是指白居易诗歌“俗”与“俚”而言，也即是通俗易懂。惠洪《冷斋夜话》云：“白乐天每作诗，令老妪解之。问曰：解否？妪曰解，则录之，不解则易之，故唐宋之诗近于鄙俚。”王安石曾说“白俚”，苏轼也说“白俗”。窃：谦词。私自，私下。梅村：吴伟业（1609~1671），字骏公，号梅村，江南太仓（今江苏）人。崇祯四年辛未（1631）进士，官左庶子，弘光朝任少詹事。入清后官国子监祭酒。早期诗作风华绮丽，后经乱离，多感慨苍凉之音。纪事之作，学长庆体而自具面目，后人称之为“梅村体”。著有《梅村家藏稿》。“窃恐梅村误后生”看来是指其早期华艳绮丽的诗作而言。

③ 气骨：指诗文、书法的风格骨力。千钧：古代三十斤为一钧，千钧即三万斤。形容力量之大，或器物之重。

④ 岭南：泛指五岭以南地区。元孝：陈恭尹（1630~1700），字元孝，号半峰，广东顺德人。幼时，其父陈邦彦因抗清牺牲，以父荫，明桂王授为锦衣卫指挥佥事，桂王败后，避迹隐居。著有《独漉堂集》。王士祯称其诗在“岭南三家”中“尤清迥拔俗”。

⑤ 昭代：社会政治清明的时代。多用于称颂本朝。吟坛：诗坛。吟，诗歌。《乐府诗集·杂曲歌辞·伤歌行》：“伫立吐高吟，舒愤诉穹苍。”正宗：佛教禅宗称初祖达摩所传的嫡系宗派。后来泛指学业技术的嫡传正派。新城：王士祯（1634~1711），字子真，号阮亭，又号渔洋山人，山东新城人。顺治十二年（1655）进士，官至刑部尚书。士祯少年时为钱谦益所称赏。康熙时继谦益主盟诗坛。论诗创神韵说，吸取唐代司空图的《二十四诗品》和南宋严羽的《沧浪诗话》的理论，强调“兴会神到”，追求“得意忘言”，以清淡闲远的风神韵致为诗歌的最高境界。

沧浪诗话司空品，直误尚书过一生。①

万卷罗胸竹垞翁，文章考据两兼工。②
王朱并驾君何取，老子韩非究不同。③

阮亭秋谷果谁优？刀笔谈龙视若仇。④

① 沧浪诗话：《沧浪诗话》是宋诗话的压卷之作，是宋人诗话的优秀代表。该诗话分五门，为“诗辨”“诗体”“诗法”“诗评”“诗证”，主张以盛唐为宗。作者严羽（约公元1200年前后在世），字仪卿，一字丹邱，自号沧浪逋客，邵武人。著作除诗话外，还有《沧浪集》二卷传于世。司空品：即司空图的《二十四诗品》。司空图（837~908），字表圣，河中虞乡人。唐咸通末举进士，官中书舍人。黄巢农民大起义以后，隐居中条山王官谷。朱温代唐，图不食而死。著有《司空表圣文集》十卷、《诗集》三卷。司空图《二十四诗品》，重在艺术方面探索。许印芳《二十四诗品跋》说：“（司空图）尝撰《二十四诗品》，分题系辞，字字创新，比物取象，目击道存。然品格必成家而后定，如《雄浑》《高古》之类，其目凡十有二；至若《实境》《精神》之类，乃诗家功用，其目亦十有二。”直误尚书：王士祯，官至刑部尚书。并创“神韵说”，深受司空图《二十四诗品》与严羽《沧浪诗话》影响，故云。

② 竹垞翁：朱彝尊（1629~1709），字锡鬯，号竹垞。浙江秀水人。少肆力古学，博览群书。康熙十八年（1679），应试“博学鸿儒”科，以布衣入选。彝尊工古文，长于考证；诗与王士祯称南北两大宗。著有《曝书亭集》80卷，《日下旧闻》42卷，《明诗综》100卷，《经义考》300卷等等。故云“文章考据两兼工”。

③ 王朱：指王士祯、朱彝尊。并称“南北两大宗”。“老子韩非”句：司马迁在《史记》里有《老子韩非列传》，把老子（前580~前500）与韩非（前？~前233），思想不同，生活年代不同的两位人物放在一起写。

④ 阮亭：王士祯的号。秋谷：赵执信（1662~1744），字伸符，号秋谷，山东益都（今淄博）人。康熙十八年（1679）进士，改翰林院庶吉士。散馆授编修。执信少颖慧，工吟咏。为王士祯甥婿。尝问古诗声调于士祯，士祯讥之。因发唐人诸集，究得其法，为《声调谱》一卷。又尝求士祯作《观海集》序，屡为失约，因渐相诟厉，所著《谈龙录》，力排士祯，人论足救专主“神韵”之弊。“刀笔谈龙视若仇”，指此而言。刀笔，刀和笔。古代书写工具。古人记事用竹木简牍，以笔书写，如有而讹误，则以刀削之，故刀笔合称。“刀笔谈龙”，指著《谈龙录》。

私淑钝吟缘底事，宋襄何足霸诸侯。[1]

愚山五律匹钱刘，五古清真似道州。[2]
却怪七言才力窘，同时应配宋商丘[3]。

荔裳诗笔自浑成，宗法高岑是正声。[4]
最爱遗编歌入蜀[5]，晚年深造胜平生。

---

① 私淑：私下向所敬仰崇拜的人学习，没有直接受教。钝吟：即清冯班撰的《钝吟杂录》一书。据朱庭珍从《筱园诗话》卷四云："赵秋谷与阮亭不睦，久遂成仇，至作《谈龙录》以诋刺之。独心折二冯，几欲铸金崇奉，其好恶殊不可解。查秋谷之服膺冯氏，阿好溢美，其说本于常熟吴修龄。曾三过吴门，求访修龄所著《围炉诗话》而不得，大以为恨。予观二冯所著《钝吟老人集》《默菴小刻》，并所评《才调集》及吴氏诗话诸书，不觉大笑，乃知秋谷之笃嗜，真如嗜痂，不可以正理诘矣。修龄集失牧斋，至为《正钱录》以讥牧斋诗文，深文巧诋，指摘不遗余力，与秋谷掊击新城，作《谈龙录》后先一揆。缘底事：为何缘由。宋襄：宋襄公（前？~前637）。春秋宋国君。宋桓公子，姓子，名兹父。继齐桓公为诸侯盟主。公元前638年伐郑，与救郑的楚兵战于泓水。遭到强大的楚兵，宋襄公却自称为"仁义之师"，不重伤敌人，不俘虏上了年纪的敌人，并要等楚兵渡河列阵后再战，结果大败受伤，次年不治而死。

② 愚山：施闰章（1618~1683），字尚白，号愚山，安徽宣域人。著有《施愚山先生学余诗集》《别集》《遗集》等。钱刘：指钱谦益。道州：何绍基（1799~1873），字子贞，号猿叟，湖南道州人。道光十六年（1836）进士，官翰林院编修。官四川学政时，因陈时务十二事，被清廷斥为"肆意妄言"，被贬官。从此遂不做官，主讲山东、湖南书院。晚年主持苏州、扬州书局。著有《东洲草堂集》，是晚清宋诗派代表人物之一。

③ 宋商邱：宋荦（1634~1713），字牧仲，号漫堂，又号西陵，河南商丘人。著有《沧浪小志》《漫堂墨品》《漫堂说诗》等。

④ 荔裳：宋琬（1614~1673），字玉叔，号荔裳，山东莱阳人。顺治四年（1647）进士。诗多感时伤事之作，含凄凉激荡之意。著有《安雅堂集》30卷。高岑：唐代诗人高适与岑参。两位都是唐代边塞诗人。

⑤ 歌入蜀：宋琬，官至四川按察使。故云。

妙趣横生笔已仙，诗家初白画龙眠。①
与公同派师苏陆②，可许名山继昔贤。

药亭长古气雄豪，五律翁山品最高。③
各向岭南夸绝技，天风万里卷银涛。

锦囊古藻落缤纷，雅瑟元音世莫闻。④
若向山西操月旦，亭林青主两征君。⑤

① 笔已仙：比喻具有非凡的笔力。初白：查慎行（1651~1728），字悔余，号初白，（一作字初白）又号查田，浙江海宁人。少受学于黄宗羲，治经邃于易，尤工诗。康熙三十二年（1693），举顺天乡试，名闻禁中。圣祖康熙东巡，以大学士陈廷敬、李光地、张玉书先后奏荐，召至行在，赋诗称旨，诏随入都，安排在南书房。1703年，特赐进士出身，故翰林院庶吉士。散馆，授编修。慎行好游山水，所得一讬于吟咏，故篇什最富。著《敬业堂集》50卷，合生平所历各为一集，多至53种。黄宗羲比之陆游，王士祯称为“奇创之才”。龙眠：山名。在安徽桐城西北，与舒城六安接界。宋元祐中舒州李公麟，善丹青，好古博学，长于诗，归老此山。故“画龙眠”，当指这位别号为“龙眠居士”的李公麟。

② 苏陆：指宋朝的苏轼与陆游。

③ 药亭：梁佩兰（1632~1708），字芝五，号药亭，广东海南人。少日读数千言，通经史百家。顺治十四年（1657）乡试举第一。屡上公车不遇，日与同仁砥砺文学，金台举社事，与朱彝尊等同主坛坫，声名甚盛。康熙二十七年（1688）成进上。著有《六莹堂前后集》16卷。翁山：屈大均（1630~1696），字介子、翁山，番禺（今广州）人。诗长于山林边塞，尤工五言近体。与陈恭尹、梁佩兰齐名，号“岭南三大家”。著有《九歌草堂集》。

④ 锦囊：锦制的囊（袋子）。古人用来装诗文手稿。《唐文粹》九九李商隐《李贺小传》：“恒从小奚奴，骑距驴，背一古破锦囊，遇有所得，即书投囊中。”古藻：古代诗歌、诗词。缤纷：形容很多。雅瑟。乐器名。《尔雅》谓之大瑟。元音：自然美妙的声音。

⑤ 操月旦：评品人物。“月旦”，农历每月初一。《后汉书·许劭传》：“初，邵与（从兄）靖俱有高名，好共核论，乡党人物，每月辄更其品题，故汝南俗有‘月旦评’焉。”后因称品评人物为月旦评，或简称“月旦”。亭林：顾炎武（1613~1682），初名绛，字宁人，号亭林，江苏昆山人，（从前句“山西”两字看朱庭珍把顾炎武的籍贯弄错了）。治经重考据，注意经世致用，开清代汉学风气。著有《日知录》《亭林诗文集》等。青主：傅山（1606~1683），字青主，一字仁仲，亦称朱衣道人，山西太原人。著有《霜红龛集》。

华年落魄吊西堂[①]，艳曲流传亦可伤。
幸有前明新乐府，一编追配李东阳[②]。

大器从来合晚成，八旬林下享诗名。[③]
平生不喜归愚叟，真气全无少性情。[④]

半生心折阅微堂，剖析秋毫笔有霜。[⑤]
当代论诗谁第一？河间识远胜南昌[⑥]。

---

① 西堂：尤侗（1618~1704），字同人，更字展成，号悔庵，又号西堂老人，江苏长洲人。少博闻强记，弱冠补诸生，才名籍甚。以乡员除直隶永平府推官，吏治精敏，不避强御。康熙十八年（1679）试中“博学鸿儒”科，授翰林院检讨。分修《明史》。居三年，告归。初，侗所作诗文，流传至禁中，世祖自之为“真才子”。后入翰林，圣祖称为老名士。天下羡其荣誉。圣祖（康熙）南巡到苏州，侗献《平朔颂》《万寿诗》，嘉赐御书鹤楼堂匾额等。这些“荣遇”，在朱庭珍看来只不过是“华年落魄”。他在《筱园诗话》卷二中云“尤西堂先生工填曲，其《明史·新乐府》百首，自成一家，足夺铁崖、西涯之席，卓然可传。诗恃聪明，意欲以才情见长，究非专门正轨。中年后，流入浅近，颇伤俚俗，且多游戏率意之作，不足取也。”

② 李东阳（1447~1516）：字宾之，号西涯，茶陵人。天顺八年（1464）第进士。选庶吉士，授编修。孝宗时，官至文渊阁大学士。撰有《怀麓堂集》100卷，《怀麓堂诗话》1卷等。

③ “大器……诗名”两句：写的是沈德潜，年将70才成进士，诗才出名。

④ 归愚：沈德潜（1673~1769），字确士，号归愚，江苏长洲人。乾隆初，举博学鸿词，不遇。直到1739年才成进士，年已将70。德潜为诗主严格律。著有《竹啸轩诗钞》、《归愚诗文钞》等。真气：朱庭珍在其《筱园诗话》卷一中解释说：“帅气于中，为暗枢宰，若北辰之系众星，以静主动。此之谓醇而后肆，此之谓动而实静，故能层出不穷，不致一发莫收，一览易尽也。在识者谓之道气，诗家谓之真气。”

⑤ 心折：犹心碎。这里活用为费尽心血。秋毫：鸟兽在秋天新长出的细毛，这里活用为细微、仔细。霜：喻威严，不徇私情。

⑥ 河间：纪昀（1724~1805），字晓岚，一字春帆，自号石云，直隶献县（明清属河间府）人。乾隆十二年（1747）第一名举人。乾隆十九年（1754），成进士，改庶吉士。累迁侍读学士。昀贯澈儒籍，旁通百家，其学在辨汉、宋儒术之是非，析诗文流派之正伪，主持风会，为世所宗。尝在《四库全书》总纂，校订整理，每书悉作提要，冠诸简首，称大手笔。自著有遗集及《阅微草堂笔记》七种。南昌：杨垕（hòu）（约1723？~1766？），字子载，江西南昌人。生卒年龄不详。六岁解吟咏，九岁以诗名，与汪轫相伯仲，时称“两才子”。又与蒋士铨、汪轫、赵由仪有“四子”之目。乾隆十八年（1753）拔贡生。其诗清超深浑，自成一家。著有《耻夫诗钞》。

奇气纵横各擅扬，毗陵四子顾洪杨[①]。
漫推仲则才如海，嗣响青莲说两当。[②]

乾嘉文派重桐城，诗学刘姚各有名。[③]
我向蓬莱看东海，一盂不爱鑑湖清。[④]

七古纵横乐府奇，豫章流派杜韩诗[⑤]。

---

① 毗（pí）陵：郡名，治所在丹徒；县名，治所在武进。均属江苏。四子：指黄景仁、洪吉亮、顾莼、杨芳灿。四人都是江苏籍。顾莼（1765~1832），字希翰，号南雅，江苏吴县人。嘉庆七年（1802）进士，改翰林院庶吉士，散馆，授编修。累官至通政司副使，正直不阿。晚年名益盛，有文坛耆宿之誉。著有《南雅诗文钞》。洪吉亮（1746~1809），字稚存，号北江，江苏阳湖人。乾隆五十五年（1790）进士，授编修。博览群书、精研经史、音韵训诂等，诗文亦名家。诗与黄景仁并称。著有《洪北江诗文集》等。杨芳灿（1753~1815），字才叔，号蓉裳，江苏金匮人。工诗文，少即华赡。著有《真率斋稿》12卷、《芙蓉山馆诗话稿》14卷等。

② 仲则：黄景仁（1749~1783），字汉镛，一字仲则，晚号鹿菲子，江苏武进人。乾隆时诸生，与洪亮吉齐名，一生贫而多病，又屡试不第。工诗：有狂名，以奇肆新警见长。著有《两当轩诗文集》等。嗣响：继承前人事业，如响应声。青莲：指李白，号青莲居士。

③ 乾嘉：清乾隆（1736~1795）、嘉庆（1796~1820）年间。桐城：桐城派。清代散文家之一重要流派。其代表人物方苞、刘大櫆、姚鼐等皆安徽桐城人，故称桐城派。提倡学习先秦、两汉及唐宋八大家散文，反对八股；主张义理、考据。辞章合而为一。作品以典雅、凝练见称；虽反对老八股，却又产生“新八股”，过重“载道”，内容不免陈腐。刘姚：指刘大櫆、姚鼐。刘大櫆（1698~1779），字才甫，一字耕南，号海峰，安徽桐城人。清代散文家、诗人。姚鼐（1732~1815），字姬传，一字梦谷。安徽桐城人。清代散文家。

④ 蓬莱：山名。古代方士传说为仙人所居。《山海经海内北经》：“蓬莱山在海中。”盂（yú）：盛汤浆或食物之器。鑑湖：即镜湖。东汉永和五年太守马臻断创开，周回三百余里，溉田九千余顷。自宋熙宁以来，浚治不时，自久湮废。因水平如镜名镜湖，宋人讳“敬”字，改为鑑湖。

⑤ 豫章：古地名。《左传》上的豫章，制所在淮南江北之界，汉移其名于江南，置郡，属扬州；隋政为县，属洪州，故治在今江西南昌市。豫章流派，即江西诗派。江西诗派是宋代文学流派。北宋末年，吕本中作《江西诗社宗派图》，自黄庭坚以下，列陈师道、潘大临、谢逸等25人，这派诗人并非都是江西人，只因江西人黄庭坚影响最大故称。黄庭坚说：“老杜作诗，退之作文，无一字无来处；盖后人读书少，故谓韩杜自作比语耳。”杜韩：杜甫、韩愈。

稚威健笔心余匹，袁赵何堪并一时。①

随园毒瘴艺林昏，瓯北船山逮雨村。②
风雅凌迟嗟久矣，谁披云雾待朝暾。③

华年倒屣遍公卿，兰雪诗坛负盛名。④
欲识香苏真面目，庐山一集冠平生。⑤

---

① 稚威：胡天游（1696~1758），一名骙，字稚威，号云持，浙江山阴人。少有异才，于书无所不窥。雍正中，两举副榜贡生。天游文工四六，诗亦雄健有气。著有《石笥山房文集》6卷。心余：蒋士铨（1725~1785），字心余，一字苕生，号清容。江西铅山人。乾隆十九年（1754），由举人官内阁中书。乾隆二十二年（1757）成进士。其诗气体雄杰，能拔奇于古人之外，七言尤胜。著有《忠雅堂文集》12卷，《诗集》27卷等。袁赵：指袁枚、赵翼。袁枚（1716~1797），字子才，号简斋，又号随园老人，浙江仁和（一作钱塘）人。乾隆三年（1738）举顺天乡试，四年成进士。为诗主性灵。著有《小仓房诗文集》70多卷，以及《随园诗话》等。赵翼（1727~1814），字云松，号瓯北，江苏阳湖人。乾隆十五年（1750）举乡试，乾隆十九年（1754），中明通榜。翼性倜傥，才调纵横，诗与袁枚、蒋士铨齐名，称“江左三家”，尤精史学，著有《瓯北诗集》53卷、《唐宋十家诗话》12卷等。

② 随园毒瘴：指袁枚的《随园诗话》。《随园诗话》（含补遗）共26卷，论诗条目近两千条。论诗力主“性灵说”，标举诗人之真情、个性和诗才。其诗学见解不乏真知灼见。朱庭珍之所称之“毒瘴”，恐怕与《随园诗话》还有一些“风流艳事”的记述有关。对此，章学诚就曾斥之为“轻薄”。瓯北：赵翼的号。船山：张问陶（1764~1814），字仲冶，号船山，四川遂宁人。著有《船山诗草》。雨村：李调元（1778年前后在世），字羹堂，号雨村，四川绵州人。逮：到、及。赵翼、张问陶、李调元等皆呼应袁枚的“性灵说”。

③ 风雅：原指《诗经》中“国风”“大雅”“小雅”，这里指诗歌的正统正宗。凌迟。衰落、衰败。朝暾：早晨初升的太阳。暾（tūn），初升的太阳。

④ 华年：青春年华，指年轻时。倒屣：古人家居，脱鞋席地而坐。客人来，急忙出迎，把鞋子都穿倒了。后用“倒屣”形容热情迎客。屣（xī）：鞋。“华年倒屣遍公卿”句，意即年轻时就受到公卿们热捧。兰雪：吴嵩梁（1766~1834），字子山，号兰雪，江西东乡人。嘉庆五年（1800）举人。由内阁中书官贵州黔西州知州。弱冠入都，王昶、翁方纲、法式善盛相推重。就连袁枚这样以才自负，亦心折其诗。其诗与黄景仁相埒。体沿六朝而规格则似唐之温李，其清婉处又与长庆为近。著有《香苏山馆诗钞》。

⑤ 香苏：即吴嵩梁所著的《香苏山馆诗钞》。庐山一集：即《香苏山馆诗钞》全集中《庐山纪游》一册。冠平生：在其一生作品中为最好。

湘皋老笔有奇姿，同里欧阳并善诗。[1]
尤爱花宜风韵好，词坛各自领偏师[2]。

文苑榛芜失老成，谁扶大雅主齐盟？[3]
持衡[4]窃比遗山叟，敢道前贤畏后生。

（朱庭珍《穆清堂诗钞》）

① 湘皋：邓显鹤（1777~1851），字子立，一字湘皋，湖南新化人。工诗古文辞，著有《南村草堂诗文钞》等。欧阳：指欧阳辂（1767~1841），初名绍络，字念祖，一字涧东，湖南新化人。工诗，著有《东诗钞》等。

② 偏师：主力军外的部分军队。这里指诗歌主流以外的诗派。

③ 榛芜：荒芜。老成：形容诗文老练成熟。大雅：古以《诗经》中大雅为正声。齐（zhāi）盟：盟誓。古人盟誓必先斋戒，故盟誓也称“斋盟”。齐（zhāi）的本意是整洁身心，以示虔敬。后作“斋”。

④ 持衡：拿秤称物。引申为品评诗歌。

《溱洧》[①]两首

朱庭珍

溱洧新添水，东流涣涣寒。[②]花浓春赠芍，香远梦徵兰。[③]说怿夸彤炜，清扬讬露漙。[④]微词多比兴，莫当定情看。[⑤]

岂有轩輶访，淫诗采入风。[⑥]温柔王化始，删定圣言同。[⑦]志逆连章外，情传小序中。[⑧]宋贤多误解，未敢薄毛公[⑨]。

---

① 溱洧（zhēnwěi）：《诗经》里“郑风”中的篇名。朱庭珍读了《诗经·郑风·溱洧》，写了这两首诗，并借用“溱洧”作标题，表达其读后感。溱、洧本是两条河的名称。

② 新添水：指溱河、洧河涨春潮。涣涣：春水盛貌。

③ “花浓”两句：语意双关。青年男女闻香寻兰，互赠芍药。徵，寻求。

④ 说（yuè）怿：喜欢，高兴，快乐。彤炜：鲜红。这里指鲜红的花，也指像花一样的少女。清扬：本指眉目之间。《诗经·郑风·野有蔓草》：“有美一人，清扬婉兮。”这是用“清扬”来形容少女眉清目秀。讬：同托，承托。露漙（tuā）：露水多的样子，晶莹透亮的样子。

⑤ 微词：隐喻的词语。比兴：诗歌的一种艺术表现手法。即六义之一。定情：男女互赠信物，表示相爱不渝，称为定情。

⑥ 轩輶（yóu）：轻车。淫诗：旧时指描写放荡风俗的诗。采入风：被采编入《诗经》里十五国风。

⑦ 温柔王化始：温柔是君王德化的开始。《礼·经解》：“温柔敦厚，诗教也。”《疏》：“温，谓颜色温润；柔，谓性情和柔。”删定圣言同：删定《诗经》圣人说法是一致的。关于删诗说，最早见于《史记·孔子世家》：“古者诗三千余篇，及至孔子去其重，取可施于礼义……三百五篇；孔子皆弦歌之”。对此，众说纷纭，莫衷一是。方玉润认为：“夫子反鲁在周敬王三十六年，鲁哀公十一年，丁巳，时年已六十有九，若云删诗，当在此时，及何以前此言诗，皆曰‘三百’，不闻有三千说耶？此盖史迁误读‘正乐’为删诗云耳。”（见方玉润《诗经·原始》）

⑧ 志逆：即逆志的倒装。孟子云：“故说诗者，不以文害辞，不以辞害志；以意逆志，是为得之。”（《孟子·万章上》）意即说诗者，应以作者之意去推求作者之志。小序：指的是诗小序。毛诗各篇之前，解释此诗主题者为小序。

⑨ 宋贤：指宋代解诗者，如朱熹等。薄，轻视，鄙薄，看不起。毛公：汉初传授《诗经》的学者。《汉书·儒林传》言毛公赵人，治诗，当河间献王博士。

拟陆士衡《文赋》[①]

朱庭珍

余少读《文选》[②]，于陆士衡诗赋及文，深致不满。如《辨亡论》[③]则排偶而无真气贯之，遂觉力不能振。赋与诗同病，文掩其质，以枝叶累本根矣。[④]《文赋》为陆氏少作，尤卑之，无甚高论。[⑤]今拟其赋，变冗从简，如唐临晋书，不求似也。[⑥]其词曰：

---

① 陆士衡：陆机（261—303），字士衡，吴郡华亭（今上海松江）人。陆机不仅是一诗、文作家，而且是一位有特殊地位的文学批评家。他的《文赋》是我国文学批评史上第一篇系统论述文学创作的长文。关于《文赋》的写作年代，历来有两种看法：一种观点认为它是陆机青年时期作品。因为杜甫《醉歌行》中有“陆机二十作《文赋》”的句子。朱庭珍就持这种观点。另一种观点认为是陆机四十岁左右所作。理论的总结往往滞后于实践。没有丰富的创作实践体验，恐怕难以总结出中国文学批评史上第一篇系统论述文学创作的长文。因此，注者认为《文赋》写作年代在陆机四十岁左右更加合乎情理。

② 《文选》：书名。南朝梁昭明太子萧统编，故又名《昭明文选》。选录先秦至梁的各体诗文，分37类，30卷，为我国现存最早的文学总集。陆机的《文赋》被录入《文选》。

③ 《辨亡论》：陆机所作，分上、下两篇。论述吴国的孙权之所以兴，孙皓之所以亡。

④ 文掩其质：这里的“文”，指文章的文采词藻。“质”，指文章的质实、内容。本根：树木的根、干。比喻至关重要的方面。

⑤ 少（shào）作：年轻时的作品。卑：轻视、鄙薄。无甚高论：这是朱庭珍一己之见。其实《文赋》在我国文学批评史上是具有里程碑的重要意义的。

⑥ 变冗从简：陆机的《文赋》（除序）共有1551字；朱庭珍的《拟陆士衡〈文赋〉》（除序）共有716字。冗，行文冗长。简，简短。唐临晋书：指唐人书法多以晋人为本，脱胎变化而成家。“唐临晋书”又曰“唐临晋帖”。书，书法。似：形似。

寄浮生于两大，期不朽于千秋。[①] 考典坟[②] 于上古，穷岁月而旁搜。究百家之得失[③]，辨六艺之源流。吸四部之精液[④]，经半生之讲求。手挥斥于万象，身阅历于九州。[⑤] 去肤[⑥] 则甘道味，立意则与神谋。悟希微而探月窟，师造化而任天游[⑦]。矢立言于艺苑，愿进业于潜修。[⑧] 其为文也，既出雅而入风，亦秉经而酌史。[⑨] 养气先培本原，修词必厚根柢。[⑩] 任博览于群言，终折中于一是。[⑪] 励躬行以节情，鸣心得而入理。[⑫] 抑之则欲其沉，扬之则欲其伟；[⑬] 敛之则须弥一尘，纵之则瞬息千里。[⑭] 高如青霄[⑮] 之云，低极碧海之水。采爱鲜华，音

---

① 浮生：人生。古代老庄学派认为人生在世虚浮无定，故称“人生”为“浮生”。两大：指天地。人生活在天地之间，天与地二者并大，故称两大。期：期望，要求。千秋：千年。形容岁月长久。不朽：永不磨灭。儒家提出立德、立功、立言三不朽。曹丕的《典论·论文》提出：“文章经国之大业，不朽之盛事。”

② 典坟：古籍文献。五帝之书称“五典”，三皇之书称“三坟”。

③ 百家：诸子百家。六艺：礼、乐、射、御、书、数。汉以后，六艺又指儒家的六经：《诗经》《尚书》《礼记》《乐记》《易经》《春秋》。根据文意，这里的“六艺”指“六经”。

④ 四部：群书的统称。旧时图书以甲乙丙丁四部分类。五经为甲部，史记为乙部，诸子为丙部，诗赋为丁部，定为经史子集。精液：精华。

⑤ 挥斥：挥舞。万象：万物万事，宇宙间的一切景象。阅历：经历。九州：古代中国划分为九个大区。九州所指，说法不一。这里泛指中国或天下。

⑥ 肤：肤浅。

⑦ 希微：稀疏微薄。悟希微，意为寻求事物的奥妙。月窟：月宫。师：学习。造化：大自然的创造化育。

⑧ 矢立言：发誓立言。矢，誓。立言，创立学说。艺苑：文坛。潜修：埋头学习，埋头习研。

⑨ 雅、风：《诗经》。《诗经》中有大、小雅与十五国风。秉经：操持五经。酌史：吸取历史。

⑩ 养气：涵养气质、意志。本原：根源。根柢：根本。柢，树根。

⑪ 任：放纵，不拘束。博览：广泛阅读。群言：群书。折中：取正，择其中。

⑫ 励：勉励，鼓励。躬行：亲自实行。节情：调节情感。鸣心得：发表心里感爱。入理。合乎道理。

⑬ 抑：压抑，压制。沉：深，深沉。扬：显扬，炫耀。伟：高大，雄壮。

⑭ 敛：收缩，约束。须弥一尘：把须弥那样的大山变为一粒尘土。须弥，佛教传说山名。纵：放纵。瞬息：一瞬间，一眨眼工夫。瞬，目动，眨眼。息，呼吸，喘息。

⑮ 青霄：高空。

追正始。[①]欲垂辔于前贤，试传衣于后起。[②]以左、檀为前车，步迁、固之正轨。[③]取幽渺于楚骚，参汪洋于庄子。[④]相如子云，则异曲同工；[⑤]宋玉景差[⑥]，则殊途并美。随贾生而踵江都，笑家令而揖中垒。[⑦]

首定意匠，次用心兵；[⑧]剪裁结构，惨淡经营[⑨]。文以载道，诗

---

① 鲜华：新鲜的花。华，同“花”。音：语言、文辞。陆机《文赋》。“放庸音以足曲。”正始：正其始。《诗序》“《周南》《召（shào）南》，正始之道，王化之基。”旧时说《诗》以《周南》《召南》25篇为文王周公王业风化之基本，故称“正始”。

② 垂辔：意即驾车追赶。垂，挂着。辔（pèi），驭马的缰绳。前贤：前代的贤人。传衣：继承师业。也即传衣钵。师徒传授继承的泛称。衣，袈裟；钵，食具。佛教禅宗以衣钵相传，作为传法的信证。后起：后起之秀。

③ 左、檀：指左丘明与檀弓。左丘明，春秋鲁国人。相传曾任鲁太史，为《春秋》作传，成《春秋左氏传》，省称《左传》；又作《国语》。檀弓，春秋鲁国人。又《礼记》篇名。《礼·檀弓上》题疏：“《郑目录》云：“名曰檀弓者，以其记人善于礼，故著姓名以显之。姓檀名弓，今山阳有檀氏。”前车：指借鉴。前车，即前车之覆，后车之鉴的省略语。迁、固：指司马迁与班固。司马迁（前145~前86），《史记》的作者。班固（32~92），字孟坚，扶风安陵人。《汉书》的作者。

④ 幽渺：幽深杳渺。楚骚：楚辞。楚辞以《离骚》为代表。故云楚骚。汪洋：形容文章气势浑厚，义里深广。庄子：这里指庄周（前？~前275？）所作的《庄子》一书。

⑤ 相如子云：指司马相如与扬雄。司马相如（前179？~前117），小名犬子，字长卿，成都人。汉赋著名作家。扬雄（前53~18），字子云，成都人，汉赋的著名作家。异曲同工：曲调虽不同，但演奏得同样美妙。比喻不同时代，不同作者的作品同样精彩。

⑥ 宋玉（前290？~前223），是后于屈原的一位楚国大诗人，也是楚辞的著名作家。景差（前290？~前223），楚国人，与宋玉同时，也是一位重要的赋家。

⑦ 贾生：贾谊（前201~前169），汉洛阳人，以年少能通诸家书，文帝召为博士，迁太中大夫。他的改革措施与政治主张为大臣所忌，出为长沙王太傅，迁梁怀王太傅而卒。世称贾太傅，又称贾生。踵：跟随。江都：郡名、府名、县名。郡名，隋置，治所在今江苏扬州；府名，五代置，治所在江都（今扬州）；县名，汉置，唐移至治所在今扬州。可见，江都即今扬州市无疑。故“随贾出而踵江都”句，让人费解。贾谊出为长沙王太傅，既失志，道经湘水，不胜感慨，曾为赋以吊屈原。踵湘水、湘江、长沙都好理解，怎么跟随贾谊到江苏江都（扬州）去了？笑：嘲笑，讥笑。家令：太子属官名。揖（yī）：拱手行礼。表示恭敬。中垒：官名。汉武帝时执金吾属官有中垒丞、中垒令、中垒尉。执金吾，官名，掌管京师治安的长官。显然“家令”的官位比“中垒”要小。

⑧ 意匠：精心构思。心兵：犹心事。心感物而动，如应外敌，故曰“心兵”。心兵，这里活用为遣词造句。

⑨ 惨淡经营：苦心构思，精心布局。

以言情。[1]剂[2]其离合，调其重轻。务采朝秀，勿餐落英。[3]验往回之静气，发钟吕之中声[4]。述事先提其要，阐理务及其精。[5]疏、书贵详而婉，序、记贵简而明。[6]词赋典丽而有则，诗歌雄厚而弥清。[7]正则纯乎规矩，变则肆为纵横。[8]如神龙之莫测，如天马之空行。[9]峭若秋山之瘦，和若春水之生。[10]思[11]将断而复续，景已送而重迎。赤手而补天立极，澄心而随物赋形。[12]其为体也，或随时而屡变[13]；

① 文以载道：指用文章来表达一定的思想、道理。道，旧时多指儒家思想。刘勰说："道沿圣以垂文，圣因文而明道。"（《原道》）诗以言情：诗言志与诗缘情，是我国的两大诗学传统。诗缘情与诗以言情二者没有本质区别。是陆机在《文赋》中第一次提出"诗缘情而绮靡'。而刘勰在《文心雕龙》里深化了"诗缘情"说。他说："情者文之经，辞者理之纬，经正而后纬成，理定而后辞畅。此立文之本源也。"

② 剂：调剂，调节。

③ "务采"二句：朝秀，谓早晨刚刚绽开的花。比喻他人还未用过的意与辞。落英，开谢的花。比喻他人已用过的意与辞。

④ 钟吕：黄钟与大吕。古乐十二律之一。黄钟声调最宏大响亮。十二律，阴阳各六。阳律中，黄钟排行第一；阴律中大吕排行第一。钟吕，部分代全体，代表十二律。中声：和谐的音乐。

⑤ 要：要须。精：精确，精微。

⑥ 疏：奏疏。书：文书、文件。奏疏同"奏章"，是向皇帝奏事的一种文体，故必须用辞委婉，否则触怒龙颜后果不堪设想。文书、文件越详细详尽越好。序：评价作品内容的一种文体。记：这里指记事文体的一种（非解释经传的文字）。

⑦ 典丽：典雅华美。则：法则、法度。雄厚：气魄宏伟内容丰富。弥：更加。清：清越、清新。

⑧ "正则"两句：正、变，指诗经中正风与变风。《诗·大序》："至于王道衰，礼义废，政教失，国异政，家殊俗，而变风变雅作矣。"旧时说诗者往往以《周南》《召南》自《关雎》至《驺虞》25 篇为正风，而以《邶风》以下 13 篇为变风。纯：副词。表范围，相当于"皆"。规矩：校正方圆的方矩与圆规。这里做法度、准则。肆：放纵。

⑨ 神龙：古以龙为神物，故称龙为神龙。天马：骏马。

⑩ 峭：陡直，险峻。秋山之瘦：秋天之山，草木开始衰落、凋零而显瘦。春水之生：春雨带来勃勃生机。

⑪ 思：思绪。

⑫ 赤手：空手。补天立极：古代神话传说，女娲氏用石补天。《淮南子·览冥》："往古之时，四极废，九州裂，天不兼覆，地不周载……于是女娲炼五色石以补苍天，断鳌足以立四极。"立极，立四极。即支撑起东西南北四方极远之天空。澄心：使心情清净。随物赋形：根据不同的客观事物，描写出其各自的神形。

⑬ 体：体裁。随时：随着时代。屡变：屡次改变，接连多次改变。

其为法也，则一定而不移。[①]

秦汉以还，文质异尚。[②]老庄告退，山水方滋。[③]苏、李“河梁”之咏，徐、秦赠答之诗；[④]乐府则推应璩，纪怀则爱陈思，并有物向有序，亦不蔓而不支。[⑤]进观近代，作者多疵[⑥]。或繁简之失位，或

---

① 法：法度，规律。不移：不轻易改变。

② 以还：以后。文质：文采与质朴。异尚：交替崇尚。异，不同。尚，尊崇。

③ “老庄”两句：魏正始时玄学兴起，西晋时期，玄学进一步发展至西晋末年遂兴起了玄言诗。《诗品》云：“永嘉时，贵黄老，稍尚虚谈，于时篇什，理过其辞，淡乎寡味。”直到东晋末陶渊明的田园诗以及宋齐时代谢灵运、谢朓的山水诗代替东晋以来的玄言诗，才给诗坛带来了新的转机。

④ 苏、李“河梁”之咏：指的是苏武、李陵的诗。过去称为苏武和李陵赠答的那些五言诗，内容并不符合苏李事迹，并非是他们所作。今存的苏李诗，除《文选》所载七首外，《古文苑》还载有十首，共17首。而逯钦立辑校的《先秦汉魏晋南北朝诗》中则有“李陵录别诗二十一首”。从风格上看，这些所谓“苏李诗”，大约和《古诗十九首》产生年代差不多。清人王士祯认为“苏李诗”与《古诗十九首》风格相似。（“河梁之作与十九首同一风味”《渔洋诗话》）。河梁：苏李诗中其二有：“携手上河梁，游子暮何之”句，故用“河梁之咏”“河梁之作”，来指代“苏李诗”。徐、秦赠答之诗：指秦嘉与其妻徐淑互相赠答的诗篇。秦嘉（约公元147年前后在世），字士会，陇西人，生卒年不详，约汉桓帝初年前后在世。桓帝时，为上郡掾。嘉到郡就职，妻徐淑因病不能同往；临别，作诗赠她。别后又常写信给她，又赠她明镜，宝钗、芳香、素琴等。淑亦作诗奉答。嘉后官黄门侍郎。这对幽静雅好的夫妻，历来被后代文学家奉为夫妇的楷模。然而他们均短命而死，更引起人们叹息。秦嘉所作，今仅存《赠妇诗》4首，及《述婚诗》1首。徐淑（约公元147年前后在世），陇西人，秦嘉妻。常患病。嫁秦嘉后，夫妇相爱异常。嘉离家为郡掾，淑因病不能前往。两地相思，时时互赠诗书以通情意。秦嘉死时，徐淑年尚青。便毁形不嫁，不久以悲伤过度亦卒。淑所作，今仅见《答夫秦嘉诗》1首。

⑤ 应璩（190~252）：字休琏，汝南人，应玚之弟。博学好属文，善为书记。历官至散骑常侍。曹爽专政，作事多违法度，璩作《百一诗》以讽，其语多切时要。纪怀：抒写自己的怀抱。陈思：曹植（192~232），字子建，曹操之第三子，曹丕之弟。十岁余，诵读诗论及辞赋数十万言。善属文，性简易，不治威仪。为曹丕所忌。丕即位，屡欲加害。某次，限他七步成诗，植应声而成道“煮豆然豆萁，豆在釜中泣，本是同根生，相煎何太急！”丕默然而罢。封于陈，每欲求见，幸冀试用，终不能得。怅然绝望，忧郁以卒，谥思王，简称陈思。不蔓不支：原指不蔓延，也不分枝杈。周敦颐《爱莲说》：“中通外直，不蔓不枝。”后用比喻说话或写文章简洁流畅。

⑥ 疵：毛病。

刚柔之交离；[1]或侈文以掩骨，或剪彩而呈姿。[2]格卑伤体，意晦伤词。[3]慨多才之为累，匪借镜而自知[4]。剖昆山之片玉，挹珊网之高枝。[5]缅云间之远隔，怅雅道之凌夷。[6]爰挥毫而作赋，思入洛于当年。[7]愧三都之元晏，羡博物之茂先。[8]耿斯文之未坠，抱古调而独弹。[9]

---

① 失位：失当。交离：相互分离。离，割裂，

② 侈文：浮艳的文采。侈，多，超过。文，文采。骨：比喻文学作品的笔力、风格。剪彩：修饰文采。剪，整理，修饰。彩，文采。呈姿：显露姿色。

③ 格卑伤体：意即诗的格调低下，就会有损整首诗的形象。晦：隐晦，模糊不清。

④ 匪：同“非”。借镜：同“借鉴”。跟别人或事相对照，以取长补短或吸取教训。

⑤ 昆山之片玉：赞美人才难得而可贵。典出自《晋书·郤诜传》：“晋郤诜迁雍州刺史，武帝问诜：‘卿自以为何如？’诜答：‘臣举贤良对策，为天下第一，犹桂林之一枝，昆山之片玉’。”挹（yì）：牵引，援引。这里活用为“攀上”。珊网：即《珊瑚网》的缩略语。《珊瑚网》，明汪珂玉编，48 卷，书录、画录各 24 卷，皆以题跋居前，论说列后。与张丑《清河书画舫》并为考证书画的重要参考书。

⑥ 缅：缅怀，怀念，追想。云间：江苏松江县（古华亭）之古称。这里朱庭珍所缅怀的是云间两晋士族阶层一段遗闻轶事“荀鸣鹤、陆士龙二人未相识，俱会张茂先坐。张令共语，以其并有大才，可勿作常语。陆举手曰：‘云间陆士龙。’荀答曰：‘日下荀鸣鹤’。陆曰：‘既开青云，睹白雉，何不张尔弓，布尔矢？’荀答曰：本谓云龙骙骙，定是山鹿野麋，兽弱弩强，是以发迟。’张乃抚掌大笑。”（见《世说新语·排调第二十五》）荀鸣鹤，即荀隐，“隐”是其字；陆士龙，即陆云，“士龙”是其字；张茂先，即张华，“茂先”是其字。怅：愁。雅道：指风雅之道，也即诗道、诗坛。凌夷：由盛到衰败。

⑦ 爰：于是。助词。毫：毛笔。思入洛于当年：想到历史上好多著名的辞赋作家当时都到洛阳谋求发展。写《二京赋》的张衡，少年博学、曾去洛阳京师观太学；写《三都赋》的左思，其妹左棻入宫后，举家迁都洛阳；写《文赋》的陆机，吴亡后，与其弟陆云同至洛阳，名动一时，时称“二陆”。

⑧ 三都：即《三都赋并序》，是左思花十多年时间而写成的一组规模宏大的赋作。赋中假托三位人物：西蜀公子，东吴王孙，魏国先生，各自夸自己都城的宏伟壮丽，历史文物，地理物产，社会人物，洋洋万余言。愧：自愧不如。三都：《三都赋》。元晏：意即辞藻富丽，绮丽纷繁。元，大，首。晏，鲜艳的样子，鲜盛的样子。《诗经·郑风·羔裘》：“羔裘晏兮，三英粲兮”“愧三都之元晏”的大意是自愧不如三都赋那样辞藻富丽堂皇。博物：通晓众物，见多识广。茂先：张华（232~300），字茂先，范阳方城人。少孤贫，自牧羊。学业优博，辞藻温丽，朗赡多通。著《鹪鹩赋》，阮籍见之，以为有王佐之才。魏初举为太常博士。入晋为中书令，拜黄门侍郎。时将伐吴，论者多疑，独华以为必克。为度支尚书，量计运漕，决定庙算。吴平，封广武侯。华有博物洽闻之称，著有《博物志》四百卷。

⑨ 耿：耿介，孤高，不趋时。斯文：文人，学者。未坠：没有丧失自己的意志。抱古调而独弹：比喻自己的行为或著作不合时宜。古调，古乐调。唐刘长卿《听弹琴诗》：“古调虽自爱，今人多不弹。”

纵曲高于白雪，谁相赏于朱弦？① 恃心精而力果②，信世异而名传。艺进于道，人合于天。八风从律，五色相宣。③ 或奏廊庙，或栖林泉；④ 沐浴日月，挥洒云烟。⑤ 以文泄乾坤⑥ 之秘，以文结今古之缘。济世而自为政，寿世而天无权。⑦ 凿开混沌，啸傲山川。⑧ 媲立功与立德，仰希圣而希贤。⑨ 庶几其文其诗，或可铭金石而被管弦。⑩

（《滇文丛录》卷二十）

---

① 白雪：阳春白雪，古乐曲名，当时认为是较高级的乐曲。宋玉《对楚王问》：“客有歌于郢中者，其始曰《下里巴人》，国中属而和者数千人……其为《阳春白雪》，国中属而和者不过数十人。”朱弦：弦乐器上的红色丝弦。这里指琴声。

② 心精：思想精诚。力果：尽力实现。果，完成，实现。

③ 八风：这里指八音。王引之《经义述闻·春秋左传中》：“古者八音谓之八风。襄二十九传：‘五声和，八风平。’谓八音克谐也。”八音，即金（钟）、石（磬）、丝（琴瑟）、竹（箫管）、匏（笙竽）、土（埙）、革（鼓）、木（柷敔）、八种不同音质的乐器。从律：合乎旋律，也即和谐。五色：五种颜色：青、黄、赤、白、黑。相宣：互相作用，更为鲜明。

④ 廊庙：廊，指宫殿；庙，指宗庙。都是政治活动中心，廊与庙合起来指朝廷。栖。隐遁，隐足、栖身。林泉：山林与泉石。指幽静宜于隐遁之所。

⑤ “沐浴”两句：意即自由自在地生活在大自然的怀抱里。沐浴，洗头曰沐；洗身曰浴。云烟，云气与烟雾。

⑥ 乾坤：指天地、大自然与社会。

⑦ 济世：有益、有利于社会。济，救，帮助。寿世：长寿健康活在世上。天：人的自然寿命。意即颐养天年。权：权谋权诈。无权，意即与世无争。

⑧ 混沌：古代传说中指天地未形成之前的元气状态。啸傲：放歌长啸，逍遥自在。

⑨ 媲。相比。立功与立德：《左传·襄二四年》：“太上有立德，其次有立功，其次有立言。虽久不废，此之谓不朽。”仰：敬慕。希圣：希望达到圣人的境界。希贤：希望达到贤人的境界。希，仰慕，希望，企求。

⑩ 庶几：但愿。表示希望。铭金石：铸刻在金属或石碑上。被（pī）管弦：用乐器伴奏进行演唱。

《穆清堂诗钞》自序[①]

朱庭珍

蒙自束发受书，即解声韵，视诗如性命。[②]为之垂四十年，手不副心，迄未能成一家，虽浪得才名，自知去古人尚远也。[③]弱冠以前，既累于制举文，迨冠后遭乱，破家从戎，轩入幕府，复累于军书吏牍，莫由专精竭力，以昌吾诗。[④]盖限于天者半，囿于人者半，而造诣不能进矣。[⑤]岁月如流，老境将至，向之锐意欲垂空文以自见者，近亦无复此志，敢云名山之业，千秋不朽耶？[⑥]失理不纯，气不厚，志不壹[⑦]，而神惟执诗以求诗，则无成也。固宜孔雀解爱其羽，流

① 《穆清堂诗钞》：清朱庭珍撰，三卷，《云南丛书》初编收入。此自序强调了创作主体审美素质培养的重要："理不纯，气不厚，志不壹，而神惟执诗以求诗，则无成也。"

② 蒙：自称的谦词。束发：古代男孩成童时束发为髻，表示成童。性命：生命。

③ 垂：将近。副：相称，符合。迄：副词。竟，终。浪得：白白地得到。

④ 弱冠：二十岁。二十体犹未壮，故曰弱，古代男子二十行冠礼，以示成人，故曰冠。制举文：准备科举考试的八股文。迨冠后：二十岁以后。遭乱：指杜文秀起义一事。从戎：从军。轩：车，乘车。幕府：将帅在外临时设置作为府署的营帐。吏牍：官府文书。

⑤ 天者：天时，社会环境。人者：人事，个人因素。囿：限，局限。造诣：学问技艺所达到的程度。

⑥ 空文：指文章著作，与具体的功业相对而言。司马迁《报任少卿书》："乃如左丘无目，孙子断足，终不可用，退而论书策，以舒其愤，思垂空文以自见。"敢云：意即岂敢云。名山之业：指著书立说。意谓可以藏于名山、传之永久的事业。名山，著名的大山。司马迁《报任少卿书》："仆诚以著此书，藏诸名山，传之其人"。

⑦ 不壹：不专一。

莺知惜其声，诗人敝帚千金，结习与物同耳。[1]用是手捡旧作，删存十之二而强，先付手民，就正有道，聊代抄胥之劳。[2]噫！使吾身果有树立，是区区者[3]，后人知我当不在此，否则舍此何以知我？窃恐其不足为人知矣。一艺之传，谈何容易！士之欲以诗鸣者，曷鉴于予[4]，姑舍是而图其远大者哉！

（《滇文丛录》卷四十二）

① 解爱：懂得爱惜。解，理解，懂得。流莺：莺鸟。流，谓其鸣声流转。敝帚千金：家有一把破扫帚，看作价值千金。比喻自己的东西即使不好，却看得非常珍贵。结习：佛教语。指人世的欲望等烦恼。物：这里指前面提到的孔雀、流莺之类的动物。

② 手民：这里指雕版排印工人。抄胥：旧时官署专管抄写的书吏。

③ 区区者。形容微不足道。

④ 曷鉴于予：何不以我为借鉴。

《穆清堂诗钞续集》自序[①]

朱庭珍

《穆清堂诗》编于丙戌之冬，梓于丁亥之夏，迄今又数年矣。[②]南北万里，挟策空归，经世未能，结茅无计，遇何如也！[③]

劳人草草，其能已于言乎？[④]近诗较旧作宗旨稍异，既不欲使才气肆纵横，亦不欲持法度矜细密。[⑤]凡身之所经，目之所觏，或景或情，有触即成，期足达意即止。[⑥]不复如少壮之苦思尽力，务锻炼以求合古矣。未敢自信，姑删其不惬心者，录而存之。[⑦]编丁亥、戊子所作为《寓巢集》，编计偕北上，及己丑都门、庚寅旋滇之作为《公车》上下集，而辛卯以来为《莲湖集》殿之，聊刊以续前编。[⑧]

---

① 标题是校注者所加。

② 《穆清堂诗》：《穆清堂诗钞》的简称。丙戌：光绪丙戌年，即1886年。梓：刊刻印刷。丁亥：1887年。

③ 挟（xié）策空归：意即虽勤奋读书，但会试没及第。挟策：手持简册（写书的竹简）。喻勤奋读书。空归，没有收获，落第。经世：治世。结茅：盖造简陋的房屋，引申为去当农民或隐居。遇：际遇，遭遇。

④ 劳人草草：愁苦的人常常忧愁在心。草草，忧愁的样子。《诗经·小雅·巷伯》："骄人好好，劳人草草。"已。休止，停止。已，原文误为"巳"，据文意改"巳"为"已"。

⑤ 宗旨：主要的目的和意图。肆纵横：充分展示无约束。法度：指作诗的法则。矜：崇尚。

⑥ 觏（gòu）：见，看见。期足达意即止：要求满足达意即可。

⑦ 姑：副词。姑且，暂且。删：删除。不惬心：不合心意。

⑧ 丁亥、戊子：1887年、1888年。计偕：举人上京城赴会试。己丑：1889年。己，原文误作"巳"，据文意改"巳"为"己"。都门：都中里门。庚寅：1890年。旋滇：返回云南。旋，返还，归来。辛卯：1891年。殿：最后。

惟是年日以老，学日以荒，恐雕虫小技，亦不能专门名家分文苑之一席也。[1]嗟夫！

甲午仲春上浣石屏朱庭珍自序[2]。

① 雕虫小技：比喻微小的技能。虫，指鸟虫书，汉字篆书的变体。语本扬雄《法言·吾子》："或问：'吾子少而好赋？'曰：'然'。童子雕虫篆刻。俄而曰：'壮夫不为也'"。文苑：文坛。

② 甲午：1894年。仲春：农历二月。上浣：农历每月初一至初十日。叙：同"序"。

《思亭诗钞》序[①]

朱庭珍

自古以诗传者，至唐之少陵，宋之东坡，如山有泰岱，水有江海，雄视百代而不可几及者也。[②]然少陵《登兖州城楼》《游历下亭》诸篇，东坡《发嘉州》以下诸什，后人以为少作，谓未足尽二公之造诣。[③]迨[④]中年而各极其盛。及杜晚岁入蜀而诗益雄肆，苏晚岁度岭而诗愈超妙，读者叹观止矣。[⑤]少陵自道所得曰："读书破万卷，

---

① 《思亭诗钞》：清李坤撰，书收诗钞6卷。《云南丛书》初编收入。朱庭珍年长李坤24岁。李坤曾从朱庭珍游学。李坤以囿于西南一隅，"游迹不出数百里，未极海内壮观为恨"为了开阔自己的视阈，决计北游，并把自己的诗作编辑成《思亭诗钞》一书，"计偕北上"，特请朱庭珍为其书作了这篇序。

这篇序行文简短，内容丰富。其主旨：阐明"读万卷书，行万里路，皆诗家所必不容少者，非艺苑千秋之鉴哉！"其内容大概包括以下几个方面：古代雄视百代的大家如唐之杜甫、宋之苏轼，其艺术造诣，也有一个渐趋雄肆、超妙的过程；拈出杜甫、苏轼诗句对其嘉勉；昔以司马迁，近以黄仲则为例，肯定其北游，既肯定其已取得的成绩，又指出今后努力方向，并寄之以厚望。

② 少陵：杜甫。自称少陵野老，故称"杜少陵"或"少陵"。东坡：苏轼。号东坡。泰岱：泰山。岱，泰山的别名。

③ 什：泛指诗篇。二公：指杜甫、苏轼。造诣：学问技艺所达到的程度。

④ 迨（dài）：等到，到。

⑤ 杜晚岁入蜀：指的是杜甫于公元759年7月，弃官由华州经秦州、同谷，于年底到达成都，在成都西郊盖了一所草堂，开始"漂泊西南"的生活。苏晚岁度岭：指的是苏轼59岁时，被贬官岭南的惠州和海南的琼州。

下笔如有神”[①]东坡赠人亦云：“旧书不厌百回读，熟读深思子自知”[②]信乎！读万卷书，行万里路，皆诗家所必不容少者，非艺苑千秋之鉴哉！李君厚安[③]，吾滇佳士也。少年逸才，嗜学工诗，南海谭叔裕先生深器之。[④]所为诗如《太华秋晓》，苍翠横空；《滇池春晴》，烟波澄练。吾曩定《莲湖社稿》，论之详矣。[⑤]居恒以游迹不出数百里，未极海内壮观为恨。今秋举贤书，计偕北上，将行，尽出其诗，属予序之。予与君年家世交，且同社数年，日以诗相切磋，谊不可无言。[⑥]其何以益吾厚安乎？爰拈杜、苏句以勖君，愿君温故则熟读深思，知新则务破万卷。[⑦]在此行也，由黔、楚以涉中原，经魏、赵而入京师，一游一览，无非诗之进境也，吾安得测其所至耶。[⑧]昔太史公纵览天下名山大川以自壮其文章，近代黄仲则亦自恨其诗无幽燕

---

① “读书破万卷，下笔如有神”：出自杜甫《奉赠韦左丞丈二十二韵》。

② “旧书不厌百回读，熟读深思子自知”：出自苏轼《送安惇落第诗》。“旧书”一作“故书”。不论“旧书”或“故书”，皆指古人的书。子：你。

③ 李君厚安：李坤（1866~1916），字厚安，号雪园，别号思亭，昆明人。光绪癸巳（1893）举人，癸卯（1903）进士，选庶吉士。奉调回滇办学，历任高等学堂副办，旋改教务长、学务公所议绅。辛亥入京，任编修。后返里，历任中等学校教员。工辞章，善书法。著有《思亭诗文钞》《雪园文钞》《温泉志》等。

④ 逸才：杰出的才能。嗜（shì）学：爱好学习。谭叔裕：谭宗浚（1845~1888），学叔裕，广东南海人。清同治进士。授编修，光绪十一年（1885）任云南粮储道，疏浚滇池，重修海口，兴修水利。后署云南按察使，治狱明决。整顿五华、育才两书院，以经术诗古文辞育士，捐廉为膏火费，奖励英俊，提倡风雅，士伦咸服。在任3年，引疾归，贫不能治装。著有《希古堂文集》《荔枝草堂诗钞》等。

⑤ 曩：从前，以前。《莲湖社稿》：即《莲湖吟社稿》。清朱庭珍、杨高德辑，2卷。高德，大理人，同治举人。光绪十二至十四年（1886~1888）间，庭珍等滇中名士10余人，在昆明结莲湖诗社，每月所作，相互就正，选其最工者刻成本书。

⑥ 年家：科举时，同年登科者之互相称谓。朱庭珍、李坤都是光绪举人，故也称年家。朱庭珍虽年长李坤24岁，但1888年举乡试时，年已47岁；而李坤1893年举乡试时，才27岁。同社数年：即前注提及的“莲湖诗社”事：光绪丙戌（1886）年，朱庭珍于昆明与山阴陈鹍、陈霖父子、石屏陈庚明、昆明张星柳、施有奎、李坤，剑川赵藩，保山吴式钦，晋宁宋嘉俊，临川雷凤鼎等十余名士，结“莲湖诗社”，朱庭珍被推为社长。

⑦ 爰：于是。拈：以手取物。这里活用为信手摘录。勖（xù）：勉励。

⑧ 黔、楚：贵州、湖南一带。中原：指河南一带。魏、赵：指山西、陕西、河北一带。京师：国都。

豪士气，蓄意北游。① 君果精进不懈，兼以史迁之游为法，他日所造，必当升工部之堂，入玉局之室，超仲则而上之，卓然成一家言，足以信今传后，无疑也。② 是集所存，如少陵东郡、东坡嘉州诸作，尤其发轫之始也夫。③

（《滇文丛录》卷四十二）

① 太史公：司马迁（前 145~ 前 86 以前），字子长，龙门人，太史公司马淡之子。继父为太史公，故称。二十岁时南游江淮，上会稽，探禹穴，窥九嶷，浮沅湘，北涉汶泗，过梁、楚以归。仕为郎中，奉使巴蜀，以及邛笮、昆明。因为李陵辩护遭腐刑，后发愤著书百三十篇，名为《史记》。黄仲则：黄景仁（1749~1783），字汉镛，一字仲则，江苏武进人。乾隆诸生。四岁而孤，母亲督之读，所业倍常童。尝浪游四方，揽九华，涉匡庐，泛彭蠡，历洞庭，登衡岳观日出，过湘潭酹酒招魂吊屈原、贾谊等。以增其豪气。

② 工部：指杜甫。杜甫于安禄山叛乱后入蜀，流落剑南，依严武。武表为节度参谋检校尚书工部员外郎。故称杜工部。玉局。指苏轼。苏轼于绍圣中（1096）累贬琼州别驾。赦还，提举玉局观，复朝奉郎。故称玉局。升堂入室：意即登上厅堂，进入内室。原比喻学习所达到的程度有深有浅。后用来赞扬人在学问或技艺方面到达高的境界。升：登上。

③ 少陵东郡：杜甫自称杜陵布衣，又称少陵野老。东郡。郡名。秦取魏地置。治所在濮阳，即今河南濮阳县南。河南巩县、东郡一带是杜甫年轻时居住地。东坡嘉州：东坡即苏东坡。苏轼自号东坡居士，故称。嘉州：州名。少陵东郡，东坡嘉州诸作，泛指杜甫、苏轼年轻时所写的部分诗歌。发轫：拿掉支住车轮的木头，使车启行。借指出发或开始。轫，刹车木。

《榴实山庄诗稿》跋[①]

朱庭珍

统观全卷，均皆透逸清健，明媚圆亮，气味雅近中唐，而五律尤多合作，往往直逼钱、刘，七律亦入剑南、石湖之室，在近人中殊未易。[②]才，吾州一作手[③]也，再加古厚精炼工夫，便可与古人追逐矣。凡我辈作诗，当与古人争胜负，不当与时流较短长，则积理养气之功，不可以不讲求也。[④]积理在于读经，养气得于读史，而汉

---

① 这篇跋除对《榴实山庄诗稿》进行品评以外，其实就是一篇高度浓缩的诗歌创作理论文章。一、提出诗歌创作主体审美素质的培养——积理养气；二、诗歌创作“自成真我”的途径与方法。《榴实山庄诗稿》：清戴德彬撰。德彬，字雅南，云南石屏人。其为诗工细秀润，五律胜七律。

② 合作：合于法度，规范。直逼：接近。钱、刘：指中唐诗人钱起，刘长卿。钱起（722~780），字仲文，吴兴人。天宝十载（751）进士。刘长卿（709~780？），字文房，河间人，玄宗开元二十一年（733）进士。剑南：陆游（1125~1210），字务观，越州山阴人。有《剑南诗稿》85 卷，《渭南文集》50 卷等。石湖：范成大（1126~1193），字致能，自号石湖居士，平江府人。

③ 作手：精通技艺的人。

④ 时流：当时的名流。积理养气：朱庭珍在《筱园诗话》卷一中云：“积理云者，非如宋人以理语入诗也，谓读书涉世，每遇事物，无不求洞析所以然之理，以增长识力耳。勿论《九经》《廿一史》，诸子百家之集，与夫稗官杂记，莫不有理存乎其中。诗人上下古今，读破万卷，非但以博览广见闻也。……而又随时随地，无不留心，身所阅历之世故人情，物理事变，莫不洞鉴所当然之故，与所读之书义，冰释乳合，交契会悟，约万殊而豁然贯通，则耳目所及，一游一玩，皆理境也。”“积理而外，养气为最要。盖诗以气为主，有气则生，无气则死，亦与人同……养之云者，斋吾心，息吾虑，游之以道德之途，润之以诗书之泽，植之在性情之天，培之以理趣之府，优游而休息焉，蕴酿而含蓄焉，使方寸中怡然涣然，常有郁勃欲吐畅不可遏之势，此之谓养气。”

唐以来历代专家全集无不博观而约取之，熔铸古今，自成真我，至此而根本固，可以言作矣。[①] 作诗，凡题人手，先摒除一切公语 [②]，必有题中应有之义与题外应无之意供我驱使，此时尚不可落笔。迨至思路既绝，冥心入微，忽契真铨，则应手从心，都成妙谛。[③] 构思之难如此，只可为知者道也。格调 [④] 不可不高，然须高而不浮；意境不可不深，然须深而不晦；[⑤] 气势 [⑥] 不可不盛，然须盛而不空；机局 [⑦] 不可不紧，然须紧而不狭；波澜不可不宽，然须宽而不靡。[⑧] 寓变化于绳墨之中，出奇险于中正之内，束千万于方寸之间。[⑨] 造诣至此，可以成矣。笔外有笔，意外有意，诗外有诗，悟此可以得诗于诗中，得诗于诗外。[⑩] 谨呈鄙见，以效一得之愚，愿共酌之。

（《滇文丛录）卷四十二）

---

① 经：指儒家的九部经典，即《易》《书》《诗》《三礼》《春秋》《孝经》《论语》《孟子》《四书》。史：指《廿一史》。即：《史记》《汉书》《后汉书》《三国志》《晋书》《宋书》《南齐书》《梁书》《陈书》《后魏书》《北齐书》《周书》《隋书》《南史》《北史》《新唐书》《新五代史》《宋史》《辽史》《金史》《元史》。自成真我：艺术的生命在于创新，所谓“自成真我”，意即形成自己的艺术风格、体现作家个性，成一家之言。可参见《筱园诗话》中“别铸真我”“善为诗者，上下古今，取长弃短，吸神髓而遗皮毛，融贯众妙，出以变化，别铸真我”（卷一）。

② 公语：公众的话语。活用为陈词滥调。

③ 冥心：潜心苦思。契：契悟、领悟。真铨：对所奉经典的正确解释。妙谛：高妙的道理。

④ 格调：风格、风度。这里指诗的风格。

⑤ 意境：这里指诗歌创作中的情调、境界。晦：昏暗，不明。

⑥ 气势：气派与声势。

⑦ 机局：这里指诗歌的结构、布局。

⑧ 波澜：比喻诗歌起伏变化。靡：倒下。

⑨ 绳墨：指木匠打直线使用的工具墨线与墨斗。比喻规矩、法度。中正：正直。方寸：指心。

⑩ “笔外有笔……得诗于诗外”一句：意即诗歌要追求含蓄美，追求言外之味，弦外之响，言有尽而意无穷。

《述论》序[①]

朱庭珍

今天下言学者，不外汉宋两派[②]。宗汉学者研求训诂，考究名物、象数，博矣；[③]而于义理，时疏其文词，犹彬彬也。[④]宗宋学者言心言性言命，专主义理而薄文章，甚至并事功经济俱视为末务，所

① 《述论》：即《述论存古轩诗文钞》，施有奎著。《滇文丛录》中收录有施有奎论文《淮阴侯论》上、《淮阴侯论》下，《李沆论》等。

朱庭珍在《〈述论〉序》里对清代"汉学"与"宋学"进行实事求是的评价，并作出了公允的结论，指出清代的"汉学"，研求训诂，考究名物、象数，学问渊博，但对于义理则疏其文词。总的还是文质兼备；而"宋学"，讲求心、性、命，主"义理"而薄文章，用语录体，甚至把事功、经国济民的大事当作"末务"。加之词不雅驯。被有识之士认为是一种社会弊病。

朱庭珍在序中充分肯定了施有奎《述论》一是考证经义极精详而不失于凿，研求理蕴极深细而不蹈于虚；二是既不偏尊郑贾，亦不曲徇于程朱。这既是对施有奎《述论》的高度评价，其实又何尝不是朱庭珍的观点。

② 汉宋两派：即汉学与宋学。汉儒治经，多重训诂文字，考订名物制度，清代乾隆嘉庆间称其学为汉学；宋儒治经，以义理为主，故有理学之称。汉学重实证而轻议论，对整理古籍，自群经至于子史，辨别真伪，往往突过前人。但后来形成的学风，又值清廷的文字狱，学者为避祸而群趋考证，形成一种脱离实际的繁琐学风。宋学以"理"为天地万物的本源，以三纲五常为核心。

③ 训诂：解释古书文义。名物：名号和物类。象数：《左传·僖十五午》"龟，象也；筮，数也。物生而后有象，象而后有滋，滋而后有数。"《注》："言龟以象示，筮以数告，象数相因而生，然后有占，占所以知吉凶。"

④ 义理：经义名理。彬彬：文质兼备貌。

著书亦沿语录之体，词不雅驯，识者病焉。[①]两家交争交讥[②]，互为胜负也久矣。迄无能折中是非，取长弃短著为定论者。昆明施君聚五[③]，吾滇名士也。与余文字道义交，以学行砥砺有年矣。[④]其生平笃学嗜古，而于经学尤深，所为古文独宗龙门《史记》，制艺则法震川，皆卓然成一家言。[⑤]顾君不求人知，而世亦莫之知也。岁乙酉复与君晤于昆华，出所著《述论》见示，盖取述而不作之意。[⑥]其考证经义也，极精详而不失于凿，其研求理蕴也极深细而不蹈于虚。[⑦]既不偏尊郑贾，亦不曲徇程朱。[⑧]每条一议出一解，必上下古今同睹其所以然之

① 言心言性言命：言心，讲求以人心为宇宙的本体。宋代陆九渊就说“宇宙便是吾心，吾心即是宇宙。”言性，讲求理性。言命，讲求宋儒性命之学。义理：经义名理。文章：独立成篇的文学。即指除阐释经义名理以外的其他论文。事功：事业、功绩。经济：经国济民。末务：不重要，非根本之事。雅驯：温文不俗。识者病焉：有识之士认为这是一种社会弊病。

② 交争交讥：互相争论、互相讥讽。

③ 施君聚五：施有奎，字聚五，号文晏，昆明人。光绪丙子（1876年）乡荐第一，屡上春官不第，退隐于商。性傲岸，不偕俗。著有《述论存古轩诗文钞》

④ 道义：道德与义理。交：交往，交流。学行：学问与操行。砥砺：砂石，磨石。细者为砥，粗者为砺。引申为磨炼，磨砺。

⑤ 笃学：好学。笃，重视，专注。嗜古：特别喜欢古代的东西。经学：研究经书，为诸经作训诂或发挥经中义理之学。独宗：唯独尊崇。龙门：指司马迁。《史记·太史公自序》“迁生于龙门，耕牧河山之阳。”龙门即韩城龙门山，后因以“龙门”为司马迁的别称。史记：西汉司马迁所著，是我国第一部纪传体通史，共130篇。制艺：指八股文。法：效法。震川：归有光（1506~1571），字熙甫，明代文士。九岁能属文，弱冠尽通五经三史，举乡试。上春官不第。徙居嘉定安亭江上，读书讲道，学生常数百，人称为“震川先生”。1565年，始举进士。授长兴令，用古教化为治。著有《震川文集》30卷，《易经渊旨》《诸子汇函》等。卓然：卓越。

⑥ 乙酉：1885年。昆华：昆明。述而不作：传述成说而不自立新义。《论语·述而》：“述而不作，信而好古，窃比我于老彭。”

⑦ 不失于凿：不失之于穿凿附会。理蕴：所蕴含的道理。蹈：践，踏。虚：虚假荒诞，虚饰不实。

⑧ 偏尊：偏向尊崇。郑贾：指郑玄与贾逵。郑玄（127~200），字康成，东汉高密人。曾入太学习《京氏易》《公羊春秋》等。贾逵（30~101），字景伯，后汉扶风平陵人，贾谊九世孙。弱冠能诵《左传》及《五经》，以大夏侯《尚书》教授，兼通五家《穀梁》。程朱：指宋代程颢、程颐与朱熹。他们提倡性理之学，以主敬存诚为本，成一学派，世称“程朱之学”。程颢（1032~1085），字伯淳，宋洛阳人，世称“明道先生”。程颐（1033~1107），字正叔，宋洛阳人，世称“伊川先生”。朱熹（1130~1200），字元晦，一字仲晦，号晦菴、遯翁，宋徽州婺源人。熹为程颐三传弟子李侗的学生，集理学之大成。

旨。务求折中至当，快于心而后已。至词之雅洁，笔之简老，又足以达其意而成其文，非并取汉宋两家之长者乎？[①]可谓信而好古[②]，有道能文之君子也。君以丙子举贤书第一，应礼部试不遇而归伏处著述。[③]知君者无不奇君才，而惜其不用于时[④]也。吾独谓不朽有三，道本一贯，通儒出处，不容歧视。[⑤]虽今日手无斧柯[⑥]，仅托空文以自见。倘他年得位乘时，以行其所志所学，则见为气节，发为经济，以著于事功，必能追俪前哲，有百倍时贤者。[⑦]吾且于是书信之矣。[⑧]

（《滇文丛录》卷四十二）

① 雅洁：风雅而简洁。简老：跟简古意思相近，意为单纯古朴。长（cháng）：长处，优点。

② 信而好古：出自《论语·述而》载孔子语："述而不作，信而好古。"述，传述。作，创作，创新。信：相信。好（hào）：喜爱。

③ 丙子：光绪丙子，即1876年。举：举荐。贤书：贤能文书。乡试中式为登贤书；也称举贤书。礼部试：礼部主管的会试。明清两代每三年一次在各省举行的考试，称为乡试。取中者为举人，得应次年在京城举行的会试。每三年一次在首都的考试称为会试，因由礼部主管又称礼部试。取中者为贡士，得应殿试。殿试也叫廷试。由皇帝对会试合格者在殿廷上所进行的考试。不遇：没考中。伏处：屈居。

④ 不用于时：不被时代所用。

⑤ 不朽有三：即立德、立功、立言。道本一贯：一种思想，一种学说都贯穿一个基本规念。语出自《论语·里仁》："吾道一以贯之。"通儒：指博通古今、学识渊博的儒者。出处：出身。

⑥ 手无斧柯：比喻没有当官掌权。斧柯，斧柄。汉贾谊《新书·审微》："焰焰弗灭，炎炎奈何；萌芽不伐，且折斧柯。"比喻政柄。

⑦ 得位乘时：得到官位，时来运转。气节：志气和节操。见（xiàn）：显露，呈现。经济：经国济世。事功：事业功绩。追俪（lì）：追赶上，追上。俪，偕同，一并。前哲：前代的贤人。时贤：当代的贤人。

⑧ 于是：于此。书信：书写并相信。

《续修云南通志》[1]序

朱庭珍

昔常璩《华阳国志》已开地志之端，迨樊绰《蛮书》始专记滇事。[2]及元李京，明杨慎、李元阳之徒出，而征文、考献渐彬彬焉。[3]景泰中右布政使陈安简奉敕为《云南通志》，成书四卷是为滇有通

① 《续修云南通志》：即《续修云南通志长编》，云南通志馆编纂，80卷。书为《新纂云南通志》续编。上起民国元年（1912），下限一般止于抗日战争结束。全书分21大类，约400万字。

② 常璩，字道将，晋蜀郡江原人。曾仕成（汉）李势，任散骑常侍等职。永和二年桓温率师平蜀，璩劝李势归降，温表为参军。所著今仅存《华阳国志》。《华阳国志》：晋常璩撰，十二卷，附录一卷。此书述古代巴蜀地区历史、地理、风俗，及公孙述刘焉刘备李特等事迹。由远古至东晋永和三年止。樊绰：唐代人，咸通中为安南经略使蔡袭幕僚。《蛮书》：唐樊绰撰，十卷。此书对云南当时的山川、交通，六诏历史，各族概况、城市、物产、风俗以及经济政治制度等皆有记述。是樊绰根据自己所见所闻而撰成此书的。

③ 李京（1251~？），字景山，河北河间人。元成宗大德五年（1301），由枢密宣慰乌蛮，升任乌撒乌蒙道宣慰副使，佩虎符，兼管军万户。遍历滇境，悉其见闻，撰成《云南志略》，为云南第一部地方志。杨慎（1488~1559）字用修，号升庵，新都人。正德六年（1511）举进士第一，授修撰。大礼议起，慎与同列报谏，帝命执首事下狱。慎与王元正等撼门大哭，帝愈怒，悉下诏狱廷杖之。削籍遣戍云南永昌卫（今保山）。慎因祸得福，充军云南后时间又多，无书不览，记诵之博，著述之富，明时推为第一。著有《升庵集》81卷，又《丹铅余录》《滇程记》《滇载记》等等。李元阳（1497~1580），字仁甫，号中溪，大理人。明嘉靖进士。授翰林院庶吉士，历官江西分宜、江苏江阴知县、户部主事、监察御史、荆州知府。以父丧归里，不复出。博学工诗文，著有《艳雪台诗》《中溪家传汇稿》《大理府志》《云南通志》等。征文：征求他人的诗文。考献：考核文献。

志之始。[1]国朝康熙中，总督范公承勋倡修于前，雍正中总督鄂尔泰、尹继善复修于后。[2]道光初仪征阮相国元，督滇属浪穹王崧纂修为通志稿若干卷，纲举目张，巨细无不详备，即现行之通志也。[3]顾自阮公迄今又数十年中，更咸丰丙辰、同治癸亥之变，用兵将二十载，通省郡县沦没过半。[4]时值中原多事未遑远略大局，岌岌几为蒙段

① 景泰：明朝朱祁钰（代宗）年号（1450~1457）。布政使：官名，明置。洪武九年（1376）分全国为十三承宣布政使司，每司设左、右布政使，为一省的行政长官。宣德后因军事需要，增设总督、巡抚等官，权位比布政使高。陈安简：陈文，字安简，明代人，正统进士。奉敕：奉皇帝的命令或诏书。

② 国朝：本朝。这里指清朝。康熙：清玄烨（圣祖）年号（1662~1722）。总督：官名。为地方最高长官，综管一省或二、三省的军事和政治，例兼兵部尚书衔。范公承勋：范承勋（1640~1714），字苏公，号眉山，辽宁沈阳人，隶汉军镶黄旗。历官监察御史、吏部郎中、内阁学士、广西巡抚。康熙二十五年（1686）任云贵总督。整饬营伍，捐俸建学宫，聘名士修通志。在滇9年，剔除蠹弊甚多。后内迁左都御史，总督两江，授兵部尚书，加太子太保。雍正：清胤禛（世宗）年号（1723~1735）。鄂尔泰（1677~1745）：字毅庵，姓西林觉罗氏，满洲镶蓝旗人。清举人。雍正元年（1723）任云南乡试副考官。雍正三年，署云贵总督，励行改土归流。雍正四年（1726），实授云贵总督。尹继善（？~1771），姓章佳氏，字元长，号望山，满洲镶黄旗人。清进士。历官江苏巡抚、河道总督。两江总督。雍正十一年（1733）任云贵广西总督。

③ 道光：清爱新觉罗·旻宁（宣宗）年号（1821~1850）。仪征：地名，在江苏，今镇江。阮相国元：阮元（1764~1849），字伯元，号云台，江苏仪征人。清进士。历官漕运，两湖、两广总督。道光六年（1826），调任云贵总督。著有《经籍纂诂》《十三经注疏》，纂修《云南通志稿》等。因官至体仁阁大学士，故称其相国。浪穹：即浪穹县。元至元十一年（1274）以浪穹千户所改置。属邓川州，治所在今洱源县。1913年改名洱源县。王崧（1752~1838）：原名藩，家伯高，号乐山，浪穹（今洱源）人。世袭浪穹县土职。清嘉庆进士，官山西武乡知县。主晋阳书院讲席。归滇后，受聘为修志局总纂。著有《说纬》《乐山集》《道光云南志钞》等。

④ 咸丰丙辰、同治癸亥之变：指的是咸丰丙辰年（1856），滇西回民起义军攻下大理，推举杜文秀为总统兵马大元师，建立了政权，迅速控制了滇西大部分州、县。同年，滇南、滇东的回族也起来反抗清朝统治，推马德新，马如龙等人为首领。同治癸亥年（1863）春，武定的回民起义军联合寻甸、沾益、禄劝、禄丰、姚安、大姚等地的回民起义军攻入省城昆明；同时，已与清廷妥协投降的回民上层马德新、马如龙等，因与清廷新任命的云贵总督潘铎发生矛盾，马德新调马荣率军入昆明杀了潘铎。通省：全省。

之续。[①] 卒赖朝廷威福师武臣力芟夷大难与民。[②] 休息戡定以来，历有年所元气未复，文献无征，是亦官斯土者之责也。[③] 西林岑襄勤公总制滇黔，重莅滇垣马中丞谭公筹经费议续修，设局遴才委，今观察陈公专司其事。[④] 今总制王公莅滇，尤以为急务程功责效，遂克期而告成。[⑤] 计历十寒暑[⑥] 矣。体例一仍阮志之旧，分门别类，秩

① 中原多事：指的是当时中国内忧外患，1840 年英国向中国发动鸦片战争，1850 年 7 月发生了太平天国起义等。未遑：没有闲暇。岌岌：危险貌，《孟子·万章上》：“于斯时也，天下始哉岌岌乎！”几为：几乎为。蒙段之续：大蒙国、大理国之继续。大蒙国，南诏国号。胡蔚《南诏野史》：“奇嘉王细奴逻于唐太宗己酉贞观二十三年（649）即位，年三十二岁，建号大蒙国。”至开元间，唐封皮罗阁为云南王，废大蒙国号。天宝九载（750），阁罗凤与唐绝，复号大蒙国。大理国统治者为段氏。大理国于后晋高祖天福二年（937），南诏通海节度使段思平讨灭大义宁国杨干贞后所建立，历 14 世，共 158 年。至宋哲宗绍圣元年（1094），国主段正明禅位于高昇泰，改称大中国，绍圣三年，高昇泰卒，遗命子高泰明还位于段氏，泰明立段正淳为帝，复号大理国。历 8 世，共 157 年。

② 威福师：言掌握刑赏大权的军队。语本《尚书·洪范》：“惟辟（bì）作福，惟辟作威”。辟，臣主。威，刑罚。福，奖赏。武臣：武将。芟夷（shānyí）：削除，除去。

③ 戡定：攻克，平定，平息。元气：原指人的精神，这里指社会的经济、文化等。官斯土者：指在云南做官的魁首。斯，代词，这、此。土，土地，乡土。

④ 西林岑襄勤公：岑毓英（1829~1889），字彦卿，号匡国，广西西林人。清附生。咸丰七年（1857）带兵入滇投效。先后置宜良、路南等县知县，升澄江知府。领兵助攻杜文秀义军，招抚马如龙。同治元年（1862）署云南布政使，获勇巴图鲁称号。同治七年（1868）授云南巡抚。同治十一年（1872）率军攻入大理，杜文秀自杀。十三年署云贵总督。卒，谥襄勤。莅（lì）：临，到达。滇垣（yuá）：云南省行署。垣，官署的代称。中丞谭公：谭钧培（1829~1894），字宾寅，别号序初，贵州镇远人。清进士。历任江西道监察御史、江苏布政使、湖北巡抚。光绪十二年（1886）任云南巡抚。中丞，官名。清代各省巡抚例兼右都御史衔，因此明清的巡抚也称中丞。遴：遴选，慎重选择。才委：撰稿人材与编委。陈公：指陈灿，字昆山，贵阳人。清进士。光绪六年（1880）到云南，历任澄江、楚雄、顺宁等府知府。光绪三十一年（1905）署布政使。在滇 20 余年。文化方面创设经正书院及澄江等三府凤山书院及蒙自道成、普洱宏远等书院。著有《宦滇存稿》等。

⑤ 总制王公：王文韶（1830~1908），字夔石，号耕娱，浙江仁和（今杭州）人。清进士。历官兵部侍郎，湖南巡抚。光绪十五年（1889），升云贵总督。程功：限期完成功程。程，规定的数量。责效：督责完成任务。效，效率。克期：限定日期。

⑥ 十寒暑：十年。

然不紊。[①] 而今而后，不惟滇之分野[②]，气候山川形势，开卷了然。而军政吏政饷政之得失，边防民生之利弊，亦按籍可稽。[③] 固有位者[④] 所宜究及也。况备用兵之始末，则当日之议剿议抚，孰得孰失，昭然若揭。[⑤] 而表忠义重节烈，述武功记名宦，与夫人才风俗之升沉，积贮仓廪之盈虚，所以备国史之采择，为后人之法戒者，莫不于是乎！[⑥] 在则，此编之修讵可缓乎！惟是卷帙失于浩繁，又当典籍凋残，金石[⑦] 沦亡之际，疏漏亦所不免。后之君子有具史家三长者，博取而约出之。[⑧] 备一方之志，成一家之言，尤所深望也，夫是为序。[⑨]

（《滇文丛录》卷四十二）

---

① 阮志：指阮元纂修的《云南通志稿》。秩然不紊：秩序井然而不乱。

② 分野：与星次相对应的地域。古天文学家将天上星宿分为十二星次，并与地上州国所在的地域相对应，天上的星空区域叫分星，与之相对应的地域叫分野。

③ 军政：军中政事。吏政：官吏的政事。饷政：有关军队供给的政事。饷，军粮。籍：书籍，卷册。稽：查，查找。

④ 有位者：有官位或有地位的人。

⑤ 议剿议抚：拟议剿灭（镇压）与拟议安抚。昭然若揭：形容真相全被揭露，明明白白。昭然，明显的样子。

⑥ 仓廪（lǐn）：仓库。廪，储藏。于是：于此。

⑦ 金石：金指钟鼎之属，石指碑碣之属。古人常于日用器物上镌刻文字；又颂功纪事，多铭于金石。

⑧ 史家三长：唐代史学家刘知几认为写史历必须有三长，即才、学、识。博取而约出：最广博收集历史资料，而写成史书则力求简明扼要。

⑨ 成一家之言：意即自成体系，自成学派。是：代词。此。

《集翠轩诗钞》[①]序

朱庭珍

浙中山水甲于天下，地灵人杰，风雅代兴[②]。竹垞、初白，雄视国初。[③]二百年来，海内并推。大家即西泠十子，亦彬彬竞爽，流风余韵至今未艾。[④]稚威、樊榭继起，或近郊岛，或近常刘，虽未足方驾前贤，亦一时之秀也。[⑤]兰卿太守[⑥]，其闻乡先辈之风而兴者乎？太守少负俊才，工书画，善吟咏，游幕于滇以从军，积劳至二千石，历任皆有政声。[⑦]其少也，则为名士；其壮也，则为循吏。[⑧]及免官后，

---

① 《集翠轩诗钞》：陈兰卿知府与其子陈雨苍合刊的诗集，刻于光绪丙申。

② 代兴：更迭兴起。

③ 竹垞：朱彝尊（1629~1709），字锡鬯，号竹垞，浙江秀水人。工古文，长于考证，诗与王士祯称南北两大宗。著有《曝书亭集》80卷、《日下旧闻》42卷、《明诗综》100卷等。初白：查慎行（1651~1728），字悔余，号初白，浙江海宁人。少受学于黄宗羲，治经邃于易，尤工诗。所著《敬业堂集》50卷，又著《周易玩辞集解》10卷等。国初：指清初。

④ 西泠（líng）十子：清初杭州诗人陆圻、丁彭，柴绍炳，毛先舒、张丹、孙治、吴百朋、沈谦、虞黄昊、陈廷会十人之并称。西泠为西湖一座桥名，陆圻等结诗社于西湖，时人以名之。彬彬竞爽：文质兼备争荣争盛。未艾：未衰。

⑤ 稚威：胡天游（1696~1785），字稚威，号云持，浙江山阴人。诗雄建有气。有《石笥山房文集》传于世。樊榭：厉鹗，号樊榭，清代人，康熙举人，学者。郊岛：唐代诗人梦郊与贾岛。常刘：指常建与刘长卿。常建（约749年前后在世），字不详，长安人。工诗。开元十五年（727）与王昌龄同榜登进士。有诗集1卷传于世。刘长卿（约749年前后在世），字文房，河间人。有诗集10卷传于世。方驾：两车并行，并驾齐驱。

⑥ 兰卿太守：即兰卿知府。姓陈名鹍，兰卿是其字。生卒未详。生活在清同治、光绪年间，活了83岁。浙江山阴人。曾在云南戍边、为官至太守（知府，管数县一级官）。年四十弃官引退。著有《集翠轩诗钞》。以诗书画名于时。

⑦ 二千石：汉代官员的俸禄等级。分三等：中二千石，月得百八十斛；二千石，月得百二十斛；比二千石，月得百斛。后因称郎将、郡守和知府为二千石。政声：官吏得政治声誉。

⑧ 名士：知名而未出仕之人。循吏：奉职守法的官吏。

治园莳[①]花，提倡风雅，而年亦垂老矣。则又为高人寓贤，综其生平不尽于诗，所谓有传人而后有传诗者非耶！[②]所为《集翠轩》诗，清而有骨，健而有韵，高而不浮，华而不靡。[③]得稚威之峭逸而去其涩；得樊榭之新俊而去其纤。[④]正如镜湖山水苍秀出于天然，一木一石皆有寥萧世外意。[⑤]未知视竹垞、初白何如？而在十子中则可自成一子，而无愧色矣。余与太守以诗相契垂四十年，太守适信余，每一诗成即以见示，有所商定，无不曲从，虚怀若谷，尤为人所难及，宜其诗之可传也。[⑥]哲嗣雨苍明府诗附于后。[⑦]雨苍才而好学，其诗英思锐笔，迥不犹人。使精进不已，则浙中风雅之传有嗣音矣。[⑧]

昔明人刊东坡诗，附录斜川之作[⑨]。竹垞晚编《曝书亭集》，亦附昆田诗。[⑩]兰卿之意，亦犹是也。后之览耆[⑪]，因其诗以知其人。则兰卿之诗传，而雨苍之诗亦与俱传矣。是为序。

（《滇文丛录》卷四十二）

---

① 莳（shì）：栽种。

② 高人：高尚出俗之人。寓贤：寄寓于德贤。传人：指名声流传到后世的人。传诗：指诗歌流传到后世的人。

③ 清而有骨：鲜明秀美而有风骨。健而有韵：刚健而有韵味。浮：浅浮。华而不靡：华丽而不淫靡。

④ 峭逸：孤高脱俗。涩：晦涩。新俊：清新俊雅。纤：细小。

⑤ 镜湖：湖名。后汉永和五年太守马臻于会稽山阴两县界筑塘蓄水而成的人工湖。以水平如镜而名。熙宁后渐淤废为田。寥萧：稀少。

⑥ 相契：志趣相投。契：投合。垂：将近，将及。

⑦ 哲嗣：旧尊称人之子为哲嗣。雨苍：这位陈兰卿太守的儿子。明府：汉魏以来对太守牧尹，皆称“府君”，或“明府君”，简称“明府”。

⑧ 精进不已：继续努力而不停止。嗣音：继承前人之事业。

⑨ 东坡：苏轼。斜川：苏过，字叔党，宋代人，自号斜川居士，人称“小坡”，苏轼之子。

⑩ 竹垞：朱彝尊。《曝书亭集》：朱彝尊著，80卷。昆田：朱彝尊儿子，生平不详。

⑪ 览耆（qí）：阅览的老者。

《天船诗集》序[1]

朱庭珍

光绪甲午中秋，昆明张孝廉天船病卒于龙尾关旅次。[2] 天船余女弟夫，而二十年以诗相契者也。[3] 闻讣后索其家得手书遗诗三卷，因偕同志诸君子，为付梓而序之曰。[4] 呜呼！天船竟以诗人终矣。而其志则不甘为诗人也。天船生负异才，其气不可一世。少孤遭乱家落，刻苦自励，遂以文学知名，尤雄于诗。可谓特立[5] 之士矣。然生平究心时务视天下事，无不可为锐，欲有所表见于世，不肯毕力攻诗，故所作不多。乃六上春宫，迄未获第。[6] 又性苦忭急，议

① 此序非常洗练，言简意赅，三四百字的短文，有叙有议，概括了张星柳的生平事迹，性格特征，诗歌创作轨迹与成就，并揭示了“文章憎命达“这一人生悲剧里，还有性格决定命运的悲情。《天船诗集》：张星柳著，3 卷。星柳原名星源，字天船，昆明人，光绪举人。《云南丛书》初编收入。

② 光绪甲午：1894 年。张孝廉天船：张星柳（1846~1894）、字天船，清代昆明人。星柳生负异才，加之刻苦自励，遂以文学知名，尤雄于诗。性刚直，孤高自矜，为众所嫉，六上礼部会试未获第，郁郁不得志，英年早逝，卒年 48 岁。张星柳博学工诗，朱庭珍爱其才，以妹妹朱韵兰为其继妻。时星柳年四十，朱韵兰甫及笄耳。星柳卒，妻韵兰任女子师范校长，十余年后乃卒。孝廉：明清时举人的俗称。张星柳光绪举人故称“孝廉”。龙尾关：在云南大理州下关。旅次：旅舍、旅馆，旅途中的寓所。

③ 女第夫：妹夫。女第，妹妹。相契：相互志趣投合。

④ 讣：报丧。付梓：书稿付印。梓：刊刻，印刷刻版。

⑤ 特立：有独特见地，与众不同。

⑥ 春宫：古代常以春夏秋冬四季名设官。《周礼》以宗伯为春官，掌邦礼。后来春宫为礼部的别称。科举考试会试由礼部主管，所以会试俗称“春宫”。未获第：未考起。

论亦多否少可。[1]坐是，益与时忤，终身困穷。[2]惜哉！惜哉！其论诗专宗玉局[3]，最严于法。晚年稍参昌黎、剑南[4]，一变而生刻沉挚，功侯顿进。盖宗旨颇近初白，而造诣时偪心余。[5]使天假以年[6]，或处顺境，所诣当不止此也。噫！天之菁华[7]，秘而不泄久矣。古今才人，往往以诗泄之，能不致天罚[8]耶？长吉夭，东野穷，玉谿不挂朝，籍天于诗人，尚且忌之，扼之，于人乎何尤？[9]然天能啬其生前之遇，终不能吝其身后之传。是则人定胜天，而天船差可自慰于九原者矣。[10]悲夫！

（《滇文丛录》卷四十二）

---

① 性苦忭急：性情苦于急躁。忭（biàn），喜欢。多否：否定的多。少可：肯定的少。

② 坐是：正因为如此（指对他人否定的多，肯定的少）。益与时忤：越发与现实相抵触，而为众所嫉。

③ 玉局：指苏轼。苏轼曾任玉局观提举，后人遂以“玉局”称苏轼。

④ 昌黎、剑南：韩愈，《旧唐书》作昌黎人，故称韩昌黎，简称“昌黎”。陆游题其所为诗曰“剑南诗稿”，故人们称陆游为“剑南”。

⑤ 初白：查慎行（1651~1728），字悔余，号初白。清代浙江海宁人。工诗，著《敬业堂集》50卷等。心余：蒋士铨（1725~1785），字心余，号清容，清代江西铅山人。其诗气体雄杰，七言尤胜。著有《忠雅堂文集》12卷，《诗集》27卷等。

⑥ 使天假以年：假如老天爷再让他多活几年。假，授，给予。年，天年，岁数，寿命。

⑦ 菁华：精华。

⑧ 天罚：上天的惩罚。

⑨ 长吉夭：唐代诗人李贺（791~817），字长吉，唐宗室后，只活了27岁，故云“夭”。著有诗集5卷。夭（yāo），早死。东野穷：唐代诗人孟郊（751~814年），一生困窘，年50才登贞元进士第。故云东野穷。著有诗集10卷。玉谿不挂朝：唐代诗人李商隐（813—858），字义山，怀州河内人。因其著作中有名为《玉谿生诗》故云。不挂朝，仕途不顺的委婉说法。挂，怀念。籍：名册、登记册。忌：妒忌。扼：扼杀。尤：错误，过错，罪过。

⑩ 自慰：自我宽慰。九原：九州之土。

《古桧斋诗钞》《绣余偶吟》[①]合刻序

朱庭珍

同邑苏梅岑大令，以尊甫朴斋先生《古桧斋遗诗》，及母夫人《绣余偶吟》，授庭珍命为校定。[②]付诸手民，既迄工乃谨序其端曰：诗以言志。[③]自古瑰奇卓越之士，不获见用。[④]于世以抒其怀抱而展其才，又不欲雕章琢句，仅以诗鸣蓄积于中者。[⑤]酝酿日深，一有所触，不复能已[⑥]。于言诗特借一吟一咏，稍吐所怀。凡流露于楮[⑦]墨者，皆心得之余也。无意求工而自工。其情真，其意远，其神淡而永，其趣逸而长。[⑧]使后世读者如见其人。此栗里、襄阳造诣所以独至也。[⑨]

---

① 《古桧斋诗钞》：苏侗著，《滇诗重光集》录其诗50首。《绣余偶吟》：苏侗妻丁玉琴著，二卷。

② 同邑：同乡。这里指云南石屏。苏梅岑：苏林春，字梅岑，石屏人，清诸生。苏侗的儿子。著有《梅岑诗草》二卷。大令：对县令的尊称。尊甫：对别人父亲的尊称。朴斋先生：指苏侗，字守愚，号朴斋，石屏人，清道咸间诸生。苏林春的父亲。苏侗生而颖悟，肆力于学，不慕荣利。1856年滇乱作，弃制举业，诗酒自娱，与妻丁氏相酬唱。著有《古桧斋诗钞》。母夫人：对别人母亲的尊称。校（jiào）定：考订。

③ 端：开头。诗以言志：诗是用来表达思想感情的。语出自《尚书·尧典》："诗言志，歌永言，声依永，律和声，八音克谐，无相夺伦，神人以和。"

④ 瑰奇：奇伟，卓异。见用：被用。见，加在动词前表被动，译作"被"。

⑤ 雕章琢句：指对文章字句着章修饰。中：内心。

⑥ 已：停止。

⑦ 楮（chǔ）：树名。树皮可造纸。引申为纸的代称。

⑧ 淡而永：清淡而隽永，清淡而意味深长。逸：高雅超俗。

⑨ 栗里：地名。在今江西九江市南陶村西。晋陶渊明曾居此。故此处"栗里"代指陶渊明。襄阳：指孟浩然（689~740），字浩然，湖北襄阳人。唐代著名诗人，其诗属于山林一派，有诗集3卷。

先生以廉吏子少负俊才，文名倾动一时。[①]既不得志于有司，中年即绝意进取。[②]杜门著书，安贫乐道，与哲配丁夫人鸿案相庄，曰事酬唱。[③]夫人为外王舅仙坡明府季女。[④]外舅保堂太守女弟，夙承家法，善画工诗。[⑤]时人无不以秦徐赵管[⑥]目之。先生晚岁悼亡，后值吾滇军兴，家计日窘，居斗室中，课子教孙，不与世事。[⑦]暇则吟啸窗外古桧之下，若忘身在离乱者。[⑧]其高怀清节，与渊明浩然，异代同符。[⑨]故其五言诗佳者出入陶孟间，具体而微。[⑩]其余各体，称情而言格，近香山、剑南诗。[⑪]曰惟其有之，是以似之。此天下

---

① 廉吏：廉洁官吏。俊才：才智出众的优秀人才。

② 有司：泛指官吏。绝意进取：放弃考取功名。

③ 杜门：闭门。安贫乐道：安于贫穷的境遇，乐于信奉自己所遵循的思想道德准则。道，主张、思想、学说。哲配：明智的配偶，明智的选配。丁夫人：指苏侗的妻子丁玉琴。丁氏，字桐音，石屏人。性婉淑，读书晓大义，咸同间女诗人，工诗善画。著有《绣余偶吟》二卷。鸿案相庄：夫妻互敬互爱而庄重。鸿案，《后汉书·梁鸿传》有梁鸿妻举案齐眉的故事，后以鸿案指夫妻相敬互爱。酬唱：以诗文相赠言。

④ 外王舅：称母之舅。仙坡：丁应鸾，字敬仪，号仙坡，云南石屏人，乾隆丙辰年举人，以大挑历官安徽青阳、来安、五河、凤阳等县知县，有政声。著有《仙坡诗草》《清赏落花诗选》等集。明府：汉魏以来郡太守的尊称；唐以后县令也称明府。季女：排行最小的女儿。

⑤ 外舅：妻父，俗称岳父。保堂：丁运泰，字保堂，石屏人。嘉庆辛未（1811）进士，历官户部主事，庐州、安庆、沂州府知府等职。著有《红叶楼诗集》《强恕斋诗存》等。太守：官名。这里指知府。女弟：妹。夙：平素，一向。

⑥ 秦徐赵管：秦嘉，徐淑；赵孟頫，管道昇。秦嘉（约公元 147 年前后在世）汉桓帝时为上郡掾，嘉到郡就职，妻徐淑不能同住；临别作诗赠她。后又常写信，赠礼物给她。淑也作诗奉达。可惜这一对模范夫妻均短命而死，引起人们叹息。赵孟頫（1254~1322），字子昂，号松雪道人，湖州人。孟頫以书法称雄一世。妻管道升（1262~1319），字仲姬，吴兴人。28 岁嫁赵孟頫，相偕至京师。道升工书画，擅持词。孟頫升官欲娶妾，道升作《我侬词》报之，孟頫乃（罢）。

⑦ 先生：指苏侗。晚岁：指晚年。悼亡：悼念死者。这里指悼念追念亡妻（丁氏）。吾滇军兴：指 1856 年前后杜文秀起义。课子教孙：教子孙辈读书、学习。

⑧ 暇：闲暇时，空余时间。吟啸：吟咏，吟诗。

⑨ 清节：清风亮节。渊明浩然：陶渊明、孟浩然。符：相合，相当。

⑩ 陶孟：陶渊明、孟浩然。具体：四肢具备的身体。这里比喻学到陶、孟诗的长处或精髓。而微：细致入微。

⑪ 香山：唐代诗人白居易（772~846），字乐天。因与香山僧如满结香火社，自称香山居士。故称“香山”。剑南：宋代诗人陆游（1125~1210），著有《剑南诗稿》，故称“剑南”。

之真诗，可以征学养之粹志，节之高矣。①

夫人诗清婉秀丽，时有唐音，为近代闺阁所罕见。② 与先生琴瑟相应，异曲同工。③ 合而刊之，足以并传 ④ 无疑也。庭珍初娶为夫人同怀兄女，又与梅岑至交，日相过从。⑤ 常闻先生绪论过蒙奖许 ⑥，迄今逾三十年。迟暮 ⑦ 无成，有负期望。而梅岑亦老滞寒毡墨绶之绾，未知何日幸哲嗣幼吾。⑧ 英年异才，已举贤书锐进未艾。⑨ 或者先生积学之报天，不于其身，则于其孙乎？展诵遗墨，枨触前尘 ⑩，不禁悲喜之交集也。是为序。

（《滇文丛录》卷四十二）

---

① 征：证明，应验。学养：学习与道德修养。粹志：纯正美好的志向。

② 夫人：指苏侗的妻子丁玉琴。唐音：唐诗的风韵。闺阁：闺房，女子居住的内室。这里代指妇女。

③ 琴瑟相应：琴与瑟同时弹奏，其声和谐，相互呼应。这里比喻夫妇感情和谐。异曲同工：曲调虽然不同，但演奏得同样美妙。这里比喻夫妻在生活中角色不同，但相互配合，感情非常融洽合乐。

④ 并传：一并留传后世。

⑤ 初娶：初婚。夫人同怀：与夫人志趣相同。至交：交情很深，关系密切。过从：互相来往。

⑥ 奖许：赞扬。

⑦ 迟暮：暮年。比喻衰老。

⑧ 老滞寒毡墨绶之绾：长久滞留在清贫的县令官位上。寒毡，形容生活清贫。墨绶，黑色的印带，这些作为县令、县长的代称。绾，系结，引申为牵挂。幸哲嗣幼吾：有幸跟儿孙生活在一起。退官还乡的委婉说法。幸，有幸，幸远。哲嗣，旧称人之子为哲嗣。幼吾，慈爱儿，孙辈。

⑨ 英年：壮年，四十多岁。举贤书：科举考试乡试中试者为举贤书。艾。停止。

⑩ 枨（chéng）触：触动。前尘：往事。

《唐贤三昧集》跋[①]

朱庭珍

此书所选是王，孟、韦、柳一派，法门非盛唐，家家如是也。[②]乃阮翁因途经不同，不取李、杜，可谓坚守门户。[③]虽大家不肯曲徇，何以高、岑二家途径与王、孟迥殊，面目亦绝不相近。[④]强援以张，

① 《唐贤三昧集》：清王士祯撰，三卷。士祯论诗主神韵，所选皆盛唐作家，共43家，而以王维、孟浩然、韦应物、柳宗元为主。书名“三昧”，取佛经译音。意为解脱束缚。朱庭珍《唐贤三昧集》跋，对王士祯编选《唐贤三昧集》提出质疑：一、既然所选皆盛唐作家，为何不选李（白）、杜（甫）？二、高（适）、岑（参）与王（维）、孟（浩然）途径迥殊，为何勉强援引以张本。三、柳（宗元）并非盛唐作家，韦应物已是盛唐之殿，为何还要入选？对王士祯编选《唐贤三昧集）的取舍原则，朱庭珍认为是“自乱其例，颇乖选体的”“泾渭不分，茫无定识”。

② 王、孟、韦、柳：指唐代诗人王维、孟浩然、韦应物、柳宗元。法门：原指佛教修行者入道的门径。这里活用于学术门派。

③ 阮翁：王士祯（1634~1711），字贻上，号阮亭，自号渔洋山人，清代山东新城人。著述丰富，有《渔洋诗集》《渔洋文略》《渔洋诗话》《唐贤三昧集》等。李、杜：李白、杜甫。坚守门户：王士祯论诗以神韵为宗，大抵出于严羽“妙悟”“兴趣”之说，而以“不着一字，尽得风流”为诗的最高境界。于是选录王维以下42人的诗为《唐贤三昧集》，其目的是“剔出盛唐真面目与世人看”。其兴趣爱好是倾向王孟韦柳一派。坚守门户指此而言。

④ 高、岑：唐代诗人高适、岑参并称。两人作为边塞诗人，在风格上有许多共同之处。王、孟：唐代诗人王维、孟浩然并称。两人都以描绘田园风光见长，都是田园诗派的代表人物。

吾集未免自乱其例，颇乖选体。[①]若韦、柳[②]二家系同一宗派，以柳非盛唐人而不取，已为可怪。至韦左司，知其为盛唐之殿，胡为遗之？[③]此等去取，吾所不鲜。几于泾渭不分，茫无定识矣。[④]姑拈出以质世之知诗者。[⑤]

（《滇文丛录》卷四十二）

① 强援以张：勉强援引以张本。吾集：指《唐贤三昧集》。吾，表示尊称。吾集，意即我先生的集子。例：体例。颇乖：很违背。

② 韦、柳：唐代诗人韦应物（737~790？），柳宗元（773~819）。

③ 韦左司：韦应物。殿：最后。遗（wèi）：交付，给予，馈赠。

④ 泾渭不分：比喻界限不清，是非不分，清浊不辨。泾渭，泾水，渭水。皆发源于甘肃，在陕西汇合流入黄河，泾清，渭浊。茫无定识：茫然没有准则。

⑤ 姑拈出：暂且提出、指出。质：质疑。

《味雪斋诗钞》[①] 续跋

朱庭珍

此先师戴侍御筠帆先生[②]遗诗也。先师与先朝议公同年至好。[③]咸丰甲寅，庭珍奉严命请业门下，负笈从游者二载，获读《味雪斋》诗。[④]编年止于道光己亥[⑤]。复授手稿一编，则自癸卯以迄庚戌之作，而吴仲昀尚书抚滇时所点定也。[⑥]惟庚子、辛丑，壬寅三年，诗缺焉。[⑦]

---

① 《味雪斋诗钞》：清戴絅孙撰。收入《云南丛书》初编。

② 戴侍御筠帆先生：戴絅孙（1796~1856），字袭孟，别号筠帆，昆明人。道光九年（1829）进士，历官工部主事，浙江、贵州道监察御史，吏，户，兵、工、刑科给事中诸职。曾肄业五华书院，博学工诗，与池生春、李于阳，戴淳、杨国翰称五华五子。著有《明史·名臣言行录》《昆明县志》《味雪斋诗文钞》等。

③ 议公：指池生春（1798~1836），字籥庭，一字剑芝，楚雄人。清道光进士。授翰林院编修、上书房行走、充会试同考官，典试陕西，官至广西学政。肄业于五华书院，五华五子之一。著有《入秦日记》《文稿》等。《滇诗嗣音集》录其诗 12 首。同年：科举制度同榜的称同年。至好：相处很好。

④ 咸丰甲寅：1854 年。奉严命：尊崇父亲的指派。严，对父亲的尊称。请业：向师长请教所学之业。门下。门庭之下。负笈（jí）：背着书籍求学。载：年。

⑤ 道光己亥：1839 年。

⑥ 癸卯：1843 年。庚戌：1850 年。吴仲昀：吴振棫（？ ~1871），字仲昀（yún），又作仲云，钱塘（今浙江杭州）人。清嘉庆进士。咸丰二年（1852）任云南巡抚，四年升云贵总督，次年调陕西巡抚，七年再任云贵总督。尚书：清代官职的头衔。吴振棫任云贵总督（地方最高长官），综理军民要政，为正二品官，因加尚书衔为从一品。故朱庭珍称其为“尚书”。

⑦ 庚子：1840 年。辛丑：1841 年。壬寅：1842 年。

是时，林文忠公督粤，以禁烟获重谴，海上多故。[①] 先师为文忠典试，所得士感愤作诗，闻于枢辅几被中伤，遂焚其稿，先师自述其略。[②] 如此，其详不可得而闻矣。

先师卒于丙辰，逮今四十六载。[③] 生平所著的诗文集，板均毁于乱，而未刻手稿赖小圃太史序而刊之，复传于世，不可谓非身后之幸。[④] 太史表彰先正遗书，于举世不为之日。又主持风雅，奖掖后进，滇中文献一线之垂其在斯乎！[⑤]

（《滇文丛录》卷四十二）

---

① 是时：此时，当时。林文忠：林则徐（1785~1851），字元抚，一字少穆，侯官（今福建闽侯）人。清进士。历典江西、云南乡试，升湖广、两广总督。道光十八年（1838）的钦差大臣，赴广州查禁鸦片，于虎门销毁缴获英美商人的鸦片二百余万斤，并严设海防。鸦片战争后，署陕甘总督、陕西巡抚。道光二十七年（1847），任云贵总督。咸丰元年（1851），以钦差大臣兼署广西巡抚，行至广东潮州，病卒。谥文忠。重谴：严重的贬谪。指的是鸦片战争后，英商勾结官僚琦善，林则徐被谮革职一事。谴，贬谪，谪戍。海上多故：指 1840~1842 年英国对中国发动的鸦片战争。

② 典试：主持科举考试之事。士：指参加科举考试的学子。感愤：这里指感时愤世。枢辅：指官府权力机关。枢，中央发号施令的机构。辅，指辅佐之臣。几被中伤：几乎被中伤，险些被伤害。焚：烧毁。其略：大概。

③ 丙辰：指咸丰丙辰，即 1856 年。逮：至，到。

④ 小圃太史：陈荣昌（1860~1936），字小（又作筱）圃，号虚斋，昆明人。光绪癸未（1883）进士，授翰林院编修。历任贵州学政、国史馆协修、昆明经正书院山长、云南高等学堂总教习等职。著有《虚斋文集、诗集》《滇诗拾遗》等。太史：官名。史官之长。管修史、天文历法等。陈荣昌授翰林院编修、国史馆协修等，故称其“太史”。

⑤ 风雅：泛指诗文。陈荣昌曾任云南国学专修馆馆长、《云南丛书》名誉总纂。故云他“主持风雅”。奖掖：奖励提拔。垂：流传。

《重修永北厅志》序①

朱庭珍

自《禹负》列于《夏书》，识方纪于《周礼》。②日圭星野，远溯权舆，绿字、赤函具存方策。③况《华阳》有常璩之志，《蛮徽》经樊绰之编。④黑水倒流，彩云重现。⑤分州兼梁宁之域，建国

① 这篇序，除阐明方志之重要——“国计民生之攸系”以外，提出了撰写方志应注意的几个问题。一、体例宜严（“至确后人之断，制宜严”）；二：材料要“信”而“实”，广而博，不能弄虚作假（“资于史实可稽”切忌“赝鼎僻”“宜博古而知时”）；三、语言文字要简洁准确，通俗易懂（切忌“削繁过于求简古”，“虬翏表昧”含混不清，“藏宜束阁而不观阅）。永北厅：即永北直隶厅。原永北府，清乾隆三十五年（1770）改为直隶厅，即会永胜县。

② 禹贡：《尚书》《夏书》篇名。大约成书于周秦之际。篇中把当时中国划分为九州，记述各区域的山川分布、交通、物产状况以及贡赋等级，保存了我国古代的重要地理资料。《夏书》：《尚书》有《禹贡》《甘誓》《五子之歌》《胤征》共四篇，旧称为《夏书》。方纪：方志。纪，史书体裁的一种。《周礼》：书名。

③ 日圭：在代测日影的仪器。引申为太阳运行轨迹。星野：即星宿的分野。古代人们根据地上的区域来划分天上的星宿，把天上的星宿分别配属于地上的州，国，使天上的星与地上的政区互相对应。溯：向上推求。权舆：草木萌芽。引申为起始。绿字：乌黑色的字。指印好的方志史书。赤函：红色的封袋。方策：方志的书册。

④ 《华阳》：即《华阳国志》，晋常璩撰，12卷，附录1卷。此书记述古代巴蜀地区历史、地理、风俗，以及公孙述、刘焉、刘备、李特等事迹。常璩：晋蜀郡江原人。字道将。著《华阳国志》等。《蛮徽》：指的是《蛮书》。唐樊绰撰，10卷。懿宗咸通三年（862），绰为安南节度使蔡袭从事，采集前人有关南诏记载及访求所得，撰成此书。《蛮书》有《南夷记》《南蛮记》《南蛮志》等多种异名，朱庭珍则称之《蛮徼（jiāo）》，徼者，抄袭、窃取也。在朱庭珍看来，《蛮书》并非樊绰的原著。

⑤ 黑水：水名。《尚书·禹负》：“华阳黑水惟梁州”。黑水所在，众说不一：一说怒江上游；一说澜沧江，等等。彩云：五彩云霞。

历蒙段之都。[①] 玉斧划疆，金沙环界。[②] 距京一万二千余里，纪事二百五十八年。赕北名区，滇南要郡。[③] 秦典已开，途径元明，始隶[④]版图。自被华风，渐兴文教，逮入昭代弥盛。[⑤]纮歌盱衡，古今宜备，方志有目来矣。[⑥]

考《永北厅志》，创于胜国万历，修于熙朝乾隆。[⑦] 维[⑧] 好仁之始，稿未详。陈奇典[⑨] 之成书，久毁。时殊事异，经兵火于咸同，代远年湮。[⑩] 求文献于杞宋，迄今不述，后世何征？[⑪] 是编之修所以不容缓也！虽然修志岂易言哉？承平则金石销沈，难于考古；[⑫]

---

① 梁宁：梁州、宁州。梁州，古九州之一。东临华山，南至长江，北为雍州，西无可考。《尚书·禹贠》："华阳黑水惟梁州。"宁州，汉益州郡地，元至元十三年设宁州，治所在今云南华宁县。蒙段：指南诏政权与大理国政权。南诏：本名蒙舍诏，以蒙为姓。原有六诏，蒙舍诏最南，故称南诏。贞观二十三年（649），蒙舍诏细奴罗建号大蒙国。后蒙舍诏皮罗阁并五诏，南诏遂为六诏之总称。大理国，国主段氏，故称"段"。后晋高祖天福二年（937），南诏通海节度使段思平讨灭大义宁国杨干贞建立。前后共历 22 世，315 年。

② 玉斧划疆：指的是北宋初年，宋朝将领王全斌带兵平定四川后，献地图给朝廷，建议乘势取云南。当时开国皇帝赵匡胤手执玉斧（玉制的，作为文房古玩的，缩小版的"劈正斧"），在地图上沿着大渡河一划，说"此外非吾有也！"意思是说大渡河以外的疆土宋朝就不要了。金沙：金沙江。指长江上游自青海玉树巴塘河口至四川宜宾一段。金沙江环流永胜西、南两面，故云"金沙环界。

③ 赕北：大理北面。滇南：云南。

④ 隶：隶属。

⑤ 华风：华夏之风教。文教：礼乐法度、文章教化。逮：及，到。昭代：清明的朝代。用于称颂本朝。

⑥ 纮歌：古诗皆可配琴瑟等乐器歌咏诵读，称"纮歌"。泛指学习、授业。盱（xū）衡：扬眉举目，观察纵观。

⑦ 胜国：被灭亡的国家。这里指明朝。万历：明神宗（朱翊钧）年号（1573~1620）。熙朝：盛朝。这里指清朝。乾隆：清高宗（爱新觉罗·弘历）年号（1736~1795 年）。

⑧ 维：语首助词。好（hào）：喜爱。

⑨ 陈奇典：清代福建同安人，官录北知府。

⑩ 咸同：清咸丰、同治年间。湮：湮没。

⑪ "求文献于杞宋……后世何征"句：意即使后世缺乏文献资料。典出自《论语·八佾》："子曰：'夏礼吾能言之，杞不足征也；殷礼吾能言之，宋不足征也。文献不足故也。'"后因称事之缺乏证明资料者为杞宋无征。

⑫ 承平：太平，治平相承。金石：金鼎、碑碣之类，古人往往在上面铭刻史料。

离乱则图书散佚，难于信。① 今李吉甫志郡县，于元和已详古迹。② 乐子正记太平之寰宇，并录文人记载。③ 区分体裁各异，又况吴郡所产岂时有干将莫邪？④ 汉中所先，讵当绘木牛流马。⑤ 织锦交推，苏蕙乃配县图著书，特为吴潜竟如家传先正之讥评，至确后人之断，制宜严。⑥ 又或专事削繁过于求简古，同赝鼎僻等虬骖表昧。⑦ 旁行说乖四达，蒉桴，土鼓方谣。⑧ 咸附会赏音元酒太羹，主客或自诧知味。⑨ 列法度则居然王制规形模，而酷似《汉书》藏宜束阁而不观阅，

---

① 离乱：社会动乱。信：信息。

② 李吉甫（758~814），唐赵郡人。字弘宪。德宗时任太常博上，外迁忠州等地刺史。元和二年及六年两度为相。著有《元和郡县图志》。元和：唐宪宗（李纯）年号（806~820）。

③ 乐子正：乐史（930~1007），字子正，宋宜黄人。原仕南唐，入宋举进士，大宗时授著作郎直史馆，后转太常博士等官。太平兴国间撰《太平寰宇记》二百卷，为古地理名著。

④ 吴郡：地名。东汉顺帝时分会稽郡置，约有今江苏长江以南全部及长江以北迤东之南通、海门诸县地。干将莫邪（yé）：古代人名，转为宝剑名。相传春秋时吴人干将与妻莫邪善铸剑。铸有二剑，锋利无比，一名干将，一名莫邪，献给吴王阖闾。

⑤ 汉中：郡、府名。故治在今陕西南郑。木牛流马：古时运载工具名。三国蜀诸葛亮伐魏，曾以木牛流马运粮。

⑥ 织锦：织作锦缎。这里指织回文诗于锦缎上。苏蕙：字若兰，东晋列国前秦武功人。年16岁，嫁秦州刺史窦滔。滔纳宠妾赵阳台，及为安南将军，赴襄阳镇守，携阳台同行。去后，断绝音问。蕙悔恨悲伤，因织五彩锦作“回文璇玑图诗”赠滔，计八百余言，纵横反复，皆成章句，文词凄婉。滔为感动，因复好如初。县（xuán）图：璇玑图。即回文诗图。书：书信。吴潜（？ ~1262），字毅夫，宣州宁国人。嘉定十年（1217）举进士第一，授承事郎，签广德军判官。历迁江东安抚留守。著有《履斋遗集》四卷，《诗余》三卷。先正：前代的贤臣。也泛指前代的贤人。制：体例。

⑦ 削繁：删繁。简古：单纯古朴。赝鼎：仿造或伪造之物。僻：偏、邪。赝鼎僻：指喜欢造假，作伪证。虬骖表昧：意即语意含混不清。虬，是传说中的龙类动物，而骖是驾车的马。

⑧ 旁行说乖四达：走路歪歪斜斜的还乖谬地说东南西北四方都能到达。蒉桴，土鼓：祭祀用土块捏成的鼓槌与用土做的鼓。（这里“土鼓”是“筑土为鼓，即用泥巴做的鼓。并非是《辞源》里所解释的：“古乐器，用瓦作框，以皮革蒙两面，敲打合乐”的土鼓。蒉（kuài），土块；桴，鼓槌。《礼·礼运》：“夫礼之初，始诸饮食，其燔黍捭豚，污尊而抔饮，蒉桴而土鼓。”方谣：正在歌唱。方，才，正在。谣，徒歌，无音乐伴奏的歌唱。

⑨ 咸：全，皆，都。赏：欣赏，品味。音：音乐。元酒：美酒，最好的酒。太羹：美味。太羹的原意是古时祭祀的肉汁。

即隐几而思卧。[①] 是以宋次道、范至能之遗编，朱秀水嫌其滋伪。[②] 康对山、韩五泉之名，志章（彰）山阴病其太苛，径删艺文。[③] 陆清献非持平之论，徒明沿革戴东原，亦矫枉之词。[④]

夫山川有定，风俗当咨。[⑤] 土宜田赋之敷陈，国计民生之攸系。[⑥] 既仰观而俯察，宜博古而知时。[⑦] 郡志虽备列于官，兼有资于史实

① 法度：法令制度。王制：王者的制度。规形模：规范形状模样。酷似《汉书》藏宜束阁而不观阅：很相似《汉书》只适宜收藏而不适宜观看。《汉书》东汉班固撰。本书多用古字，难读。隐几而思卧：（由于《汉书》难读，不通俗）读之使人靠着几案，昏昏欲睡。在朱庭珍看来方志应该通俗易懂。

② 是以：所以。宋次道：宋敏求（1019~1079），字次道，北宋赵州平棘人。举进士，官至史馆修撰，龙图阁直学士。曾参与修《唐史》，补唐武宗以下六世《实录》148 卷，编《唐大诏令集》130 卷，撰有地方志《长安志》等。范至（致）能：范成大（1126~1193），字致能，号石湖居士，宋吴兴人。绍兴二十四年进士。有文名，尤工诗。著有《石湖集》136 卷。别著有《吴门志》《桂海虞衡志》等书。朱秀水：朱彝尊（1629~1709），字锡鬯，号竹垞，清浙江秀水人。清康熙十八年，以布衣举博学鸿词科，授检讨。参与修撰《明史》。滋伪：滋生着虚言假话。

③ 康对山：康海（1475~1540），字德涵，号对山，明陕西武功人。弘治十五年（1502）殿试第一，授翰林院修撰。工诗，善制曲。著有《对山集》等。韩五泉：韩邦靖（1488~1523），字汝度，号五泉，明代朝邑人。幼聪悟，年 14 举于乡，正德三年（1508）与兄邦奇同举进士，负有重名。著有《韩五泉诗集》4 卷。志章：夙道暹，字志彰，明代人，授知县。山阴：县名，山西山阴县；又浙江绍兴。病：缺点，毛病。太苛：过于苛刻。径删，任意删除。艺文：文章、典籍。此句意为：夙道暹认为《明史》的缺憾在于对康海与韩邦靖的名声太过于苛刻，任意删去其艺文部分。

④ 陆清献：陆陇其（1630~1692），字稼书，浙江平湖人。康熙九年（1670）进士，历官嘉定、灵寿知县。陇其学崇程朱得其正宗。著有《三鱼堂文集》等，卒谥清献。持平：主持公平，不偏不倚。徒：徒然，白白地。做副词。沿革：因袭与变革。戴东原：戴震（1723~1777），字慎修，一字东原，清代安徽休宁人。乾隆三十七年（1772）举乡试。四库馆开荐充纂修。特命与会试中式者同赴殿试，赐同进士出身，改翰林院庶吉士。震性介特，无他嗜，唯喜读书，精训诂之学。著有文集 12 卷、《孟子字义疏证》等。矫枉：矫正枉曲，纠正错误。

⑤ 定：定分，确定名分。《吕氏春秋·处方》：“凡为治必先定分。”咨：咨询。

⑥ 土：土地、耕地。宜：合适，应当。田赋：按土地的多少征收的赋税。敷陈：铺叙，详加论列。国计民生：国家财政经济和老百姓的生活。攸系：息息相关。

⑦ 仰观：向上看。俯察：俯首仔细观察。博古：广泛全面了解古代知识。

可稽[①]。以为政非求广于异闻，故考核研求，折中于月旦[②]。登临题咏，旁采及风诗[③]。况溯龙蛇之年，曾构狐鼠之变化。[④]门饮马扬，劫火于昆池。[⑤]叶郡生貙，据金汤于洱海，攻陷北胜之州，雄称鹘部，欲为西方之族，号窃龟兹。[⑥]幸中兴之景，运宏开戡乱之疆。[⑦]臣致讨殄，智高而收大理，复永郡以定全滇。[⑧]凡兹时事之变迁，胥[⑨]入简编而纪实。上待史臣之甄择，下垂郡乘于后来。[⑩]当兹典籍沦亡老成凋谢之际，弥觉郡侯与永郡之贤士大夫共成此志，其用心之勤劳习用力之艰巨，洵不可泯也[⑪]。

① 可稽：有案可查。

② 月旦：品评人物。“月旦评”的简称。

③ 风诗：这里指反映民风、民情的诗。

④ 龙蛇之年：谓辰巳之年。这里指 1856 年（丙辰）与 1857 年（丁巳）。曾构狐鼠之变化：曾构建了社会动乱的变化。狐鼠，城狐社鼠的紧缩语。即城墙上的狐狸，土地庙里的老鼠，此喻仗势作恶的人。这两句，指的是清咸丰丙辰与丁巳年年发生的杜文秀起义。

⑤ 门饮马扬：形容昆明是著名的文献名邦。门，门庭。饮，宴饮。马扬，司马相如与扬雄。两人都是著名的辞赋家。劫火：佛家语，指世界毁灭时的大火。昆池：滇池。这里指代昆明。

⑥ 叶郡：指大理。西汉元封二年（前 109）置叶榆县，治所今大理喜洲镇。貙（chū）：猛兽名。又名貙虎，金汤：比喻城防坚不可摧。金汤是金城汤池的紧缩语，意即金属造的城，蓄满开水的护城河。这两句指杜文秀攻占大理。北胜州：元至元十七年（1280）以施州改置。治所即今永胜县。雄称鹘部：号称鹘（hú）部族。鹘，鸷鸟。欲为西方之族：“1858 年后，英国企图从缅甸侵入云南，派遣间谍到大理，勾结杜文秀。1871 年，杜文秀使义子艾山往伦敦出卖云南。英政府利用泛伊斯兰主义这个反动旗号，指使艾山到土耳其讲具体的出卖条件。因为清军队的积极进攻，这些活动终于被阻止了。杜文秀是中国人，竟敢出卖祖国的云南和云南的各族居民，从他勾结英国侵略者的一天起，他不再是起义军的代表而是祖国和起义军的叛卖者。”（范文澜，《中国近代史》上册，人民出版社，第 162 页。）龟（qiū）兹：古代西域国名，唐初内附。在今新疆库车。

⑦ 中兴：指王朝由衰落而重新振兴。运：气数，运气。宏开：大开。戡乱：平定动乱。

⑧ 讨：讨伐。殄（tiǎn）：断绝，灭绝，消灭。收大理：收复大理。同治十一年（1872），清军攻入大理，杜文秀服毒自杀。复永郡：收复永北。

⑨ 胥：皆，都。

⑩ 史臣：史官。甄择：甄别选择，垂：留给。郡乘：郡的史志。

⑪ 当兹典籍：指《重修永北厅志》。弥觉：更觉得。郡侯：郡的最高行政长官。永郡：永北厅。洵不可泯：永远流传下去不会泯灭。

庭珍昔岁，滇南通志忝预纂修。[1] 今兹永北新编远承嘉命，效校勘之一得，愧才识于三长。[2] 勉缀骈文[3]，聊充小序。张志道苴兰之记已导其源，李元阳叶榆之书堪援为例。[4] 前贤可质，来哲难诬。[5] 后之守土[6] 君子或有取焉。

（《滇文丛录》卷四十四）

---

① 昔岁：过去的岁月。滇南通志忝预纂修：朱庭珍参与《续修云南通志》的纂修工作。忝（tiǎn），谦词，愧，有愧于。

② 嘉命：美好的使命。校勘：校定，考证。愧才识于三长：对自己的才和识有愧于史学家提出的“三长”。“三长”，唐代史学家刘知几认为写史必须具有三长，即才、学、识。

③ 勉缀：勉强联缀词句以成文章。骈文：骈体文。骈体文，古代文体名。全篇以双句为主，讲究对仗、用典、藻饰和声律。

④ 张志道：张以宁（1301~1370），字志道，古田人。有俊才，博学强记，擅名于时。泰安中以《春秋》举进士。官至翰林侍读学士。明灭元，复授侍讲学士。工诗，高雅俊逸，超绝畦畛。著有《翠屏集》4卷与《春王正月考》。李元阳（1493~1580），字仁甫，号中溪，白族，大理人。嘉靖壬午（1522）中云贵乡试第二，丙戌（1526）成进士，授翰林院庶吉士。历官户部主事、监察御史等职。元阳学识广博，著述甚丰。文学著作主要有《艳雪台诗》《中溪漫稿》等。叶榆之书：指李元阳《大理府志》等涉及大理方面的书。汉置叶榆县，故称大理为叶榆。

⑤ 质：质证，对证。来哲：后来才智极高的人。难诬：难于欺骗。

⑥ 守土：守卫疆土。这里泛指地方长官掌管治理一地区的政事。

《又星先生六十寿序》[1]

朱庭珍

自古天地菁英之气，萃结不散，积久而发为才人之文章，遇末世而光芒逾显。[2] 造物秘惜之，珍重之，择人而予。[3] 殆百倍于功名富贵。[4] 故立言较立功、立德尤难。[5] 伊周之功，孔孟之德至矣，亦

---

① 这不是一篇普通的《寿序》，除了介绍“又星先生”的生平事迹，以及叙述了序作者与“又星先生”日常交往，并为“又星先生”祝寿以及，还阐述了序作者的文艺理论思想，是一篇实实在在的文艺理论文章。归纳起来，大概有以下三点：一、立言较立功、立德尤难；功、德赖立言而不朽，非言则功、德皆朽。二、一代自有一代文章，遇末世文章光芒愈显。三、虽说非穷愁不能著书以传世，但穷其遇的人未必天之玉其成使之以文章鸣于世。

一般的“寿序”，往往充斥告神求福的浮词。而这篇《又星先生六十寿序》，正如作者所言“自信无一祝嘏浮词”，突破了“寿序在古文中其体最卑，不应多存于集”的定论。

又星先生：陈庚明，字又星，云南石屏人。光绪辛卯（1891）举人，历官弥勒、安宁训导。晚年主讲嵩明嵩阳书院。与朱庭珍是知交。庭珍为他写了这篇序才过三年，又星就离世，享年63岁。又星先生博学多才，尤长于诗古文。中年与朱庭珍结“莲湖吟社”于昆明。著有《愿学斋诗文集》。

② 菁英：精华。萃结：聚集。末世：末年。这里指清朝末年。

③ 造物：创造万物。即大自然，予：给予。

④ 殆：近，接近。功名富贵：功业、名声、财多、位尊。

⑤ “故立言……尤难”句：语出自《左传》襄二四年：“太上有立德，其次有立功，其次有立言。虽久不废，此之谓不朽。”立言，著书立说。立功，树立功业。立德，树立德行。

借《尚书》、四子之文传耳。[①]是功德赖言以不朽[②]，非言则功德皆朽矣。后之立言者虽不如经[③]，而一代自有一代之文章。唐宗迄今，诗古文家，史氏传诸文苑，然非作者之本心也。少陵许身稷契，昌黎自命传道，放翁欲恢复中原，岂甘以诗文鸣？[④]迨沉沦至老不得已，托空文自见后世，犹有子云而当时之桓君山何可求也！[⑤]予平日常持此论，今援之以寿吾[⑥]又星矣。

君与予同里，同学于先兄次民。[⑦]先生少遭滇乱，同罹[⑧]忧患。长而饥驱四方，同困名场。[⑨]君滞冷宫，余依幕府。[⑩]同以笔耕，迟

---

① 伊周：伊尹、周公。两人都曾摄政，故并称。借（jiè）：凭借，借助。《尚书》：书名。是现存最早的关于上古时典章文献的汇编。相传曾经由孔子编选，儒家列为经典之一。四子：语意不详。疑指儒家经典中涉及伊尹、周公两人事迹的孔子、孟子、荀子、朱子（熹）等人。

② 功德赖言以不朽：功业与德行依靠著书立说而永不磨灭。

③ 经：这里指五经，易、书、诗、礼、春秋五种儒家经书。

④ 少陵：地名。汉宣帝许后之陵，杜甫曾在此居住，自称少陵野老。此少陵，指杜甫。许身稷契：语出自杜甫诗《自京赴奉先咏怀五百字》："杜陵有布衣，老大意转拙。许身一何愚，窃比稷与契……。"稷（jì）、契（xiè）：传说中唐尧和虞舜时代的两个贤臣。稷掌管农业，契掌管教育。昌黎：唐代韩愈，昌黎人。故称。自命传道：韩愈在《师说》里提出"师者所以传道授业解惑也。"所传之道，也就是儒家之道。放翁：宋代陆游，自号放翁，故称。陆游是南宋爱国主义诗人。在那国难深重的年代，他用他的诗歌唱出御侮救国，恢复中原的雄心壮志。他在《书愤》中写道："出师一表真名世，千载谁堪伯仲间"。又在绝笔《示儿》中写道："王师北定中原日，家祭无忘告乃翁。"

⑤ 迨（dài）：至、到。沉沦：埋没，沦落。子云：扬雄（前53~后18），字子云，蜀郡成都人。汉代著名的辞赋家。恬于利禄，久不徙官。因其禄位容貌不能动人，故当世的人都轻视他的著作。等他死后40多年，他的书始大行。桓君山：桓谭（前? ~后25），字君山，沛国相人。是汉代大论文家之一，著作有《新论》等。

⑥ 寿：这里作祝寿。吾：本是第一人称代词。这里表示亲切。

⑦ 君：第二人称的一种尊称。予（yú）：我。同里：同乡。先兄：已死的哥。次民：朱在勤，字幼木，石屏人。咸丰辛亥（1851）举人。著有《次民诗钞》。

⑧ 罹（lí）：遭受灾难或不幸。

⑨ 长（zhǎng）：长大。饥驱：表层意思是为饥饿而奔走，为谋食。深层意思是为谋取功名利禄而奔走。名场：名利场。

⑩ 滞冷宫：滞留在职务不重要，清闲冷落的官位上。幕府：幕僚。

暮甫得一科，同被放于礼闱。[①] 兄弟凋零，同抱子敬人琴之戚。[②] 生平别无所好，独刻苦为诗古文词，相见则以之立言者相期相勖[③]。君诗高老，真挚如后山之宗工部；[④] 古文简洁，清深如震川之法庐陵。[⑤] 古人不敢知视，近代阮亭、望溪庶几无愧色矣。[⑥] 余不能书而君书则入妙品，得二王笔意而变化之，识者尤珍如拱璧焉。[⑦] 君自幼讲求朝章兵法，怀经世壮略。[⑧] 余亦思有所树立，而夙志[⑨] 迄不获一施？今俱老矣。犹日手一编，用以忘忧，用以娱性，未尝不萧然自得也。至于不枉道以希荣，不屈身以干世，食力安贫，非义不顾，所守亦复略同。[⑩] 吾二人早岁同名，何并一生之出处、境遇、性情、志趣，而亦无不同也。同不同何足深较，独惜吾又星之学之才，仅以诗传文传，将与古之诗古文家同为文苑[⑪] 中人也！然而，毋庸[⑫] 惜矣。

夫穷通得失，自有道者。[⑬] 视之何与于我。太史公谓虞卿非穷愁

---

① 笔耕：写作。甫：才。礼闱：礼部试进士。

② 子敬：王献之（344~386），字子敬，小字官奴。王羲之最小的儿子。官至中书令。是东晋的大书法家。幼年从父学书，就表现出非凡的才能和很高的见识。他在父亲的基础上创造出一种更妍媚流便的新体。同羲之合称“二王”。对后世产生了深远的影响。人琴之戚：典出自《世说新语·伤逝》：“王子猷、子敬俱病笃，而子敬先亡。子猷来奔丧，都不哭。子敬素好琴，便径入坐灵床上，取子敬琴弹，弦既不调，掷地云：‘子敬，子敬，人琴俱亡！’因恸绝良久。月余亦卒。”后来以“人琴”为悼念友人之词。戚：悲伤。

③ 相期相勖（xù）：互相期望互相勉励。

④ 高老：高超而老成。如后山之宗工部：像陈师道尊从杜甫一样。

⑤ 清深：鲜明深刻。如震川之法庐陵：像归有光效法欧阳修。

⑥ 知视：作比较。望溪：方苞（1668~1749），字凤九，号灵皋，晚号望溪，清安徽桐城人。庶几：可能。

⑦ 书：书法。妙品：杰作。二王：王羲之，王献之。拱璧：大璧。

⑧ 朝章：朝廷的典章。经世壮略：治世的雄心壮志，治世的宏伟设想。

⑨ 夙志：早年的志向。

⑩ 枉道：违背道义。希荣：企求荣耀。屈身：卑躬曲体，卑躬屈节。干世：求为世用，谋求做官。食力安贫：自食其力，安贫乐道。

⑪ 文苑：文人聚会之处。

⑫ 庸：用。

⑬ 穷通：困穷与显达。道：一定的道理。

不能著书以传于世，则天之穷其遇未必非天之玉其成，而使以文章鸣也。[①] 文章天之所重，功名富贵天之所轻。既得所重者，复欲得所轻是奚可哉？又星亦惟以立言不朽，副[②]天之所予而已矣。其又何尤？[③] 又星主讲嵩明岁经五稔，今年四日值六十初度之辰。[④] 州之士大夫敬君之学问人品，而及门者又感君之教泽也。[⑤] 佥谋称觞为祝征，余文以侑之。[⑥] 余与君世交而自幼以文章道义相砥砺，四十余年如一日也。[⑦] 谊何敢辞！古者赠人以言，陈义甚高。后之论者，乃谓寿序在古文中其体最卑[⑧]，不应多存于集。何其谬也！周公之留召公曰“君奭，天寿平格”，是即寿文之祖。[⑨] 文果可传，何卑之有？

---

① 太史公：这里指司马迁。虞卿：战国时游说之士。因进说赵孝成王，为赵上卿，受相印，故称“虞卿”。主张以赵为主，合纵以抗秦。后因拯救魏相魏齐，弃相印与魏齐逃亡，困于梁。穷愁著书，上采《春秋》，下观近世，以刺讥国家得失，世传为《虞氏春秋》，已佚。《史记》有传。玉其成：爱而使其有成就。鸣：著称，闻名。

② 副：相称，符合。

③ 其又何尤：有什么抱怨呢？

④ 主讲嵩明：主讲嵩明嵩阳书院。五稔（rěn）：五年。稔，谷物成熟。因庄稼一年一熟，故以稔称年。辰：日子、时光。

⑤ 门者：门人、学生。教泽：教育恩泽。

⑥ 谋，咨事之难易为谋。称觞：举杯祝酒。祝征：出征时以言告神祈福。侑：酬答。

⑦ 世交：两家世代有交情。道义：道德和义理。砥砺：磨砺，磨练。

⑧ 卑：地位低下。

⑨ 周公：姬旦。周文王子，辅助武王灭纣，建周王朝，封于鲁。召（shào）公：姓姬，名奭，周的支族，周武王之臣，因封地在召，故称“召公”。君奭（shì）：奭啊！君，第二人称尊称。奭，召公名奭。天寿平格：上天使能够深知天命而又公正有序的人（治理国家）长治久安。天，上天。寿，长久。平，平治，即公正有序。《荀子·性恶》：“凡古今天下之所谓善者，正理平治也；所谓恶者，偏险悖乱也。”《尚书·西伯戡黎》：“天既讫我殷命，格人元龟，罔敢知吉。”《疏》：“格训为至。至人，谓至道之人，有所识解者也。”是即寿文之祖：这是一篇最早的祝寿文章。“君奭，天寿平格”这句话，出自《尚书·君奭》，说此文是“寿文之祖”，这完全是朱庭珍先生智者千虑难免一失的误读。据《十三经注疏》中《君奭》书序所言：“召公为保，周公为师。相成王为左右。召公不说（悦），周公作《君奭》。可见，这是一篇周公对召公的诰辞，并非是一篇“寿文”。《君奭》大体分三段。第一段，谈守业的艰辛；第二段，证以殷、周历史，说明大臣的重要；第三段，再次要求召公以殷商灭亡为鉴戒。“寿”字在《君奭》中仅在“天寿平格”句中出现一次，作“长久”解。《说文·老部》：“寿，久也。”

若不能工，安论其体！爰综举生平所略，同之大端而质言之，并援夙昔之论。[①]所以自慰者，即以寿[②]君。自信无一祝嘏[③]浮词，或可窃附于古人赠言之义矣。君虽不饮，当为余欣然而引满[④]也。是为序。

（《滇文丛录》卷四十二）

① 援：引，引用。夙昔：以前，从前。
② 寿：作“祝寿”解。
③ 祝嘏（gǔ）：告神祈福之辞。后称祝寿为祝嘏。
④ 引满：斟满酒。

《穆清堂诗钞》序①

施有奎

诗一艺耳，童而习之，白首而不见其涯涘②。则岂非聪明、才力冠绝等夷之士，固不能精其诣欤③！聪明才力冠绝等夷之士，何时蔑有而卓然成一家言者，或数十年而一见，或数百年而始一见，则何也？④盖尝试论之。百工技艺卑贱之役，莫不有法法之。⑤一失其传，遂寝庆之削鐻，扁之斫轮，班之为鸢，庖丁之解牛，千载之后竟成

① 此篇序，选自朱庭珍《穆清堂诗序》。序中旁征博引，从百工技艺之法的重要谈到诗法的重要。进而论到朱庭珍深于法所著的《筱园诗话》，以及所创作的诗。内容还涉及朱庭珍的简历。这对于我们全面了解朱庭珍的文艺思想不无裨益。

② 涯涘（yásì）：边际，尽头。

③ 冠绝：出类拔萃，超越。夷：同“怡”，安也，悦也。《诗经·郑风·风雨》：“既见君子，云胡不夷。”笺：“夷，说（悦）也。引申为自我感觉良好，自鸣得意。精其诣：精通诗歌创作所达到的最高境界。欤（yú）：语气词。这里表示感叹。

④ 蔑有：不有。蔑，不，无。卓然：卓越出众的样子。一家言：有独特的见解，自成体系的论著。

⑤ 百工技艺：从事各种工艺生产技术与技巧。卑贱之役：技术含量低的劳作。有法法：有法则、方法而效法。

绝艺。[1]无有绍[2]者其事，则是其法则非也。然庆扁、班丁之术不见于后世，而诗教绝而复兴。[3]庆扁、班丁削之斫之为之解之之法不存，而古人之诗具在也。专一之士，因其迹以追其神，由其时以孝其遇，神而明之，而古人秘密不传之。蕴奥于是乎，在我而不在彼。[4]故时能于古人义法，屡更之后，别开蹊径，又岂特绍陈法而已。[5]

石屏朱君筱园，深于法者也。所著诗话四卷，综论百家得失，洒洒数万言，盖自汉魏以来逮乎今，兹源流正变详哉言之矣。[6]故其

---

① 寝庆之削鐻（jù）：典出自《庄子·达生》："梓庆削木为鐻，鐻成，见者惊犹鬼神。鲁侯见而问焉，曰'子何术以为焉？'对曰'臣，工人，何术之有！虽然，有一焉：臣将为鐻，未尝敢以耗气也，必齐以静心……器之所以疑神者，其是与！'"寝，古帝王宗庙的后殿，或古帝王陵墓上的正殿，是祭祀时敲钟磬的场所。庆：梓庆。梓（zǐ），管木工的官。庆，名。鐻，一种悬挂钟磬等乐器的木架子，上面雕刻着鸟兽等装饰图案。耗气，损耗神气。齐，同"斋"，斋戒。扁之斫轮：典出自《庄子·天道》："桓公读书于堂上，轮扁斫轮于堂下，释椎凿而上，问桓公曰'敢问：公之所读者，何言邪？"公曰："圣人之言也。"……轮扁曰：'臣也以臣之事观之。斫轮，徐则甘而不固，疾则苦而不入，不徐不疾，得之于手而应于心，口不能言，有数存乎其间。……'"扁，人名，是个做车轮的木匠，故称作轮扁。斫（zhuǒ），砍削。桓公，齐桓公。释，放下。椎凿，木匠用的工具。徐，缓，宽。甘，松滑。固，坚固。滑轮上的榫头做得宽了则松滑不牢固。疾，紧。苦，涩滞。谓榫头做得紧了就涩滞安不进去。不徐不疾，松紧适宜。数，度数，分寸。班之为鸢：典出自何处未详。班，鲁班，又称公输班，公输为其号，鲁国巧匠。为，制作。鸢，鸟名，即老鹰。只查得《墨子·鲁问》："公输子削木以为鹊，成而飞之，三日不下。公输子自以为至巧。"鹊，同"鹊"。至巧，精巧。庖丁之解牛：典出自《庄子·养生主》："庖丁为文惠君解牛，手之所触，肩之所倚，足之所履，膝之所倚（yǐ），砉（xū）然响然，奏刀騞（huō）然，莫不中（zhòng）音"。倚，触，顶住。砉然，响然，形容解牛的声音。奏刀，进刀。騞然，状牛体被解开时发出的声音。中音，合于乐音。千载：千年。绝艺：失传的技艺。绝，灭绝。

② 绍：承继。

③ 庆扁、班丁：即前面所云的梓庆、轮扁、公输班（鲁班）、庖丁。诗教：古代文艺理论中的一种术语。语出《礼记·经解》："孔子曰：入其国，其教可知也。其为人也，温柔敦厚，《诗》教也……其为人也，温柔敦厚而不愚，则深于诗者也。"

④ 蕴奥：深深地蕴藏。于是：于此。

⑤ 别开蹊径：另辟门径，另开道路。绍陈法：承继旧法。

⑥ 箸：同"著"。诗话四卷：即朱庭珍所著《筱园诗话》四卷。洒洒：形容众多（多指文辞）。逮：及，到。正变：这里指的是正风与变风变雅。《诗经·大序》："至于王道衰，礼义废，政教失，国异政，家殊俗，而变风变雅作矣。"旧说《诗》者遂以《周南》《召南》自《关雎》至《驺虞》25篇为正风，而以《邶风》以下13国风为变风。

所自为诗，一以义法为宗，而雄浑高老，直逼大家。[①] 信近今未易之奇才也。筱园年才四十余，而以诗名垂三十年。语诗者，无智愚皆取正。筱园，筱园亦孜孜不倦，接引恒如不及。[②] 岁乙酉，筱园自丽江来应乡试，不售。[③] 大府征人志局留昆华为久，问途者日以众。[④] 筱园结社以进，同人后生小子，有蒸蒸日上者。[⑤] 而余亦适从 [⑥] 筱园学诗，故识筱园独深而因得序其集。筱园无书不读，古今文皆其所长。其困于场屋，非文之咎也。[⑦] 究令以诗挍 [⑧] 士，筱园亦岂能持古法与今之世争胜负哉？丁亥 [⑨]，夏五月。昆明施有奎拜撰。

---

① 雄浑：雄壮浑厚。高老：高迈老成。逼（bī）：迫近，接近。大家：这里指著名的诗人。

② 孜孜不倦：勤勉努力不知疲倦。接引：接见引进。恒如不及：经常是唯恐做不好。

③ 乙酉：指的是光绪乙酉年（1885）。乡试：明清两朝每三年在各省举行的科举考试。不售：没考取。

④ 大府：明清时称总督、巡抚为大府。征：征召。人志局：即省通志局。朱庭珍受岑毓英之聘，参与续修《云南志》的编纂工作。昆华：昆明有五华山故称。问途者：这里指询问作诗的途径、方法的人。途，道路、途径。

⑤ 筱园结社：朱庭珍于1886年初夏，在昆明与陈鹍、施有奎、李坤、赵藩、宋嘉俊等十余名士结“莲湖吟社”。同人：志同道合的友人。后生小子：后辈年轻人。蒸蒸日上：一天比一天提高。蒸蒸，兴盛上进的样子。

⑥ 适从：跟随。

⑦ 场屋：科场。科举考试的地方。咎：过错。

⑧ 挍（jiào）：同“校”。考核，考察。

⑨ 丁亥：1887年。

《穆清堂诗钞续集》[1] 序

陈　灿[2]

筱园孝廉即刻其《穆清堂诗》，复出其近作三集见示。[3] 读之思愈清妙，笔愈奇峭，才气愈跌宕纵横，而初无惨澹经营之迹。[4] 盖锻炼[5] 之极，归于自然。其诗之与年俱进者，诚不能穷其所至也。

筱园自丱角以诗名，当代名公巨手一见为之心折。[6] 而遇弥穷，诗乃弥工。[7] 生平自负视天下功名富贵皆泊如，一缕心精，上下千古，

---

① 《穆清堂诗钞续集》：朱庭珍著，共五卷：卷一《寓巢集》；卷二《公车集》（上）；卷三《公车集》（下）；卷四、卷五《莲湖集》。皆朱庭珍自光绪十三年至二十年（1887~1894）所作。

② 陈灿：字昆山，贵州贵阳人。清进士。光绪六年（1880）分发云南，历任澄江、楚雄、顺宁（今凤庆），云南（今祥云）等府知府，护盐法道，授迤南道、署临开广道、迁粮储道，云南按察使。创设经正书院及澄江等三府凤山书院及蒙自道成、普洱宏远等书院。著有《宦滇存稿》等。

③ 筱园孝廉：朱庭珍，字筱园。俗称举人为孝廉。《穆清堂诗》：即《穆清堂诗钞》，朱庭珍著。卷上《鸿泥集》；卷中《抱膝集》；卷中下《抱膝后集》；卷下《昆池集》（上）、《昆池集》（下）。三集：指《寓巢集》《公车集》《莲湖集》。

④ 清妙：清高美好。奇峭：新奇峭丽。跌宕（dàng）：放纵不拘。惨澹经营：同“惨淡经营”。本指作画前，先用浅淡颜色勾勒轮廓，苦心构思，经营位置，这里指精雕细琢，苦心经营。

⑤ 锻炼：锤炼文句。

⑥ 丱（guàn）角：儿童。丱，儿童束发成两角的样子。据袁嘉穀《朱孝廉小园墓志铭》云：“朱庭珍幼随父任，七岁即刊诗于京，《穆清堂集》中‘蓬莱阁’‘摩崖碑’诸篇，皆七岁作。”名公：有名望的公卿。巨手，大手笔，著名诗人。心折：衷心佩服。

⑦ 遇：际遇，景况。弥：更加，越来越。工：工巧，精巧。

斤斤欲以诗传不朽，其识超其见远而其用心亦良苦矣。[①] 然筱园沉酣古籍，阅历世度，明达治体，卓卓有吏才。[②] 每与淡时务，大略辄洞中窾要[③]，当不仅以诗人终老。他日公车再上，出扬风扢雅之才，和其声以鸣。[④]

国家之盛，则清诗美政。[⑤] 焜耀当时，如韦白之循良，韩苏之治绩，余又将拭目俟之矣。[⑥]

光绪甲午花朝日贵阳陈灿序于滇垣之知足知不足斋。[⑦]

---

① 泊如：恬淡无欲的样子。一缕心精：意为一心一意，聚精会神，心神专一去办某件事。一缕，一缕丝，言其细也。心精，心神专一。唐·韦应物《学仙吟》之二："读多七过可乞言，为子心精得神仙。" 斤斤：拘谨的样子。

② 沉酣：醉心其事，沉醉于某事。明达：明通，通达事理。治体：治国的体要。卓卓：高超出群的样子。吏才：为官的才干。

③ 辄洞中（zhòng）窾（kuǎn）要：经常透彻说中条款。辄，常常。洞，深透，明彻。中（zhòng），射中目标。窾，法，条款。

④ 公车：汉代曾用公家车马接送应举的人，后来便以"公车"作为举人入京应试的代称。扬风扢（xì）雅：意为发扬光大《诗经》的优良文学传统。风雅，《诗经》中国风与小雅大雅。扢（xì），奋发。《庄子·让王》："子路扢然执干而舞。"

⑤ 清：高洁。美：善。

⑥ 焜耀：照耀，焜（kùn），明亮。韦白：指韦应物与白居易。韦应物（737~？）。唐京兆人。少年时以三卫郎事玄宗，乱后失官，更折节读书。后历官滁州、苏州、江州刺史，有惠政。性行高活，诗如其人。白居易（772~846），唐太原人。贞元十六年（800）进士，拔萃科考试后，授秘书省校书郎。元和初翰林学士，迁左拾遗。因上表谏事，忤权贵，贬江州司马，循良：奉公守法。韩苏：指唐代韩愈与宋代苏轼。治绩：政绩。

⑦ 光绪甲午：1894 年。花朝（zhāo）曰：旧俗以农历二月二十五日为"百花生日"，故称"花朝节"，又称"花朝"或"花朝日"。滇垣（yuán）：指昆明。垣，官署的代称。

《穆清堂诗钞续集》序

欧阳霁[①]

自古有传人而后有传诗。[②]盖诗之为道，固源于性而发于情者也。[③]有性情而后有志节，及发为韻语则学问见焉。[④]《易》所谓言有物[⑤]也。故论其世知其人[⑥]，皆于诗决之。若近代诗家言与行违，尚何性情之有，又安从而论之知之？持此义可读吾[⑦]筱园诗矣。

筱园以诗名当世垂四十年，与余交亦三十年，其集已刊于丁亥。[⑧]论者以为新城秀水之俦，余夙所服膺也。[⑨]戊子秋同举于乡，己丑春

---

① 欧阳霁：字韵初，一字雨苍，剑川人。光绪戊子（1888）举人。著有《出山小草》诗集。

② 传人：指声名流传到后世之人。传诗：流传到后代的诗。

③ 性：人的本性。情：感情，情绪，也包括志向，意志。

④ 志节：志向节操。韻语：指押韵的诗文。见（xiàn）：显现，出现。

⑤ 言有物：指文章、诗歌或言论内容充实具体。语本《周易·家人》："君子以言有物而行有恒。"

⑥ 论其世知其人：也即是"知人论世"。意即要了解作者的身世、经历、思想情感以及他的创作动机等，就要"论其世"，把作者言行举止与他所处的时代联系起来考察。语本《孟子·万章下》："颂其诗，读其书，不知其人可乎？是以论其世也。"

⑦ 吾：我们（的）。表示亲切。

⑧ 垂：将近，将及。其集：指《穆清堂诗钞》。丁亥：指光绪丁亥，即1887年。

⑨ 新城秀水：指清代诗人王士祯与朱彝尊。王士祯（1634~1711），字子真，一字贻上，号阮亭，又号渔洋山人，山东新城人。论诗创神韵说，著有《带经堂集》。朱彝尊（1629~1709），字锡鬯，号竹垞，浙江秀水人。诗与王士祯齐名。著有《曝书亭集》。俦：匹敌，同类。夙：向来，一向。服膺：牢记在心中，衷心信服。

同寓京华，庚寅复同应礼部试，被放将别出近作示予。[①]则风格益高，意境益厚，酝酿益深，气味益澹。[②]使才而不见才用，博而不见博，殆醇而后肆，如无缝天衣矣。[③]

筱园少从尊甫任所，比归滇而乱作，中更忧患，从军游幕，踪迹几遍六诏[④]。杨武愍公[⑤]常再举其名清奖，固辞。后在志局，陈崑山太守言于岑襄勤公允附案优，荐之亦婉辞不受。[⑥]自滇中军兴，士之始终不愿保案[⑦]者，吾筱园一人而已。志节[⑧]如此，宜其诗之工也。余故推本于性情[⑨]，以为之序。世知筱园之诗可传，而不知筱园之人尤可传，请举以告天下之读筱园诗者。

光绪庚寅剑川欧阳霁序于京师寓馆。[⑩]

---

① 戊子：光绪戊子。即 1888 年。举于乡：举于乡试。己丑：1889 年。京华：京城。庚寅：1890 年。被放：即放归。没有考取，落第的委婉说法。

② 风格：此处指艺术特色。意境：指文艺创作中的情调，境界。气味：寓意趣或情调。澹（dàn）：淡，淡薄。

③ 使才：使用自己才学。不见才用：而看不见使用自己才学的痕迹。博：博学。不见博：不呈现博学，不卖弄博学。殆：大概，恐怕。醇而后肆：意即进行文学创作时对天地间的“万象”进行高度的艺术概括，去伪存真，去粗取精，达到“醇”，如司空图所云“万取一收”（《二十四诗品》）；而用笔时则要“纵之欲其雄而肆”“平者侧行逆出使之奇，直者波折回环使之曲，单者夹写迸层使之厚，浅者剥进翻入使之深，则人易我难，无一败笔，自臻精妙完美之诣。”（朱庭珍《筱园诗话·卷一》）醇，通纯，纯一，精粹。肆，放纵。无缝天衣：天仙的衣服没有缝儿。五代·牛峤《灵怪录·郭翰》载，郭翰月夜乘凉，见一仙女冉冉自空而下，自称织女，“徐视其衣并无缝，翰问之，谓曰：‘天衣本非针线为也’”。后多比喻诗文浑然天成，没有补缀的痕迹。

④ 尊甫：对别人父亲的尊称。游幕：做幕僚。六诏：滇西大理一带。

⑤ 杨武愍公：杨玉科，谥武愍故称。

⑥ 陈崑山：陈灿。岑襄勤：岑毓英。谥襄勤，故称。公：尊称。允：许诺，答应。附：附带。案优：意即保举推荐优秀人材的文书。案，官府处理公事的文书、成例及狱讼判定结论。荐之：推荐朱庭珍。

⑦ 保案：保举、推荐。

⑧ 志节：志向、节操。

⑨ 性情：人的禀赋和气质。

⑩ 光绪庚寅：1890 年。京师：国都。寓馆：宾馆，旅馆。

《穆清堂诗钞续集》序

周汝臣[①]

声韵之学，夙病未能，非不能也。[②] 自束发受书熟，师谓诗有妨，举业常禁，勿习。[③] 及长心焉好之，又以不得专力为憾。[④] 然颇闻其略[⑤]矣。前年夏，从事志局，暇日与筱园同年论文谈诗，针芥有合，读所刻《穆清堂集》。[⑥] 盖竭四十载之精力于诗，故能窥浣花之藩篱，涉玉局之堂庑而自成一家言。[⑦] 殆不止如论者所云，凌新城而抗仲则也。[⑧] 今夏复以续刻，见视则又精深谨严，妙造自然。少陵谓“老

---

① 周汝臣：清末昆明人，与朱庭珍同时代人，两人曾在志局共事。

② 声韵之学：即音韵学。辨析汉字声、韵、调的发音和类别，并研究其古今流变的专门之学。这里引申为诗歌创作。夙病：平素就困苦于。未能：没有去（学习）。非不能：并非是不能够学习。

③ 束发：古代男孩成童束发为髻，以示成童。书熟：私塾。中国旧时私人办的学校。称私塾为“书熟”，是方言加“塾”字的误写。诗有妨：意即进行诗歌创作太耗费精力了，对个人学业有妨碍。举业：举子业。指科举时代专为应试的学业。

④ 及长：到了长大后。焉：则。表示强调，用于句中。

⑤ 其略：（作诗）之大体。

⑥ 前年：指 1891 年。针芥有合：比喻性情相投契，志趣相投。按磁石能引针，琥珀能拾芥，故以为性情投契之喻。

⑦ 载：年。窥浣花之藩篱：比喻接近韦庄的诗歌艺术水平。窥，从隐蔽处偷看。引申为观察。浣花，五代前蜀韦庄（约 900 年前后在世，字端己）著有《浣花集》。藩篱：篱笆。比喻屏障。涉玉局之堂庑：比喻接近苏轼诗歌艺术水平。涉：涉足。玉局：苏轼（1036~1101），于 1096 年累贬琼州别驾。赦还，提举玉局观。故称“玉局”。堂庑，堂及四周的廊屋。

⑧ 殆：大概，恐怕。凌新城而抗仲则：迫近王士祯而与黄景仁抗衡。

去渐于诗律细”，庶几近之。[①] 窃以筱园少历齐鲁幽燕，长更滇乱。[②] 杨武愍公延参戎幕，榆城之役，赞襄帷幄与有谋焉。[③] 出入戎马多年，而事平从不邀奖，超然远引，惟以啸歌自娱，汲汲然若恐滇中诗教沦为绝学。[④] 其提唱风雅，接引后进，不遗余力，是何品之洁心之厚欤！[⑤] 余序筱园诗，并及其生平，欲读者不仅以诗人目之也。

癸巳[⑥]五月昆明周汝臣撰。

---

① 少陵：杜甫。老去渐于诗律细：杜甫没有说过这句话。这里是把杜甫对律诗的追求，在两首诗中所表达的两句话合二为一了。“老去”两字来自杜诗《江上值水如海势聊短述》：“老去诗篇浑漫兴（又作与）”句；“渐于诗律细”则出自杜诗《遣闷戏呈路十九曹长》：“晚节渐于诗律细”句。庶几：或许，差不多。

② 窃：谦词。私下。少（shào）：年幼，齐鲁幽燕：山东河北一带。长（zhǎng）：长大。更：经历。滇乱：指清咸丰六年（1856）至同治十二年（1873）杜文秀起义、清咸丰三年（1853）杞彩顺起义、清咸丰六年（1856）李文学起义等社会动乱。

③ 杨武愍公延参戎幕：杨玉科延聘朱庭珍到其军营作幕僚。戎幕：将帅的幕府。延：招请，聘用。榆城之役：指同治十一年（1872）清军攻入大理的战争。榆城：大理。赞襄帷幄：辅佐岑毓英幕府。赞，辅佐，辅助。襄，岑毓英，谥襄勤。

④ 戎马：军事，战争。事平：指战争结束。啸歌：长啸歌吟。汲汲：惶惶不安的样子。诗教：古代文学理论术语。《礼记·经解》：“孔子曰：入其国，其教可知也。其为人也，温柔敦厚，《诗》教也。”此处作诗歌的政治教化解。绝学：失传的学问。

⑤ 风雅：指《诗经》中《国风》《小雅》《大雅》。这里引申为文化修养。接引：接见引进。后进：晚辈，后辈。

⑥ 癸巳：1893 年。巳：原文误为“已”，据文意改“已”为“巳”。

《穆清堂诗钞》题词[①]

黄矩卿琮少司马师[②]

剑气珠光仗笔开，英年骛见出群才。[③]
锦囊[④]莫怪心花湧，阅尽江湖万里来。

妙手天成玉骨遒，仙才倚马擅千秋。[⑤]
骚坛寂寞音谁嗣，老我今当让出头。[⑥]

---

① 《〈穆清堂诗钞〉题词》，选自《穆清堂诗钞》正文前面。共有十三位朱庭珍的师长、知交、同仁、亲朋、好友对《穆清堂诗钞》刊刻出版题词。这些韵文题词除对作品表示赞许、评价、勉励以外，还涉及很多有关朱庭珍的生平事迹、文艺思想，以及当时社会历史状况等信息。这对研究朱庭珍的文艺思想、艺术成就是有益的。故选注于此。

② 黄矩卿淙：黄琮（1792~1863），字象坤，号矩卿，昆明人。道光丙戌（1826）进士。累官至兵部左侍郎。咸丰间回籍养亲，掌教五华书院，以诗古文辞倡后进，成材甚众。著有《知蔬味斋诗钞》《滇诗嗣音集》等。少司马：司马，西周始置，春秋、战国时沿用。掌管军政和军赋。汉武帝时改“太尉”为“大司马”，后世用作兵部尚书的别称，兵部侍郎则称“少司马”。黄琮官至兵部左侍郎，故称“少司马”。黄琮是朱庭珍的老师，故少司马后又加“师”字。

③ 剑气：宝剑的光芒。剑气喻军事政治才能。珠光：宝珠的光芒，喻文学才华。仗：凭借。英年：四十至五十岁之间。朱庭珍出《穆清堂诗钞》，年四十四，故称“英年”。

④ 锦囊：锦制之囊。装诗稿的锦制口袋。

⑤ 妙手：技艺高超的人。玉骨：以玉为骨，言其诗的风骨隽爽高洁。遒：刚健有力。仙才：非凡的才华。倚（yǐ）马：意即文思敏捷。事见《世说新语·文学》：晋桓温北征，袁宏倚马前草拟文告，顷刻写成七纸。后称人文思敏捷为倚马才。倚，靠着。擅：专长，独揽。千秋：千年。

⑥ 骚坛：诗坛。嗣：继承。

年丈戴筠帆絅孙侍御师①

万里佳山水，都归一卷诗。
风雷资笔力，冰雪浣②吟思。
我愧东坡叟，君逾晁补之。③
古人多晚造，羡汝少年时。

吴和甫存义学使师④

星轺重上读书台，桃李公门手自栽。⑤
文苑夙心怜我老，词坛生面喜君开。⑥
十年天地无穷事，六诏⑦湖山有数才。
昭代诗家谁继起，新城秀水替人来。⑧

① 年丈：对年长者的尊称。戴筠帆絅孙：戴絅孙（1796~1856），字袭孟，别号筠帆，昆明人。是朱庭珍的老师。侍御：清代称御史为侍御。戴絅孙曾为浙江、贵州道监察御史，故称“侍御”。

② 浣：洗涤。

③ 东坡叟：苏轼。逾：超越。晁补之（1053~1110），字无咎，宋巨野人。

④ 吴和甫存义：吴存义，字和甫，号荔裳，清代泰兴人。学使：督学使者之简称。亦即提督学政。

⑤ 星轺（yáo）：古代称帝王使者为星使，因称使者所乘的车为星轺，也作为使者的代称。桃李：喻栽培门生或所荐士之众。

⑥ 夙心：平素的心。词坛：诗坛。生面：新的境界。

⑦ 六诏：代指云南。

⑧ 昭代：清明的时代，多用于称颂本朝。新城秀水：指清代王士祯与朱彝尊两人。

赵沅青树吉观察师[1]

蓬莱高阁凌神山，重楼翠阜虚无间。[2]
海天倒影碧于镜，一粟点破风帆还。
泰岱寻碑立云表，天门荡荡扶桑晓。[3]
晓空忽展兜罗棉，下视齐州青未了。[4]
北游燕赵南江淮，扁舟出没云涛开。[5]
乾坤万里灵秀气，锦囊一卷全收来。[6]
纵横变化不可测，屠龙绣虎真仙才。[7]
惜哉家破归不得，飘零乱世殊可哀。
频年书剑游回首，感今昔欲携佳句。[8]
问苍天，吹裂梅花青玉笛。[9]

---

① 赵沅青树吉：赵树吉，字元卿，号沅菁，清代宜宾人。观察：清代道员的俗称。

② 蓬莱：山名。古代方士传说为仙人所居。《山海经》云："蓬莱山在海中。"翠阜（fù）：青绿色的山。阜，土山，泛指山。

③ 泰岱：泰山的别称。在山东省中部。天门：指泰山上的天门。泰山上有东、南、西三天门。荡荡：广大、广远。扶桑：这是代指东方。扶桑，神木名，传说日出其下。《淮南子·天文》："日出于旸谷，浴于咸池，拂于扶桑，是谓晨明。"

④ 晓空：天刚亮的天空。兜罗棉：佛经中称草木的花絮。如攀枝花花絮以及柳絮之类，状雪花。齐州：州名。治所在历城（今济南）。青：青色。未了：没有完毕，没有尽。

⑤ 燕赵：河北山西一带。江淮：指江苏安徽两地。

⑥ 乾坤：大自然。锦囊：锦做的装诗稿的口袋。

⑦ 屠龙：称有高超之技为屠龙之技。典出自《庄子·列御寇》。绣虎：指才思敏捷。《玉箱杂记》："曹植七步成章，号绣虎"。仙才：非风的才能。

⑧ 频年：连年。书剑：书和剑。指读书和做官，仗剑从军。孟浩然《自洛之越》："遑遑三十载，书剑两无成。"朱庭珍回滇后，适值滇中乱，曾从军佐请将戎幕。

⑨ 苍天：春天。《尔雅·释天》："春为苍天，夏为昊天，秋为旻天，冬为上天。"《疏》引李巡注："春，万物始生，其色苍苍，故曰苍天。"吹裂：吹开。青玉笛：青玉做的笛子。

彭子嘉瑞毓廉访年丈[1]

闻道南溟集众芳，终朝采掇不盈筐。[2]
刘郎指与天台径，才得胡麻一饭香。[3]
生花健笔[4]挽千钧，怀古登山妙入神。
岂但滇南[5]诗第一，目中如汝竟无人。
仙山飘渺绝尘寰，独立云中不可攀。[6]
却笑倒棚三十载，枉将白发傲红颜。[7]

① 彭子嘉瑞毓：彭瑞毓，字子嘉，号芝泉，清代江夏人。廉访：清代按察使的尊称。年丈：对年长者尊称。

② 南溟：南海。众芳：众花。常以喻各色的人。终朝：从早到晚。采掇（duō）：采集，择取。

③ 刘郎：刘晨。相传东汉永平年间，刘晨、阮肇同入天台山采药，遇二女子，邀至家，留半年，迨还乡，子孙已历七世。天台径：天台山的路。“才得”句：作者自注云：“君集庄刘熙斋太守袖示”。胡麻：芝麻。

④ 生花健笔：称赞文章诗歌美妙，有杰出的写作才能。生花，五代王仁裕《开元天宝遗事》下：“李太白少时，梦所用之笔头生花，后天才赡逸，名闻天下。”

⑤ 滇南：云南。

⑥ 飘渺：隐隐约约，似有似无。尘寰：人世间。

⑦ 倒棚（dàobēng）：即倒绷孩儿。语出《事文类聚前集》卷二十七：“苗振第四人及第，召试馆职，晏相曰：‘宜稍温习。’振曰：‘岂有三十年为老娘而倒绷孩儿者乎！’既试，果不中选。公笑曰：‘苗君竟倒绷孩儿矣’。”晏相，晏殊。老娘，旧时接生婆。三十年的接生婆把婴儿包扎倒了，比喻多年老手，因一时疏忽大意，也会把事情做错。

沈意文寿榕观察丈①

石屏山水滇中秀，著作君家次第看②。
力士挽弓鹜卧虎，仙人吹笛跨飞鸾。③
相逢把臂④吾将老，若并论兄弟亦难。
门户扫除须独立，纷纷优孟肖衣冠。⑤

历落嵚嵜笑不支⑥，眼明今喜见君诗。
难为远道无家别⑦，未免中年好酒悲。
名士总宜忘结习，此邦先达有良师。⑧
干将易折钟镛哑，郑重炉锤在手时。⑨

---

① 沈意文寿榕：沈寿榕，字朗山，号意文，清代海宁人。观察：清代道员的俗称。丈：对年长者尊称。

② “著作”句：作者自注云：“令兄次民观察诗集已刊。”

③ 跨：骑。鸾（luán）：凤凰之类的神鸟。

(4) 把臂：握人手臂，表示亲密。

⑤ 门户：谓树朋党曰立门户，又私一家言者，谓之门户之见。优孟肖衣冠：比喻假装古人或模仿他人。相传楚相孙叔敖死后，他的儿子贫困无依，楚国艺人优孟就穿孙叔敖的衣冠，在楚庄王面前装扮孙叔敖的样子，抵掌谈语。庄王很感动，叔敖子遂得封。

⑥ 历落：犹言磊落。嵚崎（qīnqí）：高峻貌。比喻品格卓异超群。笑不支：意即笑不停。支：抗拒，抵御。

⑦ 无家别：即无家人可以告别，又无家人来为他送别。

⑧ 结习：佛教语。指人世的欲望等烦恼。“此邦”句：作者自注云：“谓黄矩卿侍郎戴筠帆侍御。”先达：指有德行学问的前辈。黄矩卿，黄琮。戴筠帆：戴䌹孙。

⑨ 干将：古代宝剑名。相传春松吴人干将与其妻莫邪善铸剑，铸成雌雄二剑，一曰干将，一曰莫邪，献给吴王阖闾。易折：容易折断。太刚则折。钟镛哑：意即钟镛易哑。钟，古代乐器。镛，大钟。钟镛经常被敲击，其声音容易变哑。郑重：频繁。《汉书·王莽传》：“改元为初始，欲以承塞天命克压上帝之心，然非皇天所以郑重降符之意。”炉锤：炉冶与锻造，冶铸与锻造。

王雁峰楷太守丈[①]

扁舟饱看扬州月，匹马踏遍燕山雪。[②]
十年万里一卷诗，收入锦囊[③]费心血。
薪传不向外人求，家学渊源即真诀。[④]
正思好句觅驴背，岂料危机踏虎穴。[⑤]
毁家纾难祸未已，犹幸保身恃明哲。[⑥]
避地谁闻夏馥声，报仇独掉张良舌。[⑦]
罢兵倘得道途通，养母无虞菽水缺。[⑧]

---

① 王雁峰楷：王楷，字雁峰，清代人。太守：官名。知府。丈：对年长者尊称。

② 扁舟：小船。扬州：古九州之一。此处泛指江南，并非仅指今江苏扬州。燕山：山名。自河北蓟县东南蜿蜒而东，经玉田、丰润，直至海滨，延袤数百里。

③ 锦囊：锦做的诗囊。

④ 薪传：即薪尽火传。比喻学问技艺世代相传。语本《庄子·养生主》：“指穷于为薪，而火传也，不知其尽也。”不向外人求：据《朱庭珍小传》云：“自幼得朱奕簪（字芋栗）、朱朥（字丹木）等家传”。真诀：真正的秘诀。

⑤ 正思好句觅驴背：相传唐代诗人贾岛，骑驴赋诗，吟得“鸟宿池边树，僧敲月下门”之句。初拟用推字，又思改为敲字，在驴背上引手作推敲之势，不觉冲撞京尹韩愈。愈询其故，岛具言所以，韩立马良久思之，谓岛曰：“敲字佳矣。”遂并辔共论诗道。“岂料危机”句：指朱庭珍随父还滇，值滇中之乱，波及全滇的杜文秀起义。

⑥ 毁家纾难：“纾”原误作“输”，据文意改“输”为“纾”。意即捐献全部家产，解救国家危难。毁家，倾尽家产。纾（shū），排除。难（nàn），危难。未已：未停，未止。明哲：深明事理。

⑦ 夏馥：汉陈留人。字子治。灵帝时，以敢言为把持朝政的宦官所恶。馥和范滂张俭被视为士族集团的党魁。灵帝下令逮捕馥等。馥逃亡隐匿在林虑山中，隐姓埋名在一个铁匠家里做雇工，最后死在那里。掉舌：摇唇鼓舌。指游说（shuì）。张良（前？～前189）：字子房，汉代韩国人。家五世相韩，秦灭韩，良结纳刺客，追击秦始皇于博浪沙，未遂，逃匿下邳。秦末，陈胜、吴广领导农民起义，刘邦乘机起兵，良为谋士，佐汉反秦楚，因功封侯。

⑧ 罢兵：指同治十二年（1873）五月，腾冲乌索为清军攻取，杜文秀起义全部失败后。无虞：无忧虑。菽水：豆和水，形容生活清贫。常用来指清贫者对长辈的供养。

不然献赋谒长杨，奇才定在鹓鸿列。[①]
平生岁月易蹉跎，一念行藏当勇决。[②]
胡为琴剑滞昆池，烽火家书经岁绝。[③]
我读君诗感君遇，气不能平愤难泄。
祢衡未邀文举荐，马周反被崔贤亵。[④]
昂昂[⑤]七尺穷更坚，丈夫岂肯因人热。
闭门拥被息交游，知己二三自怡悦[⑥]。
近闻旗鼓树骚坛，门户各殊同轨辙。[⑦]
我虽丧老兴尚豪，要与先生斗寸铁。[⑧]

---

① 献赋：作赋进献，用以歌颂或讽谏。谒：拜谒，进见。长杨：长杨宫，汉行宫名，因宫有长杨树而名。故址在今陕西周至县东南。鹓鸿列：比喻朝廷官员的队列。

② 蹉跎：光阴虚度，失时。行藏（cáng）：出处或行止。语本《论语·述而》：“用之则行，舍之则藏。”谓出仕即行其所学之道，否则退隐藏道以待时机。

③ 琴剑：琴和剑。古代文士常以随身。这里以琴剑指代朱庭珍。昆池：即昆明池，滇池。指代昆明。烽火：战乱。家书：家信。

④ 祢衡（173~198），字正平，东汉平原般人。少有辩才，而气刚傲物。与孔融交好，融荐于曹操。操召为鼓吏，令其改服鼓吏之装，欲辱之。衡于操前裸身更衣，后又至操营门外大骂。操怒，谓孔融曰“祢衡竖子，孤杀之犹雀鼠耳！顾此人素有虚名，远近将谓孤不能容之。”乃送衡于刘表，表又送之于江夏太守黄祖处，终为黄祖所杀。邀：招。文举：孔融的字。荐：荐举。马周（601~648），字宾王，唐清河茌（chí）平人。少孤贫，嗜学，善《诗》《春秋》。武德中，补州助教，不治事，去职，舍中郎将常何家。贞观中，诏百官言得失，何武人不涉学，周为条二十余事。太宗怪复能，问何。何曰：“家客马周为之。”召周与语，大悦，拜监察御史，累拜中书侍郎。岑文本称曰：“马君论事，会文切理，无一字增减，听之缅缅，令人忘倦。”后迁中书令，进银青光禄大夫。著有文集十卷。崔贤：唐代人，生平事迹不详，为浚仪令。据《新密书·马周传》云：马周“为浚仪令崔贤所辱，遂感激而西，舍新丰……至长安，舍中郎将常何家。”亵：轻慢，不尊重。

⑤ 昂昂：气宇轩昂的样子。

⑥ 怡悦：喜悦，快乐。

⑦ 骚坛：诗坛、诗界。轨辙：车的辙迹。引申为法则。

⑧ 寸铁：指短小的武器。

陈兰卿鹍太守①

砚山万千仞，秀气天所钟。②
间世生才人，磊落无终穷。③
朱君本群雅，列宿罗心胸。④
淋漓濡大笔，光焰腾飞虹。⑤
苏黄与李杜，流派自折中。⑥
岂践行踪似，实以精神通。⑦
昔读积风阁，久服雄才雄。
今览穆清堂，小阮如阮公。⑧
聆音比师旷，畴与分昭聋。⑨
连湖结吟社⑩，喜君来发蒙。

---

① 陈兰卿鹍：陈鹍，字兰卿，生卒年未详，生活在清同治、光绪年间，浙江山阴人。曾在云南戍边，官至太守。年四十弃官引退，长期生活在云南，著有《集翠轩诗钞》。太守：知府，管数县一级官。

② 砚山：即云南石屏的砚瓦山。万千仞：虚指，这里只不过形容砚瓦山高而已。古代八尺为一仞。秀气：指人的灵秀之气。引申为人的聪明才智。天所钟：大自然所钟爱。

③ 才人：有才能或才华的人。磊落：众多而错杂的样子。

④ 朱君：朱庭珍。群雅：人群中的雅士。列宿（xiù）：众星宿（xiù）。罗：罗列。

⑤ 淋漓：充满、酣畅的样子。濡：沾湿、浸渍。大笔：大手笔。光焰腾飞虹：形容朱庭珍诗歌创作的气势。飞虹，横跨天空的彩虹。

⑥ 苏黄：宋代文学家苏轼、黄庭坚的并称。李杜：唐代诗人李白与杜甫的并称。折中：取正，择其中。

⑦ 践：实践，学习。行踪似：即形似。形式上相似。精神通：即神似。以形写神，形神兼备。

⑧ 穆清堂：即朱庭珍的《穆清堂诗钞》。小阮如阮公：小阮指的是阮咸，阮公指的是阮籍。两人都是三国魏正始年间著名诗人，都是“竹林七贤”中人物。阮籍是阮咸的叔叔。

⑨ 师旷：春秋晋乐师，字子野。生而目盲，耳聪，善辨声乐。畴与分昭聋：意即与他相比，就明显耳聋了。畴，齐等，匹敌。昭，明显，显著。

⑩ 连湖结吟社：朱庭珍于光绪丙戌（1886）孟夏，在昆明与陈鹍、赵藩等十余名士结“莲湖吟社”，进行诗歌创作。

相从乞规矩，学制乃逾工。
譬之辨水味，淄渑[1]难为同。
我今谢轩冕，期隐稽山中。[2]
与君细论诗，努为扶正宗。

赵樾村藩广文[3]

茫茫百感来无端，涕笑直写心悲观。
平生忘事不一试，名以□人心骨酸。
攒眉仰屋读书史，侏儒饱死朔饥死。[4]
雕镌造化钩物情，怪底不疲故乐此。
可怜同调朱公子，从军未攫通侯印。[5]
科第区区天亦悋，西风长簟竟床空。[6]
苦吟日夜凋青鬓，境故日穷诗故进。[7]
笙箫满堂灯烛光，当歌对酒犹能狂。
卿愁欲诉我愁剧，欢场暗泪同沾裳。

---

① 淄渑（zīmǐn）：二水名，都在山东。相传二水味异，合则难辨，惟春秋齐国易牙能辨之。后以“淄渑”比喻合则难辨的事物。

② 谢轩冕：意即辞去官职。轩冕（xuānmiǎn），卿大夫的车服，比喻官位爵禄。谢，谢绝，辞掉。期：期盼，期望。稽山：会（kuài）稽山。山名。在浙江绍兴县东南。相传禹会诸侯江南计功，故名。

③ 赵樾村藩：赵藩（1851~1927），字樾村，一字介庵，白族，剑川人。广文：古代国学中的馆名，流传成为儒学教官的别称。

④ 攒（cuán）眉：紧蹙双眉（不高兴的神态）。侏儒：身材异常矮小的人。朔：朔客。北部边境地区的豪士。

⑤ 朱公子：即朱庭珍。“从军”句：朱庭珍随父还滇，值滇中乱，曾佐诸将戎幕。未攫通侯印：意即未获一官半职。

⑥ 科第：科举考试。区区：小，少。形容微不足道。天亦悋：老天也悋啬。朱庭珍曾三上春官不第，故云。簟（diàn）：竹席。

⑦ 凋：凋落。引申为衰败，损伤。青鬓：黑色的鬓发。鬓，脸两旁靠近耳朵的毛发。境故：境况故常。日穷：一天天穷困。诗故进：诗歌创作一天天进步。

潘公祠宇①屋中间，古柏啸雨如深山。
闭门兀坐辑文献，瓦灯青照丹铅班。②
补之订之须画一，传后信今斯可必。③
阐扬潜德诛奸谀，慎尔褒讥铢黍溢。④
夜阑鬼神伺点笔，壁垒精严徐按辔。⑤
霸上棘门⑥只儿戏，决机临阵变化生。
一将暗呜万人废，兵家诗家等此意。
谈诗不若还谈兵，朱波貉越藩篱倾⑦。
阴符简练及闲暇，雄剑一奋屠长鲸。⑧

---

① 潘公祠宇：指潘铎的祠堂。潘铎（1792~1863），字木吾，号振之，江宁（今南京）人。清道光进士。历官至河南巡抚。咸丰十一年（1861）署云贵总督。为官持正不阿，很有威性。同治二年（1863），限令突入省城之练总马荣退出，亲往抚谕，被害于五华书院。赠太子少保，谥忠毅，敕立专祠，岁时致祭。朱庭珍参与编纂《通志》整理古籍办公地点就在潘公祠里。

② 兀坐：端坐。辑：编辑，整理。瓦灯：陶土烧制成的小油灯。青照：油灯，其光青莹，故曰“青照”。丹铅：丹砂和铅粉，古人用以校勘文字。故称校勘性文字为“丹铅”。班：同斑。

③ 补之订之：指古籍整理，增补，补缺，校订。斯：这。

④ 阐扬潜德：发扬光大被埋没的美德。诛奸谀：谴责邪恶、谄媚的言行。褒讥：褒奖与指责。铢黍：极轻极小，形容极细微。铢，古代重量单位，二十四铢为两。黍，小宋。溢：满，过度，过分。

⑤ 夜阑鬼神伺点笔：作者自注云：“时君方与修通志。”夜阑，夜深。壁垒：这里比喻修志的体例。徐按辔：比喻按部就班进行。辔（pèi），驭马的缰绳。

⑥ 霸上：地名。在陕西长安区东。棘门：地名。故址在今陕西咸阳市东北。霸上、棘门都是古代军事要地。“汉高祖灭秦，还军霸上”“祝兹侯徐厉为将军，军棘门。”两地都演绎过一些轰轰烈烈的历史故事。

⑦ 朱波：骠国古名朱波，东接真腊，西接东天竺，去长安四万里。貉（mò）：通貊。古代泛指居北方的民族。越：古代南方部族名。藩篱：用竹木编成的篱笆。比喻国家的屏障、外围。这句写十八世纪中国所处的国际形势。

⑧ 阴符：即《阴符经》，旧题黄帝撰，有太公、范蠡、鬼谷子、张良、诸葛亮、李筌六家注，经文384字，一卷。言虚无之道，修炼之术。唐李筌自谓受之骊山老母，疑即筌伪作。历代史志皆以《周书·阴符》著录兵家。“雄剑”句：比喻为保卫国家江山建功立业。长鲸，即鲸鱼。因其长故称。

吴绍春世钦郎中[①]

异湖之水何清泠，秀山环列如云屏。[②]
川岳间气时钟灵，大鹏一举超南溟。[③]
人传敬则世德馨，门标六阙光荧荧。[④]
君才卓荦闻髫龄，有如快刃新发硎。[⑤]
随宦曾扬东酒舲，新篇偶出鱼龙听。[⑥]
归棹重返烟水汀，奚囊杂贮诗零星。[⑦]
骏誉四达无留停，河源倒泻如挈瓶。[⑧]
此才惟应贡御廷，天衢轶荡驰云軿。[⑨]

---

① 吴绍春世钦：吴世钦，字绍春，保山人。光绪己丑（1889）年举人。著有《袖岳庐诗稿》四卷。郎中：官名。诸司之长，清末始废。

② 异湖：石屏县的异龙湖。清泠（líng）：纯净清洁。秀山：秀美的山。云屏：画有云彩或用云母装饰的屏风。

③ 钟灵：聚集灵气。"大鹏"句：比喻人材辈出。活用《庄子·逍遥游》："北冥有鱼，其名为鲲。鲲之大，不知其几千里也。化而为鸟，其名为鹏。鹏之背，不知其几千里也。怒而飞，其翼若垂天之云。是鸟也，海运则将徙于南冥。南冥者，天池也。"冥，同"溟"，指海。怒，奋发的样子。垂天，天边。海运，海动。

④ 世德：世代流传的功德。馨（xīn）：香气远闻。门标六阙：语意不详。标，标识，标志。阙，古代王宫、祠庙门前两边的高建筑物。特指墓道前两边的石牌坊。阙，还引申为帝王所居之处，朝廷。因此，"门标六阙"状私家住宅似乎不大合适。据上下文意，这里表述的是书香世家门口悬挂受表彰的匾额、扁表之类。荧荧（yíngyíng）：光芒闪烁的样子。

⑤ 卓荦（luò）：卓越出众。闻髫（tiáo）龄：童年就闻名于世了。髫，儿童下垂的短发。快刃新发硎（xíng）：刚刚磨好的快刀。硎，磨刀石。

⑥ "随宦"两句：指朱庭珍幼随父宦山东，曾扬波海上赋《蓬莱阁》诗，语出惊长老之事。舲，有窗的小船。

⑦ 棹（zhào）：船桨。奚囊：诗囊，即装诗稿的口袋。

⑧ 骏：良马。誉：声誉，美名。挈（qiè）：提、拎。

⑨ 御廷：朝廷。御，帝王所用或与之有关的事。天衢：天路。比喻通显之地。衢，四通八达之路。轶荡：超轶驰骋。轶，超车。荡，放纵。軿（píng）：有帷盖的车。

若翔木天使传经，激扬风雅堪仪型。①
太惜身世遭零丁，全滇鼎沸走羯腥。②
文场困顿铩修翎，搔首问天天冥冥。③
诗酒忽忽老刘伶，册载惊觉如梦醒。④
我惭踪踪似飘萍，相对终日眼常青。⑤
大声语世起震霆⑥，目君莫作诗人形。
迄今海宇湧鲵鲲，伫望更勒燕然铭。⑦

---

① 若翔木天使传经：如果能进入翰林院让他传授五经。若，如果。翔，高飞，活用为“进入”“选入”。木天，翰林院。经，儒家经典。仪型：楷模，榜样。型，同“刑”与“形”。

② 太惜：极大的痛惜。零丁：孤零。“全滇”句。意指云南当时发生杜文秀领导的轰轰烈烈的回民起义。羯腥：羊膻气。羯，阉过的公羊。泛指羊。

③ 文场：科举考试的考场。困顿：艰难。铩（shā）修翎（líng）：摧折翅膀。铩，摧折，毁坏。修，长。翎：鸟羽。冥冥：昏暗，昏昧。

④ 刘伶：字伯伦。晋沛国人。与阮籍、嵇康等友好，称“竹林七贤”。纵酒放达，乘鹿车，携一壶酒，使人荷锸相随，说：“死便埋我。”尝著《酒德颂》。后世常以刘伶为蔑视礼法，纵情饮酒，逃避现实的典型。册载：史册上刊载。

⑤ 飘萍：像浮萍一样飘荡。眼青：重视。晋阮籍不拘礼数，能为青白眼。凡俗之士，以白眼对之。嵇康拎着酒，挟着琴来访，籍非常高兴，乃对以青眼。后因谓对人重视曰“青眼”（正视则见青处，青，黑色），对人轻视曰“白眼”（斜视则见白处）。

⑥ “大声”句：向社会大声呐喊，召换社会响起震撼世界的雷霆。这与龚自珍“九州生气恃风雷”，有异曲同工之妙。

⑦ 海宇湧鲵鲲：比喻18世纪帝国主义炮舰侵略中国。鲵，雌鲸。鲲（xīng），鱼臭。勒：雕刻。燕然铭：东汉窦宪破匈奴，登燕然山，刻石记功，命班固作《燕然山铭》。

李厚庵坤茂才[①]

义山无人遗山殁[②]，更谁直造浣花室。
五百年来吾道南，岁寒部娄[③]生松柏。
读破万卷行万里，锦囊随处呕心血。[④]
平生宗法杜少陵，犹弃其皮取其骨。[⑤]
句奇语重律细严，采色髣髴[⑥]气蓬勃。
骖驾七子超六家，吾乡金碧焕颜色。[⑦]

---

① 李厚庵坤：李坤（1866~1916），字厚庵，别号思亭，昆明人。茂才：秀才。汉代推举人才的科目之一。东汉时因避刘秀讳改秀才为茂才。有时明清科举考试中的秀才也称“茂才”。

② 义山：李商隐（813~858），字义山，号玉谿生，唐代诗人。遗山：元好问（1190~1257），字裕之，号遗山，元代诗人。殁，死。

③ 部娄（pǒulóu）：小土山。

④ “读破”句：杜甫云：“读书破万卷，下笔如有神”。行万里：行万里路，以增长知识。锦囊：这里指用来装诗稿的用锦做的口袋。呕心血：呕心沥血。比喻诗歌创作的劳心苦思。

⑤ 杜少陵：唐代诗人杜甫。“犹弃”句：比喻学习其精神实质，而不是学习其表面形式。

⑥ 髣髴（yìfèi）：同“髣费”。意即仿佛。

⑦ 骖驾：同驾一车的三匹马。引申为并列。七子：包括前七子与后七子。前七子指明代弘治、正德年间倡议复古运动的文学家李梦阳、何景明、徐祯卿、边贡、康海、王九思、王廷相。后七子指明代嘉靖、万历年间复古派文学家李攀龙、王世贞、谢榛、宗臣、梁有誉、徐中行、吴国伦。六家：此处的六家是指清初岭南三大家与江左三大家。岭南三大家，指清初诗人屈大均，梁佩兰、陈恭尹。江左三大家，指清初诗人钱谦益、吴伟业、龚鼎孳。金碧：昆明有金马坊与碧鸡坊。坊建于明代，位置在今金碧路西段与三市街的交叉处。

石淙南园让出头，何论知蔬与味雪。[①]
惜哉文字憎命达，健羽屡铩秋风烈。[②]
天老君才讵无意，箸书多在穷愁日。[③]
君不见长安金紫蓬莱仙，名山几人留著述。[④]

陈又星庚明广文[⑤]

翩翩浊世朱公子，吟身日瘦名日起。[⑥]

① 石淙：杨一清（1454~1530），字应宁，号邃庵，别号石淙，云南安宁人。年14举乡试，登成化八年（1472）进士，授中书舍人，迁山西按察佥事，以副使督学陕西。累官至太子太师、华盖大学士，阁臣首辅。著有《石淙诗稿》等。南园：钱沣（1740~1795），字东注，号南园，昆明人。乾隆辛卯（1771）进士，选庶吉士，授检讨。历官通政司副使，湖南学使等职。著有《钱南园遗集》8卷等。知蔬：指《知蔬味斋诗钞》，清黄琮撰。琮，字象坤，号矩卿，昆明人。味雪：《味雪斋诗文钞》，清戴絅孙撰，絅孙，字袭孟，一字凤裁，别号筠帆，昆明人。

② 文字憎命达：文字，即文学。憎命达，憎恶命运通达者。以文学著称文字功夫好的人，往往命运困厄，好像文学故意憎恶命运通达者。杜甫《天末怀李白》诗中有“文章憎命达，魑魅喜人过”句。魑魅（chīmèi），山精水怪。健羽：强健的翅膀。屡铩（shā）：屡次遭到摧折。铩，残伤。

③ 老：掠夺、剥夺。《管子·小匡》：“牺牲不老，则牛马育”（牺牲：供祭祀用的牲畜）。箸：著。著书多在穷愁曰：作家多在穷困忧愁的时候创作出好的作品。在中国文学史上好多作家都有这方面言论：屈原“发愤抒情”，司马迁“发愤著书”；韩愈“不平则鸣”，欧阳修“穷而后工”；李贽“不愤不作”。等等。

④ 长安：古都城。故城在今陕西西安市西北，自秦至唐多建都于长安，因以长安为帝都的通名。金紫：金印紫绶。汉相国、丞相，皆金印紫绶。蓬莱仙：在蓬莱山所居住的仙人。蓬莱，山名。古代方士传说仙人所居。《山海经·海内北经》：“蓬莱山在海中。”《史记·封禅书》：“自威、宣、燕昭使人入海求蓬莱、方丈、瀛洲。此三神山者，其传在渤海中。”“名山”句：司马迁在《报出少卿书》中言：“著此书，藏诸名山，传之其人”。

⑤ 陈又星庚明：陈庚明，字又星，云南石屏人。光绪辛卯（1891）举人，历官弥勒、安宁训导。晚年主讲嵩明嵩阳书院。广文：儒学教官的别称。

⑥ 翩翩：风度、文采优美的样子。浊世：混乱的时世。朱公子：朱庭珍。公子：泛指贵族子弟。这里作为尊称。吟身：吟咏诗歌的身体。

忧患玉成一卷诗，造物何心扼才士。①
生小天涯随宦游，故乡名噪驹千里。②
岳雪海色髫龀收，江光湖气归飒驶。③
齐鲁燕赵吴楚黔，光怪陆离奚囊底。④
自从归来异龙湖，便举烽燧争华齿。⑤
盪胸奇气时一露，鹜怪纷纷来訾毁。⑥
狙雄窃据弄威福，疾视冠裳力排骶。⑦
欲倾其家祸以言，夜辞庭闱走荆杞。⑧
面黧足茧饱艰辛，冷炙残杯向昆水。⑨
九龙池畔厌鼓鼙，白石江头经战垒。⑩

---

① 玉成：爱而使有成就。语本张载《西铭》：“富贵福泽，将厚吾之生也；贫贱忧戚，庸玉女（汝）于成也。”后称成全为玉成。造物：上天，老天爷。古人以为万物是天造的，故称天为“造物”。扼：用力抓性或掐住。才士：德才兼备的人，有才华的人。

② “生小”句：指朱庭珍幼随父宦山东事。名噪：名声很高。噪，众人呼叫。驹千里：千里驹。驹，两岁以下小马。泛指幼马。

③ 髫龀：儿童，童年。髫（tiáo），儿童下垂的短发。龀（chèn），儿童换牙。飒驶（fēngshǐ）：马飞奔，马奔腾。飒，马疾步。驶，马行疾，也泛指疾逝，迅捷。

④ 齐鲁燕赵吴楚黔：齐鲁，均指山东。燕，河北。赵，河北南部、山西北部一带。吴，指江苏。楚，指湖南。黔，贵州。光怪陆离：形容色彩斑斓，形状奇异。这里用来形容所创作的诗歌辞藻华美，内容丰富。奚囊：诗囊，装诗稿的口袋。

⑤ 异龙湖：石屏县的异龙湖。故异龙湖指代石屏故里。烽燧：指战乱。白天放烟报警叫烽，夜间举火报警叫燧。华齿：“华池”的误写。华池，口，舌下。《太平御览》卷三百六十七《养生经》：“口为华池。”争华池，意即争吵，斗口角。

⑥ 盪胸奇气：这里指激荡心胸与世俗迥异的新奇观点或言论。訾毁：诋毁，指责。

⑦ 狙（jū），猕猴。疾：憎恶，怨恨。冠裳：帽子，衣服。排抵（dǐ）：同“抵排”，排斥。

⑧ 倾其家：竭尽家里财物。祸以言：以言招祸。庭闱：内舍，多指父母住处。这里借指父母。走：逃跑。荆（jīng）杞（qǐ）：意即野外树林里。荆，一种落叶灌木。杞，树名，杞柳。

⑨ 面黧：面目黑色。冷炙（zhì）残杯：意即残汤剩饭。冷炙，吃剩的肉。残杯，喝剩的酒。昆水：昆明的山水。代指昆明。

⑩ 九龙池：昆明市翠湖。翠湖东北面有九个出水泉眼，亦名“九龙池”。民国初年，辟为公园，改称“翠湖”。鼓鼙（pí）：大鼓和小鼓，军中乐器。借指军事，战争。白石江：疑指巍山县白石头河。云南人喜欢把池说成海，把河说成江。

半生讬命一支笔，六诏萍飘不自止。①
花马雪风金齿月，鹤拓东西龙首尾。②
鸱枭叫啸狼狐嗥，雉兔离披鸿雁死。③
马头听覩凄心魂，宾馆歌呼裂目眦。④
流民图爱郑侠痴，平边畧共王朴儗。⑤
丈夫有才不自见，余事作诗岂得已⑥。
只今年已四十六，琴剑羁孤五华趾。⑦
勉将欢笑付流俗，颇惜肝胆对知己。
少君一岁苦耽吟，我亦追陪老桑梓。⑧
湖海旧游岂忘心，五岳随君仗马箠⑨。
当阳圣主初日升，万里乾坤才一洗。

① 六诏：唐时，云南大理巍山一带少数民族称王为诏。当时有蒙巂、越析、浪穹、邆赕、施浪、蒙舍等六诏。

② 金齿：古地名。治所在今盈江县旧城镇。鹤拓东西：大理的东边与西边。鹤拓，梵语音译，即今大理市。《元史·地理志》以鹤字故而认为即鹤庆府地，实误。龙首尾：龙首关与龙尾关。龙首亦作龙口。又称龙口城与龙尾城。龙口城，南诏置。以在大厘（理）城北，亦称上关。即今大理市喜洲镇上关村。龙尾城，亦称龙尾关、下关。南诏阁逻凤筑，在大厘（理）城南。今为大理州、市治所。

③ 鸱枭（chīxiāo）：恶鸟名。鸱枭、狼狐皆比喻奸邪恶人。嗥（háo）：野兽吼叫。雉（zhì）兔：野鸡兔子。比喻弱势平民百姓。离技：分散的样子。鸿雁：大雁。比喻心志高洁的人才。

④ 覩（dǔ）：见，看见。“宾馆”句：意即对百姓处在水深火热之中，而有的人却在宾馆里浊酒欢歌，帐下歌舞感到非常愤怒。眦（zì）：眼眶。

⑤ 流民图：宋熙宁六年，河东河北陕西大饥，大量百姓出外就食京西，官府遣使赈济，使者隐落其数，十不奏一，流民负老携幼入京师者日有千人。时郑侠监安上门，因绘“流民图”，并上疏极言新政之失，神宗因罢青苗法。郑侠（1041~1119）：字介夫，宋福清人。初从学于王安石，后极力反对新法。时遇大旱，侠以所见居民流离困苦之状，令画工为流民图上奏。神宗览毕，下责躬诏，罢方田、保甲，青苗诸新法。“平边句”：语意不详。畧：疑为“略”之误。略，边界，地域。儗（nǐ），僭越，超越本分。

⑥ 已：原文作“巳”，据文意改。

⑦ 羁孤：孤独寄居在外。五华趾：五华山脚。

⑧ 耽（dān）吟：沉溺于诗歌。桑梓（zǐ）：桑树与梓树是古代宅边常种的树，因以比喻家乡。

⑨ 五岳：中岳嵩山、东岳泰山、西岳华山、南岳衡山、北岳恒山。马箠（chuí）：马鞭。

词科会见绍康乾[①]，尤沈晚继先民轫。
还君诗卷速君刊，海内流传此嚆矢[②]。

妹倩张天船星柳孝廉[③]

廿载前识君，我时年尚少。
挑灯读君诗，欲以窥深窱[④]。
朗吟坐达旦，不觉鸡人嚣。[⑤]
恨如海上山，可望不可到。
朅来君幕游，踪迹遍六诏。[⑥]
我亦饥走蜀[⑦]，会合谁得料。
别来十五年，行适至荒徼[⑧]。
巨津一相逢，悲喜各问劳。[⑨]
纵饮联旧欢，微论勘新造。
兴酣辄唱和，率意作歌啸。
我诗学无成，颦陋东施效[⑩]。

---

① 词科：文词科场。绍：承继。康乾：清康熙，乾隆。

② 嚆（hāo）失：响箭。发射时声先于箭而到，因比喻事物的开端，先声。

③ 妹倩（qìng）：妹夫。张天船星柳：张星柳（1846~1894），字天船，清代昆明人。孝廉：明清时举人的俗称。

④ 深窱（tiǎo）：深邃的奥妙。

⑤ 达旦：天亮。鸡人：古报晓之官。嚣：喧哗。

⑥ 朅来：去。李白《送王屋山人魏万还王屋》诗："朅来游嵩峰，羽客何双双？"幕游：作幕僚。六诏：泛指云南。唐时，我国西南部的少数民族称王为"诏"。

⑦ 饥走蜀：到四川做官的委婉说法。

⑧ 荒徼（jiào）：荒凉的边塞。

⑨ 巨津：巨津州。元至元十四年（1277）以大理国九赕改置，治所在今丽江巨甸。辖临西县（今维西）。清顺治十六年（1659）废。问劳：安慰。

⑩ 颦陋东施效：东施效颦。语本《庄子·天运》："西施病心而膑其里，其里之丑人见而美之，归亦捧心而膑其里……彼知膑美，而不知膑之所以美"。颦（pín），也作膑，皱眉。丑人模仿美人姿态，效果适得其反。

君不正教之，谬谓为高妙。
相从岁一币，世事风中纛。①
家书嘱刀环②，欲去百忧绕。
迟久归计决，始于君所告。
临行一牵裾③，厚意明为约。
前年丧荆妻④，天涯亡才悼。
君特哀落拓⑤，令德许来教。
明春君旋里，龙湖携共眺。⑥
欧梅本至交，苏程况同调。⑦
今君梓旧箸，苦心精剔校。⑧
皎皎慧镜悬，得失默自照。⑨
此道久凌替，妄人轻心掉。⑩
俨然健斗儿，气欲摧羿奡⑪。
自负野战长，一败在豪剽⑫。

① 岁：一年。币：馈赠，赠送。纛（dào）：军队或仪仗队的大旗。

② 家书：家信。刀环：刀头的环。“环”与“还”同音，故隐含还归之意。语本《汉书·李陵传》：“立政等见李陵，未得私语，即目视陵，而数数自循其刀环，握其足，阴谕之，言可还归汉也。”

③ 裾：下裳。

④ 荆妻：对人谦言己妻。

⑤ 落拓：穷困潦倒。

⑥ 旋里：回还故里，回到家乡。龙湖：石屏的异龙湖。携共眺：携手共眺望。

⑦ 欧梅：指欧阳修（1007~1072）与梅尧臣（1002~1101）。两人以诗歌相倡和。苏程：指苏轼（1036~1101）与程颢（1032~1085），二人皆与王安石议新政不合，故云“同调”。

⑧ 梓旧箸：刊刻印刷旧著。梓，刻版、印刷。箸，同“著”，著作。剔：剔除，删削。校（jiào）：考订，订正。

⑨ 皎皎：明亮的样子。慧镜：这是一个自创的词。犹如慧目，慧眼，佛教称佛眼能洞察众生内心及过去、未来，故称“慧目”。慧，聪明有才智。默自照：自己内心清楚。

⑩ 凌替：侵凌替代。妄人：荒诞无知的人。

⑪ 羿（yì）：人名。古代传说善射者，羿射九日，其妻姮娥，奔月为月神。奡（ào）：上古人名。传说中的大力士。《论语·宪问》：“羿善射，奡荡舟。”

⑫ 豪剽：豪放勇猛。“一败在豪剽”，意即拼尽全力，一下就败下阵来。

那识节制师，分数寓微奥。[①]
江左管夷吾，由来晋王导。[②]
作者岂不多，名字羞窃盗。
君诗信必传，中声发万窍。[③]
诣力有独至，毁誉均可笑。[④]
平生戚友谊，未敢阿所好。[⑤]
宁须三百年，昌黎幽始耀。[⑥]

---

① 节制师：懂得节制法度的高手。分数：清楚规律。分，分辨，清楚。数，道理，规律。寓：寄居。微奥：微妙深奥。

② 江左：长江下游地区。管夷吾：管仲（？～前645），名夷吾，字仲。春秋齐颍上人。初事公子纠，后相齐桓公，主张通货积财，富国强兵，九合诸侯，一匡天下，使桓公成为春秋五霸之首。王导（276~339）：晋临沂人，字茂弘。才智过人。元帝为琅琊王，居建康，导知天下已乱，劝王招揽贤俊以结人心。政务清静，户口殷实。朝野依赖，号为仲父。及帝即位，以导为丞相。历事元帝，明帝，成帝三朝，出将入相，官至太傅。

③ 君诗：指朱庭珍的诗。中声：和谐的音乐。《荀子·劝学》："诗者，中声之所止也。"发万窍：开启自然界一切声音。

④ 诣力：造诣能力。毁誉：诋毁，赞誉。

⑤ 戚：亲近。阿（ē）：迎合，曲从。

⑥ 宁：安定，平息。昌黎：韩愈（768~824），字退之，唐代古文家，诗人。郡望是昌黎，常自称"昌黎韩愈，故人们亦称韩昌黎。韩愈的诗、文到了宋代得到大力肯定：苏轼称韩愈"文起八代之衰"；他的"以文为诗"对宋代诗歌创作影响很大。对于韩诗宋人甚至以为"虽杜子美亦不及"。故诗中云"昌黎幽始耀"。幽，灵魂、思想。耀：发出光辉。

《穆清堂诗钞续集》题词

南海谭叔裕观察宗浚[①]

筱园雄于诗，士林[②]知名早。
奇气敛纵横，清思寄缥缈。[③]
法每兼韩苏，体时窥谢鲍。[④]
造意疑天成，遣词绝人巧。
才命偏相妨，天心苦难晓。[⑤]
山林愿已违，戎马坐成老。[⑥]
我辞凤池[⑦]来，见君一倾倒。
秋风忆莼羹[⑧]，梦魂故山绕。

---

① 南海谭叔裕观察宗浚：谭宗浚（1845~1888），字叔裕，广东南海人。清同治进士，授编修。光绪十一年（1885）任云南粮储道，疏浚滇池，重修海口。后两署云南按察使。整顿五华、育材两书院，以经术诗古文辞育士，捐廉为膏火费，奖励年俊，提倡风雅，士伦咸服。在任3年，引疾归，贫不能治装。著有《希古堂文集》《荔枝草堂诗钞》等。观察：清代道员的俗称。

② 士林：文人士大夫阶层。

③ 奇气：特异的气质。清思：高洁的思想。缥渺：隐隐约约。

④ 法：作诗作文的法则。韩苏：唐代的韩愈与宋代的苏轼。体时窥：体裁，风格时常学习谢灵运与鲍照。

⑤ 相妨：相互妨碍。天心：老天爷的思想。

⑥ 山林愿：隐居的愿望。戎马：军马，即从军。坐：因为，因而。

⑦ 凤池：凤凰池。中书省的别称。

⑧ 秋风忆莼羹：秋风起了想起家乡的莼菜美味。这里活用《晋书·张翰传》里“莼羹鱼脍”典故。“翰因见秋风起，乃思吴中菰菜，莼羹、鲈鱼脍，曰：‘人生贵得适志，何能羁宦数千里以要名爵乎！’遂命驾而归。

倚装读君诗，使我豁怀抱。①
滇池与羊城②，异地期永好。
无慕相如荣，轻削封禅草。③

武陵蔡霁麓太守元燮④

手持寸铁战千古，心运洪炉镕百家。⑤
奚囊收尽大千界，老笔怒洒诸天花。⑥
盛世庙堂要雅颂，斯人泉石犹烟霞。⑦
期君文苑蹂六代，底用词坛矜八叉。⑧

---

① 倚装：靠着行装。豁怀抱：开阔胸怀。

② 滇池：代指昆明。羊城：广州市别称。

③ 相如：司马相如（前179？～前118），字长卿，小名犬子，羡慕蔺相如之为人，故更名相如。四川成都人。汉代著名的辞赋家。武帝时，因献赋被任命为郎。轻削封禅草：意为不学司马相如以赋（文章）干禄（求官）。司马相如知武帝好虚荣，死后犹留《封禅文》以邀宠。

④ 武陵：郡名。今湖南常德。蔡霁麓太守元燮：蔡元燮，字霁麓，清代湖南武陵人。太守：官名，即知府。

⑤ 寸铁：短小武器。洪炉：犹言天地。《庄子·大宗师》："今一以天地为大炉，造化为大冶。"镕百家：意为汲取众家之长。镕，熔化，冶炼。

⑥ 奚囊：诗囊。大千界：大千世界，天地万物。老笔：老成练达的文笔。怒：奋起，奋举。洒：挥洒，挥毫。诸天花：像雪花一样飘洒。形容文思泉涌。天花，雪花。

⑦ 庙堂：指朝廷，引申为国家。雅颂：诗雅、诗颂的合称。指称颂盛世之乐。泉石：指山水。

⑧ 期：期望。文苑：文坛。蹂：践踏。六代：三国吴，东晋，南朝宋、齐、梁、陈六代。底用：何用。矜；夸耀。八叉：指唐温庭筠。两手相拱为叉。温庭筠才思敏捷，考试作赋，叉手构思，叉八次就赋成八韵。时人称他为"温八叉"。

同时我亦厌余子[①]，独见君诗双眼明。
近抗心余跨仲则，远揖秀水凌新城。[②]
五花八门[③]任变化，万里九折随纵横。
孤立莫嗟赏音寡，成连海上能移情。[④]

① 余子：其余的人。

② 抗：抗衡。心余：蒋士铨（1725~1784），字心余，号清容，清铅山人。乾隆二十二年进士，官编修。诗文负盛名，有《忠雅堂集》。跨：超过。仲则：黄景仁（1749~1783），字汉镛，一字仲则，清武进人。乾隆时诸生，工诗，有《两当诗集》。揖（yī）：谦让。秀水：朱彝尊（1629~1709），字锡鬯，号竹垞，浙江秀水人。康熙十八年（1679）召试博学鸿词，官翰林院检讨。有《曝书亭集》。凌：凌驾于，在之上。新城：王士祯（1634~1711），字子真，号阮亭，又号渔洋山人，清山东新城人。顺治十二年（1655）进士，官至刑部尚书。有《带经堂集》。

③ 五花八门：五花，即五行阵；八门，即八门阵。本是古代兵法中的阵名。后用来比喻事物花样繁多，变化莫测。

④ 赏音：听其音而知其曲，并识其人。成连：春秋时著名琴师。传说伯牙曾从成连学琴，三年不能精通。成连因与伯牙同往东海中蓬莱山，使闻海水激荡、林鸟悲鸣的声音，伯牙情致专一，得到启发，终于成为天下妙手。这里借用这个典故，在于说明，不要嗟叹“赏音”少，随着时空转移，筱园的诗歌价值与人品会被后人赏识的。

朱庭珍小传（甲）[①]

朱庭珍，字小园，石屏人，家学子。[②]幼聪颖，随父宦鲁，直九岁，能诗。[③]稍长，随父还滇[④]，博览群书。值滇乱起，历佐诸将戎幕，保以官，不受。[⑤]光绪中，与山阴陈鹍父子，石屏陈庚明，昆明张星柳、施有奎、李坤，剑川赵藩，保山吴式钦，晋宁宋嘉俊，临川

---

① “小传（甲）”三字，系校注者所加。

② 小园：一作“筱园”。石屏：云南石屏。家学：朱家学，字篑峰，石屏人。道光己丑（1829）进士，官山东海阳、文登、蓬莱、泰安、大兴等知县，直隶知州，永平知府等职。为官十余年，所至有循声。官永平府因与上官不合，引归。

③ 宦鲁：在山东做官。直九岁：才九岁。直，只，只是，只有。

④ 随父还滇：（父亲辞官后）跟随父亲回到云南。

⑤ 值：遇，遇到。滇乱：指1867年前后杜文秀起义那段历史。历佐诸将戎幕：朱庭珍曾在杨玉科、和耀曾两位清军将领下做幕僚。戎幕：将帅英府。保以官：荐举做官。

雷凤鼎、陈宪等名士十余人，结莲湖吟社于昆明，诸人推为社长。① 时滇经大乱后，公私典籍多焚毁，士子读书少，诗文多流于空滑一派，庭珍力倡以典雅生造，文风为之一变。② 岑毓英续修《云南志》，庭珍之笔为多。③ 戊子举于乡 ④，年已四十七矣。赴春闱，落第归，值经正书院成立，聘为阅卷委员，衡文一以典雅生造为标准，经正

① 光绪：清德宗年号（1875~1908）。山阴：这里指的是浙江的山阴，而非山西山阴县。浙江山阴即今绍兴市。秦置县，以邑在山之阴而名。明清与会稽县并为浙江绍兴府治所，公元1912年并山阴会稽为绍兴县。陈鹍父子：陈鹍，字兰卿，生卒未详，浙江山阴人，长期生活在昆明，生活在清同治、光绪年间，活了83岁。曾在云南戍边，为官至太守，年四十弃官引退。著有《集翠轩诗钞》。其子陈雨苍，生卒未详，能诗，官至明府。陈庚明：字又星，石屏人。光绪辛卯（1891）举人，历官弥勒、安宁训导。晚年主讲嵩明嵩阳书院。生卒年不详，只知活了63岁。博学多才。著有《愿学斋诗文集》。张星柳（1846~1894）字天船，昆明人。光绪丙子（1876）举人。著有《天船诗集》3卷。施有奎，字聚五，号文晏，昆明人。生卒年不详。光绪丙子（1876）乡荐第一，屡上春官不第，退隐于商。性傲岸，不偕俗，人称“纽松”。著有《述论存古轩诗文钞》。李坤（1866~1916），字厚安，号雪园，昆明人。著有《思亭诗文钞》等。赵藩（1851~1927），字樾村，一字介庵，白族，剑川人。光绪元年（1875）举人，曾任易门县儒学训导，四川酉阳知州，四川盐茶道使、臬台等职。护法时期任广州军政府交通部长，1920年回滇，任省图书馆馆长。著书甚丰，著有《向湖村舍诗文集》《小鸥波馆词钞》《剑川县志》，等等。现悬挂于昆明大观楼孙髯翁名联，就出其光绪间手书。赵藩撰书的成都武侯祠治世名联：“能攻心则反侧自消，从古知兵非好战；不审视即宽严皆误，后来治蜀要深思。”寓意深刻，得到毛泽东主席赞赏。吴式钦：字绍春，保山人。光绪己丑（1889）举人。著有《袖岳庐诗稿》四卷。宋嘉俊（1864~1944）字镜澄，晋宁新街乡宋家营人。光绪辛卯（1891）中举，戊戌（1898）入京应试，成为进士，授刑部主事。宣统三年（1911）调任返回云南，民国时期，出任过昆阳县知县和磨黑盐井场知事。著有《落落轩诗钞》。临川：县名、在江西。雷凤鼎、陈宪：生平未详。

② 时滇经大乱：当时滇有清咸丰六年（1856）至同治十二年（1873）的杜文秀起义；咸丰三年（1853）的杞彩顺起义；咸丰六年（1856）的李文学起义等。空滑：空虚不实。典雅：有典据而雅正。生造：犹言再生，再造。活用为“创新”。

③ 岑毓英（1829~1889），字彦卿，号匡国，广西西林人，咸丰七年（1856）带兵入滇投效。领兵助攻杜文秀义军，招抚马如龙。同治元年（1862）署云南布政使，七年授云南巡抚。十三年署云贵总督等。卒，赠太子大傅，赐祭葬，谥襄勤。《云南志》：指的是《云南通志》，岑毓英等纂修的第四个版本，242卷，首1卷，附41卷，光绪二十年（1894）成书。之前尚有明李元阳纂修，清范承勋等纂修，以及清鄂尔泰纂修三个版本。

④ 戊子举于乡：朱庭珍于1888年举乡试。

文风为滇省各书院冠，庭珍与有力焉。[1]年六十二卒。其诗典雅精悍，南海谭宗浚[2]极赏之，清末论滇中诗人者，亦多推庭珍云。性慷爽笃[3]，交谊友人。张星柳、陈翾[4]早卒，出资为刊其诗文稿。尤喜奖掖后进，其所品题，多成名者。[5]所著《穆清堂诗钞》[6]《续钞》及《穆清堂诗话》，并流传于世。

（《新纂云南通志》卷二百三十三）

① 春闱：即春试。明清两代各省举人在举行乡试的次年春天，赴京参加会试。由皇帝特派正副总裁主持考试。录取者为贡士。闱，考场。经正书院：清光绪十七年（1891），总督王文韶、巡抚谭钧培创设。地址在旧贡院南报恩寺，即今昆明翠湖公园北。以“通经致用，崇尚实学”为主旨。藏书除经史古籍外，增添中西新学科技图籍。1903年，改设为云南高等学堂。衡文：评价文章，鉴裁文章。

② 谭宗浚（1845~1888），字叔裕，广东南海人。清同治进士，授编修。光绪十一年（1885），任云南粮储道，疏浚滇池，重修海口，兴修水利。后两署云南按察使，治狱明决。整顿五华、育材两书院，以经术诗古文辞育士，捐廉为膏火费，奖励英俊，提倡风雅，士伦咸服。在任3年，引疾归，贫不能治装。著有《希古堂文集》《荔枝草堂诗钞》等。

③ 性慷爽笃：性格慷慨、豪爽、淳厚诚信。

④ 陈翾（xuān），字鹏程，石屏人。道光癸卯（1843）举人，官马龙州学正。著有《敬思斋续录》《云峰讲艺》等。

⑤ 奖掖：奖励扶持。后进：后辈。

⑥ 《穆清堂诗话》：即《筱园诗话》。

朱庭珍小传（乙）[1]

朱庭珍（1864~1911），字筱园，石屏城关人，朱家学之子。光绪戊子（1888年）科举人，举孝廉[2]。庭珍才思敏捷，工诗能文。自幼得朱奕簪（字芋栗）、朱雘（字丹木）等家传，又博览顺治、康熙以后各家诗集，妙领神悟。[3]生平著述有《穆清堂诗集》《穆清堂诗续集》。其诗妙笔崎峭，诗味隽永，大学士张之洞[4]颇为称赞，曾名动一时。丙戌（1886年）冬，编著诗集时，学使陈灿（贵阳人）为诗题序，说：筱园诗"跌宕纵横，归于自然，无惨淡经营之迹，盖锻炼之极[5]。"又说："筱园以诗鸣当代，名公巨手一见，为之心折。"[6]谭宗浚有《题朱筱园穆清堂诗集》诗说："筱园雄于诗，

---

① "小传（乙）"三字，系校注者所加。

② 科举人，举孝廉：语句不通。从上下文看，作者想要表达的意思是：应乡试中举，成为孝廉。

③ 朱奕簪，字笏山，一字芋栗，石屏人。乾隆庚子（1780）举人，官四川什邡知县。著有《笏山文钞》《芋栗园遗诗》《晚香堂诗说》等。朱雘之父。朱雘，字丹木，石屏人，朱奕簪子。道光己丑（1829）进士，历官安徽绩溪、阜阳知县，贵州兴义知府，陕西按察使、布政使等职。著有《积风阁初集》《味无味斋诗钞》《经史考误》《关中皖南文就存雅》等。顺治：清世祖年号（1644~1661）。康熙：清圣祖年号（1662~1722）。

④ 张之洞（1833~1909），字孝达，一字香涛，号壶公。同治二年进士，授编修。历官湖北、四川学政、翰林院侍读、侍讲及内阁学士。自光绪十年起，先后任两广，两江，湖广总督近30年。著有《輶轩语》《广雅·堂集》等等。

⑤ 陈灿，字昆山，贵州贵阳人。清进士。光绪六年（1880）分发云南，历任澄江、楚雄、顺宁、云南等府知府，护盐法道，云南按察使等，创设经正、凤山、道成、宏远等书院。著有《宦滇存稿》等。跌宕（dàng）：放纵不拘。惨淡经营：苦心构思，精心布局。锻炼：锤炼诗句。

⑥ 名公：指有高位者。巨手：大手笔。著名的诗人、作家。心折：衷心佩服。

士林知名早。[①]奇气敛纵横，清思寄缥渺。[②]法每兼韩苏，体时窥谢鲍。[③]造意疑天成，遣词绝人巧。才命偏相妨[④]，天心苦难晓。山林愿已违，戎马坐成老。[⑤]我辞凤池[⑥]来，见君一倾倒。秋风忆莼羹[⑦]，梦魂故山绕。倚装读君诗，使我豁怀抱[⑧]。滇池与羊城[⑨]，异地期永好。无慕相如[⑩]荣，轻削封禅草。”

朱庭珍平生喜作诗，更注重研究。他几乎对历代诗家均有研究，并善于取众所长，补己之短，对诗歌创作提出了自己独特的见解。他的《筱园诗话》，就是一篇对后人颇有启迪的诗论，1983年上海古籍出版社出版的郭绍虞选编《清诗话续编》中选载了他的这一论著。

庭珍除以诗才名世外，对文史亦颇渊博。袁嘉穀在评石屏文学人物时说："史学则许五塘（印芳）、朱筱园（庭珍）、张榛舆（思敬）

---

① 谭宗浚（1845~1888），字叔裕，广东南海人。士林：文人士大夫阶层，知识界。

② 清思：高洁的思想。寄：寄托。缥渺：隐隐约约，似有似无的样子。

③ 法：包括诗法与文法，作诗文的法则。韩苏：韩愈、苏轼。窥：探视。引申为学习。谢鲍：谢灵运，鲍照。

④ 妨：《石屏县志》中妨，误为“仿”，据《穆清堂诗钞续集》改。

⑤ 山林愿：隐居。戎马：军马。这里指从军。即朱庭珍投清将军作幕行之事。坐：因为。

⑥ 凤池：即凤凰池。宫苑中的池沼，后为中书省的别称。

⑦ 秋风忆莼羹：“羹”，《石屏县志》中“羹”，误为“羡”，据《穆清堂诗钞续集》改。秋风起了想起家乡的莼菜美味。这里活用《晋书·张翰传》里“莼羹鱼脍”典故。“翰因见秋风起，乃思吴中菰菜、莼羹、鲈鱼脍，曰：‘人生贵得适志，何能羁宦数千里以要名爵乎！’遂命驾而归。”

⑧ 豁怀抱：开阔心胸。

⑨ 羊城：广州市的别称。

⑩ 相如：司马相如，字长卿，蜀郡成都人。西汉著名的辞赋家。

为博。”[①]庭珍平生爱材，宏奖后进，沉酣古籍，阅历功变，明达治体。[②]当时为滇中士人所推崇。其弟朱芬（字竹虚），进士；庭翰（字兰卿）均能诗善文。[③]

（《石屏县志》云南人民出版社，1990年版）

① 许五塘：许印芳（1832~1901），字印山，号五塘，石屏人。同治庚午（1870）举人。曾官昆阳学正，永善县教谕，昭通、大理府教授，经正书院山长等。著述甚富，主要有《诗法萃编》《五塘诗草》等。张榛舆：张钊弘（1848~1931），原名思敬，字榛舆，云南石屏人，出生于世代书香之家。钊弘自幼聪敏好学，又有家庭的严训。光绪乙亥（1875），举云南乡试第。光绪己亥（1899），云南按察使全懋绩曾两次保荐他进京应举，而钊弘以“不乐仕进，欲务实业”谢辞。平生嗜学，文似班马，诗学苏陆，才思敏锐，词藻新颖，谈论纵横，为滇中人士所共称。惜其诗文稿，均毁于1927年个旧匪乱之时。

② 后进，后辈，晚辈。沉酣：醉心其事。功变：事业，功业的发展变化。明达：通达事理。治体：治国的体要。

③ 朱芬，字竹虚，石屏人，朱庭珍弟。光绪庚寅（1890）进士，官直隶新城知县。庭翰：朱庭翰，字兰卿。朱庭珍弟。能诗：诗作收入《莲湖吟社稿》。

朱孝廉小园墓碑[①]

袁嘉毅[②]

君讳庭珍，字小园[③]，号诗隐，石屏朱氏。光绪二十九年冬十月一日卒，春秋六十有三。[④]讣至京，京中士夫相愕悼，乡人袁嘉毅痛君之亡，追念君生平以诗鸣世。[⑤]当此俗尚浇漓，世界教育家颇知以诗谱入乐，为吾民文化之务，闻之京师大学生席聘臣氏曰："学

① 《朱孝廉小园墓碑》，选自方树梅纂辑《滇南碑传集》，李春龙、刘景毛、江燕点校本，云南民族出版社，2003 年 7 月版。袁嘉毅《卧雪堂文集》卷十六作《朱孝廉筱园墓志铭》。两篇文章字、句略有出入。

② 袁嘉毅（1872~1937），字树五，云南石屏人。清进士。光绪二十九年（1903）经济特科第一名，授翰林院编修，派赴日本考察。归国后，任学部编译图书局局长、宪政馆咨议官、实录馆纂修官。1909 年任浙江提学使，兼署布政使。辛亥革命后回滇，被选为参议院议员。历任云南盐运使、省务委员、东陆大学教授。著有《卧雪堂文集》《卧雪堂诗集》《卧雪堂诗话》《石屏县志》等。

③ 小园：一作"筱园"。

④ 光绪二十九年：1903 年。冬十月一日：公历 11 月 19 日。春秋：年岁，享年。

⑤ 讣：报丧。愕悼：震惊而悲伤。鸣世：著称于世，闻名于世。

界之诗庸庸，安得延君于大学，俾立教育精神乎？”① 余曰“善”。其告之谁？谁其延之？虽然，勿患不延，患不知，勿患不知，患不举，余当择可告者告之，而君不及待矣。②

君父名家学，以进士改官京县。③ 君随父任，七岁即刊稿于京，《穆清堂集》④ 中“蓬莱阁”“摩崖碑”诸篇，皆七岁作。君父致仕，归道游吴、鲁、楚、黔，抵滇中。⑤ 滇中汉回交哄，郡人勒君家输金。⑥ 君以为世乱者，诗安之也，家贫者，诗富之也，益发愤读古今书。上溯史籍，旁及汉、魏、三唐，下逮国朝人专集，殆无不览，览无不成诵，且悉源流，辨得失。⑦

当是时，滇人诗学，懿如孙菊君孝廉、清如任秋航明经、朴如许广文印山光生以及朱次民观察、家子程州佐，皆以能诗聚石屏，

---

① 浇漓：谓风俗浮薄。诗谱：东汉郑玄撰。三卷，一作二卷。据《史记》年表和《春秋》中有关史实，分别排比《诗经》十五国风、二雅、三颂的谱系，旨在显示《诗经》各部分与其时代政治、风土的关系。唐孔颖达撰《毛诗正义》，将它分列在书中各部分之首，原单行本逐渐失传。文化：文治与教化。京师大学：即京师大学堂。中国近代最早的大学。1898年创立，为戊戌变法“新政”措施之一。1912年5月改为北京大学。席聘臣（1878~1930），字莘农，号上珍，昆明人。庚子辛丑恩科举人，选入京师大学堂肄业，派赴日本，入日本第一高等学校留学，其后升入东京帝国大学学习，毕业后回到中国。奖法政科进士，授翰林院庶吉士。辛亥革命后，历任云南财政司副司长，审计分处处长、监督财政参事、中央参议院议员、司法部首席秘书。著有《中国道德思想史》《中国贤女传》等，又译有《永久和平论》《权利战争论》等。庸庸：平庸。延：迎接。引申为邀请、聘请。俾（bǐ）：使。

② 患：忧虑，担忧。知：认识，了解。举：任用。不及待：去世的委婉说法。

③ 家学：朱家学。京县：京官与县官。

④ 《穆清堂集》：指朱庭珍所著的《穆清堂诗钞》。

⑤ 致仕：交还官职，即退休。吴、鲁、楚、黔：分别指江苏、山东、湖南、贵州。

⑥ 交哄：互相吵闹。闹矛盾。勒（lè）：强制，要挟。输：交纳，献纳。金：金银钱物。

⑦ 溯：追溯，向上推求。三唐：旧时对唐诗的分期，初、盛、晚为三唐。逮：及，到。国朝：本朝。这里指清朝。殆：几乎。

而君家有丹木方伯，尤为先鸣。① 其在省会，则黄文洁琮、戴云帆侍御尤著，君一一汇其长，成一家言，士夫咸争就学诗。② 君又爱才，成才不可数计。滇吏聘君修《通志》，卓然巨书，而君亦稍稍衰矣。少颇任侠，结健儿卫乡井，壮游穷边，佐杨武愍玉科和提军耀曾之幕，出策破敌，时或带钢兜谈诗。③ 军中叙功，朝白丁，夕显官，比比而是，而君仍黯然自乐。④

乙亥，君应乡试，中副车，自是而中副车者三。⑤ 戊子，如膺乡举。⑥ 庚寅，春闱下第归，知交询行李安在？⑦ 君笑曰："枕箧中有

---

① 孙菊君孝廉：孙清元举人，字仲初，别号菊君，呈贡人。道光甲辰（1844）举人。著有《抱素堂诗钞》等。任秋航：任荣垲（kǎi），字秋航，石屏人。清诸生。著有《秋航诗钞》《滇诗人传》等。"航"，《滇南碑传集》作"舫"，据《袁嘉穀文集》、陶应昌《云南历代各族作家》改"舫"为"航"。明经：明清对贡生的敬称。许广文印山：许印芳（1832~1901），字印山，号五塘，石屏人。广文：泛指儒学教官。朱次民：朱在勤，字幼木，号次民、石屏人。咸丰辛亥（1851）举人，由恩荫知县加捐知府，以保卫地方功保候补道，分发四川，任夔关厂厘局总办，卒于蜀。有《次民诗钞》。观察：清代道员的俗称。州佐：州郡一级副职和佐吏泛称州佐。丹木：朱朦字丹木。方伯：泛称地方长官。

② 黄文洁琮：黄琮（1798~1863），字象坤，号矩卿，昆明人。道光丙戌（1826）进士。累官至兵部左侍郎。咸丰间，回籍养京，掌教五华书院，成材甚众。同治二年（1863），马荣攻陷会城，杀总督潘铎及首府县官，焚毁书院，琮自尽死。诏赠右都御文，谥文洁。著有《知蔬味斋诗钞》《滇诗嗣音集》。戴云帆：戴䌹孙（1796~1857），字袭孟，一字风裁，别号筠帆，一作云帆，昆明人。道光九年（1829）进士，历官工部主事，浙江、贵州道监察御史等职。是五华五子中巨擘。著有《味雪斋诗文钞》《金碧山农词》《昆明县志稿》等。咸：全，都。

③ 杨武愍玉科：杨玉科，字云阶，丽江人。清同治初，以义勇入伍，以岑毓英为将。同治八年（1869）解省城围，升开广镇总兵，统兵西征杜文秀军，入大理。事平，署云南提督。光绪十年，统广武军出关，驻越南谅山，大败法军于观音桥，连战皆捷。同治十一年（1872），敌万余扑文渊，杀敌无数，阵歼法酋，敌败走，率军追击，中炮阵亡。赠太子少保，谥武愍。著有《从军纪略》。和提军耀曾：和耀曾（？~1897），字荣轩，丽江人。清咸丰二年（1852）以世袭云骑蔚家养士，与宾川廪生董文兰会师洱河，攻取大理、邓川、上关等处，署中营守备。同治中，以军功升副将。攻迤西，连取蒙化、赵州、上下关，穴地道轰拔大理，晋记名总兵，赐号达春巴图鲁。与杨玉科定锡腊、顺宁、云州，升提督。兜：头盔。

④ 朝白丁，夕显官：早晨还是没有功名没有官职的平民，晚上就成为名声显赫的官员。

⑤ 乙亥：光绪乙亥（1875）。副车：科举时代乡试的副榜贡生。

⑥ 戊子：光绪戊子（1888）。膺：受，获得。乡举：乡试中举。

⑦ 庚寅：1890 年。春闱：春试。

一诗草。”其意气自豪如此！君著《诗话》四卷、《诗集》六卷、《续集》三卷。适滇中建经正精舍[①]，敦求实学。甲午，滇吏聘君为阅卷，君生平之志，表彰先哲，启导后学，今之阅卷，不辞劳，不厌细，垂八九年，所谓启导后学者非耶？[②]君欲续《滇诗文略》，虽未竟其事，而刻《天船遗诗》《雪峰胜稿》《云帆续集》，不可谓非表章盛业也。[③]癸卯，赵汴会试，途中仍以诗自遣。[④]文已中选，终以违时旨放归，会泽县某，钦其学，迎至县衡文，病卒于县。

呜呼！君以此始，亦以此终，茫茫者天哉！然诗贯百家，名满儒林，传人无疑，较之位赫赫而生，冥冥而死者，又谁谓天之待君薄也？独恨世运方新，乐教将振，君以作乐之才，使早有人延之出，以渊懿古茂之风格，发其绵密温丽之文藻，阐中土之国学，起国民之新声，以裨益于世，岂不更为君快也耶？[⑤]乃穷郁以老且死，余虽不必为君悲，而不能不为世悲也！

君骈散文皆工，词牍小品，无不佳妙，所蕴者深，所发者光，理也！乙未、丙申之间，提倡新学，滇中风气之开，与有功焉。[⑥]徒以老而家累，劫于当途，忧谗畏讥，未畅厥旨，呜呼，亦可哀哉！[⑦]君配丁氏，继娶季氏。子女四，皆幼。某年月日，葬君节阴山半，

---

① 精舍：学舍。指经正书院学舍。

② 甲午：道光甲午（1894）。聘君为阅卷：经正书院创立，朱庭珍被聘为阅卷委员。垂：将近，将及。

③ 《滇诗文略》：指的是《滇南文略》与《滇南诗略》。前者为清袁文揆、张登瀛辑；后者为清袁文典、袁文揆辑。《天船遗诗》：清张星柳撰。《云帆续集》：戴絅孙撰。

④ 癸卯：道光癸卯（1903）。会试：明清两代每三年在首都举行的科举考试。各省举人都可参加，取中者为贡士，得应殿试。

⑤ 渊懿：渊博的学识美好的道德。绵密：细密，紧凑。温丽：温柔华美。

⑥ 乙未、丙申：1896、1897 年。

⑦ 劫于当途：指仕途被阻。劫，掠夺。当途，当仕路。忧谗畏讥：担心人家说自己的坏话，害怕人家讥讽自己。厥（jue）：其，他的。旨：意图，意向。

袁嘉穀既志其墓，复申以铭[1]，铭曰：

勿谓诗教无裨乎垓埏，今音乐学，古三百篇；勿谓边隅无闻乎诗人，外治众家，内铸一身；勿谓诗隐无绍乎诗传，前有千古，后有万年；勿谓幽宫无俟乎铭文，上告三光，下告九原。[2]

（《滇南碑传集·清文苑二》）

① 铭：文体名。

② 无裨：无益。垓埏（gāiyán）：天地的边际，形容极远之地。古三百篇：指《诗经》三百零五篇。边隅：边疆。诗隐：诗被埋没。绍：承继。诗传：诗的流传。幽宫：墓穴。三光：日、月、星。九原：九州之土。

后　记

《朱庭珍选集》所选编材料侧重于朱庭珍的文论思想，故本卷所收录的内容皆围绕这一主旨，其诗作仅收录与文论思想相关部分。由于篇幅有限，其《穆清堂诗钞》主要内容本卷没有收录。

本卷收录了朱庭珍文论思想代表作《筱园诗话》、《论诗》五十首，以及文论、序、跋等文章。为了便于读者全面了解朱庭珍的生平事迹、文学理论思想，本卷还收录他人为《穆清堂诗钞》所写的序以及题词。这些序与题词，从各个角度对朱庭珍文艺思想，艺术成就进行评价，还提供了一些鲜为人知的个人信息，这对朱庭珍的认知研究是有裨益的。

在人物传记方面，本卷共收录了三篇：一篇是《新纂云南通志》上的《朱庭珍小传》；另一篇是《石屏县志》上的《朱庭珍小传》；再一篇是袁嘉穀先生的《朱孝廉小园墓碑》。这三篇传记，各有侧重，各有所长，故一起收录，便于读者了解全貌。

《云南文库·大家文丛》对编著者只要求点校，为何我要自找麻烦变“点校”为“校注”呢？因为我先参与了《云南历代文选》的选编、校注工作，其中我独自承担的《文论卷》中，就有朱庭珍的《筱园诗话》。后又参加该套丛书的收录、点校工作，于是《朱庭珍选集》的选编点校任务就落在我身上。好在《筱园诗话》校注是现成的，然而现成的也带来麻烦，总不能已有校注本了，又去出点校本。再说，不能一卷书里有的是校注，而有的只是点校。为了本卷风格的统一，所增加的内容统统都得校注，而不能只作点校。这就是自找苦吃，“点校”变为“校注”的原因。

事不经过不知难。在《文论卷》选编校注中，对朱庭珍等人的“诗话”校注后，我才明白为何人们对历代诗话点校的多而校注的极少，加之我学疏识浅，在校注过程中，遇到的困难可想而知。仅就《筱园诗话》而言，就做了七百多条注释与考证，有的注释一条长达五六百字。古人撰写诗话，往往随意性比较大，牵扯面又广，引文多引大意，引诗顺手拈来，注释起来相当麻烦。他们在提到诗人时往往用崔鸳鸯、郑鹧鸪、雍白鹭，罗牡丹，甚至连姓都不提，只提地名，如昌谷、射洪、曲江、东川、新城、青田、河间、中山，不是名的并称，就是姓的并列，如“杨范”之类。以上所举，注释起来是非常麻烦的，稍有不慎，就可能注错。

本卷校注，严格遵守校注原则，力求准确，避免硬伤，一般不改动原著。改动原著是在其错误明显，改了不会引起争议的地方才作改动，不得不改的才改。在校注过程中，虽看出原著中的错误，但只作校勘说明，对原著不作改动。还有的错误是作者的误读，更不好改动原著，只能作出校勘的详细说明。

古籍校注是一项伤精费神的苦差事，尤其是垦荒性的校注。前面已说过，我学疏识浅，所以尽管尽心尽力，但错误总是难免的，只好留给时贤与后起之秀帮助斧正。

本卷校注者于1974年大学毕业留校，至2007年退休，是《云南师范大学学报》（哲社版）一位有33年编龄的资深编审，先后五次荣获云南省人民政府、新闻出版局、教育厅编辑奖。同时也是学者型编辑，从事编辑学、教育学、文学、云南地方文化等研究，先后发表学术论文60余篇，50余万字。与余嘉华先生合作的古籍整理《担当诗文全集》，已由云南人民出版社于2003年出版；参与编著的《钱南园诗文集校注》已由云南人民出版社于2007年出版；参与编注的《诗化的民族精神》已由云南出版集团于2006年出版；独自完成的《云南历代文选·文论卷》（校注本60余万字）已由云南教育出版社于2014年出版。

杨开达

2013年8月于呈贡大学城